茅盾文学奖
获奖作品全集
典藏版

The Mao Dun Literature Prize

李自成

第九卷　兵败山海关

姚雪垠　著

人民文学出版社

目录

招降失败

（第 1—2 章） 1

决计东征

（第 3—7 章） 55

多尔衮时代的开始

（第 8—9 章） 207

兵败山海关

（第 10—15 章） 267

李自成　第九卷　兵败山海关

招降失败

第 一 章

从三月十六日到三月十九日,吴三桂的人马和从宁远撤退的百姓陆续进关。临榆县城,只是一个军事要塞,进关的百姓不能在弹丸小城停留,必须穿城而过,在山海关内一二个县境中暂时安顿。这些进关的百姓有些是将领的家属,比较能够得到好的照顾;有些是一般的穷人百姓,无衣无食,加上天气凛冽,苦不堪言。他们个个愁眉不展,想着自己抛别家园,抛别祖宗坟地,抛别许多财产,来到这无亲无故的地方,一切困难都不好解决,不免口出怨言。表面上是抱怨朝廷,心里边是抱怨他吴三桂。

这一切情况,吴三桂都看在眼里,听在耳中,压在心头。他也感到前途茫茫。当人马经过欢喜岭时,有幕僚告诉他:从宁远来的百姓都站在岭上回头张望,许多人都哭了,说这不该叫欢喜岭,应该叫做伤心岭。

吴三桂是十六日到的山海关,十九日到了永平府。因为有皇上的手诏,催他火速赴京勤王,所以他在山海关只停了半个白天和一个夜晚,将一些事情部署就绪,十七日 早就率领二万步兵和骑兵,向北京前去。虽然他一再命令手下的文武官员对进关百姓要好生安顿,可是由于他自己不能在山海关多停,所以实际上也不可能很好地安顿百姓。

从山海关到永平,本来急行军一天就可到达,但是他按照平日行军的速度,走了两天。为的是北京的情况他不很清楚,害怕同李自成的人马突然在北京接战;同时也不愿一下子离山海关太远,万一战斗失败,会进退两难。所以他一面向永平进发,一面不断地派出探马,探听北京消息。

他这次离开宁远,来到关内勤王,并不是真想同李自成决一死战。对于自己人马的实力,吴三桂和周围的官员都很清楚。凭这些人马,能否挡住李自成的大军,他心中毫无把握。可是他不能违背皇上的圣旨,只有入关勤王。另外,他也想到,即使不进关,他在宁远也迟早会站不住脚。自从去年多尔衮扶立皇太极的幼子登极,满洲朝廷曾经互相争权,多尔衮杀了几个有力量的人,将大权操在自己手中。去年秋天,多尔衮已派兵攻占了宁远附近的几座重要军事城堡,使宁远变成了一座孤城。从那时起,宁远形势就空前的险恶。所以,吴三桂之奉诏勤王,放弃宁远,实在也是因为担心宁远不会长久凭守的缘故。

当吴三桂率领宁远将士和老百姓向山海关撤退的时候,宁远附近的满洲人马没有乘机前来骚扰,也没有向他追赶,分明是有意让他平安撤出宁远,顺利进关。当他抵达山海关后,便立即得到探报,说是清兵已经进入宁远城,不费一枪一刀,将宁远拿去了。留在城内的百姓已经入了大清国,也已经按照满洲的风俗全都剃了头发。于是吴三桂明白:从此以后,他在关外就没有退路了。

也正因为如此,他更不敢贸然向北京前进,宁可晚一步,也不要将他的几万辽东将士拿去孤注一掷。同时,为了给自己留条退路,在开往北京的路上,他对山海关的防守事务念念不忘。山海关原有一个总兵官,总兵官下边有一员副将、两员参将,另外还有游击将军等等,但人马只有三四千。高起潜离开的时候,带走了一千人,留下的人马现在统统归吴三桂所属了。他将山海关的人马大部分带来永平,而留下他自己的亲信将领和五千精兵,镇守山海卫城。他一再嘱咐:山海关必须严密防守。这不仅因为在同李自成的作战中,山海关是他的惟一退路;而且也因为要防止清兵从宁远来夺取山海关。所以他到了永平,仍然对山海关放心不下,派人回去下令,要镇守将领不断派细作探听清兵动静,同时又吩咐让一部分将领的眷属住到城内来,这样既可使眷属得到妥当照顾,又可使将领们下死力守卫山海卫城。

十九日下午,约摸申时,他到达永平城外。住下不久,他立即从知府衙门和自己的探马处获得一个重要的消息,使他大为震惊。原来消息说:唐通已于十六日在居庸关投降,北京三大营的人马也在昌平和北京之间的沙河不战自溃,李自成十七日晚就到了北京城下,北京正受到大顺军的猛攻。他曾经想到唐通不是李自成的对手,但没有料到唐通会不战而降。唐通、白广恩,他都认识,在辽东同清兵作战的时候曾经在一起。白广恩投降的事他也听说了,他没有震动,因为那是在陕西省境内,离北京还远着呢!居庸关却是离北京最近的大门,唐通又是与他同时受封的伯爵,军中派有太监监军。居庸关形势险要,唐通本来可以据险守下去,为什么要将李自成迎进关内?既然唐通投降,勤王人马就只剩下他一支了,变成了孤军。唐通原也是一员名将,不战而降,他吴三桂又有什么办法救援北京呢?

吴三桂正在焦急、忧心,忽然中军禀报:"总督大人从城里来了。"

吴三桂正要同王永吉商议,立刻到辕门去迎接,心里说:"好,来的正是时候。"

明朝习惯,向来是重文轻武。可是如今形势不同了,一则吴三桂已经受封为伯爵,二则兵荒马乱,总督于中没有多少人马,倒要仰承吴三桂的力量,所以王永吉名为总督,实际地位却好像是吴三桂的高级幕僚。他从山海关一天就回到永平,竭力为关宁大军筹措粮秣,两天来忙碌不堪。同吴三桂见面不久,两个人就开始密谈。谈到北京局势,吴三桂说,唐通不在居庸关据险而守,却不战

而降,使他感到不解。王永吉说:

"居庸关守不住,唐通投降,我是早有所料了。唐通手下只有三千人马,经不起谋士和部将的劝说,不投降又有什么办法?如今只有忠臣义士,誓死为君为国,才能在危急时刻为皇上真正出力。"

他的话是鼓励吴三桂不要效法唐通,但不敢明白说出,只好婉转地露出这个意思。吴三桂一听就很明白,说:

"我吴三桂世受国恩,如今离开宁远,全部人马开进关内,宁远百姓也带来了一二十万。我上不能不尽忠报国,下不能对不住我的将士和百姓,惟有与流贼决一死战!"

他说得慷慨激昂,王永吉也深受感动。他们都明白局势已到了最后关头,北京能不能坚守很难说。两人一面谈着一面不由地深深叹息。随后王永吉抬起头来问道:

"伯爷,这闯贼挟二十万众前来,京城危在旦夕,不知伯爷有何上策,以救君父之难?"

吴三桂沉默不语。他很清楚:纵然现在北京尚未攻陷,可是他只有三万人马,如何能对付二十万气焰嚣张的敌人?何况敌人先抵北京,休息整顿,以逸待劳,他贸然前去,岂不是自投陷阱?他只有这点家当,一旦失败,不惟救不了皇上,连他本人以及数万关宁将士也都完了。所以他一时没有主张,低着头不作回答。王永吉又说道:

"伯爷,京师危急,君父有难,正是我辈为臣子的……"

话没有说完,吴三桂忽然抬起头来,说道:"是的,正是我辈为臣子的临危授命之时。当然要星夜勤王,不能有半点犹豫。三桂蒙皇上特恩,加封伯爵,纵然肝脑涂地,难报万一。不管是否还来得及,都得火速进兵。倘能与流贼决一死战,解救京师危险,三桂纵然死在沙场也很甘心。"

王永吉连连拱手,点头说:"好啊,好啊,伯爷如此慷慨赴国家之难,俟贼退后,朝廷必将给以重赏,以酬大功,而且功垂青史,流芳名于万世。"

吴三桂说:"敝镇在此不敢多停,今夜就挥兵前进。请大人留在永平,火速筹措军饷粮秣,不要使关宁将士枵腹以战。"

王永吉一听说筹措粮秣,就露出来一点为难脸色,说道:"筹措军饷自然要紧,只是如今冀东一带十分残破,粮饷难以足数。然而勤王事大,本辕自当尽力筹措,只要大军到达北京,朝廷虽穷,总可以设法解决。"

吴三桂问道:"以大人看来,我军赶到北京,还来得及么?"

王永吉说:"这话很难说,我辈别无报国良策,也只有尽人事以待天命了。"

吴三桂点了点头,说:"说不定已经来不及了。"

王永吉问:"将军何时起程?"

吴三桂回答说:"我想马上召集诸将会议,然后立即驰赴京师,不敢耽误。会议时务请大驾亲临,对众将指示方略,说几句鼓舞士气的话。"

王永吉说:"好,请将军立刻传令众将议事。"

过了一会儿,参将以上的将领都来参加会议了。这些关宁将领,都已知道居庸关和昌平的守军投降,三大营在沙河溃散的消息。现在来到吴三桂的驻地,都是想听听吴三桂有何主张。他们对于驰援京师,心中都很茫然,所以听吴三桂说明军事形势以后,一个个互相观望,都不做声。

吴三桂等了片刻,只好说道:"关宁数万将士和二十万入关的父老兄弟、将士眷属的身家性命,都系于此战,你们怎么都不吭声啊?"

王永吉也说道:"国家存亡,决定于你们这一支勤王兵。赶得快,北京有救;赶得慢,北京就很难守了。"

一个总兵官说道:"一切惟伯爷之命是听。"

接着又有两个总兵官说道:"是,是,请伯爷和制台大人下令,要我们进兵就进兵。"

吴三桂看到这种情况,知道将领们对驰救北京都有为难情绪。但是他本人在王永吉面前不能露出丝毫畏怯。否则万一北京能保住,李自成退走了,那时王永吉奏他一本,他就会吃不消。所以他慷慨说道:

"本镇世受皇恩,多年来为朝廷镇守辽东,亲戚故人、部下将士为国丧生的不计其数。如今本镇奉诏勤王,虽然迟了一步,但我们放弃了关外土地家产,抛却了祖宗坟地,孤军入关,所为何来?目前局势虽然险恶,我们只能前进,不能后退。我们后退一步,万一京城失守,我们将成千古罪人。而且流贼一旦占领京师,必然向我们进攻。我们如今已没有多的退路,顶多退到山海关。弹丸孤城,既无援兵,又无粮饷,如何能够支撑下去?所以现在惟望诸君,随本镇星夜奔赴北京,一鼓作气,在北京城下与流贼决一死战,以解北京之围,这是上策。请各位说说你们的意见。"

听了吴三桂这几句话,有人表情激动,但多数脸色沉重,神情忧郁,仍然不肯做声。吴三桂望望王永吉,说道:

"请总督大人训示。"

王永吉心中对驰援北京这件事也是毫无信心,但是他身为总督,奉旨亲催吴三桂火速勤王,所以他不能不说几句鼓舞将领忠君爱国,誓与"流贼"不共戴天的话。将领们听了他的话,显然无动于衷,仍然相对无言。吴三桂面对这种情况,也不再将会议拖延下去,他就将军事重新作了部署,下令半夜动身,向北京迅速进军。留下两千步兵,同王永吉的督标营人马驻守永平,以便在情况不利的时候退回这里,凭着石河,另作计较。

当吴三桂从永平动身的时候,王永吉前来送行,谈话间问起作

战方略,吴三桂说:

"据我估计,李自成必攻西直门或德胜门,此时已经占据地利,以逸待劳。我军如何进击,只能临时再定,现在很难预谋。"

王永吉知道吴三桂心中毫无把握,就向他建议,将一部分人马驻在城外,与敌人对峙,一部分人马开进北京城中,协助守城,城内城外互相声援,较为稳妥。

吴三桂摇摇头说:"关宁人马只能在城外驻扎,恐怕不能进北京。"

王永吉说:"不然,不然。倘若闯贼攻西直门、德胜门或阜成门,将军何不从朝阳门或东直门进入北京?"

吴三桂小声叹了口气,说道:"皇上多疑啊!难道大人还不清楚?崇祯二年,袁崇焕督师去北京勤王,与满洲兵相持在朝阳门外,因为相持日久,疲惫不堪,请求皇上将他容纳进城。皇上疑心他要投敌献城,恰恰遇着有人说他暗与满洲勾结,于是皇上就将他逮捕下狱,后来杀掉了。家舅父当时带兵随袁督师勤王,只好带着自己的部下逃回辽东。这件事我常听家舅父和家父谈起,为袁督师鸣不平。今天难道就不会发生这样的事情了么?"

王永吉只好点点头,不再说话了。

吴三桂又接着说:"敌人既然围攻北京,通州地方谅已被流贼攻占。我担心他们以重兵驻扎通州,阻击关宁勤王之师。如果那样,战争就不会在北京城下进行,而是在通州运河岸上打,救北京就更难了。"

两人互相望望,不由地同时叹了口气。王永吉只好说:"请伯爷放心率军起程,后边的事情我自当尽力为之,不过……"

尽管大军在吴三桂率领下,半夜起床,不到四更天气就出发了,好像确实是在星夜勤王。可是出发以后,却按照平常的行军速度向北京走去。

二十日下午,大军到了玉田县。这里谣言甚多,都说李自成已于十九日早晨破了北京皇城,皇后在坤宁宫自缢,皇上和太子不知下落。吴三桂和他的将领正在怀疑这谣言是否确实,跟着又有派往京城附近的细作跑了回来,说京城确已失陷,皇后自尽,皇上和太子没有下落。过了一会儿,又有细作回来,禀报的内容完全相同。这使吴三桂感到非常突然和震惊。他知道京城守军单薄,人心已经离散,恐怕难以固守,但没料到这么快就失陷。他立刻下令部队停止前进,随即召集亲信将领和幕僚商议对策。

会议开始后,吴三桂眼含泪花,很痛苦地说道:"本镇没想到会成为亡国之臣,此刻心中悲痛万分。如今我们进也不能,退也困难,究竟怎么好,请你们各位说说意见。"

有一个总兵官先说道:"京城已经失陷,我们勤王已经没有用了,不知道皇上下落如何,也不知道老将军和府上家人平安与否。"

吴三桂说:"古人常说:国破家亡。如今我们遇上了。现在皇上生死不知,想来我的家庭也一定已经被流贼屠杀。老将军看来也会为大明尽节。"

说到这里,他滚出了眼泪,又连连叹息说:"国破家亡,国破家亡……"

吴三桂的亲信将领和幕僚们都被京城失守的消息震动得不知所措,谁也说不出好的主张。有人建议迅速退兵永平,凭着石河,抵御李自成的进攻。有人主张退兵山海关。还有人主张干脆重回宁远,向满洲方面借兵,收复北京。但每一项建议提出,都立刻招来反对意见。因为永平和山海关都非长久立足之地,而重回宁远已经根本不可能了。于是又有人提出,可否在关内另外找一个立足的地方。可是关内并没有这样的地方。他们的人马除原在山海关的几千人之外,都是从宁远来的辽东将士。他们对辽东地理熟悉,人情风土熟悉,一到关内变成了客人,去哪里寻找立足之所?

在商量的过程中,大家还想到,李自成必然要派人前来劝降,不降就要派兵前来攻打。这些紧急问题在吴三桂的心头猛烈盘旋,也在将领们和幕僚们的心头盘旋。过了一阵,吴三桂见大家实在拿不出来好的主张,他自己站了起来,说道:

"如今京城已破,皇后殉国,皇上和太子下落不明,我们……"

忽然间他哽咽起来,泪如泉涌。将领们也都跟着落泪,有的人纵然忍住泪水,也莫不悲伤低头。尽管在离开宁远的时候,吴三桂没有能够迅赴戎机,从山海关来的时候也是畏首畏尾,担心勤王无功,反被李自成消灭了他的关宁家当,但是此刻那种几千年传下来的、自幼在他心灵中打下深深烙印的忠君思想突然盘踞心头,使他深深地感到亡国之痛。他流了一阵眼泪,又对将领们说:

"本镇奉旨勤王,恨不能立刻挥兵北京,与流贼决战,收复京师。可是,我们兵力有限,又无后援,数万将士的粮饷也成问题。方才各位所谈意见,都是出于一片忠君爱国之心。只是此事必须仔细斟酌行事,以求万全。"

将领们说道:"全凭伯爷主张。"

吴三桂接着说:"敌兵势众,我们势单,不暂时退兵,自然不行。只是退到永平,不能御敌;退到山海关,也不能御敌。敌兵必然进兵追击,我们如何能够以孤军守孤城?"

众人听了吴三桂这几句话,都不觉点头。有人想到向北朝求援,可是不敢说出口来,因为一旦满洲出兵,会是什么后果,谁都没有把握。大帐中没有一点声音,所有的眼光都集中在主帅的脸上。

吴三桂接着说道:"皇上和太子都没有下落。据探报说,流贼进城的时候没有遇到抵抗,没有发生巷战,所以皇上和太子显然不会死于乱军之中。会不会他们在流贼进城之前逃出京城,藏入民间……"

将领和幕僚们纷纷点头,有些人在绝望的心头上产生了一丝希望。

停了片刻,吴三桂又说下去:"倘若皇上和太子能够不死,变换衣服,在混乱中逃出京城;只要他们不被流贼找到,大明江山就不会完。如今江南半个中国完整无缺,财富充足,人马甚多,不会使闯贼南下得逞。畿辅、山东刚被贼兵占领,人心也还向着大明,只要皇上和太子有一个能逃出京城,全国就有了主心骨,不仅南方臣民将始终效命,营救圣驾,即畿辅、山东、河南各地豪杰,亦必纷纷起兵勤王,使流贼无喘息时刻。我们目前处境虽然很难,可是救国家救皇上就在此时;立不世之功,流芳万代,也在此时。"

听了这话,众人心中略觉振奋。有人站起来,焦急地向吴三桂说道:

"伯爷,事不宜迟,如何找到皇上和太子,找到之后,如何迎来军中,请伯爷训示。"

吴三桂随即命一个亲信中军,立即派细作密查暗访,赶快找到圣驾和太子的去向。他说,"据我猜想,皇上知道我军勤王,必从朝阳门或东直门逃出京城。由于城外到处都有闯贼的人和逻骑,只好藏身在什么地方。你派人只在这一带乡下暗访,说不定就在通州境内。"

中军说了一声"遵命",退出大帐。

"忠孝不能两全。自古尽忠的不能尽孝,尽孝的不能尽忠,当国家危亡时候,实难两全啊!"吴三桂长叹一声,滚出两行热泪来,接着说,"我从前原想着,纵然国家艰难万分,还可以拖上数十年,所以将父母送往北京城中居住,好使朝廷对我不存疑心,没料到我会成了亡国之臣……"

天色暗下来了。吴三桂平日喜欢宴客,如今国难当头,家难当头,虽然不再举行酒宴,却按照往日习惯,将少数将领和幕僚们一起留下来吃晚饭。饭后大部分将领各回本营,部署军事,以备非常,只留下少数将领和心腹幕僚在帐中继续商议。

约摸二更时分,忽然探马禀报,崇祯皇上已于北京城破时吊死煤山;太子和永王、定王都被李自成找到了。吴三桂在精神上重新受到巨大打击,感到绝望。原来抱有的一丝幻想,现在破灭了。他不觉失声痛哭,随后把将领们重新叫来,连夜商量对策。

会上,有人建议立即为先帝、后发丧,传檄远近,号召京畿豪杰,共为先帝、后复仇,驱剿"流贼",匡复明室。但是商议很久,吴三桂没有采纳。他比一般将领心中更清楚:倘若找到了崇祯和太子,自然可以号召天下,在他是忠君爱国的义举,而崇祯和太子也等于奇货可居。但现在崇祯已死,太子又落进李自成手中,凭他手中这一点兵力,匆匆忙忙为先帝、后发丧,传檄远近,其结果只会对他十分不利。

也有人主张赶快退兵山海关,远离京城,免得被李自成突然袭击。吴三桂听了也摇摇头,因为他断定李自成还不会马上派兵打他。

当有人大胆提出是不是能借用满洲力量时,吴三桂只是猛抬头看了看说话人,之后竟未置可否。倒是大家一致猜想,满洲可能会乘机进兵。如果满洲进兵,他们被夹在满洲兵和北京之间,应当怎么办呢?大家反复商量了一阵,一时拿不出什么好的办法来,只决定暂时屯兵玉田,观望等候。同时多派细作,随时探听北京、沈阳两方面的动静。

三天过去了。虽然北京城门把守很严,不许闲人进去,吴三桂派去的细作轻易进不了城,但是城内消息还是传出不少。传得最盛的仍然是拷掠追赃、奸淫、抢劫一类事,将北京城内形容得十分可怕。每个消息都燃起吴三桂对大顺军新的仇恨,使他常常咬牙切齿大骂:

"流贼果然不能成事!"

关于保定方面,他也知道,刘芳亮于三月十五日破了保定,沿途还破了一些州县。由于兵力分散,到处局势不稳,刘芳亮到保定之后,人马只有一两万人,没有力量增援北京。

另外,他还知道,大顺军派人去天津催粮,到处都遇到零星抵抗。京畿士民一天比一天不再害怕大顺军了。大家对李自成在北京的所作所为愈来愈不满,思念明朝的心也愈来愈深。

最使他震动的是来自关外的消息。他知道几天前满洲开始火速地将人马向沈阳集中,显然是准备南来。这既使他振奋,也使他有些担心。因为满洲的意图,他并不清楚。如果是想来争夺山海关,他将如何是好呢?

这时不断地有细作回来禀报北京情况,也带来不少谣言和传闻。譬如拷掠追赃的事,就被人们大大地夸大了,好像北京成了一座恐怖的城市。譬如说李自成根本没有当皇帝的命,他只要一坐皇帝的宝座,便立刻看见有一丈多高的人穿着白衣服在他面前走动,使他感到阴森可怕。他也不能戴皇帝的冠冕,一戴上就头疼。还有谣传,说李自成进城后要在北京铸造永昌钱,结果失败了。用黄金铸造御玺,也铸造不成。这些都增加了吴三桂和将士们对李自成的蔑视,而自信他们总有机会能把李自成赶出北京,恢复明朝江山。

吴三桂也曾派出人去打探他北京的家中情况。可是胡同口有兵丁把守,不准闲杂人出进。所以他对父亲和一家人的情况一直搞不清楚。只有一点他明白:他们已经被软禁了,被拘留了。

自从到了玉田,知道北京失守、皇上殉国以后,吴三桂的心中常常有一种亡国之痛,而现在这种国亡家破的痛苦比前几天更要加倍。前几天他还存着许多侥幸心理,现在这侥幸心理差不多已成过去,眼前明摆着的是他的父母性命难保。想到这些,他的脑际不觉浮现出父母双鬓斑白的影子。同时他也想到他的结发妻子。尽管最近几年他对她很冷淡,但毕竟是结发夫妻,她曾经替他生儿育女。还有许多亲属,也都跟父母在一起。想着所有这些亲人和他的父母都将被杀害,他心中感到刺痛。就这样,他思前想后,揣摸着各种情况,有时暗暗地揩去眼泪,有时叹一口气,有时又忍不住咬咬牙说:

"一不做,二不休,如今只好与流贼周旋到底了。"

这天晚饭以后,吴三桂吩咐速速传知参将以上将领和重要文官,四更以后前来大帐议事。

会议开始后,吴三桂先把近几天的情况向大家介绍了一遍,然后说道:"我们人马虽然很能打仗,可是毕竟人数不多,不能前去北京,也不能留在这里。前去北京是孤军深入,而贼军以逸待劳,对我们显然不利。留在此地,贼兵来打,他们人多,我们人少,容易受他包围。为今之计,只有迅速撤军,一部分撤到山海关,大部分撤到永平待命。"

一个将领问道:"是否准备在永平与流贼决一死战?"

吴三桂说:"临时再定。要是我们全部去山海关,流贼会认为我们胆怯逃走,他就会于四月上旬在北京僭号登极。我们大部分人马暂驻永平,他知道我们无意撤退,心中就要掂量掂量。说不定他就不敢马上登极。倘若他到永平同我们作战,我们就要看看他出兵的人数。如果他全师而来,人马众多,我们可以再退到山海关。"

又一个将领问道:"山海卫是一个小城,流贼哄传有二十万人,少说也有十几万,我们能否在山海卫城下作战,请大人再考虑。"

吴三桂冷冷一笑:"本镇自有良策。战争打起来,我们必胜,流贼必败。流贼一败,将不可收拾,那时北京就可以收复了。"

有人似乎明白了吴三桂的用兵方略,有人还不甚明白,互相交换眼色。吴三桂知道他们心中存疑，接着说道：

"我已经派人探知，北朝正在集中兵力。想来他们获知北京失陷，必会倾巢出动。倘若李自成来到山海关与我们决战，我们只要坚持数日，北朝人马将从某个长城缺口直捣北京。彼时北京城内空虚，李自成必定仓惶退兵。而西边既有清兵拦头痛击，东边又有我军追赶，流贼岂能不败？即使北朝不从长城缺口南下，而在长城以外驻扎，我们也可差人前去借兵。历史上向外人借兵的事并不少见。我们常听说古人有一个申包胥，吴国灭了楚国后，他就向秦国借兵，结果把吴国打败，楚国又恢复了。难道我吴三桂就不能做申包胥么？何况我有数万精兵在手，比申包胥强百倍。只要有北朝出兵，我们定可驱逐流贼，恢复明室。事后也不过以金银报答北朝罢了。所以无论如何，我们都可立于不败之地，只等李自成前来自投罗网。"

将领和幕僚们听了吴三桂的用兵方略，都十分佩服，连声说："好，好，这样我们准能打胜仗！"

吴三桂接着说："倘若李自成亲自率领人马到山海卫城外作战，我们会打他个人仰马翻！"

众人十分振奋，纷纷说："这样用兵，十分妥当。"

当天五更以后，吴三桂将什么人退驻永平，什么人退守山海关都部署好了。命令一到，关宁人马立刻到处抢劫，奸淫妇女，放火烧毁村落。百姓在睡梦中惊醒，乱纷纷地往旷野中逃命。逃不及的，男的被杀死，女的被强奸。天明后，关宁兵退走了，玉田县剩下一座空城，只见四野到处都是火光和浓烟，哭声和咒骂……

第 二 章

　　吴三桂在玉田只停留三四天,就退回永平,将总督的两千多督标人马收为己有,自己又退回山海关。总督王永吉不愿做他的食客,率领数十亲信幕僚和家丁奴仆逃往天津。

　　吴三桂在山海关按兵不动,一面采取观望政策,与李自成"虚与委蛇",一面探听北京与沈阳的动静。李自成知道吴三桂的重要性。为着争取他的投降,将举行登极大典的日期一再推迟,并且派遣唐通[①]和张若麒携带四万两白银,一千两黄金,还带了吴襄的一封书信,来向吴三桂劝降。

　　唐通和张若麒都是吴三桂的熟人,可以与吴三桂谈些私话。唐通是两年前援救锦州的八总兵之一,而张若麒是当时崇祯派到洪承畴身边的监军,一味催战,应负松山兵溃的主要责任。他们虽然投降了李自成,但对新建的大顺朝却深怀二心。还有,他们表面上是奉永昌皇帝钦差前来犒军和劝降,但暗中也是感到李自成一班人不是真正在开国创业,到北京后已经表现出种种弱点,他们想趁此机会探明吴三桂的真实思想,也好为自身预作打算。

　　唐通和张若麒来到之前一天,先派遣官员来向吴三桂通知消息,要吴三桂事先知道大顺皇帝钦差使者前来犒军的到达时间。吴三桂此时已经决定不投降李自成,并探明清兵快要南下。他派

[①] 唐通——现代史学界有一种说法,认为吴三桂本来同意投降李自成,由唐通到山海关接防。吴三桂率人马前往北京,行到中途,闻陈圆圆被刘宗敏抢去,怒而返回,消灭了唐通人马,重新占领山海关,誓与大顺为敌。

了杨坤等数名文武官员驰赴数里外石河西岸的红瓦店恭候迎接，但是他自己只在辕门外迎接，规模不大，也无鼓乐。唐通和张若麒一到，立刻明白吴三桂有意降低犒军钦使的规格。他们的心中一凉，互相交换一个眼色，决定谈话时留有余地。

吴三桂愉快地收下了犒军的金银和大批绸缎及其他什物，并设盛宴款待唐、张二人。两位犒军钦差带来的官员和士兵不过一百人，也分别设宴款待，平西伯另有赏赐。席上唐通和张若麒几次谈到大顺皇上和牛丞相等期望吴三桂投降的殷切心情，吴三桂总是"王顾左右而言他"，不肯作明确回答。提到李自成时也只是尊称"李王"，不称皇上。杨坤在向两位犒军钦差敬酒时候，小声说道：

"我家伯爷今晚另外在内宅设私宴恭候，与两位大人密谈。"

唐通和张若麒心中明白，就不再谈劝降的话了。

宴会散席之后，两位大顺朝的犒军钦差，连日鞍马奔波，又加上到山海卫以后的应酬活动，十分疲劳。平西伯行辕为他们安排了舒适的下榻地方，让他们痛快休息。二更过后，吴三桂差人来请他们进他的平西伯临时公馆的内宅吃酒，进行密谈。

夜宴关防很严，吴三桂的亲信文武也只有杨坤等三个人参加。开始不久，按照吴三桂事前吩咐，陈圆圆带着一个丫环出来，为两位客人斟酒。吴三桂决不是对朋友夸耀他有一位美妾，而是按中国的传统习惯，表示他同唐通和张若麒是老友交情，不将他们作外人看待。

陈圆圆进来后，杨坤等尽皆起立。她体态轻盈，含笑斟酒之后，赶快退出，不妨碍男人们商谈大事。

吴三桂先向张若麒说道："张大人是进士出身，非我等碌碌武人可比。据你看，李王能够稳坐天下么？"

张若麒暂不回答这个重要问题，却笑着说道："伯爷是当今少年元戎,国家干城;如夫人是江南名……名……"他本来要说"名妓"二字,忽觉不妥,顿了一顿,接着说道:"江南名媛,国色天香。值赤眉入燕之前夕,承青眼于蛾眉。一时艳遇,千古佳话,实为战场增色。"张若麒说完以后,自觉他的捧场话措辞适当,雅而不俗,自己先轻声地笑了起来,然后举杯向吴三桂和众人敬酒。

吴三桂毕竟是武将出身,不能欣赏张若麒的高雅辞令,他将杯子端起来抿了一口,继续问道:

"张大人,此刻我们是议论天下大事,在这里所谈的话,一个字也不会传到外边。你是有学问的人,如今为永昌王信任,挂新朝兵政府尚书衔前来犒军。据你看,李自成能够坐稳江山么?"

张若麒笑笑,说:"我已投顺李王,同李王就是君臣关系,臣不能私议其君呀!"

吴三桂并不深问,只是做出很亲密的样子说道:"目前天下纷扰,局势变化莫测,大人也需要留个退步才是。唐大人,你说呢?"

"说个鸡巴,我是一时糊涂,误上贼船!且不说别的,就说大顺军中只看重陕西老乡,对新降顺的将士竟视如奴隶,这一点就不是得天下的气度。破了北京,又不愿建都北京,念念不忘赶快返回西安。因为不想建都北京,所以才纵容从陕西来的人马都驻在北京城内,任意抢劫财物,奸淫妇女,拷掠官绅追赃。还没有风吹草动,先把在北京抢掠的金银运回西安。坐天下能是这样?哼,坐我个鸡巴!"

唐通的话出自个人愤慨,并无意挑拨,但是吴三桂及其亲信们却心中猛烈震动。吴三桂转向张若麒问道:

"张大人,是这样么?"

张若麒点点头,回答说:"我也只是道听途说,因为李王刚进城我们就动身来军门这里了。若果真如此……只需把古今稍作对比,便可以预料成败得失。当年汉王刘邦……"

"就是汉高祖?"吴三桂问。

"是的,当时刘邦尚未称帝。他先入咸阳,听了樊哙和张良的劝告,不在宫中休息,封存了秦朝的重宝、财物、府库,还军霸上,召集父老豪杰,宣布了三条法令,史书上称为约法三章。因此,百姓安堵如常,大得民心。可是如今李王进入北京,情况如何?恰好相反!起初北京的贫民小户还盼望李王来到后开仓放赈,后来才知道漕运已断,李王来到后不但没有开仓放赈,反而大肆骚扰。北京的贫民小户,生活更加困难。至于畿辅绅民,人心不稳,思念旧明,这情形你是知道的,我不用说了。"

吴三桂说道:"李王差遣你们二位携重金前来犒军,希望我能够投降。可是我受先帝厚恩,纵不能马上高举义旗,却也不能失节投降。你们不日即返回北京,我如何回话?"

唐通和张若麒来到山海卫以后,经过白天与吴三桂及其部下闲谈,今夜又一次进行密谈,完全明白吴三桂决无降意,所以这事情使他们感到确实难办。唐通毕竟是武将出身,性格比较直爽,说道:

"我同张大人奉命携重金前来犒军,尽力劝你投降。倘若你执意不肯降顺,我们也无办法。只是李王因为等不到你去降顺或去一封投降表文,几次改变登极日期,使他的声威颇受损失,窝了一肚皮火。倘若我们回北京说你拒绝投降,说不定李王马上会亲率大军来攻山海关。这山海关我清楚,从外攻,坚不可摧;从内攻,很难固守。平西伯,你可做了打仗的万全准备么?"

吴三桂自从放弃宁远以后,宁远即被清兵占领。但宁远毕竟是他的故土,已经居住两代,他家的庄田、祖宗坟墓、亲戚和故旧都在宁远。他的舅父祖大寿投降满洲后,住在沈阳,可是祖大寿的庄田和祖宗坟墓也在宁远。舅母左夫人为照料庄田,也经常回宁远居住。所以吴三桂对沈阳动静十分清楚。他知道多尔衮正在准备率八旗精兵南下,打算从蓟州和密云一带进入长城。所以他认为只要能够推迟李自成前来进攻山海关的时日,事情就有变化,他就可以让清兵和大顺军在北京附近厮杀,他自己对战争"作壁上观"了。但是他不能将这种想法说出口来,只同他的亲信副将杨珅交换了一个狡猾的微笑,然后向唐通说道:

"定西伯爷,你说的很是。山海卫这座城池,从外边攻,坚不可摧;从里边攻,并不坚固。可是弟手中有几万训练有素的关宁精兵,善于野战。目前我退守孤城,但是我的粮饷不缺,至少可支持半年。红衣大炮和各种大小火器,也都从宁远运来,既便于野战,也利于守城。定西伯,倘若战事不能避免,战场不是在山海卫的西城,也不是争夺西罗城,必定是在石河西岸。那里是平原旷野,略带浅岗,利于野战。自北京至山海,七百余里。我军以逸待劳,准备在石河西岸迎敌。万一初战不利,可以退回西罗城。石河滩尽是大小石头,人马不好奔驰,又无树木遮掩,连一个土丘也没有。倘若敌人追过石河滩,架在西罗城上的红衣大炮和各种火器,正好发挥威力,在河滩上歼灭敌人。总而言之,天时、地利、人和,全在我这方面。我怕什么?李自成难道没有后顾之忧么?他能在石河西岸屯兵多久?"

张若麒毕竟是读书人,从吴三桂的口气中听出来满洲人将要向中国进兵的消息,这正是他所担心的一件大事。他趁机会向吴三桂问道:

"平西伯爷,沈阳方面可有向中国进兵的消息?"

吴三桂赶快回答:"自从我奉旨放弃宁远,率数万将士保护宁远百姓进关以后,清兵占领宁远,不敢向关门进逼,双方相安无事。本辕所关心的是北京消息,不再派人打探沈阳动静,所以从沈阳来的音信反而不如北京。张大人,你在先朝曾以知兵著名,如今在新朝又受重任。你问我,我问谁?"

张若麒听吴三桂提起前朝的事,感到脸上微微发热。但是他断定吴三桂必定知道沈阳情况,随即又问:

"伯爷虽然不暇派人打探沈阳方面情况,但钧座世居辽东,父子两代均为边镇大帅,对满洲情况远比内地文武官员熟悉。据麾下判断,满洲人会不会乘李王在北京立脚未稳,兴兵南下?"

吴三桂略微沉吟片刻,用很有把握的口气说道:"我世受明朝厚恩,今日只有决计讨贼,义无反顾。不论清兵是否南犯,一旦时机来临,我都要恢复大明江山,为先帝复仇,其他不必多言。但我同二位原是故人,共过患难,所以我不能不说出我的真心实话。请你们只可自己心中有数,回北京后不可告诉李王。为李王打算,他来山海卫找我的麻烦,对他十分不利。请你们劝他,他想用兵力夺取山海关决非易事,最好不要远离北京。"

唐通和张若麒已经听出来,吴三桂必定得到了清兵即将南下的探报,明白他们奉李王钦差来犒军和劝降,只能无功而回。张若麒向吴三桂问道:

"既然你不忘大明,执意不降,我们也不敢在此久留。你可否命帐下书记今夜给李王写封回……"

吴三桂显然在李自成的犒军使者来到前就已经同他的左右亲信们研究成熟,所以不假思索马上回答:

"请你们二位向李王回禀,我的意思是:像这样大事,我必须同手下将领们认真商量,才好回答,望李王稍候数日。"

唐通问:"请你简单地写封回书,只说四万两银子和一千两黄金已经收下,对李王钦差我们二人携重金前来犒军表示感谢,暂不提投降的事,岂不好么?"

吴三桂笑着回答:"在二位光临山海卫之前,我已经与帐下亲信文武仔细研究,只可请你们口头传言,不能同李王书信来往。"

张若麒问道:"这是何故?"

吴三桂说:"请你们想一想,我在书信中对李王如何称呼?我若称他陛下,岂不承认我向他称臣了?倘若我骂他是逆贼,岂不激怒了他?"

唐通比吴三桂大十来岁,在心中骂道:"这小子真够狡猾!"他后悔当日自己出八达岭三十里迎接李自成,十分欠缺考虑。倘若凭八达岭长城险关死守数日,同李自成讨价还价,决不会像今日这般窝囊!他想,既然吴三桂坚决不肯投降,他同张若麒就应该立刻回京复命,免得李王责怪他们来山海卫劝降不成,反而贻误戎机。略微想了片刻,对吴三桂说道:

"平西伯,既然我同张大人前来劝降无功,不敢在此久留,明日即启程回京复命……"

不待他说完,吴三桂即回答说:"两位大人风尘仆仆来此,务请休息三天,然后回京不迟。"

张若麒说:"李王令严,弟等劝降不成,决不敢在此多留,明日一定启程。至于犒军的金银与绸缎等物,既已收入伯爷库中,则请务必赐一收据,以为凭证。"

吴三桂苦劝他们停留三天,表面上十分诚恳,实际上他断定清兵即将南下,便想以此尽量拖延李自成东来时间,纵然能拖延一天两天也好。唐、张二人似乎也猜到了吴三桂的用意。他们从北京动身时原有一个好梦,想着凭他们携来如此多的犒军金银,加上他们同吴三桂原是故人,曾在松山战役中共过患难,况如今崇祯已经殉国,明朝已亡,劝说吴三桂投降大顺,应该并不困难。只要能劝降成功,为大顺皇帝樱去肘腋之患,顺利举行登极大典,他们二人就对大顺朝立了大功。不曾料到,从他们到来以后,吴三桂对他们虽是盛情款待,言谈间却没有露出降意,总说他两世为辽东封疆大将,蒙先帝特恩,晋封伯爵,所以他将竭力守住山海孤城,既不向北京进兵,也不愿投降新主。唐通也是明朝的总兵官,也在几个月前被崇祯皇帝特降隆恩,饬封伯爵,奉命镇守居庸关,阻挡流贼,而他却出关三十里迎接李自成。听了吴三桂拒降的话,他暗中惭愧,对饮酒无情无绪,几乎是用恳求的口气说道:

"平西伯,你如此要做大明忠臣,坚不投降,人各有志,弟不敢多劝。弟等回京,如何向李王回话?"

吴三桂说道:"犒军的金银和细软之物,我分文不要,你们二位仍旧带回北京,奉还李王好么?"

唐通一怔,随即哈哈大笑,笑过后说道:"平西伯,你要我同张大人死无葬身之地么?"

吴三桂赔笑说:"我们是松山患难之交,断无此意。"

唐通说道:"纵然你无意使我与张大人在山海卫死无葬身之地,但是你的麾下将士一听说犒军的金银细软被带回北京,岂不激起兵变,我们还能活着离开山海卫?"

吴三桂笑着说:"你放心,念起我们三个人在松山战场上风雨同舟,我派遣五百骑兵护送犒军的金银细软平安出境,直送到百里之外。"

唐通趁着五分酒意,冷笑一声,说道:"平西伯,我也是从行伍中滚出来的,这玩意儿我不外行!你派遣五百骑兵送我出境,路上来个兵变,声称是土匪或乱兵截路,图财劫杀,决没人替我与张大人伸冤。倒不如我们留在你这里,长做食客,不回北京复命,等待李王消息!"

张若麒害怕唐通再说出不愉快的话,赶快笑着插言说:

"你们二位的话太离题了。平西伯的心思我最清楚。他不是完全无意投降李王,只是另有苦衷,非定西伯的情况可比。定西伯,你在受封为伯爵之后,崇祯帝在平台召见,命你镇守居庸关,防御流贼东来。你近几年经过几次战争,手下只有三四千人,全是跟随你多年的将士,家眷也随营到了居庸关。所以经李王派人劝说,你出城三十里迎降,毫无困难。平西伯麾下将士很多,有从宁远来的,有原驻山海卫的,总兵和副总兵一大群,都是多年吃朝廷俸禄,拿明朝粮饷,与崇祯有君臣之情,要大家马上跟着投降李王,并不容易,这同你定西伯的情况大不一样。"他望着杨珅问:"子玉将军,我说平西伯在降不降两个字上颇有苦衷,你说是么?"

杨珅赶快说:"张大人可算是一槌敲到点子上了。你们两位大人来到之前,我们关宁将领曾经密商数次,始终不能决定一个最后方略。降顺李王呢?大家毕竟多年吃大明俸禄,还有不忘故君之心。不降呢?可是我们数万人马只剩下这座孤城,以后困难很多。还有我家伯爷的父母和一家人三十余口都在北京,原来是崇祯手中的人质,如今是李王手中的人质……"

唐通笑着说:"想反对李王也不容易,是不是?"

杨珅接着说:"还有,我军从宁远护送进关的眷属百姓,号称五十万,实际有二十多万,暂时分散安插在附近几县,根本没有安定;以后怎么办,我家伯爷不能不为这付沉重的担子操心。所以降与不降,不能不与众将商议。只要你们多留一天,我们还要认真密商。"

唐通说:"子玉,你说的也有道理,可是我们奉命前来劝降,倘若贻误戎机,吃罪不起。"

吴三桂站起来向两位客人说道:"请两位大人随便再饮几杯,愚弟去内宅片刻,马上就来。"他拱拱手,往后院去了。临离席时,叫杨珅随他同去。

平西伯在山海卫的临时行辕,二门以内的西厢房分出两间,是吴三桂平时与几位亲信将领和僚属密商大事的地方,通称签押房,又称书房。实际上吴三桂不读书,这房间中的架子上也没有摆一本书。他先在椅子上坐,命杨珅在另一把椅子上坐下。他小声说道：

"子玉，你方才对唐通们说的几句话很得体，既使他明白我们在降不降两个字上怀有苦衷，也告诉他们像这样大事，我必须同部下重要将领和文职幕僚商量，目前还未最后决断。给唐通们一点盼头，就可以留他们在此地住两三天。据今日所得沈阳探报，多尔衮将率领清兵南下，攻进长城，这一用兵方略是已经定了，大军启程的日子也很快了。我们务必想个主意，将他们留下两三天。只要他们不回到北京向李贼回禀我们不肯投降，李贼就不会前来。一旦清兵南下，这整个局势就变了。一边是清兵，一边是大顺兵，让他们在北京附近二虎相斗。我们是大明平西伯的关宁兵，以恢复大明江山为号召，正是大好机会。你的点子多，如何让唐、张二位在这里停留三天？"

杨坤略停片刻，含笑答道："伯爷，据我们连得探报，多尔衮继承皇太极遗志，决意兴兵南下，必将与大顺兵在北京东边发生血战。俗话说，'二虎相斗，必有一伤。'李贼从西安孤军远来，后援不继，在北京立脚未稳，又失民心，必非清兵对手。钧座所言极是，目前一定要想办法使唐张二位前来劝降的大顺钦差在此地停留三天。他们停留三天，返回北京路途上又得六七天，那时多尔衮率领的清兵大概就进入长城了。"

吴三桂问："如何将他们两位留住？"

杨坤回答："请钧座放心，我已经有主意了。"

"你有何主意？"

"从唐、张二位大顺犒军和劝降钦差的谈话中，我已经明白，他们虽然投降了李自成，却同李自成并不一心。这一点是我原来没有想到的。既然李自成能够用他们前来劝降，钧座也可以用他们对李自成施行缓兵之计。从现在起，请钧座不再说决不投降李王，只说这事十分重大，还得同麾下将领和幕僚认真商量，等到商量定局,大家都同意投降大顺,立刻就向李王拜表称臣,恭贺登极。拿这话留住两位钦差,估计不难。"

"这话,他们会相信么?"

"会相信。"

"何以知道?"

"钧座一直将步子走得很稳。第一,钧座始终没有为先皇帝发丧;第二,始终没宣誓出兵为先帝报仇,为大明讨伐逆贼。这两件事,为钧座留下了很大的回旋余地,可进可退,比较自由。眼下同他们言谈之间,伯爷不妨拉硬弓,表示世受国恩,父子两代都是明朝大将,自己又蒙先皇帝敕封伯爵。后来形势危急,先皇帝密诏勤王,星夜驰援北京,只因路途耽搁,致使北京失守,先帝身殉社稷,钧座深感悲痛,所以迟迟不肯向李王拜表称臣。今日蒙两位钦差大人携带牛丞相恳切书信,并携带重金,宣示李王德意,前来犒军劝降。已经有一部分关宁将领深受感动,开始回心转意。先皇帝已经在煤山自缢殉国,明朝已亡,只要大多数将领和重要幕僚愿意归顺大顺,钧座也将随大家心意行事。但这事不能仓促决定,总得同关宁的重要将领和重要幕僚再作商量,不可求之过急,引起部下不和,对事情反而不好。"

吴三桂笑着点点头,说道:"这话倒还婉转。你怎么说?"

"伯爷,我与你不同,容易说话。你是大明朝的平西伯,又是关宁大军的总镇,一言九鼎,每一个字都有分量。你说一句绝不投降,李自成可能马上就率兵前来;你说愿意投降,一则不递去降表祝贺登极就不行,二则关宁将士马上斗志瓦解,本地士绅仍然不忘大明,也会马上将我们视为贼党。倘若如此,不仅对我军不利,对暂时分散寄居在附近州县的宁远乡亲更为不利。所以降或不降,钧座只可说出模棱两可的话,别的话由卑职随机应付。"

吴三桂一向将杨珅当做心腹,不仅因为他忠心耿耿,也因他做

事颇有心计,眨眼就是见识。此刻听了杨珅的一席话,他频频点头,随后说道:

"子玉,你的意见很好。无论如何,要将他们挽留三天。往年,我们驻守宁远,京城去人,不管大官小官,都送点银子。对唐、张二位犒军钦差,似也不该例外。依你看,每人送他们多少?"

"据卑职看,每人送二十锭元宝,不能再少。"

"每人一千两?"

"每人一千两,今夜就送到酒宴上。好在今晚的酒席没有外人,不会泄露消息。"

"为什么这么急?明日送他们不可以么?"

"他们收下银子,对他们就好说私话了。"

"他们肯收下么?"

"他们也会说推辞的话,可是心中高兴。俗话说'黑眼珠见不得白银子',何况他们!"

"他们?"

"是的,他们更爱银子。"

"你怎么知道?"

"唐通在谈话中已经露出实情:跟着李自成打天下的陕西将士,因为胜利,十分骄傲,把新降的将士不放在眼里,视如奴仆。据我们的细作禀报,破了北京以后,陕西将士驻在北京城内,勒索金银,抢劫奸淫,纪律败坏。唐通的兵只能驻在远郊和昌平一带。原来在明朝就欠饷,如今在李王治下,也未发饷。不要说他的将士很穷,他自己虽是定西伯兼总兵官,也是穷得梆梆响。"

吴三桂笑着点头,说道:"老陕们在北京城大口吃肉,唐通的人马连肉汤也没有喝的。不亏,谁叫他抢先迎降,背叛崇祯皇帝!"

"张若麒更是穷得梆梆响,"杨珅接着说,"更巴不得有人送他一点银子救急。"

吴三桂问："他也很穷？"

杨珅笑着说："伯爷，你怎么忘了？他一直是做京官的，没有放过外任。松山兵败之前，他做过兵科给事中，后升任兵部职方司郎中，后来又奉钦命为洪承畴的监军，因兵败受了处分。万幸没有被朝廷从严治罪，勉强保住禄位。做京官的，尤其像兵部职方司这样的清水衙门，虽为四品郎中，上层官吏，却好比在青石板儿上过日子，全靠向那些新从外省进京的督抚等封疆大员打秋风过日子，平日无贪污机会，所以最需要银子使用。"

吴三桂哈哈大笑，爽快地说："既然这样，我送他们每人两千两银子的'程仪'，不必小手小脚！"

杨珅说道："伯爷如此慷慨，我们的一盘棋就走活了！钧座，就这样办？"

"一言为定，就这么办吧。反正银子是李贼送来的，羊毛出在羊身上。正如俗话说的，拿他的拳头打他的眼窝。我要使唐通和张若麒明为闯王所用，暗归我用。"

吴三桂感慨说："李自成造反造了十六七年，身边竟没有忠心耿耿的人员可用。就派遣新降顺的、不同他一心一德的文臣武将前来这一点说，也看出他毕竟是个流贼，不是建立大业的气象！"

吴三桂立刻命一仆人到隔壁院中告诉行辕军需官，赶快取出四千两银子，每两千两用红绸子包为一包，亲自送来备用。

过了片刻，军需官同一个亲兵提着两包银子来，放在地上。吴三桂问道：

"每包两千两，没有错吧？"

"回伯爷，卑职共取八十锭元宝，分为两包，没错。"

杨珅是很有心计的人，忽然一个疑问闪过眼前。他赶快从一个红绸包中取出两锭元宝，放在桌上，在烛光下闪着白光。他拿起一锭元宝，看看底上铸的文字，吩咐说：

"这新元宝不能用,一律换成旧元宝,只要是成色十足的纹银就行。"

吴三桂一时不解何意,望着闪光的新元宝问道:

"难道这些元宝的成色不足?"

"不是,伯爷,这新元宝万不能用!"

"为什么?"

"伯爷,据密探禀报,流贼占了北京以后,除逮捕六品以上官员拷掠追赃之外,还用各种办法搜刮金银、贵重首饰等值钱之物。据说共搜刮的银子有七千万两,命户部衙门的宝源局日夜不停,将银子熔化,铸成元宝,每一百锭新元宝,也就是五千两银子装入一个木箱,派一位名叫罗戴恩的将领率领三千精兵,将这七千万两银子运回西安。这送来犒军的银子就是从那准备运回西安的银子中取出来的。我一看这是新元宝,心中就有些明白,再看看元宝底上,铸有'永昌元宝'四个字,心中就全明白了。俗话说,天下没有不透风的墙。万一被李贼知道,不惟我们贿赂唐、张的密计失败,他们也会被李贼杀掉。这可不是玩的!"

吴三桂恍然明白,向军需官问:"我们的库中有没有旧的元宝?"

军需官恭敬回答:"回伯爷,这次我们是奉旨放弃宁远,连仓库底儿都扫清,所有积存的银子都搬进关了。元宝不少,也都是十足纹银,五十两一锭,不过没有这新元宝银光耀眼,十分好看。我们运进关的旧元宝,有万历年间的、天启年间的、崇祯初年的,有户部衙门铸造的,有南方铸造的,南方元宝是由漕运解到户部的,都作为关外饷银运往宁远。伯爷若说换成旧元宝,卑职马上就换,有的是!"

吴三桂点头说:"你赶快换吧,八十锭元宝仍然分成两包,马上送到酒宴前。"

"遵命!"

"子玉,"吴三桂转向杨珅说,"我们快回宴席上吧,就按照刚才商量好的话说。"

刚才吴三桂和杨珅离开大厅以后,虽然还有一位将领和一位掌书记陪着客人饮酒,但是酒宴上的情绪变得十分沉闷,酒喝得很少,谈话也无兴致,两位前来犒军和劝降的大顺钦差不时地互递眼色,各自在心中暗测:吴平西同杨子玉在商议什么事儿?……他们正在纳闷,忽见大厅外有灯笼闪光,同时听见仆人禀道:

"伯爷驾到!"

陪着客人吃酒的那两位平西伯手下文武要员,即一位姓李的总兵官和一位姓丁的书记官立时肃然起立,避开椅子,眼睛转向门口,屏息无声。

唐通和张若麒虽是大顺钦差,在此气氛之下,也跟着起立,注目大厅门口。唐通在心中嘀咕:

"妈的,老子早降有什么好?反而降低了我大明敕封定西伯的身价!"

张若麒的心头怦怦乱跳,对自己说:"大概是决不投降,要将我同唐通扣押,给李自成一点颜色,讨价还价!"

吴三桂面带微笑进来了。杨珅紧跟在他的身后。他一进客厅,一边向主人的座位走一边连连拱手。就座以后,随即说道:

"失陪,失陪。因与子玉商议是否投降的事,失陪片刻,未曾劝酒。叨在松山战场的患难之交,务乞两位大人海涵。来,让我为二位斟杯热酒!"

唐通说:"酒已经够了。还是说正事吧。平西伯,我同张大人如何向李王回话?"

吴三桂也不勉强斟酒,按照同杨珅商量好的意思,说今日已经夜深,必须明日同手下重要文武官员再作商议,方好决定。

唐通说道:"平西伯,你是武人,我也是武人,又是松山战场上的患难之交。你也知道,我同张大人都不是陕西人,也不是李王的旧部,在大顺朝中,初次奉钦差前来为李王办理大事。我不知张大司马①怎么想的,我只怕劝降不成,又犯了贻误戎机的罪,正如俗话说的吃不消兜着走。我们停留一天两天,等候你与麾下重要文武要员商量定夺,不是不可以,可是得给我们一句囫囵话,让我们好回北京复命。月所仁兄,你是明白人,你说是么?"

吴三桂因见唐通的话几乎等于求情,才来到时那种钦差大臣的口气完全没有了,点头笑着说:

"我只留你们住两天,一定给你们一句满意的囫囵话,请放心。"

张若麒已经对此行完全失望,望着半凉的酒杯,默然不语。杨珅正要说话,行辕军需官和一位文巡捕各捧一个沉甸甸的红绸包袱进来。杨珅因为两位客人面前的酒宴桌上杯盘罗列,赶快亲自拉了两把空椅子,每位客人的身边放了一把,吩咐将包袱放在空椅子上。两位客人已经心中明白,眼神一亮,各自望了身边的红绸包袱,掩盖住心中的喜悦,装出诧异神情,同时问道:

"这是什么?什么?"

军需官二人赶快退出,并不说话。吴三桂叫仆人快拿热酒。热酒还未拿到时候,杨珅打开一个红绸包袱,笑着说道:

"我家伯爷因二位大人奉李王钦差,风尘辛苦,前来犒军,敬奉菲薄,聊表心意。送每位大人程仪足元宝四十锭,合实足成色纹银两千两,万望笑纳。至于随来官兵,明日另有赏银。"

唐通和张若麒也想到吴三桂会送程仪,但是只想到每人大概

---

① 大司马——明代官场习惯,称兵部尚书为大司马。张若麒前来劝降,李自成授予他兵部尚书衔。

送二三百两,至多五百两,完全不曾料到每人竟是两千两。这太出人意料了。他们吃惊,高兴,但又连声推辞。最后唐通将新斟满的酒杯一饮而尽,哈哈大笑,大声说道:

"这,这,这真是却之不恭,受之有愧!叫我怎么说呢?平西伯,你有需要效劳之处,只管说,弟一定尽力去办!哈哈哈哈……"

张若麒虽然心中更为激动,但仍不失高级文官风雅,端起斟满的酒杯,先向吴三桂举举杯子,又向杨珅等举举杯子,说道:

"值此江山易主、国运更新之际,故人相逢,很不容易。承蒙厚贶,愧不敢当。既然却之不恭,只好恭敬拜领。俗话说,金帛表情谊,醇酒见人心。弟此时身在客中,不能敬备佳酿,以表谢忱;只好借花献佛,敬请共同举杯,一饮而尽。请!请!"

大家愉快干杯之后,杨珅为两位贵宾斟满杯子,向客人说道:

"请二位大人放心。下官刚才已同我家伯爷商定,明日要与关宁重要文武密商投降大顺的事。如今合关宁两地为一体,家大业大,麾下文武成群,有人愿意投降顺朝,有的不忘大明,所以我家伯爷对此事一时不能决定。幸有二位大人奉李王钦差,今日携重金光降山海,一则犒军,二则劝降,使那些有意投降的文武要员,心情为之振奋。刚才我同平西伯商定,趁你们二位带来的这一阵东风……"

唐通笑道:"子玉,我们是从西边来的。"

"定西伯,那还是劝降的东风呀。趁你们带来的这一阵东风,明日的会议就好开了。"

唐通说:"子玉副总兵,我的老弟,请恕我是个武人,一向说话好比竹筒倒豆子,直来直去。家有千百口,主事在一人。明日你们开文武要员会议,投降大顺的决定权在平西伯手里,不在别人!"

吴三桂说:"唐大人说的是,明日我当然要拿出我自己的主张。"

杨珅又接着说："明日不但要同关宁大军的文武要员密商，还要同本地的重要士绅密商。"

唐通说："啊呀？还要同地方士绅密商？！"

"是的，不能瞒过地方士绅。"

"兵权在平西伯手里，与地方士绅何干？"

"不，唐大人。我家平西伯奉旨护送宁远十几万百姓进关，入关后分住在附近几县。大顺兵占据北京之后，近畿各州县并未归顺，关内地方并未背叛明朝。倘若我关宁将士不与地方士绅商量，一旦宣布投降，散居附近各处的入关百姓与将士家属岂不立刻遭殃？所以同居住在山海卫城中的地方士绅商议，必不可少。你说是么？"

唐通说道："子玉，你想得很周到，但怕夜长梦多，误了大事。"

张若麒说："唐大人，我们只好停留两三天了。"

杨珅说："张大人说的是，如此大事，不可操之过急。好比蒸馍，气不圆，馍不熟嘛。"

唐通苦笑点头，同意在山海卫停留两三日，然后回京复命。况且他已经得了吴三桂赠送的丰厚程仪，更多的话不好说了。但又心思一转，他已经以大明朝敕封定西伯的身份出居庸关三十里迎降李自成，这件事好比做投机生意，一时匆忙，下的本钱太大；倘若再因为来山海卫劝降不成连老本也赔进去，两千两银子的程仪又算得什么！他重新望着吴三桂说道：

"平西伯，你我是松山战场上的患难之交，又是崇祯皇帝同时敕封的伯爵，这情谊非同寻常。奉新主儿李王钦差，我与张大人前来劝降，还带着令尊老将军的一封家书，我原想着我们之间可以无话不谈，推心置腹，好好商量，走出活棋。我们不说在李王驾前建功立业，至少应该不受罪责，在新朝中平安保有禄位。可是对我们奉钦命前来劝降的这件大事，你平西伯连一句转圜的话也不肯说，叫我们一头碰在南墙上,如何向李王回话?"

唐通的话饱含着朋友感情,不谈官面文章,使吴三桂不免有点为难。他心中矛盾,面露苦笑,看看杨珅和另外两位陪客饮酒的亲信文武,然后又望望张若麒。他的这种为难的神态,被张若麒看得清楚。张若麒在心中很赞赏唐通的这番言辞。他知道唐通的肚子里还藏有一把杀手锏,不到万不得已不肯使用。他向唐通使个眼色,鼓励他把话说完,而他的眼色只有唐通一个人心领神会,竟然瞒住了吴三桂和杨珅等人。

唐通话头一转,说道:"平西伯,我的患难朋友,我的仁兄大人,有一件事情你是大大地失策了!"

张若麒明白唐通的话何所指,在心中点头说:"好,好,这句话挑逗得好!武人不粗,粗中有细!从今晚起,我要对唐将军刮目相看!"

唐通接着对吴三桂说:"我已经说过,我是竹筒倒豆子,肚里藏不住话,对好朋友更是如此。"

吴三桂问道:"不知唐大人所言何事?"

唐通说道:"去年的大局已经不好,明朝败亡之象已经明显,好比小秃头上爬虱子,谁都能看得清楚。可是就在这时,你奉密诏进京述职。临离京时你将陈夫人带回宁远,却将令尊老将军与令堂留在京城,岂不是大大失策?如今老将军落在李王手中,成为人质。万一不幸被杀,岂不是终身伤痛?世人将怎样说你?后人将怎样说你?岂不骂你是爱美人不爱父母?仁兄,你聪明一世,糊涂一时,太失策了!"

吴三桂神色愁苦,叹一口气,小声问道:"家严与家母留在北京的内情你不知道?"

唐通实际早已听说,装作不知,故意挑拨说道:"我不在北京做官,所以内情一概不知。如今有些人不知你父母住在北京,误认为你在北京没有骨肉之亲,没有连心的人,才决计抗拒向李王投降,博取明朝的忠臣虚名。你在北京府上的父母双亲,结发贤妻,全家三十余口,随时都会被屠杀,他们每日向东流泪,焚香祷告,只等你说一句投降之话。令尊老将军为着全家的老幼性命,才给你写那封十分恳切的劝降家书,你难道无动于心?"

吴三桂忽然心中一酸,不禁双目热泪盈眶。说道:"先帝一生日夜辛勤,励精图治,决非亡国之君。然秉性多疑,不善用人,动不动诛戮大臣,缺乏恢宏气量。松山兵溃之后,许多驻军屯堡,无兵坚守,陆续失陷,宁远仍然坚守,成为关外孤城。家舅父祖将军在锦州粮尽援绝,只好投降清朝。从此以后,原先投降清朝的、受到重用的乡亲旧谊,都给我来信劝降。清帝皇太极也给我来过两次书信,劝我投降。我都一字不复。家舅父奉皇太极之命,也给我写信,劝我投降清朝。我回了封信,只谈家事,报告平安,对国事只字不提。尽管如此,先帝对三桂仍不放心,下诏调家严偕全家移居京师,授以京营提督虚衔,实际把我父母与一家人作为人质。我父母在北京成了人质之后,崇祯帝才放了心,降密旨召我进京述职,面陈防虏①之策。倘若我的父母与全家没有住在北京,成为他手中人质,他怕我在宁远抗命,是不敢召我进京的。别说当时我不能料到北京会落入李王之手,崇祯会在一年后成为亡国之君,纵然我是神仙,能知后事,我也不敢将父母接回宁远。至于陈夫人,情况不同。她不过是我新买到的一个姜。我身为边镇大帅,顺便将爱姜带回驻地,不要说朝廷不知,纵然知道也不会说话。定西伯仁兄大人,你我原是患难之交,没想到你对此情况竟不知道!"

张若麒赶快笑着说:"唐大人原是边镇大帅,不在朝廷做官,所以对令尊老将军升任京营提督内情并不知道。他只是听别人闲言,胡说平西伯你只要美人,不要父母。他一时不察,酒后直言,虽

---

① 虏——明朝人蔑视满洲敌人,称之为东虏、建虏,亦简称为虏。

然稍有不恭,也是出于好意。伯爷目前处境,既要为胜朝忠臣,又要为父母孝子,难矣哉!难矣哉!此刻夜已很深,不必多谈。但请明日伯爷同麾下的文武要员密商和战大计时候,能够拿出主张,向李王奉表称臣,一盘残棋死棋都走活了。"他转望着杨珅问道:"杨副将,今晚休息吧,你看怎样?"

杨珅敷衍回答:"这样很好。明日在密商大计时,请我家伯爷多作主张。"

此时已经三更过后,吴三桂带着杨珅和另外两位陪客的文武亲信将大顺的两位钦差送至别院中的客馆休息。前边有两个仆人提着官衔纱灯,后边有两位仆人捧着两包共八十锭元宝。目前已经是春末夏初季节,天气晴朗,往年春末夏初常有的西北风和西北风挟来的寒潮,都被高耸的燕山山脉挡住,所以山海城中的气候特别温和。不知是由于气候温暖,还是因为多喝了几杯好酒,唐通和张若麒在被送往行馆的路上,心情比较舒畅,谈笑风生。

款待两位钦差的地方被称为钦差行馆,是在吴三桂行辕旁边的一座清静小院,上房三间,两头房间由唐通和张若麒下榻,床帐都很讲究。房间中另有一张小床,供他们各自的贴身仆人睡觉。院中还有许多房屋,随来的官兵合住同一院中。

吴三桂将客人们送到以后,没有停留,嘱他们好生休息,拱手告别。唐张二人确实很觉疲倦,但他们赶快将各自的元宝点了点,每人四十锭的数目不错,随即吩咐仆人分装进马褡子里。仆人为他们端来热水,洗了脚,准备上床。

唐通手下一位姓王的千总、管事官员,脚步轻轻地进来禀报,今晚平西伯行辕派人送来了三百两银子,赏赐随来的官兵和奴仆,都已经分散完了。

唐通心中很高兴,觉得吴三桂还是很讲交情的,向他详细禀报时,他一摆手,不让王千总继续说下去,赶快问道:

"我原来吩咐你们在关宁明军中有老熟人、有亲戚的,可以找找他们,探听一点满洲人的消息,你们去了么?"

千总回答:"院门口警戒森严,谁也不能出去。"

"啊?不能出去?"

王千总低声说:"不知为什么这小院的门禁很严,我们的官兵不能出去,外边的官兵也不能进来。"

唐通吃惊地瞪大眼睛说道:"怪!怪!我同张大人是大顺皇上派遣来犒军和谕降的钦差大臣,我们的随从人员为何不能走出大门!?"

张若麒正从枕上抬起头来侧耳细听,听见唐通的声音提高,且带有怒意。他便起身披衣而出,悄悄问明了情况,随即向唐通和王千总摆摆手,悄声说道:

"不管守大门的武官是何用心,我们眼下身在吴营,只可处处忍耐,万不可以大顺钦使自居。明日吴平西与亲信文武以及地方士绅等会商之后,肯不肯降顺大顺,自然明白。倘若投降,万事大吉,我们也立了大功;否则,我们只求速速回京复命,犯不着在此地……"他不愿说出很不吉利的话,望一望唐通和王千总,不再说了。

唐通说:"好,我们先只管休息。是吉是凶,明天看吧!"

唐通与张若麒本来愉快的心情突然消失,转变成狐疑、震惊和失望。尽管他们一时不知道为什么有此变化,但实际情况却很可怕:他们和随来的官兵都被软禁了。

最近几天,吴三桂最关心的沈阳消息不再是清兵是否南下,而是要确知清兵何时南下,兵力多大,将从何处进入长城,何人统兵南下等等实际问题。大顺钦差的到来,使这些消息变得更加重要了。昨夜把唐、张两位钦差送至客馆之后,他也很快回到内宅。本想好好休息,却被这些事情搅着,辗转床榻,几乎彻夜未眠。所幸天明时分,一名探马从宁远驰回,把这些消息全都探听清楚了。

吴三桂为着对两位从北京来的犒军钦差表示特殊礼遇,今日仍将唐、张二位请到平西伯行辕早餐。吴三桂和杨珅作陪,态度比昨夜最后的酒宴上更为亲切。昨夜就寝以前唐通的满腹疑虑和恼恨,忽然冰释,暗中责备自己不该小心眼儿。但他毕竟是个武人,饮下一杯热酒以后,趁着酒兴,望着吴三桂说道:

"月所仁兄,我们是松山战场上的患难之交,不管劝降成不成,朋友交情仍在。昨夜一时不明实情,我误以为你已经将我与张大人软禁,错怪仁兄大人了。"说毕,他自己哈哈大笑。

吴三桂心中明白,故意问道:"何出此言?"

"昨夜听我的随从说,自从住到客馆以后,门口警卫森严,一天不许他们出去拜访朋友,也不许别人进来看他们。他们说被软禁啦。"

吴三桂故作诧异神情,向杨珅问道:"这情况你可知道?"

杨珅含笑点头:"我知道。今日还得如此,以免有意外之事。"

"为什么?"

"我们关宁将士忠于大明,从来为我国关外屏障,矢忠不二。一提到流贼攻破北京,逼死帝后,痛心切齿。昨日两位钦差来到之后,关宁将士与地方忠义士民群情浮动,暗中议论打算杀死两位钦差。职将得到禀报,为了提防万一,职将立刻下令,对钦差大人居住的客馆加意戒备,里边的人不许出来,外边任何人不许进去,也不许走近大门。"

吴三桂说道:"你这样谨慎小心,自然很好,可是你为何不在下令前向我请示,下令后也不向我禀报?"

"钧座那样忙碌,像这样例行公事,何必打扰钧座?"

吴三桂点头,表示理解。"啊"了两声,随即向两位钦差笑着说道：

"杨副总兵虽然是为防万一，出于好意，作此戒备安排，理应受嘉奖；但他不该忙中粗心，连我也毫不知道，也没有告诉二位大人，致引起二位误会。"说毕，他哈哈大笑，又向杨珅问道："今日还要严加戒备么？"

"谨禀伯爷和二位钦差大人，今日还得严加戒备，直到明日两位钦差启程回京。"

唐通对杨珅说道："子玉，我现在才知道你是好意，昨夜我可是错怪你啦。张大人，昨夜你也有点生气是么？"

张若麒毕竟是进士出身，在兵部做了多年文官，虑事较细。今日黎明时从噩梦中一乍醒来，又思虑他与唐通以及随来官兵遭到软禁的事，想来想去，恍然醒悟。他猜想，近日来，必是吴三桂与满洲方面有了勾结，山海卫兵民中人尽皆知。吴三桂为不使走漏消息，所以才借口为钦差安全加强警卫，使他们误认为受到软禁。他常常想着，自家身处乱世，值国运日趋崩解之秋，可谓对世事阅历多矣。他认为天下世事，头绪纷杂，真与假，是与非，吉与凶，友与敌，往往在二者间只隔着一层薄纸。不戳破这张薄纸，对双方都有利，可以说好处很多。何况心中已经清楚，李自成并非创业之主，说不定自己以后还有用上吴三桂之时。这样在心中暗暗划算，所以对唐通与吴三桂的谈话，他只是含笑旁听，不插一言。直到唐通最后问他，他才说道：

"我昨天太疲倦，一觉睡到天明。"他转向吴三桂说："今日关宁将领们会商大计，十分重要。深望伯爵拿出主张，我们好回京去向李王复命。"

吴三桂笑而不言。

上午，吴三桂召开秘密的军事会议，只有副将以上的将领和文官中的少数幕僚参加。大家都知道清兵不日就要南下,对反对李自成更加有恃无恐。所以会议时有许多人慷慨激昂,挥舞拳头。

中午,仍然在行辕中设酒宴款待钦差。吴三桂在宴前请二位钦差到二门内小书房密谈,说明他同麾下文武大员密商结果,誓忠大明,决不投降。倘若流贼前来进犯,他决意率关宁将士在山海卫决一死战,宁为玉碎,不为瓦全。他请求两位钦差在酒宴上不要再提起劝降的事,免得惹出不快。虽然唐通和张若麒也做了最坏打算,但这样的结果仍然使他们感到大为失望和吃惊。唐通问道:

"平西伯,你是不是得到了满洲兵即将南下的确实消息?"

"满洲方面,我一点消息没有。自从我从宁远撤兵入关之后,只派细作刺探北京消息,不再关心沈阳消息,所以满洲的动静,毫无所知。"

"你是否给李王写封回书?"

"既不向他称臣,又不对他讨伐,这书子就不写了。"

"给牛丞相写封书子如何?"

"他是你顺朝的丞相,我是大明朝的平西伯,邪正不同流,官贼无私交,这书子也不好写。"

张若麒感到无可奈何,要求说:"我们二人奉李王之命,也是牛丞相的嘱咐,携带重金和许多绸缎之物,前来犒军,你总得让我们带回去一纸收条吧?"

"好,我已命手下人准备好了,你们临动身时交给你们。"

唐通说:"既然你拒绝投降,我们今日下午就启程,星夜赶回北京,向李王复命。"

吴三桂说:"二位大人既有王命在身,弟不敢强留。因怕路上有人说你们是流贼的使者,把你们伤害,我已吩咐杨副将派一妥当小将,率领一百骑兵,拿着我的令旗,护送你们过永平以西。怕路上百姓饥荒,缺少食物,也给你们准备了足够的酒肉粮食和草料。"

唐通说:"你想得如此周到,可见虽然劝降不成,我们旧日的交情仍在。"

吴三桂又说:"本来今日应该为你们设盛宴饯行,不过一则为避免传到北京城对你们不利,二则为着还有些私话要谈,就在这书房中设便宴送行。因为贱内陈夫人也要出来为你们斟酒,就算是家宴吧。"

这时杨珅进来了,在一把椅子上坐下。

吴三桂问道:"子玉,都安排好了么?"

"都准备妥啦,开始吃酒么?"

"上菜吧,下午他们还要启程呢。"

杨珅向门外侍立的仆人一声吩咐,马上进来两个奴仆,将外间的八仙桌和椅子摆好。又过片刻,菜肴和热酒也端上来了。今日中午的小规模家宴,主要的用意是便于清静话别,不在吃酒。菜肴不多,但很精美。

唐通喝了一大杯热酒以后,直爽地问道:"平西伯,不管我们来劝降的结果如何,那是公事;论私情,我们仍然是患难朋友。常言道,日久见人心。我是粗人,说话喜欢直言无隐。你虽然号称有精兵,可是据我估计,你顶多不过三万精兵,对不对?"

吴三桂笑而不答。

唐通又问:"你既只有三万人马,敢凭着山海卫弹丸孤城,内缺粮草,外无援兵,必是确知满洲人快要南下,你才敢与李王对抗,你说我猜得对么?"

吴三桂心中一惊,暗说:"唐通也不简单!"他正要拿话敷衍,忽听院子里环佩丁冬,知道是陈夫人斟酒来了。

先进来的是一个十六七岁的、从北京带来的、稍有姿色的丫头,后边进来的是容光照人的陈圆圆。在刹那之间,不但满室生辉,而且带进一阵芳香。除吴三桂面带笑容,坐着不动之外,两位贵宾和杨坤都赶快起身。唐通趁此时机,认真地观看陈圆圆,不期与陈圆圆的目光相遇,竟然心中一动,不敢多看,也不知说什么好,只是带着羡慕的心情暗暗惊叹:

"乖乖,吴平西真有艳福!"

陈圆圆从丫环手中接过酒壶,先给唐通斟酒,同时含着温柔甜蜜的微笑,用所谓吴侬软语说道:

"愿唐大人官运亨通,步步高升。"

唐通的眼光落在陈圆圆的又白又嫩又小巧的手上,心中不觉叹道:"乖乖,这手是怎么长的!"也许是因为酒杯太满,也许是因为一时间心不在焉,唐通端在手中的酒杯晃动一下,一部分好酒洒在桌上,余下的他一饮而尽,无端地哈哈大笑。

陈圆圆接着给张若麒斟酒,说出同样祝愿的话。然后给杨坤斟酒,说出一个"请"字。最后才给她自己的丈夫斟酒。她给吴三桂斟酒时,不说一个字,只是从嘴角若有意若无意地绽开了一朵微笑,同时又向他传过来多情的秋波。

她不再说一句话,带着青春的容光、娴雅的风度、清淡的芬芳、婀娜的身影、环佩的丁冬声和甜甜的一丝微笑,从书房离开了。

唐通本来很关心满洲兵南下的消息,刚刚向吴三桂询问一句,正待回答,不料陈圆圆进来斟酒,将对话打断。陈圆圆走后,唐通的心思已乱,不再关心清兵的南下问题,对吴三桂举起酒杯笑着说:

"月所兄,你真有艳福,也真聪明,令愚弟羡杀!幸而你去年一得到如花似玉的陈夫人,马上将她带回宁远。倘若将她留在北京,纵然她能得免一死,也必会被刘宗敏抢去,霸占为妾。"

张若麒感到唐通说这话很不得体。他马上接着说道:

"此言差矣。目前,平西伯的令尊吴老将军,令堂祖夫人,以及在北京的全家三十余口,已为李王看管,成为人质。陈夫人虽是江南名媛,但是其重要地位怎能同父母相比,也不能同发妻曹夫人相比!"

唐通赶快说:"是,是。请恕我失言,失言。"

张若麒又说:"退一步说,倘若陈夫人被刘宗敏抢去,李王为要在北京登极,也一定早已将陈夫人盛为妆饰,用花轿鼓吹,送来山海!何待差你我携重金前来犒军!"

吴三桂怕唐通下不了台,需要赶快用话岔开,便向张若麒说道:"张大司马,自古忠孝不能两全,我如何救我的父母不死于李贼之手?"

张若麒略微沉吟,向吴三桂说道:"我同唐将军来时,携带令尊老将军给你的家书一封,盛称李王德意,劝你投降。听说令尊的这封家书是出自牛丞相的手笔,至少是经过他亲自修改,足见李王对这封劝降书信的重视。我昨晚问你如何给令尊回信的事,你说两天以后再写回信,另外派专人送往北京。我并不傻。我心中明白,你不肯马上写好回书由我们带到北京,也是你知道了清兵快要大举南下的消息,不过是为了拖延李王兴兵前来的时间罢了。平西伯,你是不是这个用意?"

吴三桂有片刻沉默,望望杨珅。杨珅昨天从谈话中明白两位从北京来的钦差与李自成并不一心,他已经悄悄向吴三桂建议要利用两位钦差,反过来为我所用。他看见吴三桂此刻想利用唐通和张若麒,但仍不敢向深处说话,他只好用眼色鼓励吴三桂胆大一点。吴三桂又向两位客人举杯敬酒,然后说道:

"常言道,对真人不说假话。据我看来,你们二位,虽然已经投降李王,但是还没有成为李王的真正心腹,李王也不肯把你们作为他自己的人。李王不是汉高祖和唐太宗那样的开国之主,他只信任陕西同乡,只相信从前老八队的旧人。后来跟随他的人物,那也只是他才进河南、艰苦创业时的两三个人。我明白这种实情,所以你们奉李王之命光临山海犒军,我在心中并不把你们二人看成是李王的人,只看你们是我的故人,在松山战役中的患难之交,曾经是风雨同舟。"他看看杨珅问道:"子玉,他们二位光临山海卫之前,我是不是对你这样说的?"

杨珅向贵宾们举杯敬酒,赶快说道:"我家伯爷所说的全是肺腑之言。"

唐通突然说道:"月所仁兄,我们一回北京,李王见你不肯投降,必然把你当成他的心腹之患,派兵前来,你的兵力可不是他的对手!你知道满洲兵何时南下?"

"愚弟实在一点不知。自从北京失陷以后,我只关心北京的消息,不关心沈阳消息。"

唐通和张若麒同时在心中骂道:"鬼话!"

吴三桂接着说:"至于我的兵力不敌流贼,这一点我不害怕。进关来的宁远百姓,其中有许多丁壮,我只要一声号召,两三万战士马上就有。"

唐通问道:"这我相信,可是粮食呢?"

"粮食我有,至少可以支持半年。我从宁远撤兵之前,明朝不管如何困难,为支撑关外屏障,粮食源源不断地从海路运到宁远海边的觉华岛,我临撤兵时全数从觉华岛运到了山海卫的海边。"

唐通又问:"你认为倘若李王率领大军来攻,你在山海卫这座孤城能够困守多久?"

吴三桂说:"第一,我有数万关宁精兵,效忠明朝,万众一心;第二,我有从觉华岛运来的粮食,可以支持数月;第三,我是以逸待劳;第四,宁远所存的火器很多,还有红衣大炮,我都全数运来了。所以,我但愿李王不要来攻,同我相安无事。倘若来找我打仗……"

唐通突然问道:"你打算向满洲借兵么?"

"这事我决不会做。我是明朝的边防大将,与满洲一向为敌,此时虽然亡国,但我仍然要为大明朝守此山海孤城,等待南方各地勤王复国的义师。"

张若麒心中明白,吴三桂愈是回避谈清兵南下的消息,愈可以证明清兵南下的事如箭在弦上,决不会久。但是他愿意与吴三桂保持朋友关系,说不定日后对自己很有用处。他说:

"平西伯,我们两年前在松山战场上风雨同舟,今天仍然以故人相待。我请问,你有没有需要我们帮忙之处?"

吴三桂赶快说:"有,有。正需要请二位赐予帮助。"

唐通问:"什么事?"

吴三桂说:"从昨天到今天,我对你们二位一再说出我决不投降,这是因为你们是我的患难之交,我对真人不说假话。可是你们回到北京向李王禀报时不要说得这么直爽,不妨婉转一点。"

唐通:"我们怎么说?"

吴三桂:"你们不要说我决无降意,只说我尚在犹豫不定,两天后我吴三桂会在给我父亲的回书中清楚说明。"

张若麒心中大惊,想道:"啊,他只是希望缓兵两天!清兵南下的日子近了!"但是他不点破这张纸,回答说:

"这很容易,我们按照你的要求办吧。只说你答应继续同众将领们再作仔细商量,降与不降,两天后派专人送来书子说明,决不耽误。"

吴三桂赶快说:"我只给家严老将军写封家书,禀明我宁肯肝脑涂地,粉身碎骨,誓为大明忠臣,决不降顺流贼,留下千古骂名。"

二位劝降钦差,心中一动,脸色一寒,半天不再说话。他们已经看明白李自成未必是真正的开国创业之主,倘若清兵南下,恐怕难免失败。为着两位钦差下午还要赶路,结束了送行午宴,转入内间坐下,换上香茶,略谈片刻。

张若麒向吴三桂问道:"伯爷关于不肯向李王投降的事,打算在家书中如何措辞?口气上是否要写得婉转一点?"

吴三桂回答说:"我正为此信的措辞作难。你想,既然忠孝不能两全,我决不在信中同意投降。可是说我决不投降,我父母的性命就难保。因此措辞困难……"

张若麒感叹说:"伯爷如此忠于大明,义无反顾,实在可敬。下官自幼读圣贤之书,进士出身,身居高官,不能为大明矢志尽忠,实在惭愧多矣。这封书子的措辞确实难,难!"

杨珅说道:"张大人满腹经纶,智谋出众,难道想不出好的办法?"

吴三桂听杨珅这么一说,神色凄然,几乎滚出热泪,叹口气说:"实不瞒二位钦使,弟虽不肖,不敢与古代孝子相比,但是人非草木,弟亦同有人心。弟迟迟不为先皇帝缟素发丧,在山海誓师讨贼,就是为着父母都在北京,只怕出师未捷,父母与全家先遭屠戮。唉!到底还是忠孝不能两全!"忽然,忍耐不住,眼泪夺眶而出。

杨珅见他的主帅落泪,望着张若麒问道:"张大人,有没有好的主意?"

张若麒低着头,轻轻摇晃脑袋,想了片刻,忽然将膝盖一拍,抬起头来,得意地说:

"有了!有了!"

一直坐在椅子上沉默不语的唐通忙问:"张大人,书信中如何措辞?"

张若麒又想了片刻,才决定说出他的主意。他首先想着,既然吴三桂坚不投降,必有所恃;所恃者非它,必是满洲兵即将南下。他凭自己两日来察言观色判断:满洲兵最近将南下无疑。他想道,如果一战杀败李自成,李自成来不及杀害吴襄,关宁兵或满洲兵有可能在战场上将吴襄夺回,也可能迫使李自成将吴襄放还。他又

想,目前除仿效汉高祖,别无办法。于是,他用了半是背诵半是讲解的口气说道:

"昔日楚汉相争,汉王刘邦和项王俱临广武而军,相持数月。楚军缺粮,项王患之。在这以前,项王捉到了刘邦的父亲和老婆,留在军中。到了这时,项王在阵前放一张大的案子,将刘邦的父亲绑在案子上,旁边放了一口大锅,使人告诉汉王:'你今天若不退兵,我就要烹你的父亲。'汉王回答说:'我与项羽俱北面受命怀王,约为兄弟。我的老子就是你的老子。倘若你一定要烹你老子,请分给我一杯肉汤。'项王大怒,想杀刘邦的老子。项伯,就是项羽的叔父,对项羽说:'天下事还说不定准,况且要打天下的人是不顾家的,你杀了刘邦的老子不但无益,反而增加了仇恨。'项羽听了劝告,不但不杀刘邦的老子,后来都放了,连刘邦的老婆也放了。"

吴三桂不很明白张若麒的真正用意,问道:"张大人,李自成目前还没说要杀家严,我在家书中如何措辞?"

张若麒:"嗨,平西伯,你太老实!如今你在家书中愈是毫不留情地痛责令尊老将军,责备他不能殉国,不能提着宝剑进宫杀死李贼……"

"他怎么能走进皇宫?"唐通问了一句。

"嗨,这是用计,不是当真!不管吴老将军能不能做到,只要平西伯在家书中把他令尊老将军骂得痛快,骂得无情,骂他令尊该死,就能救老将军之命。你还不明白么?不知谁替刘邦出的主意,刘邦就是用这个办法救了他老子的命,也救了他老婆吕后的命!"他忽然转问杨珅:"子玉将军,你明白我的意思么?"

杨珅在心中骂道:"你出的这个歪点子可是要把我家伯爷的一府老幼三十余口送到死地!"他口中不敢说出二话,但是在刹那之间不能不想到一件往事:差不多就在两年前,洪承畴率领八位总兵、十五万大军援救锦州。洪总督本来稳扎稳打,逐步前进,无奈张若麒这个狗头军师,号称懂得军事、来自兵部衙门的职方司郎中,不知怎的被崇祯皇帝赏识,钦派他来松山监军,连总督洪承畴也不敢不听他的意见。他不断催战,遂致全军溃败。如今他又来出馊主意,真是夜猫子进宅,没有坏事不进来①!他的眼光转到唐通脸上,想听听这位身居总兵的将军的意见,恭敬地问道:

"唐大人经多见广,请你看张大人这主意是否可行?"

唐通心中认为张若麒指点的是一着险棋,很可能枉送了吴三桂在北京的一家性命,但是万一这着险棋有用呢?他沉吟片刻,回答说:

"你们这里,文的武的,人才众多,谋士成群。还有两天时间,何不让大家商量商量?"

杨珅对唐通的回答很觉失望。在吴三桂的幕僚和将领中,一直集中考虑的是降与不降的问题,而没料到会有老将军吴襄的劝降家书。他们早已抱定决心,坚守山海关,决不投降,等待清兵南下。从昨天唐通和张若麒带来了老将军吴襄的劝降家书,才突然引起大家重视了这个问题,却商量不出一个妥当对策。杨珅看见唐通也说不出来好的意见,他重新思索张若麒指点的一步险棋。他想,俗话说病急乱投医,张大人开的药方不妨试试?……

杨珅不敢轻答可否,望望吴三桂,同吴的疑问眼神碰到一起。正在这时,吴三桂手下的一位偏裨将官进来,站在门外禀报:

"敬亭伯爵老爷,唐总兵大人的人马已经站好了队,我们派往护送的一百名骑兵也都站好了队,要不要马上启程?"

吴三桂与两位前来犒军劝降的人顺钦差互相看了一眼,随即吩咐一句:

"马上启程。"

---

① 真是……不进来——过去民间不知道猫头鹰是益鸟,认为猫头鹰出现很不吉利,故有此俗话。

吴三桂送走了李自成差来犒军与劝降的两位使者以后,一方面做应战准备,一方面命两位文职幕僚代他拟一封家书稿,不但表示他决不向李自成投降,而且痛责他父亲不能杀死李自成,为大明尽忠。这封信送往北京以后,他就知道必然会激起李自成大怒,战争将不可避免。所以他一面探听李自成的出兵消息,一面加紧探听沈阳动静,准备向清朝借兵。

同时,他下令日夜赶工,修补了西罗城城墙的缺口,又将守卫宁远城的大小火器运到山海卫的西罗城中。明朝在宁远存放有两门红衣大炮,曾经在一次抵抗满洲兵围攻宁远时发挥了威力,使努尔哈赤受了很大挫折。曾经哄传努尔哈赤在指挥攻城时受了炮伤,死在回沈阳的路上。虽然只是传说,努尔哈赤实际是患了瘩背而死,但努尔哈赤于1626年指挥攻宁远城时,由于城上炮火猛烈,满洲兵死伤惨重,努尔哈赤被迫退兵,确是事实。松山战役之后,清兵很快蚕食了宁远附近的大小城堡,但一直不进宁远,就因为宁远有较多的大炮,清兵曾在城下吃过大亏。如今在西罗城上修筑炮台,架好了红衣大炮。

吴三桂备战的第二件重要工作是补充人马。随他入关的百姓人数不过十万左右。当初为着夸大功劳,也为事后向朝廷要钱,虚报为"五十万众"。这十万多人的内迁百姓,分散安插在关内附近各县,生活尚未安定,与本地百姓也存有种种矛盾,需要留下青壮年人照料入关的老弱妇女,照料生产,照料安全。在匆忙中能够抽调几千人补充军伍就不易了。所以吴三桂准备保卫山海城的将士,总数只有三万多人,虚称五万。他听说李自成的东征大军号称二十万,纵然减去一半,只有十万,也比他的关宁兵多出一倍还多,不可轻视。他连夜派人,将驻在永平的人马全部调回山海卫。又召集一部分亲信将领和幕僚,还约了本地的几位士绅,连夜开会,商议向清朝借兵的事。

在商议时，大家几乎都是恭听平西伯的慷慨口谕，不敢随便说话。吴三桂说道：

"事到如今，不管有多大困难，我们都誓做大明忠臣，为先皇帝复仇，为大明恢复江山。向清朝借兵，帮助我朝剿灭流贼，是一时权宜之计。自古一国有难，向邻国求援，恢复社稷，例子不少。今日在座的各位文官和地方绅耆，都是饱读诗书，博古通今；武将虽然读书不多，可也听过戏文。春秋战国时候有一个申包胥……"他怕自己记不清，望一眼正襟危坐，肃然恭听的本地最有名望的士绅，也是惟一的举人佘一元，问道："那个为恢复楚国社稷，跑到秦国求救的，是叫申包胥么？"

佘举人恭敬回答："是叫申包胥，这个有名的故事叫做'申包胥哭秦廷'。还有……"

吴三桂问："还有什么人？"

佘一元自己也不知为什么，也许是出于敏感，也许是听到了什么传闻，忽然想到石敬瑭这个人物，但是他蓦然一惊，想到在目前的险恶局势中，偶一不小心，说出来一句错话就会遭杀身之祸，赶快改口说：

"方才恭闻伯爷深合大义之言，知关宁五万将士在伯爷忠义感召之下，兴师讨贼。山海卫与附近各州县士民，不论智愚，莫不人同此心，竭诚拥戴。后人书之史册，将称为'关门举义'，传之久远。伯爷提到申包胥向秦国乞师，一元窃以为申包胥不能专美于前，伯爷向清朝借兵复国，亦今日之申包胥也。"

吴三桂点点头："佘举人到底是有学问的人，说的极是。本爵决计向满洲借兵，也是效申包胥向秦国乞师。"他略停一停，为着消释本地士绅疑虑，接着说道："我是向满洲借兵，决不是投降满洲。满洲人决不会来山海卫，我也决不会让满洲人往山海卫来。这一点,请各位士绅务必放心。"

一位士绅胆怯地问道:"请问钧座,满洲人将从何处进入长城,与我关宁大军合兵一处,并肩戮力,杀败流贼?"

吴三桂说道:"崇祯年间满洲人几次向内地进犯,都是从中协或西协选定一个地方,进入长城,威胁北京,深入内地,饱掠而归。这些事情,佘举人都是知道的,是吧?"

佘一元回答:"谨回钧座,一元因近几年留心时事,大致还能记得。满洲兵第一次入犯是在崇祯二年十一月间,满洲兵三路南犯,一路入大安口,一路入尤井口,又一路入马兰谷。这三个长城口子都在遵化县境。满洲兵第二次入犯是在崇祯十一年九月,一路从青山口进入长城,一路从墙子岭进入长城,都在密云县境。满洲第三次入犯是在崇祯十五年十一月,仍然是从密云县北边的墙子岭进入长城。以上三次大举南犯,都是从遵化和密云境内进入长城。"

吴三桂频频点头,望着大家说道:"好,好。佘举人不愧是山海卫的饱学之士,留心时事。据我们接到的确实探报,清兵已经从沈阳出动,人马众多,大大超过往年。这次统兵南下的是睿亲王多尔衮,他由辅政王改称摄政王,代幼主统摄军政大权。我们还探听到一个十分确实、十分重要的消息,对我军在山海城讨伐流贼这件事……佘举人,你刚才说了四个字,怎么说的?"

"我说载之史册,将称为'关门举义',传之久远。"

"对,对。这一确实消息,已经是铁板钉钉,不再有变。满洲摄政王的进兵方略还同往年一样,对我山海军民的'关门举义'十分有利。"吴三桂看见士绅们的脸上还有不很明白的神气,又向大家说道:"摄政王已决定从中协、西协寻找一个口子进入中原①,先占

---

① 中原——明末满洲人习惯,将进入长城说成是进入中原。这一错误说法也影响到居住长城沿边的汉人。

据一座城池,作为屯兵之处,然后进剿流贼,攻破京师。"

他顿了顿,忽而提高声音道:"本爵誓死效忠明朝,与流贼不共戴天。"

在座的文武要员和地方士绅,一下都被吴三桂的忠孝之情打动。

"三桂虽然是一介武将,"吴三桂接着说,"碌碌不学,但是人非草木,岂无忠孝之心。自从流贼攻陷北京之后,三桂深怀亡国之痛,也痛感丧家之悲。我今日约请各位前来,为的明告各位二事:第一件,我决计率关宁将士与流贼一战,义无反顾。第二件……"

吴三桂环顾左右,见举座皆屏息敛声,静待下文,便接着说道:"这是一个极好的机会,我要借多尔衮的刀,砍李自成的脖子。今日就差遣得力将领,携带借兵书子,在路上迎见清朝摄政王,陈述我朝向清朝借兵复国之意。说明我这里诱敌深入,使中协与西协没有流贼防守,以便摄政王率领清朝大军顺利进入长城,使李贼顾首不能顾尾,前后同时苦战,陷于必败之势。只要一战杀败李贼,收复神州不难。"

士绅们认为平西伯的谋略合理,大家肃然恭听,轻轻点头。有一位绅士大胆地问道:

"请问伯爷,崇祯皇帝已经身殉社稷,万民饮恨。与清兵合力收复北京之后,如何恢复大明江山?"

吴三桂回答:"先皇帝虽然殉国,但太子与永、定二王尚在人间,太子理当继承皇位。"

"听说太子与二王,连同吴老将军一起都在李贼手中,山海绅民,对太子与二王,吴老将军与贵府全家上下,十分关心。不知钧座有何善策营救?"

"此事……我已另有筹划。但因属于军事机密,不宜泄露,请诸君不必多问。"

佘一元等士绅们仍然心存狐疑,但不敢再问了。吴三桂接着说道:

"几天来山海卫城中谣言很多,士民纷纷外逃。我今日特烦劳诸位帮助我安抚百姓,请大家不用惊慌,本爵将厉兵秣马,枕戈待旦。流贼一旦来犯,定叫他有来无回,死无葬身之地。"

众士绅凛凛听谕,没人做声。会议在严肃的气氛中结束。

会议结束后,吴三桂将副将杨珅、游击将军郭云龙叫到住宅的书房,对他们又作了秘密嘱咐,命他们立刻带着准备好的、给多尔衮的书信出发了。

李自成 第九卷 兵败山海关

决计东征

第 三 章

今天是四月初四日,离择定的大顺皇帝登极大典的日子只有两天了,所以定于巳时整在皇极门的演礼是一次隆重的正式演礼,要做得像真的一样。

昨天下午,由天佑阁大学士牛金星领衔,礼政府尚书巩焴副署,通告中央各衙门,初四上午在皇极门演礼,文武百官必须在辰时二刻进入午门,准备排班。不参加演礼官员,倘有紧急事项要进入紫禁城中,统由东华门进出。这一简单通告,也用拳头大的馆阁体正楷写出,贴在承天门的红墙上。

大顺皇帝驻跸武英殿后,皇宫中的事务繁多,既要指挥数百人加紧清理各宫中和各内库的金银宝物,又要管理留在各宫中的宫女太监,还要照管不少年老的宫眷,以示新朝的宽仁厚泽。在明朝,有一套臃肿庞大的太监组织,分为十二监,下边又分为二十四衙门,分管宫中事务。如今太监二十四衙门全部瘫痪,凡留在紫禁城中的太监都暂时养着,白吃闲饭,等候发落。一部分继续供职的太监,因为大顺朝对他们不敢信任,都没有重要职掌。由于这种暂时的特殊情况,宫中的大小事都听命于吴汝义了。为着文武百官在皇极门演礼的事,两天来他忙得不亦乐乎。

登极演礼已经进行了几次,但都是小规模的,也不在皇极门。今天是为后日的登极大典作一次正式演习,所以特别隆重。关于登极大典如何进行,如何布置,吴汝义连听也没有听说过。今天的老太监中也只有极少人看见过十七年前崇祯登极的典礼盛况。而由于朝廷上斗争激烈,政局屡变,曾经亲眼看见崇祯登极大典的文臣已经没有了。但新降的文臣中参加过如万寿节、元旦贺朔等大朝会的人不少,而且有专门记载礼制的书,所以吴汝义会同礼政府和鸿胪寺官员共同研究,拟定详细仪注,前几天将"典礼仪注"呈报丞相牛金星,然后由丞相恭呈御前审阅。李自成用朱笔批了一个"可"字。如今就是依照这份"钦准"的"大典仪注"进行。

鸿胪寺的赞礼官须要仪表堂堂,声音洪亮。原来的鸿胪寺官员,过去人浮于事,在北京城破之后,许多人对明朝怀有忠节之心,不愿很快向礼政府报到投降。随后见刘宗敏大批逮捕明臣,拷掠追赃,人们认为李自成果然是"贼性未变",决非开国创业之君,更加不愿投降,有的逃出京城,有的藏匿不出,很重要的鸿胪寺几乎成了一个空荡荡的衙门。所以近几日来,在民间选拔仪表堂堂和声音洪亮的人,日夜训练,充实鸿胪寺官。在举行登极大典之日,鸿胪寺将要办四件事:一是派出一部分赞礼官在皇极殿赞礼;二是派一部分赞礼官在承天门颁诏时赞礼;三是在南郊祭天(称为"郊天")的场合赞礼;四是为数百位参加大典的文武群臣准备欢庆宴席并为宴会赞礼。现在因为鸿胪寺人数不足,已经决定只在皇极门演习皇极殿的登极典礼,省去其他演礼。

今日演礼是登极大典前,专为供李自成偕丞相亲临左顺门楼上凭窗检阅的最后一次演礼。关于文武衣冠,刚进北京后就日夜赶制,所以今日文官必须一律蓝袍、方领、蓝帽、云朵补子,六品以上的在帽顶插一雉尾。武将也是一样,只是补子的图样与文官不同。

锦衣力士举着皇帝的全部仪仗,从皇极门丹墀下分两行夹御道排列,一直排到内金水桥边,最后是一对毛色油光,金鞍玉辔的纯黄色高大御马。

穿着彩衣的象奴从宣武门内象房中牵来六匹大象,守卫午门,以壮观瞻。午门有三个阙门,每一阙门分派两只大象,相向而立。不无遗憾的是,有一只大象正患眼疾,见风流泪,所以后来民间传言,大象为亡国哭泣。

却说李自成在前天听了牛金星关于皇极门正式演礼准备情况的禀报,又看了礼政府呈上的详细仪注,心中十分高兴。可惜,昨日上午召见一群文臣之后,有两件事破坏了他的心情。一件事是王长顺的"闯宫直言",使他忽然明白了他的人马进北京后纪律败坏,发生了许多起抢劫财物和奸淫妇女的坏事。另一件事是听了刘体纯的面奏,惊闻满鞑子多尔衮已经在沈阳调集人马,准备南犯,又面奏吴三桂无意投降,打算固守山海卫,等待满洲兵南来。这两件事都出他的意料之外,使他整个下午在武英殿西暖阁,虽然也批阅从各地送来的军情文书,但是更多的时候在思考、彷徨,有时几乎是坐立不安。关于部队的纪律败坏,他后来因为想着还有李过、罗虎、李侔的人马,还有双喜率领的御营亲军,合起来有一万多人马仍然纪律严明,士气如旧,缓急时十分可用,心中也就慢慢地宽慰了。但是满洲人和吴三桂的情况最使他难以放心。他几次在心中自言自语:

"万一吴三桂同东虏勾结,与我大顺为敌,岂不使局势大坏?……唉,那就糟了!"

初三日的一个下午和晚上,李自成不急于召见刘宗敏、牛金星和宋献策等商议大计,只是因为,一则他要等候唐通和张若麒明天回京,带回吴三桂方面的真实消息,不见到他们他不肯放弃最后的和平希望;二则他于初六日登极的决定未变,明日文武百官在皇极门正式演礼的决定未变,他决不愿取消明天上午的演礼,也暂时还不愿使群臣知道刘体纯向他秘密面奏的关于满洲与吴三桂的真实消息。他知道,如果过早地泄露了消息,必将使举朝震骇,群臣对演礼也就没有心情了。

晚膳以后,吴汝义向李自成面奏皇极门演礼的事一切准备就绪。礼政府定于巳时开始演礼,文武群臣都将在巳时前一刻进入午门,登上丹墀排班。请皇上于辰时三刻驾临文华殿,然后登左顺门凭窗观看演礼。李自成问道:

"群臣对明日皇极门演礼的事有何话说?"

吴汝义回答说:"群臣渴望陛下于初六日举行登极大典,所以对明日皇极门演礼事莫不精神振奋,喜形于色。那班在西安和来北京路上的新降文臣,尤其是进北京后的新降文臣,盼望陛下登极之心更切。听说所有降臣都赶制了朝冠朝服,一时买不到合用雉鸡翎,就向优人们借用。"

李自成微微一笑,问道:"孤命你差人去通州叫罗虎前来见孤,他何时来到?"

"他听说皇上要他留居北京数日,所以连夜将全营操练之事向将领们安排一下,明日上午必会尽早赶到。他来到后先到午门见臣,略事休息用膳,臣即引他进宫,叩见陛下。"

李自成略停片刻,又说:"你今日速在皇城外为罗虎寻找一宽大住宅,连夜打扫粉刷,务要焕然一新。一切家具陈设,都要有富贵气象。床上锦帐、被褥、枕头等物,一律崭新,你可命太监从内库中取出,宫中没有就到前门外铺子购买,务要丰富。"

"皇上为何……"

"罗虎自幼随孤起义,屡立战功。本来在西安时应该给他封号,孤因想着北京登极后还要封一批武将,所以对他暂缓加封。今日听说我大顺军到北京以后,有许多营军纪败坏,失去人心,叫孤十分生气。倒是罗虎的五千人驻防通州,军纪严明,每日操练不停。还听说罗虎在通州的诸多行事,颇有古名将之风。孤决定在这两天之内,就提前下敕书封罗虎为潼关伯。等孤登极之后,在此不多停留即驾返长安,经营江南,给罗虎三万人马镇守北京,作国家北方屏藩。所以你要从明朝公侯大官的府第中寻找一处大的宅院,连夜打扫修缮,尽心布置,暂供罗虎封伯后住家之用。"

吴汝义满心高兴,因为他认为一则罗虎确实应该封伯;二则在罗虎封伯之后,他自己和一些有功将领当然也就跟着受封了。他叩头说:

"谨遵圣谕,臣马上就办理妥当。"

李自成下令为罗虎寻找和布置豪华住宅本来另有用意,但是他没有说出口来,要等今天晚上他才说出。吴汝义走出武英殿以后,心中感到奇怪:罗虎没有家眷,一个人在此,封伯何必要一处豪华的住宅?何必要在几天之内就一切准备停当?

吴汝义退出以后,李自成又继续批阅文书。有两件紧急的军情文书他必须赶快批复,一件是奉命留守西安、总理朝政的大将田见秀来的火急奏本,禀报说河南各地以及山东境内,虽然派去了地方官吏,但无重兵弹压,处处情况不稳,已经叛乱迭起,有随时崩解之势。另一件是刘芳亮从保定来的急奏,禀奏他占领了保定和真定之后,豫北三府①与冀南三府②人心未服,局势不稳,处处作乱,粮食征集困难。看了这两件奏本以后,李自成的心情沉重,不觉叹了口气,在心中对自己暗暗说道:

"登极事要如期举行,赶快回到长安,腾出一只手平定叛乱,稳定大局,另一只手平定江南!"

忽然有轻微的环佩声和脚步声来到他的身边,同时一阵甜甜的芳香扑来。他忍不住回头一看,看见王瑞芬来到身边,服装淡雅,面如桃花,唇如渥丹③,不觉心中一动。王瑞芬躬身说道:

---

① 豫北三府——卫辉府、怀庆府、彰德府均在黄河以北。
② 冀南三府——河间府、顺德府、大名府均在保定以南。
③ 渥丹——鲜红而润泽。此是习用的古汉语词。

"启奏皇爷,天气不早,已经二更过后了,请回后宫安歇。"

王瑞芬的美貌和温柔悦耳的声音顿然减轻了李自成心头上的沉重。他忽然想到已经有两夜不曾"召幸"的窦妃,昨日早晨和今日早晨看见窦妃的眼睛分明在夜间哭过,忍不住问道:

"窦妃可在东暖阁就寝了么?"

王瑞芬回答:"因皇爷尚未安歇,窦娘娘不敢就寝,正在东暖阁读书候旨。"

李自成很爱窦妃,立刻吩咐说:"你去传谕窦妃,今晚到西暖阁住。孤要看几封紧要文书,过一阵就回寝宫安歇。"

"奴婢即去传谕!"

王瑞芬到仁智殿东暖阁向窦妃传下了皇上的口谕之后,窦妃霎时间脸颊飞红,一阵心跳,一双明亮而美丽的眼珠被薄薄的一层泪水笼罩。王瑞芬说道:

"请娘娘略事晚妆,等候圣驾回寝宫。奴婢去将御榻整理一下。"

王瑞芬走后,立刻有两名宫女进来,用银盆捧来温水,伺候窦妃净面,然后服侍她将头发略事梳拢。头发上的许多首饰都取了下来,放在首饰盒中,只留下一根翡翠长簪横插髻中,一朵艳红绢花插在鬓边。她本来天生的皮肤白嫩,但为着增加一点脂粉香,她在脸上略施脂粉,似有若无。晚妆一毕,在几个宫女的陪侍下来到西暖阁皇上寝宫,等候接驾。

窦妃命宫女们都去丹墀上等候,圣驾回来时立刻传禀。她看见御榻上的黄缎绣龙被子已经放好,又闻见寝宫中有一股令她春心动荡的奇异香气,趁着宫女们不在跟前,向王瑞芬悄悄问道:

"你怎么在博山炉中又加进了那种异香?"

王瑞芬凑近窦妃的耳朵含笑答道:"奴婢但愿娘娘早生皇子,使大顺朝普天同庆。"

窦美仪从脸上红到粉颈,低下头去,没有说话,只是感激王瑞芬对她的一片好心,在心中说道:

"好瑞芬,只要我日后永保富贵,一定报答你的好心!"

这一夜,窦美仪重新在御榻上享受了皇上的浓情厚意,恩爱狂热时仍如往夕。她确实希望赶快怀孕,为皇上早生皇子。但是她毕竟是深受礼教熏陶的女子,新近脱离处女生活,而与她同枕共被的是一位开国皇帝,非一般民间夫妻可比,所以她在枕席间十分害羞,拘谨,被动,只任皇上摆布,自己不敢有一点主动行为。但是她心细如发,敏感如电。她深知道皇上虽然贵为天下之主,但毕竟是个人,是她的丈夫,在御榻上他和常人一样。今夜她常常从皇上的一些漫不经心的细微动作中,从他的偶然停顿的耳边絮语中,感到他的心事很重,异于往日。她不敢询问一句话,只是在心中问道:

"初六日就举行登极大典,明日皇极门演礼,难道还有什么大事使皇上心中不快?"

玄武门上响过了五响报更的鼓声以后,窦美仪和李自成几乎是同时从枕上醒了。前两夜李自成因为国事烦心,没有让窦妃陪宿,总是不待玄武门的五更鼓响便猛然醒来,而当第一声鼓声传来时他已披衣坐起,不待呼唤,那四个服侍他穿衣和盥洗梳头的宫女立刻进来。这情形独宿在东暖阁的窦美仪十分清楚,因为她醒得更早,这时正由宫女服侍,对着铜镜晨妆。尽管因为偶然独宿,感到被皇上冷淡,不免妄生许多疑虑,只怕常言道"君恩无常",但又敬佩皇上不贪恋女色,果然不愧是英明的开国皇帝。但是今日早起①,她却是另一种心态。

今日她仍然像往常一样,不到五更就一乍醒来,本应该立即起床,在皇上起身前回到东暖阁,梳妆打扮。然而经历了两夜的空榻

---

① 早起——这两个字构成一个名词,即早晨、清早之意。"起"字读去声,音如"气"字,读音较轻。

独眠,昨夜又回到了皇帝的御榻上,她倍感幸福。虽然醒来很早,却有一种什么力量不使她起身。四月的北京,五更仍有浓重的寒意,而仁智殿没有地炕,她侧卧在皇上的怀中感到温暖幸福。她将头枕在皇上的一只十分健壮的左胳膊上,当她想起身时,却感到皇上的另一只搂紧她的右胳膊并没有放松的意思,她忽然在心中充满幸福地想到白居易的诗句:"春宵苦短日高起,从此君王不早朝",不觉从脸上绽开了一朵微笑。但李自成并没有觉察窦妃的心思。他正在心情沉重地思虑着唐通和张若麒今日可能会带来什么消息。他想着,原来没料到的一次战争,恐怕不可避免;又想着进行大战会有许多困难,但不打又不行。因为正思虑着这些令他十分操心的军国大事,所以几乎将窦妃忘了。

忽然从武英殿传来了云板①两声,李自成和窦妃同时听到,不觉吃惊。李自成将窦美仪轻轻一推,向外边值班的宫女们问道:

"什么事,快去询问!"

窦美仪赶快下了御榻,随便披好衣服,向东暖阁走去。李自成也披衣下了御榻。有四个服侍穿衣、盥洗、梳头以及整理御榻的宫女进来。

李自成又问道:

"王瑞芬在哪儿?什么事敲响云板?"

王瑞芬掀帘进来,向皇上说道:"奴婢来到!"随即趋前几步,双手呈上一个小封,又说:

"这是李双喜将军亲手交给奴婢的,请皇爷一阅。"

李自成匆匆拆开批一"密"字的小封,抽出一张用行楷书写的揭帖②一看,忽然脸色一寒,跺了一脚,随即将揭帖重新叠好,装进

---

① 云板——铜制打击乐器,形似云朵,故称云板。此处作传递消息之用。
② 揭帖——臣下呈给皇上的一种公文,为着迅速奏明事件或意见,形式上比奏本随便,称做揭帖。另外,不具名的招帖,用以攻击或揭露别人的丑闻隐恶也叫揭帖。

小封,在心中问道:

"在北京城中驻扎着数万大军,竟出了这样怪事!"

李自成左右的宫女们不知道夜间出了什么大事,心中一惊,悄悄地交换眼色。李自成盥洗、梳头和穿好衣服后,将御案上的揭帖揣进怀中,由几个宫女侍候,大踏步往武英殿去。

窦美仪因为今早偶尔春宵贪眠,不曾像平日提前两刻起床,所以现在还没有打扮完毕。一个宫女在窦妃的梳妆台前放一只成化年制粉彩凤凰牡丹瓷绣墩,上边放一个厚厚的黄缎绣凤软垫,窦妃坐在上边,对着铜镜,让一个有经验的宫女替她梳头。她的头发特别美,比两个宫女合起来的头发还多。当她的头发打散时,可以一直垂到地上。此刻头发已经梳好了,宫女正在仿唐代宫中的发型为她梳拢。她虽然不知道北京在夜间发生了什么事情,但是在皇上身边的宫女们已经告诉她皇上拆开一个密封后脸色不好,还在金砖①上跺了一脚。她也明白,皇上对前朝的太监很不放心,怕他们心怀故主,既要防备他们行刺,也防备他们窃听机密。武英殿中一律由宫女侍候,也不准太监们进入仁智殿院中。夜间如果有重要急奏,李双喜到武英殿西南角,即进入仁智殿院落的入口处,敲响云板。在西厢房值夜的宫女接了急奏,交给寝宫的宫女头儿王瑞芬,马上转呈皇上。看来这密封中所奏的必非小事,更非平安吉报。窦美仪已经铁了心要做大顺朝开国皇帝的一位贤妃,此刻她对着铜镜,望着宫女替她梳拢头发、插上首饰和宫制鲜花②,想到黎明前李双喜敲云板送来的一封密奏,想到近两日皇上似乎有什么心事,又想到吴三桂驻军山海关尚未投降,不觉在心中问道:

"我大顺朝的江山能坐稳么?"

---

① 金砖——故宫主要宫殿铺地的砖头,是由特殊的工艺制成,质地十分细腻,耐磨,呈灰黑色,俗称金砖。
② 宫制鲜花——就是宫中所制的假花,多以绢制成,色彩鲜艳如真,称为"相生花"。

李自成在武英殿丹墀上拜天之后,进入西暖阁,在龙椅上坐下,立刻将恭候在丹墀一角的双喜叫进来,命宫女们回避了。宫女都懂规矩,不仅在殿内的宫女全得退出,连站在窗外的宫女也得避开,绝对不许有人窃听。李自成向双喜问道:

"揭帖中所奏的两件事你可知道?"

"约在四更时候,从军师府来的一个官员到东华门递进密封揭帖。适逢儿臣巡视紫禁城中警跸情况,来到东华门内,遂将军师府的官员放进东华门,问他知不知道揭帖所言何事。他说两件事他都知道,将事情的经过对儿臣说了。"

"杜勋是怎样被杀的?"

"昨夜一更多天,杜勋从朋友处吃酒席回来。他骑着马,跟着两个仆人打着灯笼。离他的家不远,经过一个僻静地方,四无人家,一片树林,还有一个无人居住的小庙。突然有几人从树影中跳出,拦住马头,用乱刀将杜勋砍死,又砍死了一个仆人,另一个仆人挨了一刀,拼命逃跑。刺客砍下杜勋的脑袋,挂在小庙前的树枝上,在小庙墙上写了一句话:'为先皇帝诛叛奴'。杜勋的家人很快到军师府禀报此事。军师府派兵前往搜查凶手,早已没有踪迹。"

李自成默默想道:"没有料到,北京城的民心不忘明朝!"李双喜见他没有做声,接着说道:

"崇文门内向西拐,往江米巷去的墙壁上,我一支巡逻队在二更以后,看见有人在墙上贴出了无头揭帖,说平西伯吴三桂不日将亲率十万精兵西来,剿除、剿除……"

"你只管明白地说!"

"那揭帖上说,剿除逆贼,恢复神京,为先帝后发丧,扶太子即位,重振大明江山。"

李自成问道:"什么人敢这样大胆?"

"巡逻队看见揭帖,糨糊还没有干,可是贴揭帖的人没看见。

巡逻队当即撕下揭帖,去首总将军府禀报。刘爷下令,将附近住户抓来了十来个男人,连夜拷问,没人招供。刘爷下令全部斩首,将首级悬挂在无头揭帖的地方。这些人正要推往崇文门内十字路口行刑,恰好宋军师闻讯赶到,苦劝不要杀戮无辜,等天明后取保释放,以安京师民心。父皇,两件大事竟然如此凑巧,发生在同一个夜间!"

李自成是一个性格深沉的人,虽然他想得更多,却没有吐露一句,只叫宫女进来,吩咐传膳。

简单的早膳以后,李自成告诉窦妃说,他要先去文华殿召见大臣,然后去左顺门楼上凭窗观看演礼。窦美仪温柔地含笑说道:

"可惜臣妾是个女子,要是身为男子,该有多好!"

李自成笑着问:"卿为何有这样想法?"

窦妃说:"皇上的登极大典乃千古盛事,臣妾备位后宫,既不能参与文臣之列,躬预盛典,跪拜山呼,连皇极门演礼的事也不能观看,所以才说出此言,恳陛下恕臣妾无知妄言之罪。"

"这好办,孤吩咐双喜,右顺门楼上不许兵丁上去,卿可率领宫女们在右顺门楼上观看演礼。只是,不要打开窗子,将窗纸戳破一些小洞就行了。"

窦美仪喜出望外,立时跪下说道:"感谢皇恩!如此臣妾与宫女们皆可以大饱眼福!"

午门上的第一次钟声响了。钟声悠然传向远方,全体京城的士民怀着不同的心情倾听钟声,许多人悄悄地议论着李王即将登极的大事,也议论着吴三桂拒绝向大顺投降,发誓要为崇祯帝、后复仇,恢复大明江山的事。从来就有一种奇怪现象,每次在时局发生重大变化时候,民间的消息比官方的消息又快又多,其中难免有许多谣传,但有些谣传在事后证明有可靠来源。在昨夜崇文门内出现无头揭帖之前,就不断有关于吴三桂决心兴兵讨贼的谣言,而且在北京东郊也发现了无头揭帖,号召黎民百姓赶制白布孝巾,准备在吴三桂人马到来时为崇祯帝后发丧。虽然发现的揭帖不多,但是通过庶民百姓的口,一传十,十传百,迅速地传遍京城,猛然间搅乱人心。

除关于吴三桂要兴兵打仗的谣言之外,还有大顺军在北京城内强奸和抢劫的事,愈传愈多,真实消息和夸大的谣言混在一起。拷掠追赃和纵兵奸淫的事本来就是京城百姓的热门话题,如今每天都传出新的消息,传言什么侯、什么伯、什么大臣的家人到处张罗借贷,在已经交出若干万两金银之后,于某日被拷掠死了;某某文臣在朝中素有清直之名,也遭拷掠之苦,生命难保。关于奸淫良家妇女的事,盛传安福胡同一夜之间妇女悬梁和投井而死的有三百七十余人,尽管这数目被夸大得极不合理,但是依然满北京城盛传不止。同时还盛传常有妇女被拉到北城墙上轮奸,有少女被轮奸致死,尸体投到城外。由于京城居民对大顺军的仇恨与日俱增,所以有关大顺军奸淫妇女的荒唐谣言愈传愈多,而且人们竟然都信以为真,然后再添枝加叶,争相传播。

通过山东境内的江南漕运,从去年冬天起就已经不通。供给京城的薪柴、燃煤和木炭,都是从西山来的,如今也不能再进城了。大顺军虽然严禁京城的粮食和一切日用必需货物涨价,但是明不涨暗涨,而且市场上的供应一天比一天紧缺。京城虽然俗称是在"皇帝辇毂之下",居住着王侯官宦和富商大贾,但是平民百姓和贫寒之家毕竟居于多数。这班生活在社会下层的平贱寒素之人,世居北京,本来就有代代承继的正统思想,习惯地把李自成看成是流贼。李自成进入北京后,并没有立即废除明朝的各种苛政,也没有宣布"与民更始"的重要新政,更令人不解的是竟没有像进入河南一样,对生活贫苦的小民开仓放赈。所以其执行的拷掠追赃政策虽然看起来只是严厉打击明朝在京城的六品以上官僚、皇亲国戚、公侯贵族,却使大顺政权在广大中小官吏、士人、商人和下层贫民中也普遍失去人心。

北京士民前几天就都知道,今天上午大顺朝文武百官将在皇极门演礼,准备新皇帝在初六日举行登极大典。按照常理说,从今日起到登极大典的三天内,正是举国①狂欢,普天同庆的日子,然而今天的情况十分反常,只有大顺朝的文武百官(宋献策和李岩等很少人数除外)欢欣鼓舞,北京城中的各色人等,不管贫富,心情都很沉重,冷眼旁观,等候着事态发展。当午门上的钟声散往五城各处时候,不论是住在深宅大院的还是住在浅房窄屋的人们都暗暗地摇头叹息,心中问道:

"这个李自成真能坐稳江山么?"

李自成在午门上敲响钟声的前一刻,趁着午门未开,已经由双喜率领二十名将士护驾,穿过右顺门和左顺门,来到文华殿了。

李自成从武英殿启驾片刻后,窦美仪先由四个宫女捧着香炉,从作为皇帝寝宫的仁智殿出来,也登上右顺门楼。随后,王瑞芬带一群花枝招展的宫女,带着一股香气,登上右顺门楼。窦美仪的脸上和凤眼蛾眉处处掩藏不住涌出内心的喜庆笑容,面对窗子坐下,而十来个宫女侍立在她的左右。

李自成已经在文华殿西暖阁的龙椅上坐下,神色沉重。满洲人正准备兴兵南犯和吴三桂想据守山海关抗拒不降,这两个军情探报最使他放心不下。他从昨天下午起,就暗暗地盘算着不得已时的作战方略。但是他对吴三桂的投降仍抱着几分希望。他反复思索,既然崇祯已经亡国,江山易主,吴三桂再忠心保明朝已经没有多大意义,而且也没有什么前途,何况吴三桂的父母和一家三十

---

① 举国——全京城。国是京城的代称。

余口已经成了人质,全家性命决定于他降与不降。他钦差张若麒和唐通送去了犒军白银四万两,黄金千两,又答应仍封吴三桂为伯爵,世袭罔替①,这样的宠遇厚恩,应该使他倾心归顺。所以尽管宋献策和李岩都认为吴三桂抗拒不降的成分为多,但是不见到派去的使者回来,他总是仍希望避免作战,为大顺的北伐军保存元气,以应付满洲人的来犯。

一个小太监用银托盘捧来盖碗香茶,放在御案上,轻轻地退了出去。随即吴汝义进来,跪下去叩了一个头,奏道:

"臣已遵旨为罗虎安排一座好的宅院。他很快就会到京。稍事休息后,臣即带他进宫陛见,听皇上重要面谕。"

李自成点点头,心中暗想:可惜像小罗虎这样的得力将领太少了!

"唐通和张若麒还没回来?"他问道。

"回陛下,唐通和张若麒已经回京。他们昨夜宿在通州,今日早晨赶回京城。"

"快传他们来见我。"

"刚才臣接到军师府禀报,说二位钦差正跟随两位军师从军师府骑马前来,稍候片刻就会到了。"

吴汝义叩头退出之后,刘宗敏和牛金星进来,行礼之后,李自成叫他们坐下,说道:

"昨晚发生的两件事,孤已知道。眼下北京人心不稳,我们原来不曾料到。看来吴三桂的及早投降同后日顺利登极,两件事至关重要。观看演礼后,我们再仔细商议。五凤楼上的钟声已经响过一阵,此时文武百官正在进入午门。你们赶快到左顺门楼上,观看演礼。孤要等张若麒和唐通来面奏去山海关的结果,他们跟随

---

① 世袭罔替——封建的封爵制度,一种是逐代降一等级,数代之后停止;一种是永远保存初封爵位,叫做世袭罔替。"罔替"即不终止。

献策快来到了。"

刘宗敏说:"我风闻吴三桂不愿投降,张若麒与唐通进宫就可以完全清楚。倘若吴三桂敢抗拒不降,请陛下决定办法,不能留下他成为后患。"

"你说的很是。"李自成停一停,接着又用坚定的口气说道:"等孤听了钦差面奏之后,我们就商议办法。江南未平,东虏又将进犯,我们对身边的吴三桂一定要先下手为强。消灭他之后再打败满洲南犯之敌!"

刘宗敏和牛金星从李自成的面前退出以后,出了文华门,向左顺门走去,心头上都有一种沉重情绪。昨天晚上,宋献策分别拜访了刘宗敏和牛金星,将刘体纯探到的满洲人正在调动八旗人马和吴三桂准备据守山海关不肯投降的绝密消息告诉了他们,所以他们在文华殿见过圣驾之后,一面向左顺门走去,一面在想着皇上很快就会听到张若麒与唐通的禀报。是否要对吴三桂用兵,这是大顺朝一件大事,在今明两日内就要决定了。

李双喜对今天的演礼非常感兴趣,带着四个小校,肃静地站立在左顺门的朱红门槛里边。只见他向身边一名小校吩咐了几句话,那小校不敢怠慢,立刻走下台阶,打算从金水河和午门之间穿过,奔往右顺门去传令。但是刚刚抬步,听到李双喜小声吩咐:"绕皇极门后边过去!"小校恍然明白,立刻退出左顺门,越过一道石桥①从宫墙外边往北,奔往文昭阁②去了。

正在这时,刘宗敏和牛金星到了。李双喜带他们登上左顺门楼,凭窗坐下,当即有侍卫用朱漆托盘捧来了两杯香茶放在几上。刘宗敏回头说道:

---

① 石桥——紫禁城中的内金水河在左顺门北边不远处从地下流过宫墙,经过石桥,仍由地下从文华殿宫院西边转向北流,在端敬殿和省愆居之间穿过宫墙向东。
② 文昭阁——俗称文楼,在皇极殿与皇极门之间,与西边的武成阁(俗称武楼)东西遥对。

"双喜儿,你不要在此看了,快回文华门值房去。皇上召见张若麒与唐通,有什么重要消息,你立刻前来禀报!"

李双喜恭敬地回答一声"是!"下楼去了。当他回到文华门时,听见从皇极门前丹墀上传过来静鞭三响,同时看见张若麒与唐通跟随着宋献策和李岩带着一群仆从进东华门了。

李自成正等着钦差来见,忽听见从皇极门前传来了连续三次响亮的鞭声,他的心中一动,暗想道:"这是静鞭三响!"果然,停了片刻,又从皇极门前传来了鼓乐之声。李自成心中明白,群臣的隆重演礼开始了。直到此时,他仍然希望刘体纯昨天所面奏的山海关消息不十分确切;纵然吴三桂有不降之心,但经过张若麒与唐通力劝,总该有转念余地吧?

李双喜回到文华门不一会儿,宋献策和李岩带着张若麒与唐通也到了。宋献策和李岩为着尊重新朝的朝廷体统,很自然地停留在文华门内,也不敢大声说话,只是轻声叫双喜进去启奏皇上。李自成正盼着他们来到,对双喜说道:

"快叫他们进来!"

宋献策、李岩等在御前叩头以后,李自成命他们坐下,随即问道:

"二位前去山海关犒军劝降,结果如何?"

张若麒与唐通不约而同赶紧站立起来,按照几天来在归程中反复议好的措词,由张若麒向新主躬身回答:

"启奏陛下,臣与唐将军奉旨携巨款赴山海关犒军,宣布陛下德意,劝说吴三桂从速降顺。吴三桂拜收陛下谕旨与犒军巨款,颇为感激,确有愿降之意。但关宁将士,人数众多,也有人不愿投降,誓为明朝帝、后复仇,不惜一战。遇到这种情况,吴三桂十分犹豫,希望陛下谅其苦衷,宽限数日,使他能与关宁将领从容商议。"

李自成一听,明白吴三桂想用缓兵之计,等候"东虏"大军南下,在心中暗说:

"二虎的探报果然确实!"

他没有马上再问,而是想到了对山海关用兵的大事。就在他沉默无言的片刻之间,从皇极门前隐约传来了音乐声和鸿胪寺官的赞礼声,这更增加了他对吴三桂的恼恨。想了一想,他接着问道:

"吴三桂可知道孤将于四月初六日举行登极大典?"

唐通赶紧回答:"臣一到山海关即将皇上登极大典的日子告诉了他,希望他能亲率一部分文武官员来京,参与盛典。"

"他不肯前来?"

"是的,陛下。"

"也不肯派遣官员送来贺表?"

"是的。请陛下息怒。"

李自成又问道:"听说吴三桂加紧备战,督催军民日夜不停,将西罗城继续修筑,尚未完工,是不是决意对孤的义师负隅顽抗?"

张若麒与唐通被逼问得背上出汗,只好回答说是。此刻使他们惟一放心的是,他们同吴三桂谈的一些不利于李自成的私话,连吴三桂的左右将领都不知道,李自成纵然英明出众,也决无猜到之理。

李自成继续问道:"两位爱卿在山海卫,可听说满鞑子的动静么?"

张若麒答道:"臣在吴三桂军中,风闻沈阳多尔衮正在调集满蒙八旗人马,将有南犯举动。但东虏何时南犯,毫无所知。"

"吴三桂会不会投降满洲?"

唐通说:"臣与吴三桂都是前朝防备满洲大将,蒙受先帝特恩,同时封伯。只是臣知天命已改,大顺应运龙兴,故于千钧一发之际,决计弃暗投明,出居庸关迎接义师,拜伏陛下马前。吴三桂世居辽东,对内地情况不明,所以至今对归诚陛下一事尚在举棋不定,这也情有可原。但说他投降满洲,实无此意。半年以前,因关外各地尽失,宁远孤悬海边,北京城中曾有谣言,说他投降满洲。他为着免去朝中疑心,请求将父母和一家人迁居北京。如今他父母和一家三十余口都在陛下手中,成为人质,怎能会投降满洲?以臣看来,他目前只是因为世为明臣,深受明朝国恩,不忘故主,加上将士们议论未决,所以他尚在犹豫。请陛下稍缓数日,俟他与关宁文武要员商议定了,纵然不能亲自来京,也必会差一二可靠官员恭捧降表前来。"

"他自己不能来么?"

"东虏久欲夺取山海关,打通进入中原大道。如今满洲人已经占据宁远及周围城堡,与山海关十分逼近。吴三桂闻知满洲人调集兵马,又将入犯。他是关宁总兵,身负防边重任,自不敢轻离防地。"

"你们带去他父亲吴襄的家书,劝他投降大顺,情辞恳切。他没有给他父亲回一封书子?"

"臣离开山海关时候,吴三桂因关外风声紧急,忙于部署防虏军事,来不及写好家书。他对臣与唐将军说:二三日内将差遣专人将他的家书送来北京。"

李自成对张若麒与唐通的忠心原来就不相信,钦差他们去山海关犒军和劝降也只是为着他们与吴三桂曾经共过患难,想着他们可以同吴三桂深谈,而他们也愿意受此使命,为大顺立功。经过此刻一阵谈话,李自成不但知道他们没有完成使命,而且对他们更加疑心。李自成看见宋献策的眼色是希望停止询问,却忍不住又问一句:

"唐将军,吴三桂负隅顽抗的心已经显明,但孤仍不想对他用兵。你不妨直言,他可曾说出什么不肯投降的道理?"

"陛下英明,请恕臣未能完成钦命之罪。吴三桂不忘明朝,自然会有些非非之想。臣不敢面渎圣听,有些话臣已向宋军师详细禀报,请陛下询问军师可知。"

宋献策赶快站起身来,含着微笑说:"吴三桂不忘故君,向陛下有所恳求。虽然是想入非非,但也是事理之常,不足为怪,容臣随后详奏。二位钦差大人日夜奔驰,十分鞍马劳累,请陛下允许他们速回公馆休息,倘陛下另有垂询之事,明日再行召见。"

李自成明白军师的意思,随即改换了温和的颜色,向张若麒与唐通说道:

"二位爱卿连日旅途劳累,赶快休息去吧。"

张若麒与唐通都如释重负,赶快跪下叩头,恭敬退出。

李自成目送张若麒与唐通从文华殿退出以后,脸上强装的温和神色很快消失,望着宋献策和李岩问道:

"对吴三桂的事,你们有何看法?"

李岩望一望宋献策,跪下回答:"陛下,以臣愚见……"

"卿可平身,不妨坐下议事。"

李岩叩头起身,重新坐下,接着说道:"以臣愚见,吴三桂不肯投降,决意据山海关反抗我朝,事已显然。但是他自知人马有限,势孤力单,所以他既不肯上表投诚,也不敢公然为崇祯缟素发丧,传檄远近,称兵犯阙。他已经知道多尔衮在沈阳调集人马,将要大举南犯,所以他要拖延时日,等待满洲动静,坐收渔人之利。臣以为目前最可虑的不是吴三桂不投降,而是东虏趁我大顺朝在北京立脚未稳,大举南犯。满洲是我朝真正强敌,不可不认真对待。"

"卿言甚是。"李自成对李岩轻轻点头,立刻命殿外宫女传谕李双喜叫汝侯刘宗敏和丞相牛金星速来文华殿议事。

刘宗敏和牛金星坐在左顺门上,凭窗观看演礼。他们都是平生第一次观看大朝会礼节,自然是颇感新鲜。但是因为皇上迟迟未来,设在他们中间稍前的龙椅空着,所以他们一边观看演礼,一边记挂着皇上召见张若麒与唐通的事。刘宗敏在惦记着钦差去山海关劝降的事,同时又考虑到不得已时同吴三桂作战的许多问题。牛金星毕竟是文人出身,对将会发生的战争虽然也不免担心,但是更想着不会打仗,吴三桂会投降大顺。由于这两位文武大臣在观看演礼时的心态不同,所以牛金星始终是面露微笑,那神情,那风度,俨然是功成得意的太平宰相;而刘宗敏始终是神色严峻,心头上好像有战马奔腾。

与左顺门隔着皇极门和午门之间的宽大宫院,窦妃率领一群宫女悄悄地站在右顺门楼上观看演礼。右顺门的窗子紧闭,窦妃和宫女们都将窗纸戳破小孔,用一只眼睛向外观看。那从丹陛下边分两行排列到内金水桥的皇帝仪仗,首先映入她们的眼帘,随即她们看到文武百官在细乐声中依照鸿胪鸣赞,御史纠仪,按部就班,又按品级大小,在丹墀上边站好。忽然,有四个文臣,身穿蓝色方领①云朵补子朝服,冠有雉尾,步步倒退而行,自皇极门东山墙外出现,引导一个由四个太监抬着的空步辇,后边跟随着几个随侍太监,转到皇极门前边,步辇落地。丹墀上和丹墀下两班乐声大作。当步辇出现时,鸿胪官高声鸣赞,百官在乐声中俯伏跪地,不敢抬头。随即那倒退而来的四个文臣和八个随侍的太监好像扈送着圣驾,进入殿内。百官依照鸿胪官的鸣赞,三跪九叩,山呼万岁。身边的一个宫女惊奇地向窦妃小声问道:

"娘娘,怎么那四个文臣步步倒退?"

---

① 方领——明代官服定制是圆领,大顺朝改为方领。

窦妃说道:"这叫做御史导驾。真正大朝会,圣驾先到中极殿休息,然后有四位御史前去请驾出朝。圣驾秉圭①上辇,御史们走在辇前,步步后退而行,叫做导驾。"

演礼继续进行。窦妃却将视线移向正对面的左顺门楼上。使她感到奇怪的是,那御座始终空着。她已经命宫女问过在楼下伺候的武英殿太监,知道坐在御座左边②的身材魁梧的武将是刘宗敏,右边的是丞相牛金星。到此刻,皇上还没有亲自观看演礼,此是何故?

又过了一阵,她看见分明是双喜将军来到左顺门楼上,向刘宗敏和牛金星说了一句什么话,这两位文武大臣登时起身,随双喜下楼而去。窦美仪的脸色一寒,不觉在心中惊叫:

"天哪,一定是出了大事!"

自从成了新皇帝的妃子以来,她完全将自身和一家人的命运同大顺朝的国运拴在一起了。现在一看见刘宗敏和牛金星匆匆地下了左顺门楼向东而去,她无心再观看演礼,便默默对王瑞芬一点头,率领宫女们下了右顺门楼,回仁智殿的寝宫去了。路上,她心中暗想:皇极门隆重演礼这样的大事,文臣们怎可如此思虑不周,竟让太监们在鼓乐声中簇拥着空辇上朝,多不吉利!

---

① 秉圭——拿着一种叫做圭的东西,长条形,美玉制成,古代帝王或诸侯行礼时秉在手里。
② 左边——按唐宋以来的一般制度,左为上,文左武右。但刘宗敏已经封侯,且李自成钦定刘宗敏位居大顺朝文武百官之首,所以同牛金星在一起时,坐在左边。

第 四 章

刘宗敏和牛金星在李自成面前坐下以后,从皇上的脸色上已经明白了唐通和张若麒没有从山海关带回好消息,刘二虎曾经探得的消息果然确实。原来刘体纯向李自成密奏的吴三桂和满洲两方面的情况,宋献策和李岩已经在昨夜分头告诉了刘宗敏和牛金星。为着不影响大顺军心和北京民心,刘体纯所探知的消息还没有向他们之外的任何人泄露。直到现在,在李自成身边的吴汝义和李双喜都不清楚。从昨夜听到宋献策告诉的探报以后,刘宗敏因为身负着代皇上指挥大军的重任,所以比牛金星更为操心目前局势,单等着唐、张今日回京,报告吴三桂的真实态度,然后迅速同皇上决定大计。尽管还没有同皇上和牛、宋等人共同商议,但是他心中认为必须一战,并且已经考虑着如何打仗的事。

牛金星昨夜同李岩谈话以后,心中也很吃惊,但是他没有想到战争会不可避免。他总觉得,吴三桂的父母和一家三十余口已经成为人质,宁远已经放弃,关外城堡尽失,只凭山海孤城,既无退路,又无后援,目前大顺军威鼎盛,他如何敢不投降?他降则位居侯伯,永保富贵;抗命则孤城难守,全家有被诛灭之祸。牛金星直到此时,仍然认为吴三桂决不会断然拒降,不过是讨价还价而已;只要给他满意条件,等北京举行了登极大典,天命已定,吴三桂的事情就会解决。但是当他看见了李自成的严峻神色,他的心里突然凉了半截。

李自成望着刘宗敏和牛金星说道:"昨日刘二虎在武英殿面奏

吴三桂无意投降,在山海卫加紧做打仗准备,又说东房调动兵马,势将乘我在北京立脚未稳,大举南犯。孤认为情况险恶,出我们原来预料,所以命献策和林泉两位军师连夜将情况告诉你们。只是须要今天听到唐通、张若麒的回奏,孤才好同你们商议个处置办法。"

刘宗敏问道:"张若麒与唐通刚才如何向皇上回奏?"

李自成说:"同二虎探得的情况一样,吴三桂不愿投降,决定顽抗。如今他没有公然为崇祯帝、后发丧,也没有驰檄远近,公然表明他与我为敌,只是他担心实力不足,意在缓兵,等待满洲动静。目前这种局势,两位军师看得很透。献策,你说说你的看法。"

宋献策对刘宗敏和牛金星说道:"张、唐二人昨晚住在通州,天明以后赶到北京,不敢回公馆,先到军师府休息打尖,将奉旨去山海卫犒军与劝降之事,对我与林泉说了。随后我们带他们进宫,来到文华殿,将吴三桂的情况面奏皇上,正如皇上刚才所言。在军师府时,我询问得更为仔细,按道理,吴三桂接到我皇谕降的书信与犒军钱物,应有一封谢表。他知道北京将于初六日举行登极大典,他纵然不亲自前来,也应差遣专使,恭捧贺表,随唐通来京,才是道理。然而这两件应做的事他都没做,只是口头上嘱咐钦使,说他感激李王的盛意,无意同李王为敌。至于降与不降的事,他推说他手下的文武要员连日会议,意见不一,使他不能够在顷刻中断然决定。他还对他们说道,自从锦州、松山、塔山、杏山等地失陷以后,他率领辽东将士坚守宁远孤城,成为山海关外边的惟一屏障,全靠他手下数万将士上下齐心,如同一人。近来原是奉旨入关勤王,不料北京已失,崇祯皇帝殉国,全军痛心。他若断然降顺李王,恐怕辽东将士不服,所以他请求稍缓数日,容他与手下的文武们继续商议投降大事。"

刘宗敏骂道:"他妈的,这是缓兵之计,故意拖延时间!"

牛金星接着向皇上说道:"请陛下恕臣料事不周之罪。臣以常理度之,吴三桂必降无疑,不意他凭恃山海孤城,竟敢拒降!"他转向宋献策和李岩说道:"吴三桂没有差专使捧送降表来京,已是悖逆;竟然受到我皇犒军厚赐,也不叫我朝使者带回一封书子以表感谢,殊为无礼!"

李岩回答:"此事,我问过二位使臣大人,据他们言,因吴三桂闻知东虏正在调集人马,准备南犯,他忙于部署军队,确保关城重地,所以对皇上犒军之事来不及修书申谢。至于投降之事,他自己愿意,只是手下文武要员,意见不一。至迟不过三五日,倘若关宁文武咸主投降,而山海城平安无事,他将亲自来京,不敢请求封爵,但求束身待罪阙下,交出兵权,听候发落。他还说,在他来北京之前,将先给他父亲写来一封家书,禀明他的心意。当然,这些话都是遁辞,也是他的缓兵之计。"

刘宗敏问:"吴三桂要投降满洲么?"

宋献策回答:"他另外有如意算盘。以愚见揣度,他目前还没有投降满洲之意。"

刘宗敏恨恨地说:"他妈的,他打的什么鬼算盘?"

宋献策说道:"张、唐二位在军师府已经对我与林泉说了。他们刚才对皇上面奏吴三桂的情况时,皇上看出他们口中吞吞吐吐,便要追问。我怕皇上听了会大为震怒,所以不待详奏就叫他们退下休息去了。他们退出以后,我向陛下奏明,陛下果然生气。目前东虏正要乘我朝根基未稳,大举南犯,而吴三桂不忘故君,既不肯降顺我朝,也无意投降满洲。吴三桂的如意算盘是,满兵进长城后,在北京近郊同我大顺军发生大战,而他吴三桂在山海关按兵不动,养精蓄锐,坐收渔人之利。此为吴三桂之上策。退而求其次,他也不投降满洲人,只向满洲求援,借兵复国,为君父复仇。倘若此计得逞,虽然以后得以土地、岁币报答东虏,将永远受满洲挟制,但他仍会得到一个明朝的复国功臣之名。当然这是中策。为吴三桂设想,最下策是投降满洲,不但以后永远受制东虏,且留下万世骂名。以献策愚见判断,吴三桂手中有数万精兵,不缺军粮,不到无路可走,他不会投降满洲。"

刘宗敏又问:"吴三桂因知道满洲人即将大举南犯,必然趁机对我提出要挟。唐通等可对你说出什么真情?"

宋献策淡淡地一笑,说道:"吴三桂由唐、张二位转来对我们要挟的话,我已奏明皇上。我以为此时最可虑者不是吴三桂,而是东虏南犯,所以我刚才已经劝谏皇上,对吴三桂暂示宽容,不必逼得过紧。老子说,'兵者不祥之器,非君子之器,不得已而用之。'目前我国家草创,根基未固,东虏突然乘机南犯,其志决不在小。今之满洲即金之苗裔。已故老憨皇太极继位以后,继承努尔哈赤遗志,经营辽东,统一蒙古诸部,臣服朝鲜,又数次派兵进犯明朝,深入畿辅与山东,一心想恢复大金盛世局面。去年他突然死去,多尔衮扶皇太极的六岁幼子继位,自为摄政。以献策愚见看来,多尔衮必将继承皇太极遗志,大举南犯。倘若他的南犯之计得逞,一则可以为恢复金朝盛世的局面打好根基,二则可以巩固他的摄政地位,满洲国事将完全落入他的掌握,没有人能够与他抗衡。所以我反复思考,目前我国家的真正强敌是多尔衮,不是吴三桂。吴三桂虽然抗命不降,且对我乘机要挟,但我们对吴三桂千万要冷静处置,不使他倒向满洲一边。"

刘宗敏和大顺朝的许多将领一样,由于多年中总在同明军作战,没有考虑过满洲人的问题,已经形成了一个习惯性的思维轨道,依旧将吴三桂看成大顺朝当前的主要大敌,而不能理解在崇祯亡国之后,大顺朝的主要对手变成了以多尔衮为代表的满洲朝廷。多年来汉族内部的农民战争忽然间转变为汉满之间的民族战争,这一历史形势转得太猛,宋献策和李岩新近才有所认识,而李自成

还不很明白,刘宗敏就更不明白。刘宗敏暂不考虑满洲兵即将南犯的事,又向军师问道:

"军师,吴三桂如何对我要挟?你简短直说!"

宋献策说:"吴三桂要张若麒与唐通转达他的两条要求:第一,速将太子与二王礼送山海卫,不可伤害;第二,速速退出北京,宫殿与太庙不许毁坏。"

刘宗敏突然跳起,但又坐下,说道:"我明白了,再没有转弯的余地!"他转向李自成:"陛下,你如何决定?"

李自成在初听到军师奏明吴三桂的议和条件后,确实十分震怒,将御案一拍,骂道:"岂有此理!"但是他并非那种性情浮躁的人,在盛怒之下能够自我控制,迅速地恢复冷静,思考了东征问题。此刻他的主意差不多已经定了,向正副军师问道:

"你们的意见如何?"

宋献策知道皇上的主意是出兵讨伐,站起来说:"吴三桂因知道东虏不日将大举南犯,所以不但敢抗拒不降,而且还逼我送去太子、二王,退出北京。如此悖逆,理当剿灭,不留肘腋之患。但微臣望陛下对吴三桂用兵之事慎重为上,只可容忍,施用羁縻之策,不使他投降满洲,就是我朝之利。只要我们打败满洲来犯之兵,吴三桂定会来降。"

"林泉有何意见?"李自成又向李岩问道。

李岩回答说:"臣也望陛下慎重。"

李自成又问刘宗敏:"捷轩有何主张?"

刘宗敏望着宋献策问:"据你看来,目前吴三桂同满洲人有了勾结没有?"

宋献策说:"据目前探报,吴三桂同满洲人尚无勾结。"

"既然这样,"刘宗敏说道,"我认为满洲人尚在沈阳,距我较远,也尚在调集兵马;可是吴三桂手中有数万精兵,占据山海卫,离我只有数百里路,可以说近在身边,实是我大顺朝心腹之患。据我判断,不出数日,吴三桂在山海卫准备就绪,必将传檄各地,声言为崇祯帝、后复仇,以恢复明朝江山为号召。到那时,畿辅州县响应,到处纷纷起兵,与我为敌,南方各省也会跟着响应。一旦吴三桂在北方带了一个头儿,树了一个在北方的榜样,成了明朝的大忠臣,明朝在南方的众多将领和封疆大吏,谁肯投降?谁不与我为敌?我的意见是,乘满洲兵尚未南犯,先将吴三桂一战击溃。消灭了吴三桂,夺取了山海关,可以使满洲人不敢南犯,明朝的南方各将领闻之丧胆,畿辅各州县都不敢轻举妄动。此事不可拖延,谨防夜长梦多。对吴三桂用兵之事务要火速,要赶在满洲人来犯之前将他打败。"

李自成频频点头,又向牛金星问道:"牛先生有何主张?"

牛金星慌忙站起来说:"陛下,今日之事,所系非轻,难于仓猝决定。请容臣与两位军师在下边反复讨论,务求斟酌得当,然后奏闻。捷轩身经百战,胸富韬略,在军中威望崇隆,无出其右。他刚才所言,堪称宏论卓识,非臣所及。只是如必要用兵,也请侯爷回去与几位心腹大将一起密议,熟筹方略,务求一击必中,而且只可速战速胜,不可屯兵于坚城之下,拖延战局,使东房得收渔人之利。俟今日下午文武重臣们分别讨论之后,今晚或明日上午进宫,举行御前会议。陛下天纵英明,远非群臣所及,如此安危大计,总要断自圣衷。"

李自成想着牛金星的话很有道理,向刘宗敏看了一眼,见宗敏也没有别的意见,随即说道:

"就这样吧,今日下午由捷轩同补之召集李友等几位将领一起商议是否对吴三桂马上用兵,今晚捷轩和补之来武英殿面奏。下午,丞相和两位军师加上喻上猷、顾君恩一起详议,晚上你们五位一同来武英殿面奏。孤听罢文武们的意见,再作斟酌。明日早膳以后,在武英殿举行御前会议,制将军以上全来参加,听孤宣布应变之策。"

牛金星问道:"陛下,六政府侍郎以上都是朝廷大臣,是否参加御前会议?"

李自成没有做声。牛金星因为皇上平日不叫朝中一年来新降的文臣们参与重大的军事密议,所以不敢再问。

刘宗敏问道:"皇上,原来安排初六日举行登极大典,可是眼下应该火速部署军事,准备大军出征。事情千头万绪,哪有时间准备登极?"

李自成心中犹豫,转望军师。

宋献策说:"本来四月初六,初八,初十,十二,都是大吉大利的日子,所以择定初六登极。如今既然军情有变,不妨改为初八日登极。在这数日内,一边准备出征军事,一边等候吴三桂的消息。倘若吴三桂有了贺表,军情缓和,初八日登极大典如期举行,不再延期。"

李自成只怕来北京登极的大事吹了,心中犹豫,转望牛金星。

牛金星说:"军师所言,颇为妥帖。既然唐通等说吴三桂正在与他手下文武商议投降之事,两三日内应有结果,等一等消息也好。"

李自成说道:"孤同意改为初八日登极,可以由内阁传谕各衙门文武百官知道,只说演礼尚不很熟,不要提军情一字。"

众文武叩头退出以后,等候在文华门值房中的吴汝义随即进来,在御前跪下说道:

"启奏陛下,罗虎已经从通州来到,现同亲兵们在午门前朝房中休息,等候召见。"

"他来了好,好。你先安排他们用膳,也安排一个临时住处。午膳后,孤须稍事休息,准在未时一刻,你带罗虎到武英殿见我,不可迟误。"

吴汝义直到此刻,不知皇上急于召见罗虎是为了何事,更不知为什么昨天面谕他赶快为罗虎布置一处堂皇的公馆,愈快愈好。他很想问个明白,但现在他所尽忠服侍的不再是从前义军中的闯王,而是大顺皇帝,所以他不敢多问,说了一声"遵旨!"他伏地叩头之后,正要退出,李自成又吩咐说:

"将金银宝物运回长安的事,你要火速准备,不可迟误。午膳后,你将小虎子带到武英门,候旨召见,你就只管去办你的事。几日之内,一定得把运送金银的事准备停当!"

吴汝义乘机问道:"为何如此火急?"

李自成小声说:"恐怕免不了一场恶战,不可不预做准备。不过,这话不可泄露,你自己心中有数好啦。"

吴汝义不敢再问,心情忽然沉重,恭敬退出。

李自成在龙椅上又坐了片刻,听不见隐约的鼓乐声,知道皇极门演礼的事早已完毕。想着竟然没有亲自观看演礼,而登极的日子又改为初八,初八这日子会不会又有变化?……事情不可捉摸,使他的心中怅然。他暗暗地叹了口气,启驾回武英殿了。

进了北京以来,李自成从没有像今日上午这样感到心情郁闷和沉重。在走往武英殿的路上,他吩咐双喜,立刻差人去兵政府职方司①将京东各府州县和山海卫一带的舆图取来,放在文华殿的御案上,备他阅览。到了武英殿西暖阁刚刚坐下,宫女们立刻进来,有的捧来香茶,有的向博山炉中添香。随即,王瑞芬体态轻盈地进来,跪在李自成的面前奏道:

"启奏皇爷,娘娘说皇爷昨夜睡眠欠安,今日五更起床,一直忙

---

① 职方司——明代兵部所辖四司之一,全称是职方清吏司,掌管舆图、军制、城隍、镇戍、简练、征讨之事,其最重要的是掌管天下舆图,图上详载地理险易,道路远近。

到如今。如今还不到午膳时刻,请圣驾回寝宫休息。"

李自成问道:"你们刚才可服侍娘娘在右顺门楼上观看百官演礼了么?"

王瑞芬抬起头来含笑回答:"蒙皇上圣恩特许,奴婢率宫女们服侍娘娘在右顺门楼上观看演礼,想着后天皇上就要举行登极大典,举国欢腾,天下更新,所以娘娘和宫女们无不心花怒放,巴不得明日就是四月初六。"

李自成听了王瑞芬的话,在心中称赞王瑞芬不愧原是田妃的贴身宫女、承乾宫的"管家婆",果然与众不同,不但与西安秦王府的宫女们迥然不同,与明宫中众多宫女相比,她也是一只凤凰。然而听了王瑞芬的美妙言辞,只能使他想着局势的意外变化,想着她们还不知道登极大典的事已经改期为初八日,连初八日也有些渺茫。他不肯流露他的不快心情,勉强含笑说道:

"你快告诉在殿外侍候的太监们,去传谕御膳房,午膳孤想吃羊肉烩饼。还有,午膳时命西安来的乐工奏乐。"

王瑞芬答应一声"遵旨!"叩头退出。片刻后重新进来,站在皇上面前,等候别的吩咐。李自成又说道:

"你差一宫女,去寿宁宫传谕费珍娥前来。"

王瑞芬的心中一动,问道:"皇爷,是传费珍娥沐浴熏衣,好生打扮,晚膳后来寝宫?"

"命她午膳后到武英殿来。"

"午膳后么?"王瑞芬又问,怕自己听错时间。

"交未时以后前来。"

王瑞芬觉得奇怪,但是不敢再问,说道:"费珍娥不同于一般宫女,奴婢马上亲自去寿宁宫传旨吧。皇上不到寝宫去休息一阵?"

"你去吧,孤要一个人稍坐片刻。"

王瑞芬回到仁智殿寝宫,将皇上要在武英殿暖阁稍坐片刻以及命她去传谕费珍娥于午膳后来见皇上的事,都向窦妃奏明,然后往寿宁宫去了。

窦美仪在右顺门楼上观看演礼时,因没有见李自成登上左顺门楼,后来又见牛金星和刘宗敏匆匆离去,使她的心中狐疑,担心出了意外大事。随后又看见四位御史从皇极门的东边步步退行,导驾而出,而迎接来的却是空辇,登时有一种不祥的感觉。她遵照明宫中祖宗规矩,不敢过问国事,也不敢随便打听,但是她很想知道朝廷上到底出了什么大事,所以才命王瑞芬去武英殿请圣驾回后宫休息,以观动静。她心中明白,皇上尽管出身草莽,以三尺剑夺取了明朝江山,但自古英雄都爱美人,所以自从她蒙受皇恩,来到仁智殿寝宫居住,皇上每日万几之暇,总来后宫休息,为的是要她陪伴。她也明白,新皇上的心中也喜爱王瑞芬,只是新皇上不是那种见一个爱一个的贪恋女色之君,所以他不肯"召幸"瑞芬,也不"召幸"费珍娥和别的宫女,独使她专宠后宫。如今皇上不肯回后宫休息,要一个人在武英殿稍坐片刻,分明是心中烦闷,需要独自思虑大事。但是后天就要举行登极大典,忽然有何事使皇上心中烦恼?

更使窦美仪心中不安的是,皇上要在午膳后召见费珍娥。皇上迟早要纳珍娥为妃,费珍娥将与她平分恩宠,这事情在她的思想中早有准备,而且她已经决定做一个通情达理的贤妃,不与费珍娥争风吃醋。可是,为什么皇上不传谕费珍娥于晚膳后来到寝宫,而偏要在午膳后在武英殿暖阁召见?她反复寻思,终于有些恍然:大概皇上要在登极之日,对她和费珍娥同时册封!为着马上就要册封,所以事前要告诉费珍娥,以便她做好准备。窦美仪是个细心人,在喜悦中不免要进一步猜想皇上将册封她们什么名号。她大概可以封为淑妃,那末费珍娥也是淑妃么?倘若费珍娥暂不封妃,莫非第一步将封为选侍?再其次封为什么嫔,什么贵人,以后逐步加封?……

过了一阵,王瑞芬从寿宁宫传旨回来,先到武英殿向皇上复命,然后回仁智殿寝宫向窦妃禀报。窦妃含笑问道:

"费珍娥接旨之后是不是十分高兴?"

王瑞芬回答说:"娘娘,费珍娥的年纪虽小,心计很深,不同于一般女子。她跪下去听了我口宣圣旨之后,照例说道:'奴婢遵旨,谢恩!'叩头起立,脸上看不出有一丝笑容。"

"你回来到武英殿向陛下复命,陛下又说了什么话?"

"皇上正在用心看一本摊在御案上的舆图,只是'哦'了一声,没有别的吩咐。旁边放着另一本舆图尚未打开,黄绫封面上贴着红纸书签,题写着《大明皇舆图》,下有一行小字写明卷数和地方,奴婢不曾看清。"

"从前乾清宫的御案上可曾放过这样书?"

"从前奴婢奉田皇贵妃之命送东西去乾清宫,也看到崇祯皇爷的御案上放有这样的书,那时开封被围,河南战事吃紧,崇祯皇爷日夜焦思,坐卧不安,时常查阅舆图。听魏清慧说,《大明皇舆图》有许多本,由兵部职方司严密保管,皇帝调来查阅后仍然交还。娘娘,眼下皇上正忙于准备登极,怎么有闲工夫查阅舆图?"

窦妃不觉想到皇上未驾临左顺门楼上凭窗观看演礼,刘宗敏和牛金星中途离去的事,心中很觉诧异。但是她掩饰了心中的不安,对王瑞芬淡淡地微笑说:

"我们的大顺皇帝是天下之主。古人说,'四海之内,莫非王土。'他于百忙中查阅舆图,也是应有之事。……啊,我们只管说话,皇上用午膳的时候到了。"

王瑞芬赶快率领几个宫女往武英殿服侍皇上午膳。窦妃本来可去可不去,但她一则为要看一看皇上的神情,二则要使皇上心情愉快,劝他努力加餐,所以她稍微打扮一下,也带着四个宫女去了。

李自成已经从西暖阁出来,在一张供御膳用的朱漆描金大案子旁边面南的龙椅上坐下。大案上已经摆了二十几样荤素菜肴,山珍海错①,但还在继续增加。丹墀上开始奏乐。往日李自成午膳时钟鼓司的乐工们奏明朝宫廷的皇家音乐,以琵琶、笙、箫、钟磬为主,锣鼓几乎不用,乐声雍容幽雅。今天李自成命他从西安带来的乐工奏乐,不但用了大锣大鼓、铙、钹、箫、笛,还用了铜号、唢呐。演奏起来,乐声雄壮,高亢嘹亮,使人感到好像在原野上凯旋时奏的军乐。窦妃生长于明朝宫中,对这样的音乐很不习惯,尤其感到唢呐声刺耳。但是她为着使皇上高兴,装作很愿欣赏的神情,桃花色的面颊上挂着微笑,腮上的酒窝儿有时深深地陷了下去,而她的含着浅笑的润泽的双唇和明眸皓齿特别使李自成感到动心。妃子在皇帝面前服侍御膳,一般是立在身边。李自成对窦妃十分宠爱,特命她坐下陪膳。窦美仪躬身谢恩,然后在皇上的对面小心坐下。王瑞芬立刻向两个宫女使眼色,那两个宫女随即将准备好的镶金牙筷,梅花形银碟和银汤匙放在窦妃的面前。李自成笑着问道:

　　"这鼓乐你喜欢听么?"

　　"臣妾生长于深宫之中,今日有幸听关中来的乐工演奏此乐,可以想象陛下百战雄风,所以十分爱听。"

　　李自成说:"不知为何,孤今日忽然思念故乡,所以命西安来的乐工奏乐。"

　　"陛下大功告成,犹念念不忘故乡,这也是人之常情。汉高祖大功告成之后,回到故乡,大宴十日。一日他乘着酒兴,亲自击筑②,高唱'大风起兮云飞扬',随即起舞,慷慨伤怀,泣数行下③。此事千古传为美谈。陛下成功不忘故乡,正是英雄本色,也必会千古

----
　① 海错——即海味。
　② 筑——音 zhù,古代的弦乐器,有十三根弦,用竹尺击弦发音,所以叫做"击筑"。
　③ "慷慨伤怀,泣数行下"——是窦美仪背诵《史记·高祖本纪》中的原句。

传为美谈。"

"你读过的书如何记这样清楚?"

"臣妾几年中陪侍懿安皇后读书,别无他事,所以《史记》中有一些好的文章几乎都能背诵。"

"好啊,我大顺宫中很需要你这样读书多才的贤妃!"李自成端起一杯明宫中制的长春露酒,一饮而尽,笑着问道:"汉刘邦功成还乡,大会家乡父老兄弟,欢笑宴饮,为何会慷慨伤怀,流出热泪?"

"以臣妾想来,当时西汉国家草创,四夷未服,尤其北方的匈奴,兵势强大,威逼中国,从周秦两朝已经如此。刘邦深知创业艰难,守成也很不易,所以安不忘危,乐极忽悲,泣数行下,唱出了'安得猛士兮守四方'的诗句。"

"你解得好,解得好。给娘娘斟酒!"

窦美仪站起来说:"谢恩!"

李自成因窦妃讲起汉高祖《大风歌》的故事,登时就想起了满洲兵即将南犯的警讯,脸上的笑容消失了。窦美仪从皇上脸上的神色变化猜到了可能是辽东有了重大军情。她突然明白了为何今日上午皇上未到左顺门楼上观看演礼,而刘宗敏和牛金星正观看演礼时匆匆离去。她不敢询问一字,只是在心中说道:

"天啊,可千万不要出重大事故!"

又上了几道菜,紧跟着上一个绘着双龙捧日的御用平锅。一宫女揭开平锅盖子,窦美仪和众宫女看见了里边盛的东西,都觉新奇,但不知是什么。李自成又一次面露笑容,轻声说道:

"这就是陕西的羊肉烩饼!"

宫女们盛了两小碗,放在皇上和窦妃面前。李自成一声吩咐,宫女们立刻为他换了一只大碗。窦美仪在宫中生活了十几年,从来没有听说过羊肉烩饼。她既嫌羊肉汤的气味太膻,也嫌那烙饼掰成的小块太硬。但是她身为妃子,凡事要小心地看着皇上的颜色行事,才能处处得到皇上的欢心。在明朝的后宫中,人们都知道,田皇贵妃之所以宠冠后宫,不仅依靠她天生美丽,也依靠她能够时时"先意承旨"①,博得皇上的欢心,被崇祯皇爷称赞是"解语花"。所以窦美仪尽管不喜欢面前的羊肉烩饼,但是不得不装作很喜欢的样子,面带微笑,好像吃得很香。好在后妃们一般都吃得很少,所以她尽可以稍尝即止,李自成也不会对她勉强。她的脸颊上挂着微笑,眼睛里含着微笑,但心中却在猜想着皇上吩咐做羊肉汤烩饼,命原秦王府的乐工为他奏关中音乐,必是为什么事动了思乡之情。她不敢询问一句,但又渴望知道一点消息。当快要用毕午膳时候,她用温柔的声音向李自成试探着问道:

"陛下,臣妾愚昧无知,今日提起来汉高祖回故乡的事,引动了陛下的乡思,所以比往日多饮了几杯酒。请饶恕臣妾随口妄言之罪。"

李自成说:"这不怪你,孤确实思念关中。"停顿一下,他不觉带着牢骚地说:"十个北京抵不上一个长安!"

窦美仪的心中猛吃一惊,不明白皇上为何说出此话,不敢询问,反而故作理解的样子嫣然一笑,掩饰了她心中的一团疑问,轻轻说道:

"陛下爱长安,定都长安,必将如唐太宗那样成为千古开国英主!"

午膳很快结束。李自成漱口以后,本该回仁智殿寝宫休息,但是他挥手使窦妃和许多侍膳的宫女退下,只留下王瑞芬和四个宫女侍候,回到西暖阁的里间,坐在龙椅上,轻轻对王瑞芬吩咐一句:

"传谕武英门内的传宣官,罗虎来到,立刻召见。你也去寿宁宫,传费珍娥来!"

王瑞芬带着一个宫女出去传旨以后,李自成坐在龙椅上又翻

---

① 先意承旨——皇上的心意尚未说出,她已经想到了,并且按照皇上的心意行动。

阅山海卫一带舆图。但略看片刻,推开舆图,闭目养神。留下的宫女见此情形,悄悄地退了出去。

其实,李自成何曾有工夫养神!他思虑着眼前的军国大事,特别是对吴三桂和满洲人作战的大事,千头万绪,困难很多。他的心思沉重,情绪忽而忧虑,忽而激动,忧虑时不免后悔来北京太急……

还不到未时正,吴汝义带着罗虎来到了武英门,坐在李双喜的值班房中等候召见。他自己匆匆地办事去了。

罗虎自幼就同哥哥罗龙和叔父罗戴恩跟随闯王起义,在闯王的身边长大。最初是一名孩儿兵,后来升为孩儿兵中的小头目,又从小头目步步提升,接替李双喜和张鼐成了孩儿兵的总头目,在闯营中的正式名号为"童子军掌旗"。十八岁以后离开了童子军营,屡立重要战功,成为李自成得心应手的爱将之一。

尽管罗虎同李自成有这样非同一般的历史关系,但今天奉召前来,还是一直在心中七上八下。他一方面想着蒙皇上单独召见是对他的"殊恩",一方面他从吴汝义的口中知道王长顺在皇上的面前很说了关于他在通州练兵方面的许多好话,又知道吴汝义奉了皇上口谕要为他火速在北京预备一处极好的住宅,各种陈设用物都要十分讲究和崭新,皇上为什么突然有这样决定?为什么传谕他今日上午一定从通州赶来?罗虎怀揣着这些不清楚的问题,往武英殿来见皇上。

罗虎自从李自成在河南称奉天倡义文武大元帅以后,就不能常到李自成身边,有事也不能直接到李自成的面前禀报。李自成在襄阳称新顺王之后,罗虎直接同他见面的机会又少了许多。去年冬天,李自成到了西安,将明朝的秦王府作为暂时的大顺皇宫,忙于建立新朝,正式设立中央政府的各大衙门,包括丞相府、军师府、首总将军府、六政府衙门等等,又颁布了《大顺礼制》,罗虎能够见到李自成说话的机会更少了。在前几年,李自成同罗虎的关系亲如父子,到西安后变成礼仪森严的君臣关系,原来的感情大半消失,像几年前闯王有时拍拍他的头顶或拧拧他的脸蛋儿的事情,再也不会有了。

罗虎由传宣官带领着,步步向雄伟的武英殿走去,原来是七上八下的心情变得十分紧张,不免怦怦乱跳。丹墀前用汉白玉雕龙栏板隔成三部分丹陛。中间的丹陛是一块雕刻着精致的双龙护日和云朵潮水的很大的长方形汉白玉陛板,陛板两旁也各有九级台阶。但这是御道,不许文武百官通行。百官只许从御道左右,隔着雕龙栏板的九级台阶上下。罗虎知道中间不许走,正想从东边的台阶上去,但传宣官使个眼色,他恍然明白,跟随传宣官从西边①轻轻地拾级而上,登上了丹墀。从前罗虎只听说皇宫中每一座殿前都有一个地方叫做丹墀,是群臣向皇上行礼朝拜的地方,如今才明白原是一个四方平台,用汉白玉铺地,左右和前边有雕工精美的白玉栏板围绕。丹墀两边立着高大的铜仙鹤、铜狮子、铜鼎。武英殿的檐下恭立着两个太监、两个宫女,一动不动,等候召唤。好一座巍峨的武英殿,从正殿内到殿外,从丹墀上到整个院落,森严肃静,虽有人却好似空寂无人。倒是有一只小麻雀站在一株古柏的高枝上,可能感到天气阴冷,啾啾地叫了两三声,不再叫了。这小麻雀的啾啾声更增加武英殿宫院中的肃静意味。

罗虎原以为皇上坐在武英殿的宝座上等他觐见,不料在丹墀上抬头偷看,但见正殿中间有一个类似大庙正中的木制神龛,离地三尺,一色金黄,庄严精巧,而龛中的黄缎御座却是空的。皇上坐在哪儿?他有意向传宣官询问,但不敢出声。那青年传宣官仿佛

---

① 西边——武英殿坐北朝南,西边是右边。朝臣上殿时文左武右,所以罗虎从西边的台阶上去。

明白了他的心意,将他的袖子轻轻地拉了一下。他忍耐着疑问,在心中对自己说:"跟着走吧!"小心跨过了一道朱漆高门槛。

进了武英殿之后,传宣官引着罗虎向左走,约一丈远处,中有一门。一宫女掀开黄缎门帘,罗虎随传宣官进了西暖阁的外间。又一宫女掀开第二道门的黄缎门帘。他躬身屏息地进了里间暖阁。传宣官走在前边,向坐在龙椅上的皇帝躬身奏道:

"启禀皇爷,罗虎来到!"

罗虎又一阵心跳,在李自成脚前三尺远的地方跪下,在紧张中将暗自背诵了多遍的两句话琅琅说出:

"臣威武将军罗虎奉召进宫,参见陛下,祝陛下万寿无疆!万岁,万岁,万万岁!"

李自成含笑说道:"罗虎,你近日驻军通州,仍然刻苦练兵,与士卒同甘苦,并且在练兵之余,读书写字。孤知道后十分欣慰,所以特意叫你进宫,当面告诉你又到你为孤建立大功的时候啦。孤想你已经二十一岁了……"

罗虎忽然听见门帘响动,同时看见皇上将未说完的话停住,向门口望去。他仍然恭敬地跪在地上,不敢回头一看,但知有人用轻轻的碎步走到他的背后,同时带来一股清雅的脂粉香。他明白这进来的是一个服侍皇上的宫女。随即他听见站在他背后的宫女向皇上说道:

"启奏皇爷,待选都人费珍娥已经来到,现在殿外候旨。"

"带她进来!"

传旨的宫女迅速退出暖阁。罗虎已经风闻费珍娥是宫中一个美貌宫女,皇上有意选为妃子。所以他趁费宫人尚未进来,赶快说道:

"陛下有事召见宫人,臣请回避。"

"你不用回避,暂且平身,站在一旁等候。"

罗虎叩头遵命平身,退立一旁,不敢抬头。

片刻之间,罗虎听见一阵环佩丁冬之声随着清雅的香气,从外边进来。罗虎更加不敢抬头,不敢偷看一眼,但他知道进来的不只是一个女子,而是三四个人,只有走在中间的女子发出环佩丁冬声和首饰上发出轻微银铃声。罗虎在心中判断:这就是那个姓费的宫女,皇上将纳她为妃的美人。

罗虎只看见费宫人的红罗长裙和半遮在长裙下的绣鞋,但是他已经感到这位费宫人必有惊人之美。他有心偷看一眼,但是没有胆量,头垂得更低了。

王瑞芬退到一旁,像鸿胪官赞礼一般,娇声说道:

"费珍娥向皇上行礼!"

费珍娥跪下,向皇上叩头行礼,用略带紧张情绪的柔声说道:

"奴婢费珍娥恭颂陛下早定天下,万寿无疆!"

李自成含笑问道:"费珍娥,你知道孤今日召见你为了何事?"

"奴婢不知。"

"你抬起头来,听孤口谕。"

费珍娥遵命抬起头来,大胆地让李自成端详她的面容。李自成又一次心中猛然一动,又一次为她的美貌吃惊,仿佛有一个声音在心中说道:

"将她留下!留在身边!封她贵人!"

费珍娥的目光同李自成的目光相遇以后,出于少女的天然害羞之情,迅速低下头,避开了李自成的炯炯目光。尽管她似乎看见了李自成脸上的那种不同寻常的神情和温和的微笑,但是她没有改变对李自成的刻骨仇恨,在心中暗暗地说:

"你得意吧,你贪恋女色吧,我岂是窦美仪之辈!我为皇上和皇后报仇的日子快到了,即使被剁成肉酱也不后悔!"

在片刻之间,李自成的心中不能平静。虽然他的嘴唇上仍然挂着微笑,但是那微笑忽然僵了,干枯了,不再有任何意义了。他向低着头的费宫人又望了一阵,转眼瞥见御案上摊开的山海卫一带的舆图,心情一变,瞟了罗虎一眼,对费珍娥说道:

"孤今日叫你来武英殿,并无别事,只是看见你这两三天的仿书,又有进步,心头甚为欢喜,叫你前来一见。一二日内,孤对你将有重要谕旨,总望你今后不要忘孤的眷爱才好。"

费氏叩头:"恭谢皇恩!"

倘若是召见别人,当被召见者叩头谢恩以后,皇上没有别的事需要面谕,此时就算是召见完毕,命被召见者退出。但今天李自成却没有命费珍娥马上退出。他现在一则想多看看费珍娥,一则想着向山海卫出兵的事,竟忘了命费氏退出。皇上没有吩咐,费珍娥不敢起来,处处小心谨慎,在心中暗暗告诉自己:

"他确实看中我了,我要忍耐,两三天就见分晓!"

王瑞芬见皇上继续看费珍娥,不急于命珍娥退出,在心中叹道:"又一个命中注定要在新皇上面前蒙恩受封的人!"她轻轻地走到李自成的身边,悄悄地问:

"皇爷,请吩咐,要赏赐什么东西?"

李自成从复杂的情绪中突然醒来,对王瑞芬轻轻摇一下头,随即对费珍娥说道:

"你可以回寿宁宫了,两三天内,孤将有丰厚赏赐。"

王瑞芬提醒费珍娥:"谢恩!"

"谢恩!"费珍娥赶快说道,叩了一个头。

费珍娥又叩一次头,然后起身。趁着起身时候,又一次大胆地抬头向李自成看了一眼,也向旁边站立的青年将军的脸上扫了一眼,然后在环佩声中转身向外,体态婀娜地走出暖阁,而王瑞芬和随身服侍的宫女也跟着出暖阁了。

王瑞芬小心和恭敬地送费珍娥出了武英门,过了内金水桥,将费珍娥的袖子轻扯一下,在一株路旁的松树下停住脚步。四个服侍的宫女知道王瑞芬要对费珍娥说什么体己话,便离开她们,继续前行,到右顺门下边等候。王瑞芬凑近珍娥的耳边,悄悄说道:

"珍娥贤妹,几天之内,你就是新贵人,我就是你的奴婢了。富贵请勿相忘!"

费珍娥正在想着别的心事,听了这话,感到厌烦,回头向王看了一眼,轻轻说道:

"我不会富贵的。王姐,我知道自己命不比你好,我永远只能是一个宫女。"

"不,不。新皇上已经看中了您,所以两三天内他要丰厚地赏赐于您。一赏赐,您就蒙恩召幸,选到皇上的身边了。但求您蒙恩以后,不要忘记我王瑞芬对您的一片忠心!"

费珍娥不能对王瑞芬流露出自己决心刺杀李自成的心事,忽然想到投水而死的魏清慧和吴婉容,感到悲伤,在心中对自己说:

"我后悔没有随她们投水尽节,死得容易!"

她没有对王瑞芬再说一句话,含泪一笑,转身向右顺门走去。

且说在武英殿西暖阁中,当费珍娥叩了头站起来,李自成在对她说话时,又一次被她的美丽容颜所打动。尤其是她的一双眼睛是那样黑白分明,光彩照人,最使他动心和吃惊。当费珍娥从他的面前离开,听见环佩声出了暖阁,乍然间他的心中有一种惘然若失之感。但是他马上对自己说:"已经决定将她赏给罗虎了,纵然是大仙也不能留下!"他从片刻的怅然心情中醒来,命窗外的宫女去武英门向传宣官传旨,速叫吴汝义进宫,然后转望罗虎,亲切地轻轻叫道:

"小虎子!"

罗虎赶快到御前跪下,俯首听旨。

李自成问道:"孤今日召你进宫,你知道是为了何事?"

"臣不知道,请陛下明示,有错即改。"

李自成微微一笑,说道:"不是为你有错才召见你,是为你应该褒扬。孤听说你在通州驻军,每日勤于练兵,军纪严明,对百姓秋毫无犯,颇有名将之风。还听说你每日练兵之暇,读书写字,也常与当地文士往还,向他们虚心求教。你的这些情况,在目前咱们大顺军将领中十分难得。孤听王长顺进宫来说了后,十分高兴,所以特召你进宫一见。"

罗虎感动地说:"臣自幼跟随陛下起义,受陛下教导,得能成长,至今受命一营主将。所有练兵之事,整饬军律的事,都是遵照陛下往日教导,不敢忽忘。"

李自成问:"啊?是孤教导你的?"

"是的,陛下。臣与许多幼年孩儿,有许多是阵亡将士的子弟,编入孩儿兵营,不行军就练武,一个个学会了十八般武艺,弓马娴熟。从前,咱老八队人马不多,敌不过明朝的官军势大,不是被追赶,就是被围困,日子虽然困难,可大家都听从陛下的话,不敢随便骚扰百姓,有时还分出粮食救济饥民。这样年月,俺们孩儿兵都亲身经过。"

李自成说:"是啊,我们过了许多艰难困苦的岁月,有几次几乎被官兵消灭!"

罗虎接着说:"咱们的人马在潼关南原打了大败仗,随后潜伏在商洛山中,苦苦练兵,又整顿军纪。臣那时已经是孩儿兵营中的一个小头目,记得可清楚啦。陛下为整顿军纪,获得民心,连你亲堂兄弟都斩啦。臣鸿恩叔是一员好将领,打起仗来勇猛向前,上刀山也不眨眼。斩他时,许多人都哭了,陛下也哭了。他待臣好像亲叔叔一般,所以臣也瞒着陛下到他的坟前烧了纸,痛哭一次。就在困守商洛山中的一年多,我跟着陛下学会了如何练兵,如何讲究军纪。"

李自成想到目前的军纪败坏,也想到斩堂弟鸿恩的事,不由地心中感慨。但他没有说话,只是在喉咙里"哦"了一声。

罗虎接着说:"破洛阳之前,咱大军驻扎在伏牛山的得胜寨一带,也是天天练兵,整饬军纪,深受百姓爱戴,所以百姓称陛下是救星,称咱们的人马是仁义之师。那时,臣已经是孩儿兵营的总头领。如何练兵,如何讲究军纪,臣在这时期又学了很多。"

李自成叹息说:"可惜到了北京之后,许多大小将领把以往困难日子的事都忘记了,独有你还牢记不忘,十分难得,难得!"

罗虎知道近来大顺军在北京城中驻扎,军纪十分败坏的事,看来皇上也知道了,所以才有此感慨。但是他在大顺军中是小字辈的将领,对自己所见所闻的事不敢陈奏,只等待皇上对他有什么吩咐。

李自成含笑问道:"听说有一次你的一哨人马移防,你下令必须将驻地屋内院外,处处打扫干净,又将百姓家的水缸添满,方许离开,这件事深为百姓们交口称道。小虎子,从前孤不曾教过你,咱们老八队可没有这样好,你是如何想到的?"

罗虎回答:"陛下,臣在孩儿兵营中长大,认识了字儿,学会读书。去年进了西安,臣买到戚继光的《练兵纪实》和《纪效新书》,认真读了,悟出了许多道理。戚继光从南方调到北方,任蓟镇总兵多年,所以通州城中上年纪的读书人,知道他许多练兵治军的故事。臣在通州,从老人们的口中听到不少戚继光的故事。前人做过的事,走过的路,俺从前不知道,现在跟着学呗。"

李自成点点头,心中称赞:"真好!"随即又问道:"那替老百姓打扫清洁的事,也是跟戚继光学的?"

"这是跟岳飞学的。"

"跟岳飞学的?"

"臣在西安时,有一位读书人对臣讲岳武穆治军的故事。他说书上记载[1],岳飞征讨群盗,路过庐陵[2],夜宿什么市镇。第二天天色未明,将士们为主人打扫门庭,洗净碗盆,挑满水缸,然后开拔。这故事被臣记在心中,在通州有一哨移营时照样行事,果然百姓们因久受官兵骚扰之苦,对这次移营的事传为美谈。"

"什么书上写的?"

"臣不知道。"

李自成在片刻的沉默中,暗暗点头,在心中叹道:"可惜我大顺军像小虎子这样的后生太少啦!"此时,吴汝义不知皇上叫他何事,匆匆进来,在罗虎的一边跪下。李自成命他平身,在一旁坐下,然后向罗虎含笑问道:

"你知道孤为何召你进宫?"

"臣不知道。在通州哄传吴三桂不肯投降,是不是又要打仗?"

"打仗的事今日不谈,孤今日召见你是为着你的婚事!"

罗虎的脸色一红,低下头去,心中奇怪:"皇上为什么提到此事?"

李自成接着说:"你是孤的得力爱将,义属君臣,情同父子。你的父亲早死,母亲远在陕西。如今孤为你选择德容兼备女子,完成你的终身大事。小虎子,你的意下如何?"

罗虎脸红心跳,俯首不言,等候皇上继续说话。

李自成又说道:"孤方才召见的那个费宫人,才貌双全,在数千宫女中十分罕见,孤将她赐你为妻,就在这几天内为你成亲。今日叫你进宫,就是为着此事。孤刚才故意让你看见费宫人,可满意么?"

罗虎没有做声。李自成略感奇怪,转过头向吴汝义望了一眼。

---

[1] 书上记载——见于南宋人周密所著《齐东野语》卷二十《岳武穆御军》条中。
[2] 庐陵——在今江西吉安。

吴汝义本来认为皇上很看中费珍娥，必会将费选在身边。只要费珍娥受皇上宠爱，生育皇子，对自己也会有许多好处。没想到皇上将费宫人许配给罗虎为妻。皇上近一两天命他为罗虎赶快准备一处富丽堂皇的宅第，原来就为此事！他明白此事已无可改变，便对罗虎说道：

"罗虎，陛下恩赐你美女为妻，还不赶快叩头谢恩！"

罗虎继续沉默，想着那花白头发的、从年轻就守寡的、吃尽了苦难的母亲，不由地两眼充满热泪。

李自成以为罗虎是因为年轻害羞，不好意思说话，会心地微微一笑，同吴汝义交换了一个眼色，又向罗虎说道：

"自古男大当婚，女大当嫁。你已经到了应该成家的年纪，恰好我大顺军又进了北京，建立了大顺江山，由孤主持为你完婚，正是时候。国恩家庆，双喜临门，何况孤念你在孤的身边长大，自幼忠心耿耿，屡立战功，所以孤将宫中一位仙女般模样的美女赐你为妻。像这样如花美眷，世上少有。孤担心你不相信，所以在召见你的时候，特意召见费氏，使你亲眼看看。你心中可喜欢么？"

吴汝义催促说："罗虎，赶快谢恩！"

罗虎不敢再拖延时间，抬起头来说道："陛下，臣风闻吴三桂在山海关不愿投降，满洲人又准备南犯，看来会有一场恶战。臣请打过这一仗以后，再议婚事，目前暂且让臣专心练兵，为陛下效命疆场。"

李自成有点儿愕然："啊？你嫌费宫人的容貌还不够美么？还不称心？"

吴汝义忍不住用责备兼爱护的口气说："罗虎，你莫要辜负圣心，费宫人可是天仙一般的人儿，在十三行省①你打灯笼别想找到

---

① 十三行省——明朝继承元朝的行政区域划分，全国分为十三行省。后虽略加改动，但习惯上仍称为十三行省。

第二个！"

　　罗虎不怕皇上对他怪罪，大胆回奏："请陛下恕罪，臣不是不知费宫人十分貌美，又有文才，只因臣为孝顺寡母着想，宁愿娶一个不美也不丑的农家女子为妻，也不要娶一个从皇宫中出身的天仙美女。"

　　李自成在心中称赞罗虎对母亲的孝心，但是笑着说道："常言道，女子嫁鸡随鸡，嫁狗随狗。费珍娥虽然有花容月貌，在宫中是公主的伴读宫女，可是一嫁给你，便成了你家媳妇，如何敢不孝顺你的母亲？"

　　罗虎说："陛下知道，臣家是几代佃户，无衣无食，有一年，臣母在带着臣讨饭时候，看见财主家的两条狼狗扑了上来。臣那时只有五岁。臣母为护着臣不让狼狗咬伤，她自己却给狼狗咬伤了。从那以后，手背上留下一个大疤，右腿走路一瘸一瘸。另外，她小时出天花没钱医治，脸上留了一些麻子。自古儿不嫌娘丑，可是费宫人她肯在我母亲的面前行孝么？她肯替臣母洗衣做饭么？臣娶了一个美貌媳妇，不但不能行孝，反而要臣母侍候，这妻子臣不敢要！请陛下恕臣违命之罪！"

　　李自成听了罗虎的诚恳陈词不能不心中感动，但是转念一想，不觉大笑。

　　"小虎子，"他说，"孤既钦赐婚配，这事岂不想到？你放心，孤定要使你母亲享福，使费宫人在你母亲前做一个孝顺媳妇！"

　　罗虎不敢相信，低头不语。

　　李自成接着说道："'忠孝'二字，天经地义，必须讲求。你娶妻先想到孝敬母亲，孤甚欢喜。"他转望吴汝义："子宜，孤命你为小虎子准备一处很好的公馆，一应陈设，都要讲究。你可准备得有了眉目？"

　　吴汝义站起来说："为罗虎寻找的公馆已经就绪，是一处世袭侯府的新盖府第,尚未居住。明朝亡国,侯爷被我们逮捕,拷掠追赃,听说已经死了。新盖的房子已经派数十名兵丁打扫,各种陈设,都会在三四天内布置齐备。罗虎成婚时需要的新袍服,命裁缝们日夜赶制,不会迟误。费珍娥的出嫁吉服,听说宫中仓库有为宫眷们准备的现成东西,可以挑选使用。"

李自成说:"你果然会办事儿!你今日赶快差人去寿宁宫问明费珍娥的生辰八字,再将罗虎的生辰八字,都告宋军师,由军师手下的官儿们替他们合一合八字,明日就换庚帖,择定拜堂吉日,越快越好。"

罗虎说道:"陛下钦赐婚配,臣实实感戴皇恩,不敢违抗。可是臣母出身寒微,只有我这一个儿子,娶来的儿媳妇不能在身边行孝,反而受媳妇的白眼,臣的心……"罗虎忽然流出热泪,哽咽起来,说不下去。

李自成受罗虎的真情感动,收敛了脸上笑容,慢慢说道:

"你对母亲有如此孝心,实在可嘉。自古道:求忠臣于孝子之门。所以真正的忠臣必是孝子,从你的身上可以证明。你所担心的是新媳妇能不能孝敬婆母,所以你宁愿娶一个农家姑娘,不愿娶皇宫中的一个美女。这担心可以不必。孤已替你想了。"李自成转向吴汝义问道:"你知道孤为何命你为罗虎布置一处如侯伯第宅一样的公馆?"

吴汝义站起来恭敬答道:"臣也在猜想,但皇上睿智渊深,臣不明白皇上的用心。"

李自成的脸上又露出笑容,对罗虎说道:"你是立过许多大功的一员虎将。远的不说,单说去年十月间歼灭孙传庭的一战,关系何等重大。是你,率领数千骑兵,潜行密县山中,绕出临汝之北,在白沙附近截断明军粮道,使孙传庭全军溃败。随即,你日夜追击溃军,混在溃兵中占了潼关。孙传庭率残兵败退临潼,你又紧紧追赶,进入临潼,在一阵混战中杀死了孙传庭。当然别的将领也出了力量,可是你的功劳不同一般。在西安时候,许多武将都受了封爵,孤故意留下一些功臣到北京举行登极大典后再行加封。你和吴汝义,还有李友、双喜等多人,都准备在北京进行封爵,以示开国大庆。孤为着替你办婚姻大事,昨日在心中已经决定,不必等候登极大典,提前封你为潼关伯,同时晋升你为制将军。明日,谕礼部为孤准备敕书,在赐你封爵时候,也封你母亲为相应品级的诰命夫人。你是新朝伯爷,你母亲是诰命夫人。费宫人纵然美如天仙,岂敢轻视婆母?"李自成忽然哈哈大笑,问道:"小虎子,你还怕新媳妇不肯孝顺贫穷的婆母么?"

罗虎俯地叩头,哽咽说:"陛下想得如此周到,臣不敢再有顾虑。臣母如蒙诰封,臣纵然战死沙场,也难报皇恩万一!"

李自成在此刻听到罗虎说出"战死沙场"的话,微微觉得不吉,望着吴汝义说道:

"子宜,你带罗虎下去,速去准备一切!"

这天下午,关于是否应该对吴三桂用兵的事,有资格参与密议的大臣,分别在两个地方进行密商。一个是刘宗敏住的地方,即从前田宏遇府中内宅的一个院落。如今为着商议机密大事,这院落戒备森严,并且仿效历代制度,在天井院中,离厅堂台阶前三丈远的地方,竖了一面豹尾旗。不管任何文武官员,纵然是提营首总将军府中的重要人员,不奉特许,谁也不能越过豹尾旗前进一步。

今天在这里参加机密会议的人员很少,统共不到十个人,都是制将军。李侔既是制将军,而且为豫东起义将士一营主将,是副军师李岩的兄弟,文武双全,所以他在刘宗敏的眼中是一位较有分量的人物,自然也参加了这次会议。

另一个地方是在军师府的一座小院中,院门口设有警卫,闲人不许入内，小院肃静已极，只听见一只麻雀在树枝上啾啾地叫了两声，随即飞向别处。隔着帘子，堂屋里坐着正军师宋献策、副军师李岩，天佑阁大学士牛金星，兵政府尚书喻上猷，文谕院掌院学士顾君恩。按照一般道理，文谕院就是明朝的翰林院，与国家军事无关，顾君恩参与重大的秘密军事会议却是另有道理。李自成在襄阳初步建立中央政权，号称新顺王，改襄阳为襄京，然后就讨论下一步用兵方略，当时有三个重要建议，顾君恩的"先占西安，然后挥军北伐"之策，被李自成采纳了，大受称赞。到了西安之后，是否立刻进兵幽燕，宋献策、李岩和大将田见秀都主张先巩固已经占领的各省地方，暂缓攻占北京，大违李自成心意；而顾君恩与许多新降文臣都主张赶快攻占北京，皇上应该在北京举行登极大典。李自成果然亲率大军东征，顺利地攻破北京，完成了顾君恩在襄阳建议的用兵方略。在西安建立大顺朝时，李自成命喻上猷做兵政府尚书，而没有用顾君恩。这是因为喻上猷平生也喜欢谈兵，在明朝做过兵科给事中和高级官吏，声望较高，而顾君恩在明朝仅仅是一个拔贡，没有官职，同喻上猷的资历和声望不能相比。另外李自成看出他生性浮躁，不宜做兵部尚书；为着报答他在襄阳建议的军事方略，命他做文谕院掌院学士，特准他参与重要的军事密议。由于这种特殊原因，所以顾君恩今日也被邀出席军师府机密会议。

当两个地方进行机密会议的时候，西华门内的一座用红墙围起来的巍峨宫院中，李自成焦急地等待着亲信的文武大臣们的会议结果，而他自己也在不停地想着对策。

今日午膳后他没有时间回寝宫休息片刻，急急忙忙地召见罗虎和费珍娥，又召见了吴汝义。当决定了罗虎和费珍娥的婚事以后，他就专心考虑着如何打仗的问题。他有时对着京东各州县和山海卫一带的地图研究，有时从御案边突然站起，在暖阁中走来走去，有时不自觉地从心中发出来无声的问话：

"立刻就东征么?趁东虏来犯之前就打败吴三桂么?……"

他正想差人分别去首总将军府和军师府询问会议结果,忽然双喜进来跪下,双手将一个密封的紧急文书呈上。李自成心中一惊,问道:

"是什么紧急文书?"

"回陛下,儿臣听说是吴三桂给军师府送来一封火急文书,宋军师和牛丞相看过以后,立刻命书记官抄一份转给汝侯,将原件密封,差一中军,送来宫中,嘱儿臣立即转呈御前。"

一听说是吴三桂从山海关来的紧急文书,李自成马上就想着是不是关于投降的事?是降还是不降?……他一边胡乱猜想,一边匆匆拆封。他从大封套中抽出来一个略小的封套,上边用恭楷书写:

敬请

宋军师大人阅后赐传

吴两环老将军大人钧启

大明关宁总兵平西伯行辕缄

李自成一看这信封上所用的称谓就不禁动怒,但是还猜不到信的内容。他一边匆匆打开吴三桂给他父亲吴襄的家书,一边在心中说道:

"他仍自称大明平西伯,十分可恶,分明是已无投降之意,又给他父亲来封信,何意?"

他抽出了吴三桂给他父亲的家书,看了一遍,气得脸色都变了,手指也微微打颤。他又将书信要紧的话重看一遍,虽然信中用了一些典故他不能全懂,但是基本意思是明白的:他要造反!他将手中的书信向案上一抛,猛捶一拳,脱口而出地骂了一句:

"可恶!胆敢如此不恭!"

李双喜猛吃一惊,忽然抬起头来。李自成不等他开口说话,命他叫传宣官分头去军师府和首总将军府,叫正在商议军事机密的文武大臣火速进宫,都来御前议事。

双喜说道:"回父皇,刚才军师府的中军说,牛丞相,宋、李两军师,喻尚书们为了吴三桂的事,马上来宫中向皇上面奏。"

"汝侯和几位大将呢?……快传谕他们火速来御前议事!"

"听军师府来的中军说,宋军师和牛丞相们先去首总将军府,稍作商议,一同进宫。"

"你不要等,快差人去首总将军府,催文武大臣们速来宫中!"

"遵旨!"

李双喜叩头退出,回到武英门值房,立刻命一传宣官飞马往首总将军府传旨,催刘宗敏率领正在会议军国大事的文武大臣们火速进宫。直到此刻,李双喜不知道吴三桂的书信中所言何事,只能从父皇的神情突变,以拳捶案,骂了一句,以及急召文武大臣们火速进宫,猜到必是吴三桂那方面有意外情况,但是究竟出了什么惊人变故,他不能知道底细,不知道吴三桂的家书中写了何事,竟然使皇上如此恼怒。双喜既吃惊,又不免焦急。他虽然是李自成的养子,又是不离李自成左右的扈驾亲将,然而自从李自成在西安建国以后,他们之间便有了新的关系,君臣礼制森严。这新的关系远远大过了父子关系。在往年,尽管他的年纪不大,在武将中地位不高,但是李自成要处理的许多紧要大事,他都知道,有时李自成主动地告他知道。如今成了君臣关系,皇上要处理的和所考虑的许多大事,轻易不对他说明,而他也不敢询问。他在值房中坐立不安,向手卜人嘱咐一句话,便匆匆出了武英门,向东出了右顺门,率领十名亲兵,到东华门骑上战马,向首总将军府的方向奔去。

李自成重新拿起吴三桂的书信,打算再一次从头到尾细看一遍。恰在这时,王瑞芬进暖阁送茶来了。他暂时停止看吴三桂的家书,将目光转向俊美而温柔的宫女。在往日,每当他看到王瑞芬的桃花般的脸颊,闻见她身上散发的清幽芳香,他总是情不自禁地端详着她的桃腮和云鬓,嘴角挂着微笑,纵然不问她一句什么话,也要目送她轻盈地走出暖阁。但今天,他看见她进来,看见她将成化瓷盖碗香茶小心地捧出嵌金丝朱漆托盘,放在御案上;看见她在小心地向御案上放茶碗时,向吴三桂的书信上偷偷地瞟了一眼;看见她立刻转过身子,走到紫檀木雕花钿螺的茶几旁边,没有一点响声,在鎏金的狻猊炉中添了香,他的眼光追着她不放,看见她右鬓边的绢制红玫瑰花在眼前晃动,看见她恭敬而又胆怯地瞟他一眼,看见她似乎想对他说什么话但不敢做声。他的脸上没有了温和的微笑,而只有严肃和沉重的神色。而王瑞芬呢,她瞟见了御案上放着的书信,她看清了信封的浓墨大字,丝毫不误,是吴三桂写给他父亲的家书,她在心中说道:

"果然不出娘娘担心,山海卫出了大事!"

窦妃自从今天上午宫女们登上右顺门楼悄悄观礼,看见了种种情况,加上她中午为皇上侍膳,已经心中明白,大概从山海卫来了不好的消息。她已经死心塌地要做大顺皇帝的一位贤妃,将自身和一家人的荣辱祸福同大顺朝的国运绑在一起,所以她午膳后回到仁智殿寝宫休息,对国事放心不下,暗嘱王瑞芬留心皇上的一切动静,随时告她知道。刚才,站在武英殿西暖阁窗外的两个宫女听见皇上怒捶御案,骂了一句粗话,又急于呼唤文武大臣进宫议事,王瑞芬很快就知道了,窦妃也跟着知道了。王瑞芬借故为皇帝送茶和添香,窥探动静,果然偷瞟见御案上放着吴三桂的家书。虽然她不能知道信上写的什么,但是看见信封上写的字也就够了。

窦美仪听了王瑞芬的悄悄禀报,心头猛然一沉,暗自问道:

"吴三桂的一封家书如此重要,难道他竟敢抗拒不降!"

她喜读史鉴,关心国事,但苦于没法猜透李自成的主张。只是从一些迹象看,她估计会打仗,会向山海卫出兵。她还估计,在御前会商之后,皇上将迅速差遣一员大将,率领十万精兵,火速东征。她听说大顺军来到北京的是二十万人马,一直信以为真,所以她认为皇上必将派十万人马去征讨吴三桂,而皇上自己则坐镇北京,登极大典将如期举行。

窦美仪一向深信女子以柔顺为美德,所以自从她被选在大顺皇帝身边,受到宠爱,便立志做一个不嫉不妒,不干朝政的贤妃。但是她只愿大顺的国运昌盛,江山永固,四海归心,不愿意继续发生战争,更不愿在北京近处有兵戎之祸,使生灵涂炭,动摇大顺根基。她越想心思越乱,忧从中来,不可排遣,但是她不能同身边任何宫女说出她的忧虑,只是在心中暗暗叹气,默默祝愿说:

"陛下,'和战'二字,断自宸衷,您可要反复思量。须记着兵凶战危,莫凭一时之怒!"

因为王瑞芬前来送茶和添香,李自成将吴三桂的家书放下,目光转移到王瑞芬身上。等王瑞芬离开暖阁以后,他从御座上站起来,在暖阁中彷徨许久,考虑打仗的事。后来,他在心中叹道:"看来改为初八日登极的事,又不能如期举行了!"他重新到御案前边颓然坐下,拿起吴三桂的家书,再看一遍,那信上写道:

> 不肖男三桂泣血再拜,谨上父亲大人膝下:儿以父荫,熟闻义训,得待罪戎行,日夜励志,冀得一当,以酬圣眷。近日边警方急,宁远巨镇,为国门户,附近卫所沦陷几尽。儿方尝胆卧薪,力图恢复,不意李贼猖獗,犯我神京。儿奉先皇密诏,弃地勤王。无奈先皇有弃地不弃民之严旨,儿只得携辽民数十万众入关,士民颠沛于道路,将士迟滞于荒原,使儿不能率轻骑星夜赶程,坐失戎机。儿窃思居庸天险,可为屏障,而京师藉天子威灵,朝野奋起,必可坚守待援。不意我国无人,望风而靡。迨儿进山海关时,贼已过居庸而南矣,良可痛心!
>
> 吾父督理御营,势非小弱;巍巍万雉,何至一二日内便已失

堕？儿欲卷甲赴阙，事已后期，可悲，可恨！

侧闻圣主晏驾，臣民戮辱，不胜眦裂。窃意吾父素负忠义，大势虽去，犹当奋椎一击，誓不俱生。不则刎颈阙下，以殉国难，使儿缟素号恸，誓复不共戴天之仇，不济则以死继之，岂非忠孝媲美乎！不料我父隐忍偷生，负君降贼，来书谆谆，训以非义，既无孝宽御寇之才，复愧平原骂贼之勇。夫元直柔弱，为母罪人；王陵、赵苞二公，并著英烈。我父赫赫宿将，矫矫王臣，反愧巾帼女子！父既不能为忠臣，儿亦安能为孝子乎？儿与父诀，请自今日。父不早图，贼虽置父鼎俎之旁以诱三桂，不顾也。男三桂再百拜。

李自成再一次将吴三桂的家书看了一遍，在心中对自己说道："不能再等待啦，马上出兵！趁东虏来犯之前……"

他正要传双喜进殿，双喜匆匆地进来了。他听见声音，转过身子，赶快问道：

"你差传宣官们分头去叫议事的文武大臣们速来宫中，已叫去了么？"

双喜跪下说："回陛下，儿臣差过两个传宣官之后，还怕耽搁时候，又亲自骑马前去。儿臣刚出东安门不远，迎面遇见汝侯同议事的大臣们骑马前来，此刻已经到了。"

"他们现在何处？"

"现在武英门候旨。"

"快叫他们进来！"

双喜出去传旨时候，李自成转望御案，"砰"的一声，又在吴三桂的家书上捶了一拳。

第 五 章

文武大臣们在御前行了叩头礼后,李自成吩咐一声坐下。等到大家刚刚坐稳,李自成先向刘宗敏问道:

"捷轩,吴三桂的家书你看了么?"

刘宗敏回答说:"看了。书子中使用了一些典故,我们众武将莫名其妙,经德齐将军讲解之后,我们全明白了。吴襄也是老粗,箩筐大字儿认识不到几马车。吴三桂这混蛋小子,他的这封家书,分明是送来给咱大顺朝廷看的,哪是给他老子写的家书!"

李自成点头说:"你说的很对。吴三桂表面上是给他老子修的家书,实在的意思是写这封书子给孤看的,表明他决不投降。可是他害怕孤立刻发兵征讨,所以他不直接给孤写书子,留下一点回旋余地。"他忽然转向丞相,问道:"启东,你如何看的?"

牛金星赶快站起,说道:"陛下睿智天纵,烛照一切,洞见三桂肺腑。臣看了吴三桂的家书之后,也甚愤怒。然反复思忖,窃以为既然吴三桂的事尚有回旋余地,不妨暂缓讨伐,一面准备用兵,一面按期举行登极大典,以正天下视听,慰万民乱久思治之心。到北京后如陛下不早日登极,将失四海喁喁之望。"

李自成的心中一动,觉得牛金星的话也有道理,又向宋献策问道:

"军师府中商议如何?"

宋献策站起来说:"奉旨在军师府议事诸臣,除臣与林泉之外,牛丞相、喻尚书、顾学士都到了。正会议间,接到吴三桂差人送来的这封家书。大家传阅之后,莫不义愤填膺。然而因为是军国大事,所关非浅,尚未迅速就有定议。"

李自成神色严厉地问:"主要的是,你们对出兵讨伐有何看法?"

宋献策心中一惊,回答说:"顾君恩学士力主讨伐,喻上猷尚书,也是主张讨伐。然兹事体大,臣不免心存疑虑,希望断自宸衷。牛丞相认为皇上举行登极大典极为重要,倘再改期,将失天下臣民之望,亦暴露我大顺兵力不足,自身软弱,反助长吴三桂嚣张之气与远近各地不臣之心。"

李自成愤怒地问道:"难道不敢对吴三桂兴兵讨伐,就能压下去吴三桂嚣张之气,消灭远近各地不臣之心么?"

宋献策明白皇上对讨伐吴三桂的事已有成见,且"圣心"十分恼火,不宜在此时犯颜直谏。他不再说话,跟着牛金星坐下。李自成知道顾君恩主张讨伐吴三桂,将目光转向顾君恩说道:

"在襄京时,关于下一步用兵方略,文武们议论不一,是卿建议孤先破西安,再接着进兵幽燕,直破北京。到西安后,要不要紧接着北伐幽燕,众文武们议论不同,又是卿主张趁热打铁,赶快渡河北伐。孤两次都采纳了卿的建议,才有今日的成功。关于对吴三桂的事如何处置,是眼下十分火急的军国大计,不能够当断不断,犹豫误事。孤意已决,卿有何高明之见?"

顾君恩明白皇上对吴三桂用兵讨伐的事已经决定,此刻又受了皇上的褒奖,认为这又是立功的绝好机会,立即站起来说:

"陛下,近日因风闻吴三桂拥有数万之众,负隅山海,颇有不降之心,臣对和战大计,已私心代陛下筹之熟矣。以臣愚见,吴三桂已决意与我为敌,不日必公然倡言举义,号召远近,誓为明朝复国,并为崇祯帝缟素发丧。如待那时派兵征剿,彼之战守准备已立于不败之地,而各地又纷纷响应,胜负之数非可逆料。故臣反复思维,大胆陈奏,请陛下毅然决定,于登极大典之后,即日东征。以陛下百战百胜之声威,携我军雷霆万钧之势,一举扫荡山海腹心之患,则各地意欲倡乱之人不敢蠢动,欲乘机南下之虏骑,亦必观望而止步。兵贵神速,不可犹豫误事,敢请陛下圣断!"

顾君恩的意见很投合李自成的心思。他未进北京时候,在路上每天接到许多军情文书;进了北京之后,每天批阅的军情文书更多。这些重要文书,多数是留守长安的权将军泽侯田见秀转来的,也有由六百里塘马直接从湖广来的,还有从河南来的,从驻守太原的文水伯陈永福处送来的,以及从驻守保定的权将军刘芳亮处送来的。这些纷纷从远近各地送来的文书,有许多使李自成感到心烦和担忧。湖广方面,据襄阳府尹牛佺的十万火急禀报:虽然左良玉驻军武昌,每日练兵,尚无西进举动,但四年前投降了明朝郧阳巡抚的王光恩和光兴兄弟,近来十分嚣张,从均州东犯,已经围攻谷城,声言要攻襄阳。襄阳已改为襄京,是控制湖广各地的军事重镇,是自古兵家必争之地,倘若失守,不但湖广之德安、荆州、夷陵各地不保,而且南阳也失去屏障。南阳危险,由商洛入关中之路必将草木频惊,武关与商州不得安枕……

李自成点头说:"目前河南各地也很不稳。"

顾君恩接着说:"河南位居中原,自古为争战之地。目前各府、州、县驻军空虚,无力弹压,可以说危机四伏,十分可虑。况且割据西平和遂平一带的土豪刘洪起,被左良玉委为副总兵,招兵买马,扩充地盘,完全与我大顺为敌。割据登封的李际遇,乘我大顺军在河南驻军空虚,派土寨兵丁四处剿掠,威胁洛阳与郑州,成为中原的一大隐患。臣所言者,只是我朝的明显大患。臣以为北京一带形势关乎四海视听,该用兵讨伐的必须火速讨伐,使局面早日澄清,以震慑各地反侧之心,使之不敢公然叛乱,亦使东虏不敢南犯。"

李自成的神色更加严峻,但没有即刻说话。他的眼光在刘宗敏等武将和牛、宋等文臣们的脸上扫了一遍,而脑海里却闪电般地同时想起了许多足以使他心烦的情况。近来从各地来的军情塘报和密奏,使他知道河南汝南这个重要地方,已经被劣绅地痞占据,最早被他派兵攻破的并委派了地方官的郏县城,新近又落入明朝的地方官绅之手。另外,从去年十月起,依靠他的声威,不靠兵力,差人传牌到豫东和山东各地,处处百姓驱走了原有官吏,打开城门迎降。可是近来情况已经在变,各地因无兵弹压,绅民不服,谣言蜂起,派去的州、县官无力理事,朝不保夕。他不能不想到,倘若吴三桂准备就绪,与江南明臣联络,为崇祯缟素发丧,倡言复国,号召天下,从湖广到河南,到山东,到徐砀一带,北连畿辅各府、州、县,必将处处骚动,与我为敌,如何是好?……想到这里,他忽然下了决心,在心中说:

"必须赶快东征,一战打败吴三桂,夺取山海卫,不要养痈成患!"

李自成在片刻间所想到的各地局势,御前的文武大臣们因为都是参与帷幄的人,能见到各处军情塘报,所以同样清楚。但是因为各怀隐忧,一时间竟无人说话。李自成也不等待,望着刘宗敏问道:

"捷轩,武将们有何主张?"

刘宗敏知道李侔主张持重,但是不予重视,坐着回答说:

"武将们都主张讨伐。兵贵神速,越快越好。"

李自成又望着李过问道:"补之,你的意下如何?"

李过恭敬地站起来说:"吴三桂在家书中称我为贼,决意与我为敌,必将一战。臣以为迟战不如速战;拖延时日,于我不利。我军进驻北京以后,军纪已不如前,虽然汝侯令严,已经斩了几个违犯军纪的人,但败坏军纪的事,仍在不断发生。倘若赶快出师东征,全军同仇敌忾,军心可立刻振作。侄臣暗中担忧,如果拖延下去,一月之后,我军暮气已深,军纪将大大不如今日,想打一场恶战,恐怕晚了,所以汝侯坚决主战,侄臣十分赞同。此事迫在眼前,无可回避。至于登极大典之事,请恕侄臣死罪,不妨推迟一步。"

李自成听到李过建议他推迟登极大典,登时脸色一寒,心中一震。但忽然镇静下来,李过是他的亲侄儿,对他怀着无限忠心,这建议不可不认真思忖。然而他一时拿不定主意,想着顾君恩必有妙计解此难题,随即向顾君恩问道:

"再推迟登极大典将动摇朝野视听,也会大失三军将士之望。顾学士,你有何更好主张?"

顾君恩站起来说道:"臣以为,一面大军东征,不可迟误,一面如期举行登极大典,以正天下视听。此二事并不相悖,可以同时进行。陛下以为然否?"

虽然在李自成看来,顾君恩的建议不无道理,但是他看见李过和刘宗敏都在摇头,分明是极不赞成。他们是大顺朝中极其重要的两位大将。李自成不能不重视他们的态度,随后向刘宗敏说道:

"捷轩,你说出你的主张!"

刘宗敏很不满文臣们的态度,傲慢地瞟了顾君恩和喻上猷一眼,仍然坐在椅子上,冷然说道:

"陛下,可以请文臣们各抒高见!"

李自成说:"不,你说吧。你在我大顺朝位居文武百官之首,一言九鼎。虽然要大家各抒己见,可是孤等着你一槌定音。"

刘宗敏从椅子上站起来,魁梧的身子,骨棱棱的眉头流露出坚定刚毅的神情,突出的颧骨上似乎微微地动了几下。他将两只大手抱拳胸前,用斩钉截铁的口气说道:

"皇上,我们初到北京,脚跟没有站稳,遇到吴三桂与我为敌,这一仗关乎胜败大局,非打不可。臣为打仗着想,有意见只好说出口来,不说出来便是对皇上不忠。"

"你说,你说。孤正要听你忠言。"

刘宗敏继续说:"我军来到北京的人马号称有二十万众,实在说精兵只有六万,连沿路投降的明兵,合起来七万多人。这六万精兵,是我们来到北京的看家本钱,其中有部分将士的士气已经大不如前。吴三桂有关宁精兵三万多,加上新近从进关辽民中征调的丁壮,合起来有四万多人。假若我们将全部六万精兵派去讨伐,留下一万多人马戍卫北京,比吴三桂的关宁兵只多了一万多人。所以这是一次兵力相差不多的大战,也是一次苦战。可是我们必须赶快取胜,不能够屯兵于坚城之下,拖延时日。倘若战事拖延不决,一旦东房南下,畿辅各地响应吴三桂,对我军十分不利。何况,据刘二虎所得探报,吴三桂在海边屯积的粮草足可以支持半年以上,我们最多只能携带十日之粮,又不能指望附近各州县百姓支援,与我们在河南、湖广各地时情况不同。所以这次讨伐吴三桂,一则是势在必行,二则是全力以赴,三则是必须一战将吴三桂打败。打败了吴三桂,夺占了山海关,然后迅速回师,经营北京近畿,方好立于不败之地,使满鞑子不敢南下,也使河北、河南、山东各地官绅士民不敢反叛大顺。献策,你是军师,你说是么?"

宋献策十分震惊,但在皇上和刘宗敏、李过等都主张对吴三桂用兵讨伐的情况下,他不敢公然反对。不反对吧,又明知用兵不是上策。他站起来说道:

"对吴三桂这样窃据雄关,拥兵抗拒,成为我朝肘腋之患,用兵讨伐,义之正也。但臣仍主持重多思而行。兵戎大事,有经有权,请不要立即决定……"

刘宗敏冷笑说:"献策,兵贵神速。当断不断,反受其乱。倘若拖延不决,一旦吴三桂外与满洲勾连,内有河北、山东官绅响应,公然打出为明朝复国旗号,局势大变,我们再想讨伐就晚了。"

李自成又向牛金星问道："启东,你平日满腹经纶,对此事必有远见卓识,何不说出你的主张?"

牛金星虽然在心中也主张慎重行事,但见皇上和刘宗敏已经下了决心,他就不敢说出不同的主张了。他恭敬地站起来,向李自成回答说:

"用兵打仗的事,臣不如军师,更不如汝侯。陛下睿智天纵,思虑渊深,诸臣万不及一。如此大事,请陛下不必问臣,断自圣衷可矣。"

李自成转向宋献策问道："军师,你看,这一仗应该如何打法?"

宋献策回答:"陛下不是询问臣此仗是否应该打,而是询问臣此仗如何打,足见陛下东征之计已定,其他的话都不是微臣所宜言了。但臣忝备军师之职,理应尽心建言,请陛下另行召对,使愚臣千虑之后,再作一次陈奏。"

"也好,今晚孤将在文华殿单独召见你与林泉,诸臣皆不参加。"李自成又转向刘宗敏:"捷轩,你还有什么话说?"

"陛下,对待吴三桂抗拒不降,臣与众武将出于义愤,也为国家安危着想,坚主讨伐,兵贵神速,不要拖延时日。但也知困难很大,非往日同左良玉打仗的情况可比。我军出兵六万,只比关宁兵多一万多人。吴三桂有坚城可凭,粮草不缺,以逸待劳,先占地利人和两条。我军进入北京后已经有一部分士气不如以前,出征人马不多,粮草也少,必须拼死血战,方能取胜。臣请陛下御驾亲征,鼓舞士气,壮我军威。只要将士们看见陛下立马阵后督战,定能以一当十,锐不可挡!"

李自成的心情激动,点头说:"孤要亲自督战,亲自督战!"

刘宗敏又说道:"臣请马上出宫,驰回将军府,连夜分批传呼各营果毅以上将领,秘密下令做出兵准备。我大军何时离北京出征,请皇上此刻示知,至迟明日决定。"

李自成想了想，神色更加严重，慢慢说道："军师原说四月十二日己巳是一个大吉大利的日子，倘若万不得已，再改登极日期，出征就定在四月十二日。如今既然对山海用兵紧急，登极大典的事暂不提了，就决定在大军东征凯旋之后登极吧。军师，你以为如何？"

宋献策心中明白，此次皇上御驾亲征，倘若出师不利，东房又乘机进兵，后果十分可忧。他身为军师，实难附和众议。但是看来谏阻已不可能。在片刻间，他的心思十分为难，不觉向坐在右边的李岩看了一眼。恰好李岩也在看他，分明期望他大胆苦谏。他随即恭敬地站起来，心情激动，含着眼泪，不禁声音微微打颤，向皇上慷慨陈辞：

"臣原是草野布衣，寄食江湖，本无飞黄腾达之志。崇祯十三年冬，陛下携仁义之师，进入豫西，百姓奔走相迎，视若救星。献策平生略明阴阳数术，此时识天命攸归，河清有日，故携秘藏《谶记》，匍匐相投。蒙陛下置之帷幄，待如腹心，命为军师，凡军旅大事，无不言听计从。微臣幸蒙知遇之恩，誓以死报，凡大事知无不言。今日遇此东征大计，事关国家安危，臣实不敢不为陛下慎重考虑，以求计出万全。讨伐吴三桂之事，可否请陛下暂缓一日决定。估计今日有新的军情探报到京。俟臣与副军师根据各方探报，通盘筹议，今晚进宫，面陈臣等愚见，然后由陛下圣衷睿断。况且此次东征讨伐，我之兵力尚嫌不足，而敌之地利，颇优于我。皇上纵然必须用兵，也应该庙谋周详，在出兵前，想出一两着奇计，以智取胜，不能拼死攻坚。还有，倘若猛攻无益，下一步棋该怎么走？……凡此种种，容臣与副军师回军师府认真研讨，今夜入宫面奏。"

李自成觉得宋献策的话也有道理，心情十分沉重，点点头说："孤已说过，今晚在文华殿召对。这次出兵打仗，实是万不得已。倘若吴三桂公然声称为恢复明朝举兵反我，号召远近，畿辅与山东纷纷响应,我们再讨伐就迟了一步。或者满洲人准备就绪,八旗铁骑南下,与吴三桂联兵对我,那时我们出兵讨伐已经晚了。孤东征之计已定,无须再议,再谏便是阻挠大计。"他瞟见刘宗敏在对他点头,随即对宗敏说道:"捷轩,你立即回首总将军府,分别召集各营将领,传达孤不得已推迟登极,迅速东征之意,命各营赶快准备,于十二日一早随孤东征。至于行军次序,如何部署,你与补之商议,代孤定夺。孤今晚召见正副军师之后,在运筹帷幄方面,他们会助你一臂之力。好啦,大家退下去准备去吧。"

从刘宗敏起,大家依次叩头,肃然退出。

"献策、林泉,"李自成向两位军师叫道,"孤还有话嘱咐!"

宋献策和李岩赶快回身恭立,等候上谕。"你们回到军师府中,献策要为孤此次东征卜上一卦。"

宋献策说道:"古人云:'卜以决疑,不疑何卜。'既然陛下已决定东征,就不必卜了。"

李自成说:"当然,十余年来,孤身经百战,往往遇着官军就打,看见有机可乘就打,打不赢就走,并不由卜卦决定。可是这次出师,与往日不同,不妨在出征前一卜休咎。你今晚卜一卦吧。"

"是,臣今晚谨遵圣旨卜卦。平日臣为方便起见,总是用三个铜钱卜卦,今晚将沐手焚香,遵照文王旧制,用蓍草卜卦。"

李自成面露微笑:"好,卿平日卜卦灵验,孤今晚等待你卜一吉卦。"

李岩在西安时曾谏阻李自成急于北伐幽燕,力主用两年时间倾全力经营河南、湖广、陕西和山东各地。李自成不仅拒绝了他的建议,而且心中颇不高兴,本来有意任他为新朝的兵政府尚书,也就不再提了。从那次事件以后,他听了宋献策的私下劝告,以后在李自成面前该提的意见少提,以免日久招祸。所以在今天御前会议时候,李岩与宋献策的意见完全相同,但是他在心中巴不得宋献策谏阻东征,他自己却不说话。离开御前出宫,他一直心情沉重,思考着如何挽回皇上和刘宗敏的危险决策。但是他明白自己无力谏阻,宋献策的请求皇上在今晚单独召对也未必能改变皇上和刘宗敏的已定之策。从东华门到军师府的路上,他虽然同宋献策在马上交换过眼色,却因为前后左右有许多护卫的将领和士兵簇拥,他没有说一句话,只是在心中暗暗地叹气。

他们策马回到军师府,休息片刻,便同一群常在身边的文武官员共进晚膳。大家看见正副军师大人脸色严肃,猜想到在宫中讨论了重大国事,必定与吴三桂在家书中公然拒降有关,但没人敢询问一句。在宋献策和李岩主管的军师府,不仅办事效率很高,和六政府的情况大不相同,而且绝对不许询问军国大事的重要机密。每次两位军师从御前议事回来,倘若他们不将所议之事告诉左右僚属,大家是不许询问一句的。用李岩的话说,他同宋献策这种对国事的严肃态度就是古人所称道的"大臣出宫不言温室树"。今晚由于正副军师的神色异常严峻,闭口不谈朝廷将如何对待吴三桂拒降的问题,在正副军师周围的气氛也变得大大不同于平日。

晚膳以后,宋献策携着李岩的手走入他单独办公的一个大房间,俗称签押房。他吩咐中军,不许呈送公文的人走进小院,也不许服侍的人站在窗外。然后他同李岩隔着八仙桌,在两把太师椅上相对而坐,端起一杯香茶漱漱口,咽下肚去,小声说道:

"你我深蒙皇上知遇,委以正副军师重任,值此国家根基未固之秋,风云巨变之日,不作犯颜直谏则不忠,尽力苦谏则惧祸,为臣之难,莫过此时。室中别无他人,林泉兄何以教我?"

李岩低头沉默片刻,说道:"据你逆料,东征成败如何?"

"此事我们已经谈过,十分令人担忧。"

"兄平生精于数术,占卜如神,何不遵旨一卜?"

"仁兄学问,弟所敬佩,对卜卦一道,岂有不知?易理变化玄妙,往往也有偶然。弟平日遇事,重在以常理判断,不靠占卜。有时占卜,幸而一中,人们便竞相传说。有时也不中,不过人们不谈罢了。我从军事上分析利害,心中了然,所以不必乞灵于卜筮。"

"虽然如此,老兄仍然必须一卜,不然今晚用何话回奏皇上?"

宋献策想了一下,只好说:"是的,君命不可违,我就占一卦吧。"

他随即呼喊檐下肃立的中军,命仆人端来温水,净了手,焚了香,然后从锦囊中取出四十九根蓍草秆儿,放在擦得干干净净的八仙桌上。这时,他同李岩的心情都很紧张,生怕得到一个不吉之卦。李岩见宋献策有点迟疑,向他看了一眼,猜到了他的担心,小声说道:

"请兄不必迟疑,也许会得一吉卦,改变你我思路,不用再谏阻东征,岂不甚佳?"

宋献策说:"兄言甚是。易理奥妙无穷,也许会卜得吉卦。既然钦谕难违,只好不管吉凶,且看占卜结果如何!"

为着表示虔敬,他改变平日占卦习惯,向桌上的蓍草拜了一拜,随即将四十九根蓍草秆儿分为两部分,再按照从西周以来三千年间的传统办法,将蓍草摆布一阵,忽然大惊,小声叫道:

"林泉,你看,得到一个凶卦!"

李岩惊问:"什么凶卦?"

"这是乾卦中的'上九,亢龙有悔',岂不是应了今日不该东征之事?"

李岩在少年时也是读过《周易》的,不觉说道:"果然是个凶卦!"

宋献策颓然坐下,叹口气说:"林泉,《周易》虽然变化无穷,但毕竟只讲阴阳二字。一、三、五、七、九都是阳数,到上九,阳已至极,不可能再向前进,再向前进便要挫折,故卦辞为'亢龙有悔'。你记得这一卦的《系辞》么?"

李岩说:"弟少年时读《易经》,对孔子所作易传,反复背诵,至今不忘。《系辞》云:'亢之为言也,知进而不知退,知存而不知亡,知得而不知丧'。请兄想一想,我大顺朝近来行事,何尝不是亢龙!……"

宋献策赶快作个手势,要李岩将声音尽量放小,免得室外有人听见。李岩摇摇头,接着说道:

"孔子在这几句《系辞》中,紧接着用十分感慨的口气说道:'其惟圣人乎!知进退存亡而不失其正者,其惟圣人乎!'今日你我身居子房与陈平之位,不能谏阻皇上悬军东征之议,一旦受挫于坚城之下,东房乘机由中协或西协进犯,截断我皇上回京之路,岂但'亢龙有悔'!倘若我大顺不能在北京立脚,影响所及,将见河北、河南、山东各地,变乱蜂起,举国骚乱,大局崩解之祸,不知'伊于胡底'!"

宋献策轻轻点头,小声问道:"事急势迫,皇上东征之意已决,今晚召对,我们用何言进谏?"

李岩回答说:"皇上亲率六万将士,孤军东征……"

"不是孤军,是悬军。"

"是的,是悬军东征,也等于是孤注一掷。此事乃国家安危存亡所系,你我既为顺朝大臣,受皇上知遇之恩,必当尽职尽忠,对军国大事的利弊知无不言,方不负事君之道。"

"如何能恪尽厥职,知无不言?"宋献策问道,剪去烛花,注目望着李岩。

李岩低头沉吟片刻,重新抬起头来,口气坚定地说道:"依弟愚见,事至如今,只好将今晚之卦,不作隐瞒,面奏皇上。平时陛下十分重视仁兄占卜,倘若今晚听到卦爻辞之后,果然动心,你我即可乘机反复剖析,冒死苦谏,想来陛下可能采纳苦谏,回心转意,悬崖勒马。"

宋献策说:"难!难!据我看,此时谏阻东征,十分困难,反而可能惹皇上震怒,埋下你我日后之祸。"

"我兄往日对皇上知无不言,今晚何以如此忧惧?"

"往日,"宋献策感慨地说,"当皇上在艰难困苦之中,依赖众文武辅佐,虚怀若谷,从谏如流,集思广益,知人善任,方能克敌制胜,避免挫折,夺取江山。自从破了西安之后,皇上与陕西将领咸以为大业将成,志得意满,骄气已露,而新降众多文臣又歌功颂德。才到西安不久,山西、山东未定,河南未稳,更莫说天下已定,皇上急于还乡祭祖,大宴乡党父老,封侯封伯,比汉高祖功成还乡,还要心急。自西安至米脂,沿途八百里,修路建桥,于米脂县北门外改建行宫。李补之率领戎马万匹护驾,沿途官绅百姓接驾。如此耗费财力民力,当时不仅你我都不敢有一言谏阻,连启东也是心有非议而口中称颂盛德。君臣之间为何有此隔阂?就是皇上与左右的文臣武将都认为大业已成,而陕西将领们纷纷封侯封伯,他们的意见皇上不能不听。所以势移时迁,皇上对我与启东的进言,有时就不像往日那样言听计从了。皇上如今进了北京,身居紫禁城中,与在西安时更为不同。弟今晚纵然不避皇上怪罪,披肝沥胆,谏阻东征,恐已无济于事。倘若皇上定要御驾亲征,弟无力谏阻,也要尽力献补救之策,或能以奇计制胜强敌。纵然不能取胜,也不使局势变得不可收拾。"

李岩不觉惊喜,赶快问道:"仁兄有何奇计破敌?"

宋献策正要说出他的奇计,忽然中军进来,请正副军师大人速去前院接旨。宋、李二人迅速站起,略整衣冠,匆匆走到前院,向北

跪下。从宫中来的传宣官昂然走上台阶,面南站立,带着浓厚的关中口音和严重的口气,琅琅说道:

"圣上有旨!正军师宋献策,副军师李岩,火速进宫。圣上在文华殿等候召对!"

中军将传宣官送走以后,宋献策和李岩因为皇上在文华殿等候,不敢怠慢,不能再谈别的话,随即带着文武随从、亲兵、奴仆等二十多人,走出辕门上马,向东华门疾驰而去。

他们在护城河桥内下马,将一群随从留在东华门外,进入紫禁城中。当走到文华殿的宫院门前时,他们的心情都很紧张。宋献策拉一下李岩的袍袖,小声嘱咐:

"今日召对,不同平日,犯颜直谏的话由我来说,兄只须帮衬一二句即可。"

李岩心中感激献策的关照,小声说:"请兄尽力苦谏,再献上破敌奇计!"

李岩随在宋献策的背后,由一宫女带领,脚步很轻,恭敬地走进文华殿的东暖阁。宫女退出。他们向李自成叩头,望见皇上的严峻神色,不觉心情紧张。仅仅在三年半以前,在伏牛山得胜寨屯兵时候,他们同李自成每日见面,无话不谈,亲如朋友,那样毫无隔阂的情况一去不复返了。

下午在武英殿御前会议之后,李自成没有休息,首先叫来吴汝义,命他赶快准备初十日为罗虎与费珍娥成亲的事,务要事事风光。他又叫礼政府尚书和侍郎进宫,告诉他们,他要立刻敕封罗虎为潼关伯,罗母为诰命夫人,命礼政府大臣遵照《大顺礼制》,火速备办敕书和潼关伯铜印。他又召威武将军、罗虎的叔父罗戴恩进宫,命他听从宫内大臣吴汝义指挥,督率工匠,连夜将金银熔化,都铸成五百两的整块,分装木箱,钉牢,加上封条;所得珠宝首饰,也要装箱钉牢,内衬棉花,外加封条。罗戴恩率领五百骑兵,五百匹骡子,二百匹骆驼,初十日动身,将数千万两白银,还有黄金、珠宝等物,走娘子关一路,押运长安。他又命李双喜驰往首总将军府,询问刘宗敏是否已经召集了各营果毅以上将领,面授讨伐吴三桂的决策,会商如何出兵的事。双喜回宫禀报,刘宗敏先召见了制将军以上将领会议,传达皇上圣旨,如今正在分批召见果毅以上将军训话,鼓舞士气,誓为陛下效忠作战。至于详细出兵的事,等待正副军师前去,商量之后,方好一一下令。李自成听了没有做声,等候两位军师进宫。

两位军师在文华殿东暖阁叩头,赐座之后,李自成向他们问道:

"你们回到军师府,为东征卜卦之事如何?"

宋献策和李岩恭敬起立,依照献策嘱咐,李岩低头不语。直到此刻,宋献策还在心中嘀咕:"要直言不讳么?"李自成又问道:

"献策,你到底卜了个什么卦?"

宋献策躬身答道:"陛下,请恕臣死罪!臣于晚饭后沐手焚香,请出蓍草,敬谨卜卦,竟得一个不甚吉利(他不肯直说凶卦)的卦,不敢冒渎圣听。"

李自成暗暗吃惊,又问道:"到底得的是什么卦?"

宋献策:"在乾卦中……"

"在乾卦中……什么卦?"

"上九,亢龙有悔。"

"《易经》……孤不曾读过。什么叫'上九'?'亢龙有悔'是什么意思?"

宋献策心中害怕,仍不敢直言这是凶卦,绕着弯子说道:

"相传伏羲画八卦,文王演为六十四卦,成为《周易》。一部《周易》,卦理深奥,变化无穷。总而言之,不外阴阳搭配,相生相克,天地间万事万物,莫能逃易理之外。因为易理如此重要,所以孔圣人活到四十多岁时对弟子们感慨说道:'假我数年,五十以学《易》,可以无大过矣'。《易经》中讲的是天地间阴阳变化之理,阴阳二气化为图像便是乾坤二卦,化为数字,便是单数为阳,偶数为阴。一、三、五、七、九是阳数,二、四、六、八是阴数。因为以数字代表阴阳变化,故卜筮亦称数术之学。微臣……"

李自成心急地说:"此刻不是讲书,孤要你说明白这一卦主何吉凶。既是凶卦,也须将凶卦的道理说个明白。快说!"

宋献策跪下说道:"请恕臣死罪!卦名'上九'在乾卦中阳盛已到极限,正所谓到了'物极则反',是极运,不能再前进了。倘若再往前进,就要受挫,必将有悔。所以这一卦的爻辞是'亢龙有悔'。《系辞》是孔子作的,解释此卦说:'亢之为言也,知进而不知退,知存而不知亡,知得而不知丧。'今日陛下已得北京,仍要悬军东征,不顾困难,与此卦正合。臣心所忧,不敢不冒死直谏!"

李自成心中震惊,一时拿不定主意,随即向李岩问道:

"林泉,你是举人,读过《易经》,深明《易》理。你对此卦有何解释?"

李岩已经跪在地上,回答说:"献策晚膳后,沐手焚香,用蓍草占卜,得出此卦。当时臣在一旁观看,心中也为之一惊。《易经》中别的卦中也有'亢龙有悔'之辞,但不若乾卦中的'上九,亢龙有悔'最为不吉。刚才献策所言,敬请陛下采纳,对东征事三思而行,以免有悔。"

李自成忽然疑心正副军师商量好假托占卜来谏阻东征,登时产生了一股反感。他沉默片刻,又神色严峻地向李岩问道:

"这卦就没有别的解释了?"

李岩说道:"伏羲画八卦,文王演为六十四卦,变化无穷。但卦辞十分简单,常人不易全懂。幸有孔圣人出,好学深思,勤奋读

《易》,曾经读《易》韦编三绝。也就说,穿竹简的皮条儿断了三次,足见其阅读之勤。他曾经说自己'四十而不惑',但过四十岁以后,他又对弟子们感慨地说:'假我数年,五十以学《易》,可以无大过矣'。到了晚年,他周游列国回来,专心为《周易》写出《十翼》,又称《易传》,以教后人。《系辞》包含在'十翼'之内,十分重要,为孔子所作,也包含弟子们记孔子的话……"

"孤要你解释'亢龙有悔'!"

"是的,微臣正要解释。"李岩又叩了一个头,接着说道:"刚才献策所言,正是孔圣人的话。但《系辞》中另外还有几句话。'上九,亢龙有悔',何谓也?子曰:'贵而无位,高而无民,贤人在下位而无辅,是以动而有悔也。'这几句《系辞》颇有深意。"

"这几句话与孤东征之事何干?"

"请陛下效唐太宗从谏如流,俯听臣愚昧之见。陛下虽然建国大顺,改元永昌,但尚未登九五之位……"

李自成截住说:"倘若不是吴三桂据山海卫不肯投降,孤在数日内即可举行登极大典!"

"微臣愿意冒死直言,苟利于国,不避斧钺之诛。孔子圣人,在'贵而无位'之后,接着又说,'高而无民',更值深思,亦与今日我大顺情势吻合……"

"我大顺已占有南至长江,北至燕山的半个中国,江南亦不难传檄而定,怎么说孤目前的处境是'高而无民'?孤愿有忠贞骨鲠之臣,决不罪你,但你要把话说清楚!"

"臣窃思,我朝虽然新占有数省之地,然而各地尚未暇治理,疮痍满目,人民未享复苏之乐,故虽有土地而未得民心,所以皇上是'高而无民'。荀子议兵,首重得民,陛下今日真正之忧不在吴三桂抗拒我朝,不肯投降,而在处处民心未服。万一东征受挫,东虏乘之,兵连祸结,将以何策善后?请陛下三思!"

李自成也觉得李岩的担心并非全无道理,但是他又担心一旦吴三桂在山海卫城中为崇祯发丧,以兴兵复明为号召,传檄各地,远近响应,加上满洲兵乘机南下,局面会不可收拾。在眨眼之间,他考虑了各种后果,还是认为先发制人,迅速打败吴三桂为上策。但是他没有说出来他的决心,又以温和态度向李岩问道:

"你说孔子解释'亢龙有悔'一卦的一段话,下边一句是什么?"

李岩说:"下边一句话是'贤人在下位而无辅,是以动而有悔也'。"

李自成摇摇头,说道:"这句话与我大顺朝的情况不合。孤于崇祯十三年入河南,得牛金星与你们二位,到襄京后得喻上猷、顾君恩与杨永裕等,都是人才。到了长安以后,又有许多明朝的文臣都是人才,他们知道天命已改,降顺我朝,受到重用。路过平阳,破了太原,又来了一批文臣。如今满朝济济,都是孤的辅弼之臣。只要是人才,孤就录用,予以高官厚禄,俾其各尽其才,赞襄大业,不能说'贤人在下位而无辅'啊!你们都是贤人,并没有身居下僚!"

"陛下圣明,延揽人才,才有我大顺朝于短期中六部咸备,济济多士。然而应该有众多的地方大吏,府州县官,为陛下安定封疆,治理国土,恢复农桑,严惩奸宄,使百姓得享复苏之乐,四民咸有葵倾之心。必须如此,三年之后,方能足食足兵,国家根基稍固,立于不败之地。目前情况,尚非如此。陛下大概也知,我朝处处尚在戎马倥偬之中,贤人避居山林,豪强伺机为乱,而派往河南、山东各地的州县官多系市井无赖之徒,仰赖陛下声威,徒手赴任,只知要粮要钱,要骡马,甚至要女人。百姓常闻'随闯王不纳粮'之言,始而延颈以待,继而大失所望。所以《系辞》上说'贤人在下位而无辅',与目前贤人避世,不肯为陛下效力的情况,大致相合。也因此'动而有悔也'。臣愚,直陈所见,恳乞恕罪!"

李自成虽然明白李岩说的多是实情,无奈自从他到了西安以来,天天听惯了歌功颂德的话,听不见谈论大顺朝政事缺点的话,倘若偶闻直言,总不顺耳。他沉默片刻,看看李岩,又看看宋献策,同时又想着今日午后的御前会议,刘宗敏、李过、李友等等心腹大将都主张对吴三桂用兵,他自己已经同意,并且向朝臣们宣布暂缓举行登极大典,而刘宗敏也已经召集重要将领,下达东征命令……他想到这些,对李岩说道:

"东征之计已定,拖延时日,决非上策。如坐等吴三桂准备就绪,为崇祯复仇,以恢复明朝为号召,传檄各地起兵,满洲人也兴师南犯,对我更加不利。况且我军到了北京后,士气已不如前,这是你们都清楚的。所以就各种形势看,迟战不如速战,坐等不如东征。你们不要再谏阻东征大计,徒乱孤心!"

宋献策一反平日的谨慎态度,慷慨说道:"臣碌碌江湖布衣,蒙恩侧身于帷幄之中,言听计从,待如腹心,故臣愿以赤忠报陛下,知无不言,言无不尽。臣纵观全局,衡之形势,证之卦理,窃以为,陛下东征则于陛下颇为不利,吴三桂如敢南犯,则于吴三桂不利。东虏必然趁机南犯,只是不知其何时南犯,从何处南犯耳。为今之计,与其征吴,不如备虏。吴三桂虽有数万之众,但关外土地全失,明之朝廷已亡,势如无根之木,从长远看,不足为患,且可以奇计破之。东虏则不然,自努尔哈赤背叛明朝,经营辽东,逐步统一满洲,北至白山黑水,以及所谓使鹿使狗之地,势力渐强,至今已历三世。皇太极继位以后,继承努尔哈赤遗志,更加悉力经营,改伪国号为大清,不仅占领辽东全境,且统一蒙古,征服朝鲜,利用所掠汉人种植五谷,振兴百工,制作大炮。此一强敌,万不可等闲视之。在今日之前,十余年来陛下是与明朝作战,而明朝早已如大厦之将倾,崇祯只是苦苦支撑危局耳。陛下既来北京,从今日起,必将以满洲为劲敌,战争之势与昔迥异。故臣以为陛下目前急务在备虏,不在讨吴,东征山海,如同舍本而逐末。一旦虏骑南下,或扰我之后,或奔袭北京,则我腹背受敌,进退失据,何以应付?处此国家安危决于庙算之日,臣忝居军师之位,焦心如焚,不能不冒死进言,恳乞俯听一二,免致'亢龙有悔'。"

李自成不能不思想动摇,低头沉吟片刻,随即问道:"孤不能一战而击破吴三桂么?"

"兵法云:'攻其无备,出其不意',方是取胜之道。今吴三桂据守雄关,颇有准备,无懈可击,又加以逸待劳,倘若东征不利,岂不折我兵马,挫我军威?倘若东虏乘机南犯,我军远离北京,又无援兵,必败无疑。所以臣说陛下东征则陛下不利,三桂西来则于三桂不利。"

"孤只打算以速取胜,然后迅速回师,在北京郊外与东虏作战如何?"

"虏兵何时南犯,自何处进兵,是否与三桂已有勾结,凡此种种,我皆不知。兵法云:'知己知彼,百战不殆。不知彼而知己,一胜一负。不知彼不知己,每战必殆。'这三句话都是对庙算说的。今日臣等御前议论东征,议论虏情,就是古之所谓'庙算'。目前形势,虏情为重,三桂次之。我对虏情知之甚少,虏对我则知之较多……"

"为什么东虏对我的情况知之较多?"

"往年曾闻东虏不仅派遣细作来北京探刺朝廷情况,还听说东虏出重赏收买消息。我军从长安以二十万人马东征,虚称五十万,又称尚有百万大军在后。这二十万人马,过黄河分作两路,一路由刘芳亮率领,越过太行,占领豫北三府,然后由彰德北上,直到保定。陛下亲率十万人马,由平阳北上,破太原,占领大同与宣府,入居庸关,到北京只有七万多人,每到一地,都没有设官理民,虽有疆土而不守,虽有人民而不附。凡此种种,东虏岂能不知?倘若虏骑入塞,彼为攻,我为守。兵法云:'善守者藏于九地之下,善攻者动于九天之上。'长城以内,千里畿辅,平原旷野,地形非利于藏兵设伏,故守军非'藏于九地之下'。而东虏士饱马腾,可随时来攻,无山川险阻,乘隙蹈瑕,驰骋于旷野之地,正所谓'动于九天之上'。故目前战争之势,对我极为不利。我之大患,不在山海一隅之地与三桂之数万孤军,而在全辽满洲八旗之师。臣今衡量形势,纵览天时,地利,人和,心怀殷忧,不能不冒死进言。请陛下罢东征之议,准备集全力应付满洲强敌。倘能一战挫其锐气,则吴三桂将可不战而胜。"

李自成的心中更加彷徨,又问道:"既然满洲人尚在调集人马,趁其来犯之前,为使吴三桂不能与东虏勾结,先将他打败如何?"

宋献策说:"倘若……"

忽然,李双喜匆匆进来,跪下禀道:"启禀父皇,汝侯率领亳侯等几位大将,还有从通州赶来的制将军刘体纯,有重要军国大事,来到文华门,请求立即召见。"

宋献策和李岩听说刘体纯从通州赶来,随刘宗敏一起进宫,料定必有重大消息,都不觉心中吃惊。李自成马上对双喜说道:

"叫他们马上进来!"他又对宋献策和李岩说道:"你们平身,坐下!"

片刻工夫,李自成便听见刘宗敏率领重要大将们登上文华殿的丹墀了。一般武将,进入宫中都是轻轻走路,深怕惊驾;惟有刘宗敏与别人不同,平时脚步就重,到宫中也不放轻,加之此时他为国事心思沉重,一腔怒气,脚步很自然地比平时更加沉重。

因为凡是在御前谈论机密时候,太监和宫女都回避,连传宣官也不许站在丹墀上边,所以由双喜引着大家进殿,并揭起暖阁的黄缎软帘。

宋献策和李岩看见刘宗敏进来,都赶快站立起来。刘宗敏为要做武将表率,先在李自成面前叩头,然后平身就座。李过等大将们一齐叩头,肃然就座,等待提营首总将军向皇上启奏作战大计。宋献策和李岩看见刘宗敏的骨棱棱的方脸上的严峻神色,已知事情有变,同时在心中想道:

"完了!刚才的一番苦谏将付诸东流!"

李自成向众位亲信大将的脸上扫了一眼,先向刘宗敏问道:

"捷轩,你们如何商议?"

刘宗敏说:"大家都主张迅速出兵,消灭吴三桂,不可迟误。刚才听了刘二虎的禀报,大家出兵之意更加坚决,所以臣等立刻进宫,面奏皇上。"

李自成转向刘体纯,问道:"德洁,你在通州,又有何紧急探报?"

刘体纯重新跪下,奏道:"臣黄昏时在通州得到了才从山海卫回来的细作禀报,认为这消息十分重大,赶快用了晚膳,亲自飞马进京。臣先到军师府,知两位军师已经奉诏进宫,适逢首总将军府的中军来请两位军师议事,臣就到了首总将军府,将这一重大探报先禀知汝侯了……"

"到底是什么重大探报?"

"连日来吴三桂与部下文武商议,又招集山海卫地方绅士商议,决定兴兵复明,为崇祯复仇。又担心兵力不足,决定差人去沈阳向满洲借兵。"

"他要投降满洲么?"

"听说不是投降,是借兵。等到吴三桂进了北京,收复了明朝江山之后,割给满洲一些土地,每年给满洲人大批金银绸缎,像南宋对金朝那样。"

"他妈的,该死!"李自成不觉骂出一句粗话,又问道:"你的探报可靠么?"

"回陛下,十分可靠。臣差往山海卫城中的几个细作,有的认识了平西伯行辕中的人员,有的认识了当地著名绅士、举人佘一元的家人,所以得到的消息很真确。据细作禀报,吴三桂差往沈阳借兵的是两位亲信将领,已经动身了。"

李自成恼怒地对宋献策和李岩说:"吴三桂向满洲借兵,战争来到眼前,你们刚才还苦苦谏阻孤讨伐吴三桂,几乎误了大事!"

宋献策和李岩本来有许多话可以争辩,但是李自成已是皇帝,此时顶撞将有不测之祸。他们在心中十分委屈,震惊失色,只好低下头去。刘宗敏向李自成说道:

"圣上不必生气!宋、李两军师都是忠臣,谏阻陛下东征也是出于一片忠心,只是他们的兵书读得太多了,越读越顾虑多端,胆子越读越小了。咱们从在陕北起义以后,随时说打仗就打仗,碰上官军,你不打也不行,那就打呗。一不卜卦,二不查看兵书,三不看皇历选择吉日,四不慢慢商议。陛下常常一听禀报,立刻跳上乌龙驹,挥动花马剑,身先士卒,冲向敌人,不是常常打了胜仗?陛下常说:两军相遇,勇者取胜。又说,先下手为强,后下手遭殃。咱们起义后那么多年,是在刀刃上走过来的。那许多年呀,咱们不靠阴阳八卦,不讲金木水火土,尝尽艰难困苦,一步一步走向胜利,全靠陛下对敌人敢打敢拼。陛下先称'闯将',后称'闯王',全靠一股闯劲!难道不是这样么?"

李自成频频点头,在心中说道:"东征之事,孤不再犹豫了!"

刘宗敏又说:"如今满洲人还没从沈阳起兵,我军火速东征,一战打败吴三桂,使他来不及与满洲人勾起手来对我。此是上策,不可失误。从今夜起,即做出师准备,一部分人马先移城外。各种辎重军需,也要连夜准备,两日内赶往通州,不得稍误。皇上御驾亲征,北京哪位大臣留守,哪位大将警卫,留下多少兵马,都得请皇上赶快决定。自从来到北京之后,士气已经不如从前。皇上既然主意已定,自今夜起,文武群臣凡有向皇上谏阻东征的,便是干扰东征大计,陛下一概不听,以示皇上已下决心。如此才能使三军同心,鼓舞士气!"

李自成点点头,说道:"你说的很是。"他又向着大家说:"如何调动人马,如何东征,由提营首总将军全权处置。牛丞相和各衙门大臣,自然要留守北京。今夜,你们出宫以后,孤就宣召牛丞相、六政府尚书侍郎等大臣进宫,面商留守诸事。"

刘宗敏问:"皇上,北京为陛下行在,又为北方军事重镇,必须有一大将率领一万人在此镇守,何人为宜?"

李自成遍观诸将,沉吟片刻,忽然说:"林泉文武双全,他留下来,率领一万人马镇守北京,李友、李侔与吴汝义为副。林泉,你以为如何?"

李岩赶快跪下说道:"臣碌碌庸材,荷蒙重任,不敢违命,纵然肝脑涂地,也要尽心努力,以报陛下,待陛下凯旋!"

"好,好。"李自成说,"你平身,坐下。献策,谏阻孤东征的话不用说了,要一战打败吴逆,你有何计?"

宋献策虽然谏阻东征之议受挫,明知东征必败,今后大局难料,正应"亢龙有悔"之卦,心中震惊,手心暗暗出汗,但是他毕竟有非凡之处,仍然思虑周密,神态镇静,起身奏道:

"山海卫地势险要,城池坚固,无法包围,也不能硬攻,必须出奇兵攻其要害,焚其粮草,使其军心瓦解,不战自溃。"

"能如此就好,请你快说!如何能攻其要害,使其不战自溃?"

"据我军小刘营细作探得确实,吴三桂从宁远觉华岛经海上运来的大批粮秣辎重,只有一小部分运入山海城中,大部分仍在一百余艘海船上,停泊于姜女庙海边。姜女庙在山海关之东,相距十三里。如今海面风多,海船都泊于紧靠海岸可以避风之处,容易被我军出奇兵焚毁,倘若此计能行,吴三桂的数万关宁兵虽然号称强悍,必将军心自乱,人无固志,不需苦战,自然崩解。"

李自成眼睛一亮,想起上次召见刘体纯时,自己也曾想到过焚吴三桂粮船的事,连连点头说:"孤也想到过,可是……姜女庙在山海关之东,我军如何能够出奇兵奔袭姜女庙,焚毁粮船?"

宋献策在五六年前曾经漫游冀东,到过山海卫城,略知这一带地理形势。这次来到北京,因吴三桂屯兵山海,成为大顺朝的肘腋之患,他不得不查阅兵部职方司所藏地图,又询问了一些熟悉山海卫附近地理的人,使他对此计胸有成竹。他向李自成奏道:

"我军当然不能越过山海卫城,但并非无路可达。在山海关之北约三十多里处,有一地名曰九门口,又名一片石,是燕山山脉最东端的一座雄关。长城自西蜿蜒向东,在九门之北约十里处随山势折而向南,故九门口亦面向正东。平日守九门口明军只有四五百人。倘若派五千骑兵,从抚宁县境内山间小路于半夜出其不意,袭占九门口,将守军全部俘获,不使走漏消息,即可以五百人守九门口,四千五百骑兵出九门口,沿小路前去焚烧粮船。从九门口到姜女庙是一条弦线,大约有四十里,没有山岭,尽是浅岗、丘陵,也有平地,在渤海与燕山余脉之间,利于骑兵奔驰。路过山海关外数里处的欢喜岭时,留下三千人马,面向山海关布阵,火器弓弩在前,以防吴三桂的人马出关救粮。只派一千五百骑兵,携带在北京备好的硫磺等引火之物,飞驰姜女庙海边,使海船拔锚不及,放火烧船。烧船之后,迅速退回,与欢喜岭前的人马会合,赶快退回九门口,退入长城以内,不可在山海关外恋战,徒伤兵力。"

刘宗敏忘记是在皇上面前,用力将大腿一拍,大声说道:

"妙计!妙计!果然是大顺皇帝驾下摇羽毛扇子的好军师,人间奇才!"

李自成满面含笑点头,向宗敏问道:"谁可以率领这一支人马建立奇功?"

宗敏说:"这支人马要出长城,绕过山海关外边,奔袭海边,一旦被吴三桂截断后路,便要孤军苦战,不动如山,方能杀退强敌,退回长城以内。依我看,这一支奇兵最好交补之亲自率领。"

李自成微微摇头,转望军师,用眼神询问意见。宋献策已经落座,略一思忖,欠身回答:

"补之是大将之才,在山海卫城边与关宁兵两阵相对,大军决战,非他不行。罗虎又勇敢,又机警,与士卒同甘共苦,亲如兄弟。命他率领这一支奇兵出九门口奔袭海边,火焚粮船,必能胜任,用不着补之前去!"

宋献策提出派罗虎率一支奇兵去姜女庙焚毁粮船,大家一致同意。罗虎一营只有三千人马,当即商定,由李过营中抽调二千精锐骑兵,临时归罗虎指挥,事后归还建制。

李自成在心中对宋献策大为称赞,他出的焚粮妙计,还有他选中的将领,都与自己不谋而合。

他是个有半生戎马生涯的起义领袖,非张献忠一类草莽英雄可比,所以虽然他听从了以刘宗敏为首的陕西将领的意见,决定抢在满洲兵南下之前东征吴三桂,不再犹豫,但是吴三桂所率领的关宁精兵,人数估计有四万多人,凭着坚城,又有山海关长城之险,颇得地利,并不容易吃掉。万一焚烧粮船之计受挫,只能靠正面战场。他的心中很不轻松,又向军师问道:

"山海卫城池不大,可以围攻么?"

宋献策直截了当地回答:"对山海卫不能围攻,只能靠野战以决胜负。所谓山海关,指山海卫东门而言。此城往北数里处即是燕山东端。长城自燕山而下,连接山海关,向南行,三四里处便是老龙头,紧傍渤海,山海关与燕山脚之间有一小城,名曰北翼城,山海关与老龙头之间也有一小城,名曰南翼城,几乎与老龙头的小城相连。臣细察舆图,知我军从山海卫城池左右,均无法越过长城,将吴军包围。此系就地理形势而言,我无法围攻山海卫城。何况以众寡来看,兵法上说,'用兵之法,十则围之'。此话虽然不能死解,但必须我军多出敌人数倍,方可将敌人包围。今我军只比吴军多出一万余人,谈何包围,惟有决胜于野战耳!"

李自成心情沉重,又问道:"野战需要几天取胜?"

"野战只能打一天两天,不胜则退,不可恋战。在强敌之前,全师而归,即是胜利。"

李自成的脸色一寒,心头猛然沉重。

李岩在心中赞道:"献策毕竟是忠直之臣,在此紧要关头,敢说实话!"

刘宗敏说道:"这次出征,皇上亲临阵地,我军将士望见黄伞,必将勇气百倍。为何不见胜利就赶快退兵?"

宋献策直率回答:"其一,屯兵于坚城之下,自来为兵家之大忌。其二,两军相交,都将全力以赴,伤亡必重。我军是悬军远征,别无人马应援,既不能胜,又不速退,危险殊甚。其三,自北京七百里远征,携带粮食甚少。当地人情不熟,百姓逃避,不能'因粮于敌',岂能令三军空腹作战?其四,辽东情况不明,东虏从沈阳何时发兵,何时南犯,从何处越过长城,我方全然不知。倘若东虏自中协、西协入塞,断我归路,与关宁兵对我前后夹击,我将无力应付。因想着以上四端,故愚意认为,倘若一战不能全胜,千万不可在山海卫城下逗留,必须以火速退兵为上策。"

刘宗敏怫然变色,说道:"献策!你怎么光爱说泄气话?哼,咱们还没有出兵,你就想着从山海卫赶快退兵!"

"是的,侯爷!用兵之道,变化无常,为将者一见形势不利,不宜再战,便应全师退兵,以保三军之命,以后再战。倘若'知进而不知退',便是……取败之道。"宋献策本来想说出《易经》原话"亢龙有悔",但看见皇上脸色严峻,便改换说法,避开"龙"字。

李过笑着问道:"军师,你这话关乎大局,可不是说着玩的!"

宋献策平日与李过交情不错,也很受李过尊敬,勉强微笑着说:"补之,兵法中《谋攻篇》,不是只讲进攻,也讲'少则能逃之,不若则能避之'。圣人著《易经》特立遁卦。遁是逃避之意,此卦就是讲究如何趋吉避凶,由逃避变为亨通,所以《易经》中说:'遁之时义大矣哉!'"宋献策说到这里,看见皇上的脸色缓和下来,也就不再说了。

在片刻之中,李自成不说话,御前诸大将都不说话,似乎都在想着宋献策所说的这一番意见。李岩很明白献策的良苦用心,深为佩服,他站起来向皇上躬身奏道:

"陛下率大军东征之后,北京兵力空虚。倘若东虏自西协入犯,威逼北京,如之奈何?请陛下速下密诏,命刘芳亮仍然坐镇保定,控制冀中与冀南三府,但需抽调两万精兵,由一大将率领,速来北京增援。有此增援之师,方能使北京安如磐石。"

李自成点头说:"此议很好。两位军师还有什么建议?"

李岩说道:"河南地处中原,绾毂东西南北,十分重要,目前因驻军稀少,所派州县官员无力弹压,也不能理民,情况殊为可忧。请陛下火速密饬袁宗第自湖广抽调五万大军,由他亲自率领,驰赴河南,巩固中原。"

"湖广由谁镇守?"

宋献策回答:"目前左良玉虽然有三十万人马,号称五十万,屯兵武昌,但是他从前年朱仙镇大败之后,暮气日深,他本人也身体多病,看来不会再有多大作为。白旺驻在德安,足可使左良玉不能向西一步。"

"那好,孤明日即飞敕袁宗第率五万人马离开湖广,驻军洛阳,镇守河南。"李自成向大家望了望,又说:"你们出宫吧,分头准备出兵东征。要立刻召牛丞相与喻上猷进宫,连夜商议大臣们如何留守北京的事。"

以刘宗敏为首的御前会议诸臣在李自成面前叩头以后,鱼贯退出。在东华门外纷纷上马,出了东安门不远,刘宗敏率领众武将奔回首总将军府,继续连夜会商军事。临分手时,刘宗敏在街心勒马暂停,向两位军师说道:

"老宋,林泉,我同各位大将细商出征的事,少不了你们二位。你们回军师府稍停就来,到我那里一起消夜!"

宋献策回答:"不敢怠慢,马上就到。"

回到军师府,宋献策和李岩知道在他们进宫时间没有什么军情大事,便屏退左右,坐下略事休息。宋献策先轻轻叹一口气,神色愁闷,向李岩说道:

"林泉,弟自从崇祯十三年向陛下献《谶记》,幸蒙陛下置之帐下,待如心腹,于今数年,从未如今日忧心无计,深愧空居军师之位!"

"仁兄心情,弟何尝没有同感?无奈皇上从马上得天下,笃信武功,一意东征。他真正依靠的是捷轩等陕西武将!"

宋献策赶快使眼色,又摇摇下巴。侧耳听小院中空无一人,然后说道:

"无论如何,我们只能尽为臣之道。国运兴衰,付之天命!"停了片刻,他又叹口气,接着说道:"我们都认为崇祯亡国,天下之势已非从前,此时应该暂舍吴三桂,速调保定之兵,固守近畿,以待满洲强虏进犯,迎头一击。仁兄借'亢龙有悔'之卦,反复苦谏,未能挽回圣心。倘若东征失利而满洲人乘机而至,我朝根基未固,前途难料!"

李岩点头说:"弟也有同样担心。幸而兄随后以遁卦进言,似蒙圣上与首总将军重视,也算是亡羊补牢之计。"

　　"不然。大军鏖战,兵马混乱,往往想退出战场,全师而归,十分困难。我军最好不去山海,但我们已无力阻止了!"

　　忽然中军进来禀报:首总将军府来人,请两位军师速去议事。宋献策和李岩立即起身,怀着沉重的心情走出辕门,策马而去。

第 六 章

　　李自成已经决定四月十二日率六万人东征吴三桂,一切准备工作都要在短短的几天内就绪,不仅首总将军府、丞相府、军师府以及各营的权将军和制将军,连他们下属的大小头目,无人不紧张起来。虽然李自成如今是皇帝身份,下有文武百官各司其事,但毕竟是国家草创时候,又加御驾亲征是非常之举,他也不能不投身于准备东征的繁忙之中。与往年临近大战前的情况不同,他不是心情振奋和激动,而是怀着忧虑,心思沉重。他心中烦闷的是,这是出他意料之外的一次战争,原来他根本没有料到。不但在西安时候,而且在前来北京的路上,直到进入北京之初,他都在胜利的愉快中,只想着如何在北京举行登极大典,传檄江南,不再进行大的战争而统一全国,建立万世基业,正如许多文臣们所说的,后人将称他功迈汤武,德比尧舜。没料到不但一个关宁将领吴三桂胆敢抗拒投降,连满鞑子也要趁机南犯!早知如此,他会多带一二十万人马前来,使吴三桂不敢不降,满洲人也不敢轻举妄动。

　　昨夜,同刘宗敏等决定了御驾亲征的大计之后,又召见了牛金星和喻上猷,密商了丞相和六政府大臣们留守的事,已经将近四更天了。御膳房端来了点心。他在王瑞芬等如花似玉般的宫女们的服侍下,无情无绪地用了消夜点心之后,离开文华殿,像平日一样,由宫女们前后跟随,真所谓珠围翠绕,七八盏宫灯飘光,回到了寝宫仁智殿的西暖阁。

　　窦妃居于专宠地位,一直等待着皇上返回寝宫。尽管她早已

十分瞌睡,但是不奉旨不敢自己在东暖阁凤榻就寝。她在椅子上打了几次盹儿。忽然,一个贴身宫女在耳旁柔声禀报:

"娘娘,皇爷离开文华殿回寝宫来了。"

窦美仪猛然睁开眼睛,起初不免愣怔一下,随即完全醒来,望望面前的宫女,知道不是偶然做梦,是皇爷确实快回宫了。她又是喜悦,又是担忧。喜悦的是,皇上就要回宫;担心的是,她觉察出今日朝廷上出了大事,非常大的事。从下午到夜晚,连着召集文武大臣到文华殿开御前会议,密商大计。到底为了什么事,因为严禁宫女们在近处侍候,不能够窃听半句,所以她丝毫不能知道。但是她猜想到,必定是出了可怕的军国大事,说不定是吴三桂不肯投降,称兵犯顺,皇上决定打仗了。她巴不得大顺朝皇统永固,国泰民安,再也没有战乱……想到这里,不觉在心中叹了口气。

她对着铜镜,将略微蓬松的鬓发整理一下,又在脸颊上轻轻地敷点香粉,忽有宫女来禀:皇爷已经进武英门了。她一阵心跳,赶快在宫女们的陪侍下,走出仁智殿,站在凉风习习的廊檐下,等候接驾。过了片刻,她听见了一阵脚步声,看见了一队宫灯,听见了走在前边的一个宫女的通报声:"皇上驾到!"但闻环佩轻轻响动,窦美仪赶快率宫女们走下白玉台阶,在丹墀上跪下接驾。李自成大步走进仁智殿的西暖阁,十分疲倦,在龙椅上颓然坐下。窦妃率领王瑞芬等两个宫女随着进来,侍立一旁。她躬身说道:

"天色不早了,请皇爷安歇吧!"

"快四更了,你怎么还不早睡?"

"国家草创,皇上日夜辛劳,臣妾自应在后宫秉烛等待,方好随时侍候,不奉旨不敢独自就寝。"

"你没事,快去你的寝宫睡吧。"

窦美仪忽然感到空虚,正要退出,李自成向她问道:

"孤已经决定为费珍娥赐婚,你可知道?"

窦美仪本来已经听了王瑞芬在武英殿窗外窃听后的密禀,但是她佯装不知,故作吃惊神气,望着皇帝回答:

"臣妾一点不知。皇爷为她择婿,一定十分合宜。不知是哪位功臣?"

"是孤的一员爱将,名叫罗虎,屡立战功,明日即敕封为潼关伯,他的母亲也将封为诰命夫人。"

"这位罗将军有多大年纪?"

"他今年只有二十一岁,相貌十分英俊,智勇兼备,治军有方。"李自成转向王瑞芬叫了一声:"王瑞芬听旨!"

王瑞芬赶快跪下。

李自成说道:"你明天早膳以后,去寿宁宫向费宫人传旨:孤为她择一佳婿,潼关伯罗虎将军,即于四月九日成亲。此系赐婚,男女两边一应婚嫁所需,均由宫内大臣吴汝义与礼政府会商,遵旨筹备。"

"奴婢领旨!"王瑞芬叩头起身。

李自成又对窦妃说道:"你是娘娘,应该给费珍娥一些陪嫁之物,如绫罗绸缎、金银珠宝首饰之类。民间叫做添箱,在你就叫做赏赐。你想赏赐什么,命王瑞芬告诉传宣官,吩咐宫内大臣吴汝义,他就替你办了。孤心中明白,你很关心费宫人的婚事,理应赏赐从优!"

"领旨!"

窦美仪回到东暖阁,心情有好一阵不能平静。虽然事情已经证实了皇上使费珍娥同罗将军婚配,使她不必再担心有一位十分美貌的才女日后在大顺的后宫中会同她争宠,但是皇上处置这件婚事如此急迫,必是又出了什么军情大事,等不到登极之后。她一则挂心国事,二则她正是青春年华,不料又遇上独眠之夜!她没情没绪地在牛角宫灯旁坐了一阵,然后由贴身宫女服侍她卸了晚妆,上了凤榻,而玄武门恰巧传来了四更的鼓声。

她知道皇上在西暖阁并未就寝,有时坐在龙椅上纳闷,有时在暖阁中走来走去。她知道这是皇上进北京以来第一次有这样不眠之夜。在一刻之前,她在凤榻上为今夜的独宿怀着难以排遣的怅惘情绪,但现在想着国家出了大事,十分担忧,那种独宿的怅惘情绪一扫而光。她小声嘱咐值夜的宫女:务要在皇上身边小心服侍,有什么动静要立刻来向她禀报。

过了一阵,她刚要矇眬入睡,忽然从武英殿右边、通向仁智殿宫院的转角处,传来了三声云板。窦美仪猛然醒来,睁开眼睛,随即听见一个宫女匆匆向仁智殿走来。她知道明朝的宫中规矩,倘若夜间有十分紧急的军情文书,必须赶快启奏皇上,司礼监夜间值班的秉笔太监不敢耽误,走到乾清宫正殿通往养德斋的转角处敲响云板,由一位值夜的宫女接了火急文书,送到养德斋的门外边,交给在养德斋外间值夜的宫女,叫醒崇祯,在御榻前跪呈文书。李自成初到北京,对明朝留下的太监不敢使用,令李双喜住在武英门,既担负保驾重任,也掌管接收呈奏皇上的重要文书。尽管他是李自成的养子,平时不奉特旨宣召,也不能进入仁智殿寝宫。对他不存在防备行刺问题,而是遵照儒家的内外有别的传统礼法,任何男人不得进入后宫。为着可能夜间有紧急军情文书必须火速呈到御前,或有紧要大事必须启奏皇上,所以仿照前朝办法,特在从武英殿通往仁智殿宫院的转角处悬一铜制云板,由李双喜将云板轻敲两下,惊醒在廊房中值夜的宫女,由她们通报进去。还特别规定,云板只能轻敲两下,以免惊扰圣驾。只有特别紧急情况,才允许连敲三下。可是刚才,窦美仪听见云板竟然是连敲三下。

窦美仪十分吃惊,一阵心跳,迅速起床。一个在外间值夜的宫女听见窦妃从凤榻起身,赶快进来,小声问道:

"娘娘,如今还不到四更三刻,怎么就起床了?"

窦妃说:"皇爷为国事通宵未眠,我怎么能安然就寝?快拿热水,侍候我梳洗打扮。"

又一个宫女进来。两个宫女赶快侍候窦美仪梳洗、打扮,穿戴整齐。窦妃尽管心思很乱,对国事胡乱猜测,十分担忧,但在打扮之后,还是仔细对着铜镜看了看,亲手将一朵绢制红玫瑰花插在鬓边。忽然她吃惊地对身边的宫女们说:

"听,皇爷启驾离了寝宫!"

一阵脚步声,李自成在几个宫女的前后簇拥中走出仁智殿,向武英殿去了。窦妃在心中纳罕:自从皇上驻跸紫禁城中以来,还没有这样情况。到底是为了何事?

服侍窦妃梳洗打扮的两个宫女不曾到皇上身边,对云板三响后在西暖阁所发生的一切都不清楚,而在西暖阁侍候皇上的几个宫女,包括管家婆王瑞芬在内,都随驾去武英殿了,使窦妃无从打听消息。她不敢卸妆,不敢重新就寝,只好坐下去等候消息。她想着,王瑞芬一旦有了时机,一定会来向她禀报消息。

果然,过了一阵,通宵未眠的管家婆王瑞芬进来了。由于过于疲劳和瞌睡,她平时脸颊上的红润没有了,一双大眼睛也不再光彩照人了,而眼角出现了一些血丝。还由于没有时间梳洗打扮,两鬓边略嫌蓬松,一点忧郁的神色堆在眉梢。窦妃赶快使眼色命两个宫女退出,然后小声说道:

"瑞芬,你累了。我这寝宫中没有旁人,你不妨坐下说话。"

王瑞芬躬身小声说:"奴婢自幼入宫,在宫中长大,不敢坏了皇家规矩。娘娘,好像朝廷上出了大事,很大的事!"

"到底是什么大事?"

王瑞芬将黄缎门帘揭开一个缝儿,向外看看,见没有宫女窃听,又回到窦妃的身边,悄悄说道:

"整整一天,皇上不断地召见文武大臣,好像都是商量吴三桂的事。刚才过了四更,皇上仍不肯就寝,在寝宫坐一阵,彷徨一阵。忽然云板三响,是李双喜将军递进一件密封的火急文书。皇上打开文书一看,登时脸色一寒,不由地在金砖上将脚一跺。又过了一阵,他将这封紧急文书往怀中一揣,就启驾往武英殿去了。"

"到武英殿做什么?"

"皇爷在武英殿的西暖阁一坐下,立刻命人将双喜将军叫来。双喜将军好像料到皇爷会很快召见他,所以衣帽整齐,坐在武英门的值房中恭候,一闻传宣,立刻进来。"

"皇上问了他什么话?"

"皇上命宫女们立刻退下,也不许站立在窗外近处,所以问的什么话奴婢不知。奴婢走在最后,离开窗外时只听见皇上的口中说到了吴三桂,又说到满洲。"

窦美仪的心头上猛一沉重,感到大事不妙。她虽然生长于深宫之中,服侍在年轻守寡的懿安皇后身边,但近几年来满洲的兵力日强,成为明朝的一大祸患,她也知道。听了王瑞芬的不明不白的禀报,窦妃瞠目望着瑞芬,一时无言;过了片刻,挥手说道:

"你赶快休息去吧。能够和衣睡一阵也好,说不定皇上什么时候又要呼唤哩。"

"奴婢这就去,随便歪在枕头上矇眬片刻,不敢睡着。皇上更辛苦,白天和通宵都在为国事操劳,不曾有一刻上御榻休息!"

窦美仪没再说话,又挥手命王瑞芬快去休息。瑞芬退出后,随即有两个宫女进来,说天色尚早,请娘娘且到凤榻上休息。窦妃在宫女们的服侍下卸了妆,靠在枕上休息,同时也挥退了两个宫女。可是她想来想去,越想越没有睡意,睁开眼睛,望着宫灯,在心中问道:

"难道是吴三桂投降了满洲?难道是吴三桂勾结满洲人同时来犯?难道是满洲人又进了长城?……"

一阵风从树梢吹过,仁智殿屋檐上铁马丁冬。窦美仪翻身下床,重新坐在椅上,无言地注视着羊角宫灯,在心中说道:

"但愿皇天保佑,大顺朝逢凶化吉!"

今天是四月初五日,离决定御驾亲征吴三桂的日子只隔七天了。昨日上午巳时前后,大顺朝的文武百官还处在一片胜利的喜悦之中,齐集皇极门前的丹墀上,依照鸿胪寺官的高声鸣赞,演习皇上的登极典礼。丹墀下排列着两行仪仗,又称卤簿,从丹墀下直排到内金水桥边。而午门外站立着六只高大的驯象,由彩衣象奴牵引,每一阙门两只,相向守门,纹丝不动,稳若泰山。皇极门丹墀上的高大铜仙鹤和铜香炉,全都口吐袅袅轻烟,香气氤氲,散满演礼场中。在丹墀两边,钟鼓司的乐工们随演礼进程,不断按照鸿胪的赞礼声奏乐。乐声优雅、雍容,不仅气氛肃穆,更显出太平景象。但是演礼尚未终场,唐通和张若麒在文华殿叩见了李自成,接着军师府又收到了吴三桂给吴襄的家书,局面便突然变了。

昨天上午,唐、张二人退出之后,李自成立刻同几位重臣开御前会议。昨日下午和晚上又继续御前会议。宋献策、李岩原来都不同意对吴三桂急于用兵,担心一旦东征受挫,东虏乘机南犯,大局将陷于不可收拾。随着李自成在革命功业上的步步胜利,尤其是从崇祯十五年李自成在中原各地连获重大军事胜利以来,他们之间最初的"袍泽"之情步步疏远,变化为君臣关系;到了西安以后,中央政权确立,百官职掌和品级厘定,当年"袍泽"之情就所剩无几了。所以关于皇上要往山海卫御驾亲征的大事,两位军师虽然当面苦口谏阻,无奈皇上不听。随后他们被刘宗敏请到首总将军府讨论如何出兵的具体问题,完全是奉命行事,谏阻东征的话不再提了。

他们正在旧皇亲田宏遇宅中商议出兵的各种具体问题时,刘体纯从通州派飞骑送来的十万火急军情探报到军师府了。军师的夜间值班中军副将不敢拆封,立刻派人飞骑送到宋献策手中。宋献策拆开一看,脸色一变,不觉在心中惊叫:"果然不出所料!"他立刻转给李岩。李岩匆匆一看,心中想道:"在西安时我就担心会有今日,果然不幸言中!"他顺手将刘体纯的探报转给刘宗敏。刘宗敏看过之后,又交给宋献策,说道:

"兵贵神速,可见御前所定大计很是,必须赶快打败吴三桂,消除此一支祸患,再腾出拳头来对付满洲!各营如何出兵的事,由我一一下令。你们二位速回军师府,将这一军情探报连夜送进宫中,呈给御览。说不定明日一早,皇上会召见我们。你们赶快回去休息去吧!"

宋献策和李岩迅速辞出,策马奔回军师府,将刘体纯的军情密报附了一页简单的说明,让皇上知道他们同刘宗敏都看过了,"特呈御览。敬候圣裁"。这一简单附页,不是正式奏疏,在当时叫做"揭帖",清朝称为"附片"。宋献策在外边加了个封套,写好封好,封口加印,立即叫人骑马送交东华门值班官员,所以在四更时候,云板敲响,李自成就看见了这一令他大吃一惊的军情禀报。但在刘宗敏面前议事的众多权将军和制将军,大家还坐在闷葫芦里,照旧商议出兵的事。他们都知道出了大事,必是关于满洲人和吴三桂的动静,但因刘宗敏的令严,没人敢打听一句。

宋献策把李岩邀到签押房中,屏退左右,继续谈了一阵。他们的心情都非常沉重,只恨他们自己出身文人,又不是陕西籍,同刘宗敏比起来究竟是远了一层,遇到目前局势,如何可以使国家趋吉避凶,化险为夷,他们徒然在心中清清楚楚,却无力挽救大局。他们因知道明日早饭以后,皇上必然召他们进宫议事,而此刻已经四更多天了,所以他们胡乱吃点东西,闷闷不乐,准备各回自己房中休息。在分手时候,李岩叹道:

"近几个月来,弟常后悔不隐居山林,而今晚矣!"

"皇上是有为之主,吾兄何出此言?"

"皇上当然是有为之主,但弟自恨有心报主,无力回天,不知税驾①何处!"

宋献策的心中一动,感到这是一句不吉利的话,但他也有一些同感。他想了想,感慨地说:

"弟读《孙子兵法》,很注意《势篇》中所讲的一个道理。如今你我可以回想,皇上不顾你我多方谏言,占领河南、湖广之后,接着又到了西安,一直不肯在各地设官理民,使国家可攻可守,处于不败之地。朝廷不作此根本大计,一意马不停蹄,北伐幽燕,这不是一二人的意思,而是一个'势'字。皇上如今不顾你我苦谏,决意东征,也是一个'势'字。这个'势'字,就是杜预所说的'形势'二字。孙子讲究用兵任势,是取胜之道。我从'势'字悟出,遭致失败,往往也是一个'势'字。目前你我无能为力,也是因为形势已成,非你我可以为力,徒唤奈何!"

李岩轻叹一声,回自己在军师府内住的一座小院中去了。

到了巳时过后,宋献策和李岩被皇上召到文华殿了。

李自成在五更拜天之后,早膳以前,先将李双喜和吴汝义叫到武英殿的西暖阁,明白告诉他们,已经决定于十二日己巳,御驾亲率六万大军东征,一举打败吴三桂,迫其投降,然后腾出拳头,迎战满洲来犯之敌。他还告诉他们:双喜将随御驾东征,不离左右,而吴汝义留在宫中,协助李公子镇守北京。对于局势的突然变化,他们根据种种迹象判断,已经心中有数,而现在是完全明白了。同时他们也恍然大悟,怪道皇上急于要择吉于初九日丙寅为罗虎成亲,并且要在初九日以前敕封罗虎为伯爵,原来都是为鼓励他在战场上死力效忠!

---

① 税驾——意即脱身。

吴汝义向皇上禀奏：罗虎的公馆已经安排好了，房屋和一切陈设都可以说富丽堂皇，符合大顺朝伯爵身份。男女奴仆都是从高门大户中挑选来的，限令在今日一早全到罗虎公馆，有迟误不报到的惟原主人是问。他还禀奏：

"昨日陛下对臣面谕之后，臣立即向礼政府大臣们传下圣旨，敕封罗虎为潼关伯的敕书铜印，都将连夜赶办，今日上午将敕书送进宫来用玺，接着在罗虎的伯爵府颁赐罗虎。罗虎受封之后，立刻进宫，叩谢圣恩。估计罗虎进宫谢恩，将在近午时光景。他谢恩后骑马奔回公馆，文武官员为他贺喜，少不了举行酒宴。这些必备之事，臣已吩咐下去，务须一切操办妥帖，风光，方合乎御赐婚配体统。"

李自成点点头，又问："你打算请什么人为他主婚？"

"罗戴恩是他的堂叔父，本来由他主婚最为合宜，可是他奉旨押运金银去西安，明日一早就要动身。大臣之中，陛下以为谁为合宜？"

李自成略想一下，含笑说道："这费宫人在明朝宫中是有名的美人，又是一位才女，小罗虎担心她眼眶太大，轻视他出身微贱，说得难听是一个流贼，说得好听也不过是草莽英雄，所以罗虎怕费宫人不能在婆母前行孝，原不想成这门亲事。孤为此才赶在罗虎成亲前敕封他为潼关伯，封他母亲为诰命夫人。你再去找牛丞相传谕孤的旨意，请他做罗虎的主婚人吧。"

"如此最好。臣当遵旨而行，包管这一对新人十分满意。"

李自成说："初九日黄昏新人花轿到潼关伯公馆，拜天地，送入洞房，接着就是几十席盛宴。事前样样都得准备好，可来得及么？"

"请陛下不必操心，臣已作了安排。此系皇上御赐婚配，咱大顺朝开国以来第一桩钦定佳偶，使英雄与美人喜结良缘，臣岂能不尽力办好。数百张大红龙凤请帖，今日即可备办停当，按照开好的名单送出。鼓乐、花轿、各色执事,该由什么衙门、什么官员操办,臣已吩咐下去,不会误事。还由京城中……"

"不是京城,是行在。"

"是,是。请恕臣一时错言。臣已命人由幽州行在的全城中征集一批有名厨师,明日就到潼关伯府,备办宴席。"

李自成频频点头,在心中称赞吴汝义很会办事,不愧是宫内大臣。他又在心中暗想,到了初九下午,一部分重要武将已经出征或者移营通州一带了,只有一部分将领尚在幽州城内。但是不管怎样,要使尚未启程的将领们在罗虎的喜宴上快活快活!但是,这只是他的心里话,并未出口,轻轻挥手,使吴汝义和李双喜叩头退出了。

今早,李自成不让窦妃陪侍,独自在武英殿暖阁中用膳。因为他不断地思虑着东征的事,他的脸色特别沉重。王瑞芬只在五更时朦胧片刻,挣扎精神起来,赶快梳洗打扮,像往日一样花枝招展,率领四个宫女,小心翼翼地侍候皇上早膳,同时受窦妃暗中嘱咐,在御前偷偷地察言观色,只要能得到一点朝中情况,便向窦妃禀报。一则因为她是一个最为细心的人;二则她同窦美仪差不多,一心一意维护大顺,把自己的一生命运寄托在大顺的皇权永固;三则她站立的地方靠近皇上,所以她与其他宫女不同,独能看见李自成的右眼皮不住跳动。这本来是由于李自成从昨天来缺少睡眠,眼皮的末梢神经过于疲倦,然而当时在民间却有一种迷信,有一句俗话说:"左眼跳财,右眼跳崖。"宫女和太监中间,也有这种迷信。王瑞芬认为皇上的右眼皮不住跳动是一个不吉之兆,心中一寒。但是她知道窦娘娘如何为国事忧愁,决定不向娘娘禀报。

早膳以后,李自成命传宣官传旨,辰时三刻,在文华殿召见牛金星、宋献策、李岩、喻上猷、顾君恩等几位帷幕重臣。他没有召见刘宗敏和李过,只是因为,刘宗敏是他起义后的生死伙伴,遇事果决,他相信此时必已陆续下令诸将,部署出征,而李过是他的亲侄,性情有点像他,既不必多询问李过的意见,也无须再有何叮嘱。倒是牛金星等几位被他重用的文臣,今日同他们既是君臣之分,也有朋友之谊,处此重大决策时候,他不能不再听听他们到底还有些什么谋划,可以采纳。

在他向传宣官下了口谕以后,他坐在御案前沉思,首先想到了宋献策昨日所卜的"亢龙有悔"的卦,虽然他已经拒绝了两位军师的谏阻,同意刘宗敏的意见,在东虏南犯前赶快出兵东征,但是他心里并不踏实。要他完全不相信宋献策的卜筮是不可能的,不相信从文王、周公、孔子传下来的《易经》,也是不可能的。但他同刘宗敏都有十分丰富的打仗经验,认为必须在满洲人南犯之前先动手打败吴三桂方是上策。昨夜接到刘体纯的十万火急的军情密报,更增加了他先打败吴三桂的决心。然而他也明白自己手中的兵力不足,也顾虑离关中太远,缓急之时不能得到人马增援。想到这里,他不觉在心中叹了口气。

他讨厌右眼皮不住地跳动,将右眼皮揉了一阵,然后在心中对自己说:

"按既定东征方略去行,切不可乱了章法!"

虽然他刚刚在心中告诫说"不可乱了章法",却马上传旨宣召正在忙碌着的吴汝义重新进宫。当吴汝义在他的面前跪下叩头以后,他挥退在身边侍候的宫女,低声问道:

"孤听说正阳门瓮城内的关帝庙十分灵验,香火很盛,你知道么?"

"臣知道。北京正阳门关帝庙虽然不是很大,但是天下闻名。"

李自成点头说:"关帝爷是蒲州人,同陕北仅一道黄河之隔。自来秦晋一家,我朝龙兴西北,艰难定邦,必有关帝爷暗中护佑。你须置备供物,代孤前去上香,默祝我朝……"他稍微停顿一下,不说出心中最关心的是东征胜利这件事,而要吴汝义祝祷:风调雨顺,五谷丰登,国泰民安。

吴汝义明白皇上的真正用心,赶快说道:"臣要祝祷,请关帝爷在天默佑,此次皇上御驾东征,旗开得胜,马到成功。"

"好,你快去吧。"

吴汝义退出以后,李自成在武英殿的西暖阁中又闷闷地想了一阵,又揉了揉右眼皮,打个哈欠,便启驾往文华殿去了。

往日,如果崇祯皇帝从乾清宫往文华殿去,一定要乘步辇,有大批太监跟随。然而李自成在紫禁城中不管去什么地方,一动身也称为"启驾",实际却全是步行,由李双喜率领二十名护驾将校跟随,另外有四名从西安带来的传宣官,还有挑选到武英殿宫院中侍候的四名宫女。明朝皇帝的所谓"启驾"的许多陈规和排场,全不用了。

李自成到文华殿东暖阁坐下片刻,被召见的几位重臣,都来到文华门了。这样的召见,不是开御前会议,而是沿用明朝的旧称,叫做"召对",所以礼仪比较简单。护驾的将校送皇上进入文华殿以后先退往文华门侍候,不奉呼唤不许再走上丹墀。宫女们向御案上献茶以后,即退到丹墀上,同传宣官都站在远处。

李自成的右眼皮已经不再跳了,只是他的心思沉重,脸色阴暗,与他进北京以来的神态大不相同。他刚坐下,端起茶杯润一润发干的喉咙,李双喜进来了。听双喜禀奏牛丞相等几位大臣已经到了文华门候旨,他轻轻说道:

"叫他们进来!"

随即,双喜退出。过了片刻,传宣官引着大臣们走进文华殿,来到御前,向李自成叩头。赐座以后,李自成由于心中焦急,一反往日习惯,首先说道:

"孤今日召对诸位先生,是为了东征大计。我大顺朝经过十余年的苦战,获得天下,国基未固,人心未服。孤本想早日举行登极大典之后,一面招降江南,一面治理百姓,使黎民早享太平之福。不断打仗,使百姓继续受战乱之苦,实非孤的本心。可是吴三桂不识天命,竟敢据山海卫弹丸之地,不肯投降,还要称兵犯顺,妄图为崇祯复仇,恢复明朝江山。如不将吴三桂赶快剿灭,势必影响各地,互相效尤,国无宁日。再说,满洲鞑子野心勃勃,与我中国为敌。从前因明朝国势衰弱,东虏几次南犯,深入畿辅、山东。今趁我朝在幽燕立脚未稳,又要来犯。如其等待吴三桂与东虏勾结,联兵对我,何如我先将吴三桂一举击败,腾出手再击东虏。孤思虑再三,决定采纳捷轩等大将意见,克日东征。大计已定,不可更改。如今我军一部分士气和军纪已经不如从前,又加上谣言纷纷,禁止不住。所以东征大计,不能犹豫。稍有犹豫,便会动摇军心。可是,从目前情况看来,我军自长安来此,立脚未稳,兵将不多,精兵号称二十万,实际来到幽州的只有六万之众,所以东征吴三桂是一件极大的事,也是不得已之举。昨日献策和林泉都苦口谏阻,孤不听从。孤明知是一着险棋,可是这着棋不能不走。举棋不定,反招后患。好在这六万精兵多是延安府人,也是孤带出来的,到艰难时能够得其死力。孤亲自临阵,与将士们同冒矢石,将士们必会以一当十,拼死杀敌。听说有的大臣在暗中议论,想建议孤坐镇北京,控驭万方,由捷轩率兵去山海卫即可。大家不知,正因为我朝兵力不足,孤非去亲征不可。孤今日叫你们来,想在此安危所系的时候,再听听你们的意见。只要有好意见,只管直言!"

李自成有一个内向型的性格,平日与部下会议大事,他总是不多说话,让大家各抒所见,他用心细听,最后拣合他心意的意见采纳。像今日他自己说这么多的话,实不多见,被召对的几位大臣都不能不心中感动。但是既然东征的大计已定,不许再有谏阻的话,宋献策和李岩纵然还有谏阻之心，也因为事已无可挽回，只得沉默，只想着倘若皇上东征受挫有什么补救办法。牛金星高居宰相之位，与别人不同，见皇上用眼神示意要先听他的建言，他欠身问道：

"刚才在文华门恭候召对时候，臣听宋军师言道，昨夜接到探报，吴三桂已经差人去沈阳向满洲借兵，不知是否确实？"

"刘二虎几次探报都很实，这次又送来探报，料已证实。孤认为，既然吴三桂已经往沈阳借兵，我大军更应该星夜东征，抢在东虏南犯之前一举将吴三桂打败。只要在山海卫打个胜仗，就可镇住东虏气焰，使东虏不敢南犯，这叫做敲山震虎。"李自成又扫一眼宋献策，加了一句："要是前几天出兵东征，那就好了！启东，你是宰相，有何好的应变方略？"

牛金星、喻上猷和顾君恩听说刘体纯在夜间来的探报，一个个心中大惊。但他们在吃惊之余，各人的想法不同。顾君恩原是主张讨伐吴三桂，也赞成御驾亲征，所以他在心中暗想：悔不早作建议；此时出兵，可能已经迟了！喻上猷原在明朝做过兵科给事中，了解边情，对战事颇为忧虑，只想着未必能稳操胜券，后果难料。但是李自成最重视的是宰相牛金星，他见牛金星沉吟不语，便催问道：

"启东，你有何高明之见？"

牛金星欠身回答："时局突变，为臣始料不及，深愧辅弼之职。臣窃思，目前陛下将亲率大军东征，行在重地，兵力空虚，十分可忧。目前应一面出兵东征，一面安定行在人心，收拾天下舆情。"

"这话说得很好。要紧的是如何去做，你可想好了么？"

"臣窃思，虽然皇上东征在即，兵事倥偬，然臣为皇上收揽天下人心，使北京士民咸知陛下虽然出身草莽，龙兴西北，却是个尊圣右文之主。陛下初到长安，即举行科举考试，选拔人才，颇收关中士子之心。目前在行在举行科举考试,事前没有准备,出征前已经来不及了。臣谨作两项建议,第一,陛下在出征之前,不妨亲临孔庙,举行祭孔之礼。臣的第二个建议是大赦天下,废除'三饷',以示与民更始。原拟在陛下登极诏书中宣布大赦天下,废除'三饷',不妨目前就此宣布,以收天下人心。"

大家都觉诧异,没想到牛丞相在此戎马纷乱之际,竟会建议此不急之务。李自成虽然神情如常,心中却也纳罕。他向别的几位大臣扫了一眼,都不说话,知道牛金星事前没有同他们任何人商量过。他从在商洛山中同牛金星见面开始,对金星就有特殊尊重,礼遇优渥,超过旁人,所以他没有说牛金星的建议是不急之务,而是口气平静地含笑问道:

"祭孔当然是一件好事。可是此时祭孔,有何题目?"

"题目是现成的。皇上祭孔是行的释菜之礼,又称丁祭,名正言顺。"

李自成说道:"可是每年丁祭是在二月和八月,如今已到四月了。"

"这是特殊情况,从天启到崇祯年间,因为朝政纷乱,皇帝很少举行丁祭。目前我皇上初到北京,二月已经早过,在百忙中初行丁祭,更可见陛下是右文之主,立国圣虑深远,天下臣民必将刮目相看。"

李自成不愿意人们因袭成见,对他仍然以流贼相看,听了牛金星的建议不觉心动,问道:

"已决定十二日出师东征,还有祭孔的时间么?"

"有,有。今年四月上旬的丁卯日是在初十,可以于初十日上午圣驾去文庙行释菜礼①,不会误了十二日出师东征。"

"如今准备还来得及么?"

---

① 释菜礼——古代读书人入学时以蘋蘩之属祭祀先圣先师的一种典礼。

"在胜朝每逢皇上行释菜礼,必须全部卤簿,黄沙铺路,百官陪祭。如今兵马倥偬,可以用一半卤簿,也不必黄沙铺路,百官不必全去。只要皇上亲临,行在士民就会额手称庆。"

李自成略一思忖,说道:"你同礼政府大臣们商量着办吧。至于大赦天下,废除'三饷'等事,还是放在登极诏书中宣示天下。你们把登极诏书准备好,等孤打败吴三桂回来再说吧。"他望望喻上猷和顾君恩问道:"你们还有何话说?"

喻上猷说道:"臣忝任圣朝本兵,时间未久,尚无丝毫微绩。陛下东征之后,丞相留守幽州。臣誓以忠勤,协助丞相,保幽州万无一失,以待陛下凯旋。"

李自成转向顾君恩,用眼神催他说话。

顾君恩说道:"陛下原定于四月初六登极,后改为初八日登极,如今又以御驾东征之故,必须改期举行。"

"是啊,只好再改期了。"

"臣建议,今日由礼政府通谕臣民:陛下登极大典,改为四月十五日举行。"

李自成:"啊?那时孤已经启程三天了。"

"臣当然知道。请陛下俯纳臣的建议,今日由礼政府通告行在臣民,皇上改在十五日举行登极,此事必有吴三桂的细作,星夜报到山海,迷惑敌人,此系古人所说的'兵不厌诈'。"

李自成略一迟疑,随即点头说道:"你同牛丞相约同礼部大臣们商量着办吧。还有何话要奏?"

李岩心中认为这是欺骗全城臣民,正要说话,见宋献策向他使个眼色,便隐忍不言了。

顾君恩又说道:"陛下亲率三军,先声夺人,东征必可马到成功。至于探报说吴三桂派人去沈阳向满洲借兵,此事可以不用担忧。以臣愚见,东虏决不会很快南犯。"

李自成赶快问："何故东虏不会很快入犯？"

顾君恩说："去年八月,虏酋皇太极突然在夜间无疾而终。虏酋原未立嗣,为着争夺皇位,努尔哈赤诸子几乎互动刀兵。多尔衮也是努尔哈赤之子,皇太极之异母弟,号称九王。他本来也想攘夺皇位,因恐皇室中自相残杀,数败俱伤,酿成东晋的八王之乱,所以他临时悬崖勒马,拥戴皇太极之六岁幼子名叫福临者登极,而自为摄政王,无篡位之名而有掌握大权之实。皇太极本有长子,名叫豪格,也是一旗之主。自古国主死去,有嫡立嫡,无嫡立长。多尔衮废嫡废长,妄立幼君,以遂其专权擅政之私,满洲皇室中如何能服？八旗各旗主如何能服？所以依臣看来,多尔衮在此时候,必不敢兴兵南犯。请陛下迅速东征,不必有所顾虑。"

李自成因顾君恩将满洲兵南犯事看得太轻松,反而不敢相信。他看看宋献策和李岩的神情都很沉重,显然与顾君恩的看法不同,便对牛、喻、顾三位大臣说道：

"你们三位先退下去处理朝政。"他又转望两位军师："你们留下,孤还与你们有事相商。"

牛、喻、顾叩头退出以后,李自成先向李岩问道：

"林泉,你平日与献策留心满洲事,不尚空谈。方才顾君恩说多尔衮因满洲老窝里有事,众心不服,他不会马上南犯。你认为如何？"

李岩恭敬地欠身回答："兵法云：'昔之善战者,先为不可胜,以待敌之可胜。'今日我军距关中路途遥远,后援难继,而到达北京之兵,只有数万,自山海关至居庸关,长城绵延千里,东虏随处可入。顾君恩说多尔衮不会南犯,岂非空谈误事！至于顾君恩说多尔衮辅皇太极的六岁幼子继位,自为摄政,不肯立嫡立长,众心不服,此系不知夷狄习俗,妄作推断。东虏原是夷狄,国王不立储君,亦无立嫡立长之制。既然多尔衮已经拥戴皇太极幼子为君,在满洲就算是名正言顺。多尔衮为满洲打算,为他自己打算,都会乘机南犯,以成就皇太极未竟之志。他一旦兴兵南下,满洲八旗谁敢不听!他号称墨勒根亲王,这是满语,汉语睿亲王,必有过人之智,不可等闲视之。遇此中国朝代更换之际,他岂肯坐失南犯之机?顾君恩之言,决不可听!"

李自成点点头,转望宋献策问道:"献策,你还有何话说?"

宋献策说道:"多尔衮对关内早怀觊觎之心,如今吴三桂既派人前去借兵,南犯遂成定局,只不知从何处入塞耳。"

"你有无防御之策?"

"自东协至西协,千里长城一线,我大顺朝全无驻军设防,臣愚,仓促间想不出防御之策。"

李自成的心中震惊,开始感到可怕,但想到不出兵必将动摇军心,只好仍然按照原定计划出兵。他又问道:

"东征的事,只能胜,不能败,孤也反复想过。倘若受到挫折,不惟幽燕一带及河北各地震动,不易固守,中原与山东各地也将受到牵动。你昨日言用奇兵出九门口焚毁吴三桂的海边粮船,确是妙计。你想,此计定能成功么?倘若此计不成,我军又不能一战取胜,你另有何计善后?"

宋献策知道皇上已考虑到东征会受挫折的事,他忽然决定,不妨再一次趁机谏阻,也许为时未晚。于是他赶快离座,跪到皇上脚前,说道:

"请恕微臣死罪,臣方敢直陈愚见。虽然陛下已经明白晓谕,不许再谏阻东征之事,然臣为我大顺安危大计,仍冒死建言,请皇上罢东征之议,准备在近畿地方与东虏决战。倘若在近畿以逸待劳,鼓舞士气,一战获胜,则国家幸甚,百姓幸甚。今崇祯已死,明朝已亡,我国之真正强敌是满洲,吴三桂纵然抗命,实系无依游魂,对我朝不过是癣疥之疾耳!"

"既然吴三桂已经差人向满洲借兵,我们不待满洲兵南犯,先出兵打败吴三桂,回头来迎战东虏,不使他们携手对我,岂不可以?"

"不可,此是下策。臣昨日已言:敌我相较,兵力相差不远。陛下去,陛下不利;三桂来,三桂不利。倘若东虏南犯,则胜败之数,更难逆料,望陛下千万三思!"

李自成因宋献策的直言刺耳,到底他已是皇上之尊,不觉怫然不悦,停了片刻,问道:

"倘依照你的妙计,焚毁吴三桂泊在姜女庙海边粮船,吴三桂还能是我们的劲敌么?"

"焚烧吴三桂的海边粮船,虽是一条好计,但未必就能焚烧成功。"

"何故不能?"

"正如孙子所云:'战势不过奇正。奇正之变,不可胜穷。'我所能探到的吴三桂粮船停泊之处,确在姜女庙海边,但天下事时时在变,要从世事瞬息变化上估计形势,兵法才能活用。就以吴三桂的几百艘粮船来说,据臣详细询问,始知起初泊在姜女坟附近的止锚湾,以避狂风。后因满洲兵跟踪而来,占领宁远与中、前所等地,吴三桂的粮船只得赶快拔锚,绕过姜女坟向南,改泊姜女庙海滩。十日之后,安知粮船不移到别处?比如说,吴三桂因战事迫近,命粮船改泊在老龙头和海神庙海边,我欲焚毁彼之粮船,不可得矣。再如,倘若吴三桂幕中有人,事先向九门口增强守备,凭着天险截杀我方奇兵,我方就不能越出长城一步。还有别的种种变化,非可预料。所以臣以为用兵重在全盘谋划,知彼知己,不在某一妙计。这全盘谋划就是古人所说的'庙算'。陛下天纵英明,熟读兵法,且有十余年统兵打仗阅历,在智谋上胜臣百倍。然悬军远征之事,却未见其可。微臣反复苦思,倘不尽言直谏,是对陛下不忠;倘因直谏获罪,只要利于国家,亦所甘心。陛下！今日召集诸将,罢东征之命,准备迎战真正强敌,实为上策！"

"吴三桂借他的一封家书,向孤挑战,倘不讨伐,必成大祸。捷轩已传令三军出征,军令如山。倘若临时变计,必会动摇军心,惹吴三桂对我轻视。他反而有恃无恐,在山海卫鼓舞士气,很快打出来'讨贼复国'旗号。这道理是明摆着的,你不明白？"

"臣何尝不知？但是孔子说:'小不忍则乱大谋。'望陛下从大处着眼,对吴三桂示以宽宏大量,以全力对付满洲,方不误'庙算'决策！"

李自成神色严厉地说:"'庙算'已经定了,东征之计不能更改,你不用说下去了！"

宋献策十分震惊,不敢再谏,只得叩头起身,重新坐下。在这次召对之前,他原来已经放弃了苦谏东征之失,只打算提出一些受挫时如何补救的建议,只因临时出现了可以再次苦谏的一线机会,他又作"披肝沥胆"的进谏,而结果又遭拒绝,并且使"圣衷"大为不快。看见李岩又想接着进谏,他用脚尖在李岩的脚上踢了一下,阻止了李岩。

李自成虽然听从了以刘宗敏为首的陕西武将们的主张,坚决御驾东征,但他听了宋献策的谏阻东征的话,以及宋献策同李岩对多尔衮必将南犯的判断,也觉得很有道理,不能不有点动心。沉默片刻,他对两位军师说道:

"对东征一事,你们反复苦谏,全是出于忠心。孤虽未予采纳,也仍愿常听忠言。古人常说,天下事不如人意者十常八九。比如,从西安出师以来,群臣都认为只要破了北京,举行登极大典,即可传檄江南,毋须恶战而四海归降。没想到吴三桂竟敢据山海卫弹丸孤城,负隅顽抗;又没想到满洲人新有国丧,皇族内争,竟然也要举兵南犯。孤面前并无别人,我君臣间有些话只有我们三人知道。

孤现在要问,万一东征不利,你们二位有何补救之策?"

宋献策对皇上的谦逊问计,颇为感动,赶快站起来说:"臣有一个建议,御驾东征之时,将四个大有关系的人物带在身边。"

"哪四个人物?"

"这四个人物是:明朝太子与永、定二王,吴三桂的父亲吴襄。望陛下出征时将他们带在身边,妥加保护,善为优待。"

"为何要带着崇祯的三个儿子和吴襄东征?"

宋献策回答:"三代以后,每遇改朝换代之际,新兴之主往往将胜朝皇族之人,不分长幼,斩尽杀绝,不留后患。百姓不知实情,以为我朝对明朝也是如此,吴三桂也必以此为煽乱之借口。带着崇祯的这三个儿子,特予优待,使百姓得知实情,而吴三桂也失去煽乱借口。外边纷纷传言,说吴襄也被拷掠。如今将吴襄带在陛下身边,如有机会,可使吴襄与吴三桂的使者见面。"

李自成轻轻点头,又问:"带着他们还有什么用处?"

"带着崇祯的太子、二王和吴襄,对吴三桂示以陛下并非欲战,随时希望化干戈为玉帛。"

李自成对和平不抱任何希望,勉强点头,又问:"还有何用?"

"倘若战事于我不利,则必须暂时退避,速回北京。兵法云:'强而避之。'兵法重在活用。如果战场上于我不利,当避则避。遇到这样时候,在太子与二王身上,可以做许多文章。"

李自成不愿意想到东征受挫,心头猛然一沉,停了片刻,又一次勉强点头,然后又问:

"你还有什么建议?"

"兵法云:'兵贵胜,不贵久。'我军在山海卫坚城之下,倘若一战不胜,请陛下迅速退兵,不可恋战,受制于敌,更不可使多尔衮乘我不备,攻我之后。"

李自成不相信多尔衮会用兵如此神速,暗中想着宋献策未免

将情况想得太坏,淡淡地回答说:

"到了交战之后,看情况再说吧。林泉,你有何建议?"

李岩说道:"臣有两个建议,请陛下斟酌可否。"

"第一个是什么建议?"

"微臣以为,皇上亲率大军东征,北京兵力空虚,首要在安定民心,布德施仁,停止对明臣酷刑追赃;其中有几位明臣素有清廉之名,尤应释放,以符舆情。"

"第二个是什么建议?"

"北京虽在帝王辇毂之下,但平民居于多数。平日生活困难,今日可想而知。臣第二个建议是开仓放赈,救济百姓。"

"献策之意如何?"李自成问道。

宋献策赶快说:"目今已是四月,暮春已尽,初夏方临,正是万物生长之季,但近来天象阴沉,北风扬沙,日色无光。望陛下体上天好生之德,多施宽仁之政。所逮数百明臣,有的已死,有的赃已追尽,有的原非贪赃弄权之人,在百姓中享有清正儒臣令誉,身受拷掠,借贷无门。趁陛下东征之前,凡是被拘押追赃的明朝勋戚、文臣、巨商,该释放的释放,暂不释放的也应停刑,等候发落,以安北京人心。"

李自成点点头,说道:"近日天气阴霾,日色无光,确如你们所言。捷轩今日进宫奏事,孤就将你们的建议转告于他。至于放赈的事,目前大军供应困难,只好从缓,等东征回来时再议。"

召对至此完毕。宋献策和李岩叩头辞出以后,心情比召对前更为沉重。他们对东征的必将失利,看得更清,但恨无力再谏,只好在心中长叹。

从四月初七日夜间开始,驻扎在北京城中的大顺军,分批开拔,向通州城外集结。需要携带的粮草辎重,也陆续从北京出发。

就在这戎马倥偬之中,罗虎偏偏受封为潼关伯,奉旨成亲,所以在大顺军的重要将领中,他比别人更加忙碌。幸而他的伯爵府驻进了一百名亲兵,府中一切布置,既有亲将和亲兵,也有吴汝义拨给的成群男女奴仆,他都不用操心。初八日上午,他已接到敕书、铜印,进宫向皇上谢恩。李自成对他的一营人马在通州纪律整肃、操练不辍,着实称赞几句,又勉励他在这次东征中再建奇功。罗虎从宫中出来,立刻驰回通州,为全营出征事进行安排。

李过拨给罗虎的两千人马在昨晚已经来到。如今由他直接统带的人马共有五千,其中三千骑兵,两千步兵。新拨来的部队,将校都很年轻,有许多是从孩儿兵营中出身,同罗虎的关系很好。全营上下,因主将新封为潼关伯,又加钦赐婚配,一片欢快。罗虎回到通州营中匆忙召集会议,向重要将领下达了准备出征的紧急军令,也宣示了皇上对他的口谕,包括对全营的褒奖。他在北京城内,风闻有些营中,士气不振,有些人害怕与关宁兵打仗,使他不免忧虑。当他看见全营上下,士气旺盛,心中十分高兴。他对亲信将领们说:

"听说吴三桂的关宁兵训练有素,又听说满洲也要南犯,该我们出力报国的时候了。我只望大家努力,不负皇上所望,再建奇功!"

午饭以后,罗虎到每个驻兵地方巡视,对将士们说几句勉励的话,并说他定于十二日率领大家东征,为皇上效命疆场。巡视以后,他没有再回行辕,直接驰回北京。

罗虎刚进朝阳门,遇见他的伯爵府的中军游击马洪才骑马来迎,在马上向他小声禀报:宋军师在军师府等候他立刻前去,有事面谕。罗虎不敢怠慢,径直向军师府策马奔去。在军师府辕门外约有一箭之地,遇见宋献策骑马往首总将军府议事。他与宋军师立马街心,马头相交,双方随从人等都退在五丈以外,驻马侍候。

罗府中军马洪才立马几丈外侧耳细听,只听见罗虎将军小声回答:"是,是。末将不敢误事,初九日成亲,初十日早膳后就……"以下的话听不清楚。又听见皇上要召见的话,其他全听不见了。

罗虎在街心听了军师的面谕之后,缓辔向他的伯爵公馆走去。虽然他平时同手下将校们感情融洽,亲如兄弟,但是凡属于军事机密的事,他从不向部下泄露,也禁止部下询问。他的中军马洪才虽然也是从孩儿兵营中出身,原来把他当哥哥看待,此时却只能讲究军令森严,对他很想知道的话,不敢询问一字。

罗虎回到自己的伯爵公馆,同随从们在大门外下马,不觉一惊。大门外新添了一座用松柏枝搭的牌楼,上有红缎横额,上书四个大字:"潼关伯府"。横额上边悬着用红缎做成的"双喜"字。牌坊左右挂着红缎喜庆对联,上边的金字是:

皇恩两降功臣府
喜气全来伯爵家

吴汝义确实堪称是大顺皇帝行在的宫内大臣。尽管皇上身边的和紫禁城中的事情十分繁忙,单是由他经管清点、登记和运走大批金银财宝的事,已经需要他耗费很大精力,还有为皇上准备御驾东征的大事,不但时光紧迫,而且不能有丝毫差错,忙得他在近一两天之内竟然两眼发红,脸颊苍白。当罗虎回到新公馆时候,吴汝义恰好也在这里。吴汝义告诉他说,皇上因为他年轻,母亲不在此地,遇此婚姻喜庆大事,很关心他的伯爵府中没有人员料理,所以钦谕他亲自前来看看。他已经从罗虎手下的亲随中临时分派了几个在伯爵府中管事的人,并且成立了账房,掌管府中进出财物和接收庆贺银钱和各种礼物。罗虎随吴汝义在府中各处一看,果然吴汝义替他安排得井井有条。他满心感激,说道:

"吴叔,请你受侄儿磕头感谢!"

吴汝义赶快拦住,没有使他跪下,说道:

"好侄儿,你不要感激我,要感激皇恩浩荡。马上要东征,但愿你为皇上再立大功。"

罗虎确实感激皇恩,不觉充满了两眶热泪。他的喉咙哽咽,没有再说一句话,只在心中想道:

"在山海卫城下,我愿为皇上肝脑涂地!"

有传宣官前来传旨,叫罗虎立即到武英殿面见皇上。罗虎立刻出了伯爵府,同吴汝义策马往东华门奔去。

被传宣官引进了武英殿的西暖阁,在李自成的面前叩头以后,李自成问了他的新公馆情况,然后含笑说道:

"小虎子,俗话说道:新婚好比小登科,是年轻人一生中的一大喜事。孤本来也想让你新婚后快乐三天,可是……"

李自成将话停住,打量罗虎脸上的神情。罗虎也抬起头来,等皇上将话说完。就在这时,他看清楚皇上的眼窝深陷,脸色发暗,不禁心中一惊。他说:

"陛下,倘若是军情紧急,小将愿意马上出征,等打了胜仗以后回来成亲不迟。"

李自成笑一笑,说:"不。不误你的成亲。孤本意叫你成亲后快乐三天,然后出征,可是如今看来,军情如火,你补之大哥明日就得率各营移驻通州,初十日从通州启程,你捷轩叔是全军主帅,他十一日也得动身。等各营人马启程之后,孤定于十二日上午辰时启驾,率领扈卫亲军奔向永平。你呢,要成亲,也只好在十一日启程,追赶你的人马。孤已决定,你与费宫人于初九日晚拜堂成亲,初十日中午你还得宴请留守北京的文武官员。十一日黎明,你就该动身了。"

"小将遵旨!"

李自成有意将派遣罗虎去姜女庙海边焚毁吴三桂粮船的计谋告诉罗虎,使他在心中有所准备。但是李自成又怕他过早告诉他

的亲信将校,泄露此计,所以稍微迟疑一下,改了话题,含笑说道:

"等打过了这一仗,得胜回来,就派人将你母亲接来,你夫妻可以孝事慈母,永享天伦之乐。"

罗虎叩头,哽咽说道:"感激陛下隆恩!"

李自成又说:"费宫人知书识礼,必能做一个孝顺媳妇。何况你母亲已经是诰命夫人,伯爵之母,身份大非往年!"他不觉微笑,得意他为罗虎择了佳偶,既美貌又知书识礼。

罗虎被皇上的几句话触动孝心,以头俯地,暗暗地滚出热泪。

李自成向帘外轻轻说道:"叫王瑞芬!"

王瑞芬恰在帘外,应声回答:"奴婢在!"

随即,王瑞芬掀开黄缎软帘进来,迅速而轻盈地来到李自成面前,站在罗虎背后,等候吩咐。李自成问道:

"王瑞芬,你从前在承乾宫田娘娘身边多年,同费珍娥自幼相识。费珍娥的性情,你一定知道。你看她在众宫女中为人如何?"

王瑞芬回答:"回皇爷,在后宫的众多都人姐妹中,乾清宫、坤宁宫、承乾宫、翊坤宫,还有公主居住的寿宁宫,这几个宫中的都人姐妹来往较多,较有头脸的更为熟识。费珍娥在众多宫女中是个才貌双全的人尖子,崇祯皇爷和皇后娘娘都很喜欢她。几个月前,宫中传闻,崇祯皇爷有意将珍娥收在身边。只是一则因为国事日非,一则崇祯皇爷在宫中不是那种迷恋女色的人,所以没有'召幸'珍娥,反使她离开乾清宫,将她赐给公主,陪侍公主读书。尽管珍娥在后宫中是千不抽一的人,可是十分明白事理,从不在都人姐妹中露出来骄傲之气;凡是比她年长的,她都以姐姐相称。都说她是真正的知书识礼,还说她这样品性,日后必有洪福,必是贵人!"

李自成不觉笑了,频频点头,随即向罗虎问道:

"小虎子,你还担心她不能做你的贤慧妻子么?还担心她不能孝敬你的母亲么?像这样的姑娘,你在十三行省中打灯笼也别想找到第二人!"

罗虎伏地没有做声,但是他觉得心里轻松多了。

李自成又向王瑞芬问道:"昨日你去寿宁宫向费宫人传旨,孤为她钦赐婚配,将她嫁与孤手下的功臣、新封潼关伯罗虎将军为妻,她可十分高兴?"

王瑞芬的心中一惊,但没有流露出一丝不平常的神色,立刻含笑回答:

"回皇爷,奴婢向费珍娥宣旨之后,费珍娥伏地叩头,口呼万岁。"

"她说了什么话?"

"她很害羞,满脸通红,低头不语,但奴婢看出来她的心中十分高兴。寿宁宫阖宫上下,无不为珍娥庆贺。"

"孤赏赐费珍娥的金银和珠宝首饰,窦娘娘也赏赐她许多贵重东西,你可都送去了么?"

"奴婢带领四个宫女,分为两次送去了。费珍娥叩头拜领,感谢皇恩,也感激窦娘娘的厚恩。"

李自成向王瑞芬含笑点头,说道:"你很会办事,不愧是由贵妃调教出来的人。"

王瑞芬正在想着费珍娥一天来的异常表情,她感到有点奇怪,既不敢启禀窦妃,更不敢回明皇上,所以当听了李自成说出夸奖她会办事的话,她没有做声,而是在心中叹息:

"小费有此美满婚姻,竟然闷闷不乐,也不知感激皇恩,真是奇怪!"

"罗虎,"李自成说,"你下去吧。一应喜事准备,连同丰盛喜筵,都有人替你安排,不用你操心。你今晚回你通州军营,召集部下大小将领,部署东征行军诸事。明日中午赶回,黄昏拜堂成亲,大宴贺客,完你终身大事。新婚后,为孤再建奇功!"

罗虎叩头，平身，向皇上瞟了一眼，心中充满对皇上的感恩心情，恭敬地走出了武英殿，随即脚步轻轻地走下丹墀。想到明日就要奉旨成亲，娶一位如花似玉又性情贤淑的妻子，满心得意中又不免有点遗憾，不免在心中叹道：

"可惜母亲不能够来到北京！"

召见罗虎之后，李自成在龙椅上略坐片刻，忽然又心绪不宁，站起来在暖阁中走来走去。他虽然决计东征，但也担心两件事，一是担心对吴三桂不能够一战取胜，使战事拖延不决；倘若战事拖延，对他十分不利。二是他没法预料多尔衮何时南犯，自何处南犯，使他无从防备。难道宋献策和李岩谏阻我东征吴三桂，应该听从么？但现在大军已经准备出动，要收回成命已经晚了，徒然扰乱军心！

李自成的思绪纷乱，眉头紧锁，踱出暖阁，来到正殿门口，仰视天空，但见灰云布天，日光愁惨，冷风阵阵，不由地又想起来宋献策和李岩谏阻东征的话，也想起来建议二事：一是对明臣停止拷掠追赃，先释放一部分素有清正之名的大臣。二是开仓放赈、救济百姓。想到这里，他叫恭立在院中的传宣官，传谕李双喜立即率领一百名扈驾将校随他出宫，随即又回头对跟在身后的王瑞芬说：

"你传谕窦娘娘，她如今是后宫之主。费宫人出嫁之事，她要多操点心，务必使费珍娥事事满意才好！"

说毕，李自成大踏步向丹墀下边走去。李双喜也于此时，从武英门值房中迎出，跪在院中问道：

"皇上要驾往何处？"

"出东华门，去提营首总将军府！"

当李自成在武英门外停留片刻，等候李双喜从驻扎在右顺门和西华门的护卫亲军点齐一百人，又从南薰殿小院中牵出战马，迅速在内金水河南边排队的时候，王瑞芬赶快回仁智殿寝宫了。

窦妃十分关心皇上的动静和国事的消息。明朝宫中习惯,后妃们不许预闻朝政。窦妃生长宫中,尤其是多年生活在寡居的懿安皇后身边,更加以不闻外事为美德。然而她毕竟是个有思想感情的人,大顺朝的盛衰成败与她本人利害关系密切,所以她不能不时时想知道国家大事,暗嘱身边的心腹宫女听到什么风声,随时向她禀报。当王瑞芬来到她的面前时,她已经知道了武英殿中的一些情况,心中十分沉重。王瑞芬正要向她禀报,她轻轻摇摇头,叹了口气,说道:

"不用说,我都知道了。"稍停片刻,她忽然问道:"听说关于费珍娥与罗虎成亲的事,皇上也有嘱咐的话,别的宫女在窗外没有听清。陛下有何钦谕?"

"皇爷命奴婢告诉娘娘,娘娘是后宫之主,费宫人的婚事就在眼前,要娘娘主持,务必办得周到妥帖。"

"啊,这就是了,我也在操着心呢。这是我们皇上第一次钦赐婚配,必须办得妥妥当当,风风光光,不能有丝毫差错。昨日你去寿宁宫向小费传旨,小费听旨后有何言语?可很高兴?"

王瑞芬的心中一惊,问道:"娘娘为何这样问我?"

"我只是想着小费是一个有心的人,有美貌又有文才,不同于一般宫女,原来她想着会选在皇上身边,众宫女也都有这样想法。我想知道,费珍娥是不是满意这门亲事。"

王瑞芬更为吃惊,心中暗想,窦娘娘真是聪明过人!但她不敢据实启禀,有片刻低头不语。

窦美仪又问:"她听了皇上钦谕之后,到底是不是十分高兴?"

王瑞芬看见左右无人,小声禀道:"奴婢不敢隐瞒,只好实说。奴婢前去寿宁宫传旨之后,费珍娥猛然一愣,跪在地上有一阵没有说话。奴婢连着催她两句:'费珍娥赶快谢恩!'她才说道:'谢恩!'娘娘,你说,岂不有些怪么?"

"其实不怪。她原来想着会选在皇上身边,所以乍然听到皇上将她赐给罗虎为妻,难免一怔,忘了谢恩。这本是人之常情,不足为怪,你只是瞒着皇上好了。"

王瑞芬想着窦妃的话也有道理,甜甜地一笑,轻轻点头。

窦妃又问:"为她出嫁,皇上赏赐了许多东西,我也赏赐了许多东西,这些来自宫中的赏赐,作为一个姑娘的陪嫁之物,在庶民百姓之家,做梦也不能想到。两次赏赐,都是你带着几个宫女送去。她接到赏赐之物,可很高兴?"

"启禀娘娘,费珍娥接到赏赐,倒也依照宫中规矩,叩头谢恩。只是奴婢看她神色,似有沉重心思,不知何故。"

"这也是当然的。民间嫁女,都是由父母主持。珍娥七岁入宫,至今十年,不曾与父母见过一面,也不知父母死活,如今出嫁,自然会想到父母。她对你说了什么话么?"

"娘娘,我是田皇贵妃身边的。承乾宫同乾清宫、坤宁宫这三座宫院的宫女们常常来往,最为亲密。小费平日也拿我当姐姐看待,所以有时也向我吐出来心里的话。在第二次送去娘娘的赏赐时候,她叩头谢了恩,我拉她起来。因见她似有心思,随即离开众位宫女,独自拉着她的手,进了她的香闺,悄悄说道:'小费,皇上和窦娘娘赏赐你这么多金银珠宝,绫罗绸缎,还赏赐名贵古玩,单是这些恩赏就值一个富裕的家当,你真有福!'奴婢没有料到,她竟然说出了一句很不吉利的话!"

"什么不吉利的话?"

"她说,'瑞芬姐,这都是身外之物,对我无用!'"

窦妃一惊,问道:"她为何会在出嫁吉期将临,说出这不吉之言?"

"奴婢也问她,为什么好端端地说出这样的话。她没有再说一个字儿,奴婢也不好问了。"

窦美仪略微一想,随即释然,含笑说道:"小费说的也是实话。她的郎君是大顺朝开国功臣,荣封伯爵,前途无量,日后享不尽荣华富贵,岂靠今日陪嫁之物?"

王瑞芬不觉笑了,心中想道:"小费的心胸到底不同于寻常女子!"

窦美仪想了一下,吩咐王瑞芬说:"你现在去武英门值房中找一个传宣官速见吴将军,传我的话,说费宫人明日出嫁,断没有花轿从宫中抬出之理。要吴将军在东华门寻找一个可靠的、富贵的太监之家,腾出好的房屋,最好是个独院,打扫干净,张灯结彩,一切都像北京城中官宦人家打发小姐出嫁的样儿。明日一早,由一群宫女太监护送费宫人到东华门布置的宅子中休息,要有兵丁护卫,所有陪嫁之物都要从宫中运去,交陪嫁的管事妇女清点一遍,造册登记,妥为保管。明日午前,鼓乐前导,将所有陪嫁之物,送往潼关伯府。这事不能耽误,你就去吧!"

"谨遵娘娘吩咐,奴婢此刻就去!"

"不,你等一等。"停了片刻,窦妃又说道:"告诉吴将军,明日上午,费宫人可在巳时以后出宫,不要出宫太早。"

"为何不让费珍娥在巳时以前出宫?"

"我怕费珍娥会有什么心事,在新婚中不能夫妻欢乐相处,会使罗虎将军不能够愉快东征。今晚皇上回到寝宫,我要请皇上明日早膳之后,在百忙之中,在武英殿召见珍娥一次,面谕她出嫁之后,既是功臣之妻,伯爵夫人,务要相夫立功,孝敬婆母,莫辜负皇上钦赐婚配,为她择一佳婿。"

王瑞芬感动地说:"娘娘真是为费珍娥关心备至,想得周到!"

窦美仪心思沉重,没再说话,仅仅苦笑一下。等王瑞芬走后,她站起来,走到摆着一盆鲜花的檀木几前,观赏昨日永和宫养花太监献来的一盆矮桩、虬枝、正在开放的粉红碧桃,密密的繁花成堆,只有稀疏的绿叶陪衬。花几旁是她的梳妆台,上边除脂粉之外,还有一个铜镜。在明朝宫中,宫女们都称赞和羡慕她颜如桃花,为此她也受到大顺皇帝的倍加宠爱。她看看盆中碧桃,看看镜中容颜,看出两天来她竟然有了一些憔悴,使她不愿多看镜子。她再欣赏碧桃,看见青瓦花盆外是一个官窑蓝花套盆,套盆外除刻画着写意兰竹之外,还刻着横书四个隶字:"国泰民安"。这触动了她的心事,不再欣赏碧桃了。她坐在椅上,因身边没有宫女,轻轻地叹口气,又沉默片刻,忽然想到皇上到北京后没有离开过紫禁城,此刻出东华门,必是与刘宗敏密商紧急大事。她在心中说道:

"我大顺朝在北京立脚未稳,忽遇意外之变,正需要像罗虎这样的将领!"

第 七 章

今日是四月初九,丙寅。古人对于干支纪日,非常重视,人事上的吉凶祸福,都与干支密切相关。在大明崇祯十七年,也就是大顺永昌元年,皇历上的四月丙寅,同样印着利于婚嫁、狩猎、远行等事。而今天正是罗虎与费珍娥花烛吉日。

昨晚李自成回到仁智殿寝宫后,听了窦妃的启奏,他为罗虎在婚后愉快东征,决定今日早膳后召见费珍娥,亲自嘱咐几句。作为皇帝,对于一个宫女出嫁,如此关怀备至,亘古少有。窦美仪深知皇上的一片苦心,他实际上关怀的不是费珍娥,而是罗虎。他但愿罗虎结此美满姻缘,一心报国,所以才答应在国事纷忙中召见珍娥。

比较起来,毕竟罗虎与费珍娥的花烛之喜不似守卫北京一事的关系重大,所以早膳以后,李自成先召见牛金星、李岩和吴汝义,还有兵政府尚书喻上猷。李自成先向牛金星问道:

"启东,孤率师东征之后,幽州仍是行在重地,朝廷各中央政府衙门都在这里,不仅为北方安危所系,也维系着天下人心。在孤东征期间,行在一切军政大事,全由你肩负重任,不能有一点疏忽。政事上要率领六政府尚书、侍郎、其他各衙大小官员,尽心为朝廷办事,振奋朝纲,不可有明朝积习;守城军事上要与林泉兄弟与子宜、益三和衷共济,确保安宁,市廛无惊,待孤率大军凯旋。"

当李自成说话时,牛金星一直离开椅子,站在皇上面前,垂手恭听。等李自成说完以后,金星拱手说道:

"臣本碌碌,荷蒙倚信,得以备位阁臣之首,敬献犬马之劳。值此创业未就,国家多故,皇上又御驾东征,命臣率百官留守。臣敢不竭尽心力,使陛下无后顾之忧!幸有林泉兄弟与子宜、益三诸将军率领一万余守城人马,足可镇慑宵小,维持地方。至于中央各衙门大小臣工,臣已切切嘱咐,值此谣言纷纷之日,大家务必小心供职,无事不可外出。"

李自成点头使牛金星坐下,向李岩说道:"林泉,孤只留下一万多人马给你,守卫幽州行在,虽然有子宜、益三与德齐做你的帮手,齐心协力,可以保幽州行在重地不会有意外之事,但终究是兵少将寡,使孤放心不下。倘若这行在重地一旦有了变故,我们东征大军将会退无所归,来北京举行登极大典也将成一句空话。林泉,镇守行在的事,责任重大,孤交到你的肩上,命子宜与益三做你的副手,你有何想法?"

李岩躬身回答:"臣本碌碌,蒙陛下待以心腹,肩此重任,惶恐无似。但愿陛下东征顺利,早日凯旋,行在当能万无一失。目前北京城外虽有宵小混迹,谣言时起,四郊不靖,随时有煽乱揭帖,人心浮动,但只要陛下能东征奏捷,迅速凯旋,拱卫行在不难。臣所担心者是陛下东征未归,东虏乘机南犯,突入长城,直逼近畿。如果情况如此,臣只能尽力守城,以待陛下,胜败之数,非敢逆料。"

李自成沉默片刻,然后慢慢说道:"孤知道,你与献策都担心东虏南犯,但以孤看来,东虏纵然南犯,也不会如此神速。倘若东虏越过长城,直逼行在城下,你将如何守城?"

"自来守城有两种守法,一是以坚城为依托,布阵城外,进行野战,而城上以大炮支援,此为上策。纵然无炮火支援,但战场就在近郊,守军无后顾之忧,且能获城中随时增援与接济之利,士气倍增,易获胜利,至少使强敌不能直薄城墙。所以守城之道,此为上策。"

李自成点头："有道理，很有道理。"

李岩接着说："正统十四年，土木堡之变，跟随英宗出塞的明朝大军崩溃，英宗被也先所俘。也先的蒙古大军挟英宗直薄北京城外，北京局势甚危。兵部尚书于谦与若干大臣，坚决反对南迁，亦不向也先求和，一部分人马守城，一部分驻军城外迎敌。在德胜门外与西直门外连挫敌人，迫使也先只好退兵。崇祯二年，东虏入犯，先破遵化，然后西来，直薄北京。当时明军三大营兵与各处援兵也是部分守城，部分在城外作战，使满洲兵不能攻城，只好转往别处。所以欲守北京，必须有力量在近郊野战，不能单独倚靠城墙。北京是一座大城，敌人处处可攻，万一一处失陷，全城随之崩解。北京内城九门，外城七门。臣仅有一万兵力，城内巡逻弹压，城墙守御，兵力已很不足，更无在城外与敌人野战之力。臣随时准备肝脑涂地，以报陛下。倘有不虞，臣不能分兵出城野战，只能依仗火炮，杀伤敌人，保卫城池，但望陛下迅速奏凯归来！"

李自成见李岩神色沉重，也明白留下一万人马实在太少，只好说道：

"孤到山海卫讨伐吴三桂，十数日定可回来，估计满洲纵然入犯，也不会如此之快。孤将行在的留守重任托付给你，不仅因为你身兼文武，胸富韬略，还因为你与丞相原系好友，可以和衷共济，遇事商量，人和难得。孤已手谕在保定的刘芳亮，火速抽调二三万精兵，星夜驰援行在，不可有误。"

这次召对，到此结束。喻上猷虽是兵政府尚书，但因中央规制尚在草创阶段，兵政府等于虚设，所以李自成没有向喻上猷问什么话，而喻也无话可奏。吴汝义和李友都是闯王起义的袍泽，又是亲信，李友的职责是帮助李岩守城，而吴汝义特别负责守卫紫禁城，还要继续清理宫中金银珠宝，运往西安，所以李自成没有询问他们什么话。大家叩头退出以后，王瑞芬随即进来了。

王瑞芬向博山炉中添了香,另一个宫女进来献茶,还有两个宫女将一盆永和宫暖房中培养的初开芍药花抬进来,放在一个雕花楠木几上。这武英殿西暖阁中有了茶香、花香、龙涎香、宫女们的脂粉香,原来的沉重气氛,开始有一点儿变了。

李自成向王瑞芬问道:"费宫人还没来到?"

"奴婢差了四个宫女去寿宁宫接她前来,恐怕快要到了。"

"你去请窦娘娘也来!"

王瑞芬立刻奔回寝宫,将窦妃接来。窦美仪按照礼仪,跪下叩头。李自成命她在旁边的椅子坐下,说道:

"费珍娥今日出嫁,她的夫婿是孤的一员爱将。这婚事非同一般,所以在她出嫁之时,孤要召见一次,有话嘱咐,盼望她相夫立功,夫唱妇随,百年和好,荫及子孙。你原来同她相识,今日你是行在后宫之主,所以孤叫你出来,与她一见,也算送她出嫁。"

窦妃站起来说道:"陛下对罗虎义属君臣,情同父子。为君的能如此关怀臣下婚事,自古少有。臣妾尚且深为感动,费珍娥在出嫁前蒙皇上亲切召见,受此雨露深恩,定会感激涕零。"

李自成见窦妃说这几句话时含着眼泪,确实出自真心,十分满意,而且更使他满意的是,窦妃随口对答,言语得体,不愧做过懿安皇后宫中的女官。他向窦妃含笑望了一眼,嘱咐说:

"为着罗虎愉快出征,你对费珍娥也嘱咐几句。"

"臣妾领旨!"

一个宫女进来,跪下说道:"启禀皇爷,费珍娥已经出了右顺门,马上就到!"

窦妃的脸色一喜,心中叹道:"小费在出嫁时受此殊遇,真是荣幸!"

费珍娥由几个宫女陪伴,出了右顺门,向武英门外的金水桥走来。她抬头向洞开的、有军校守卫的西华门望了一眼,三月十九日黎明时的种种情景,历历如在眼前,好像刚过去的一场噩梦。最使她难忘的是乾清宫的宫女头儿魏清慧和坤宁宫的吴婉容,此刻又猛然想到她们的投水尽节,不禁心中酸痛,暗暗说道:

"魏姐,吴姐,我们快要见面了!"

费珍娥进了武英门,在宫女姐妹的陪伴下向武英殿低头走去,心头突突乱跳,猜不到李自成召见她有何话说。北京城每年从春天到初夏,常有阴霾天气,常常刮风。好在今天的天气很好,阳光明媚,无风无沙,十分温暖。但在费珍娥的感觉中,处处是凄凉景象,处处触动她亡国之痛。

费珍娥一面猜想着李自成召见她有何话说,巴不得李自成临时后悔,要将她留在身边,另外挑选一个宫女赐给罗虎。然而她又想这是不可能的,木已成舟,今天她就要同罗虎成亲了。走完了长长的青石甬路,费珍娥从右侧登上了九级汉白玉台阶,上了庄严肃静的丹墀。等候在丹墀上的王瑞芬立刻迎来,紧紧地拉住她的手,满脸堆笑,小声说道:

"小费,恭贺你,今天是你的大喜日子!"

费珍娥没有做声,也没有笑容。她明白王瑞芬待她很好,是真正对她关心,但是她不明白,瑞芬原是田皇贵妃的贴身宫女、承乾宫的管家婆,深受皇家厚恩,亡国时竟然没有跟随魏清慧和吴婉容一起尽节,反而成了逆贼李自成的身边红人!她并不恨王瑞芬,只是在心中叹道:

"唉,好姐姐,亡国后我才知道咱们不是一条路上的人!"

王瑞芬将别的宫女留在丹墀上,单独带着费珍娥走进武英殿,转入西暖阁,让费宫人暂且止步,她自己走进最里边的一间,向李自成躬身禀道:

"启禀皇爷,费珍娥奉诏来到。"

李自成轻声说:"叫她进来!"

王瑞芬将费珍娥带进暖阁的里边套间。费珍娥在李自成的面前大约三尺远的黄缎拜垫上跪下,叩了一个头。王瑞芬叫费珍娥给娘娘叩头。费氏在拜垫上偏转身子,向窦娘娘叩了一个头,又将身子转回,正对李自成,忍不住抬头看了一眼,随即又低下头去,等候口谕。她自从三月十九以来,只等待慷慨一死,所以此刻毫无畏惧,在心中暗暗想道:"这是我最后一次看见你这个亡我明朝、逼我帝后自尽的万恶贼首,可恨你没有将我留在你的身边!"

李自成含笑说道:"费珍娥,孤因你容貌出众,又有文才,在宫中有女秀才之称,所以特别施恩于你,处处另眼相看,你心中自然明白。由孤亲自为你择婿,钦赐婚配,今日你就要离开深宫,与孤的爱将、新封潼关伯罗虎将军拜堂成亲。罗虎才二十一岁,已是功勋卓著。他喜欢读书,文武兼备,治军有方,颇有古名将之风。日后必将是勋业彪炳,不难有公侯之望。常言道'夫荣妻贵',孤只望你能做他的贤内助,相夫立功,日后白首偕老,儿孙满堂,荫及后人,名垂青史。"李自成说完这几句话,见费珍娥没有做声,随即环顾左右宫女,又用眼色示意窦妃说话。

窦美仪说道:"珍娥,皇上日理万机,且又东征在即,今日在你出嫁之前,召你前来,谆谆面谕。一个宫人出嫁,蒙如此天恩圣眷,自古少有。你应该深体圣衷,相夫立功,上报皇恩。"

费珍娥仍不做声。两天来她风闻将要打仗,此刻知道李自成将要东征,猜想到必定是吴三桂在山海关"倡义讨贼",不禁心中一喜。

李自成向王瑞芬问道:"费珍娥的陪嫁之物,全都准备停当了么?"

王瑞芬跪下回道:"回皇上,窦娘娘担心寿宁宫的宫女们办事不周,命奴婢亲自去看看准备情形。珍娥到底年纪还小,只有十七岁,在宫中不习惯收拾东西。幸亏吴汝义将军从寿宁和坤宁宫挑选了四个宫女,作为珍娥的陪嫁婢女,以后就由罗府为她们择婿婚配。有一个年长的是坤宁宫的宫女,名叫李春兰,今年二十八岁,比较懂事,就命她做陪嫁婢女头儿,类似宫中的管家婆,费珍娥的一切陪嫁之物,包括金银、珠宝、各种首饰,都交她亲手经管。她带着奴婢将珍娥的嫁妆看了一遍,拾掇得井井有条。有一只小小的皮箱,除装着珍娥常用的文房四宝,几本字帖,还有尺子、剪刀,常用的小剪刀和裁剪衣服的一把雪亮的大剪刀。"她不觉莞尔一笑,加了一句:"真是陪嫁周全!"

李自成也觉有趣,笑着问道:"一把大剪刀?费珍娥,一出嫁就是伯爵夫人,剪裁衣服的事还用得着你自己动手?"

费珍娥的心中一惊,但是镇静如常,按照准备好的话立刻回答:"奴婢生长深宫,幼学古训,知道女子不论贫富,都要讲三从四德,四德是:德、言、容、工。奴婢日后纵然是伯爵夫人,仆婢成群,一呼百诺,也不能不讲究'女红'(同'工'字)二字,所以随嫁什物中带了大小剪子两把。"

李自成听了这话,十分满意,含笑望望窦妃。窦美仪几天来巴不得看见皇上又有了笑容,赶快对费珍娥说道:

"你果然知书明理,不辜负圣眷隆渥,钦赐婚配。你到潼关伯府,必能体贴夫君,孝顺婆母,多生贵子,福寿双全。"

李自成接了一句:"不久,等罗虎在东征中再立战功,孤对他另有封赏,也敕封你为诰命夫人。"

王瑞芬侍立一旁,赶快说道:"费珍娥谢恩,山呼!"

费珍娥叩头,但未山呼。

王瑞芬又提醒道:"山呼!"

费珍娥又未山呼,伏地不语。

窦美仪笑着向李自成小声说道:"因为是提到婚配之事,费珍娥有点害羞,只叩头,没有山呼。请陛下不要怪罪。"

李自成显得十分通情达理,轻轻一笑,又点一点头,向费珍娥说道:

"孤知道,你从七岁入宫之后,没有再见到父母家人一面。等罗虎东征凯旋,差人到你的家乡,访查你的父母家人下落,接取他们来到北京,共享荣华富贵。"

王瑞芬在一旁说道:"费珍娥赶快谢恩!"

费珍娥按照宫中规矩,伏地叩头谢恩。她不觉浮出眼泪,在心中说:纵然父母仍在世上,今生也难再相见了!

李自成向王瑞芬说:"送她回寿宁宫,马上就要出宫了。传谕陪嫁的男女们,小心服侍!"

费珍娥向李自成叩头,又向窦美仪叩头,然后由王瑞芬送出武英殿,再由随来的四个宫女陪伴,返回寿宁宫去。当走过武英门外金水桥时,她略停片刻,再一次向西华门望一望,三月十九日黎明的情景,又一次出现眼前,不觉在心里叹道:

"整整二十天了!"

费珍娥回到寿宁宫以后,稍作休息,就有吴汝义安排的一群太监将她的陪嫁之物,送往在北池子为她准备的一处地方,她将在那里乘坐花轿,吹吹打打地抬往婆家。她不像民间女子出嫁,嫁妆里没有各种红漆家具,没有崭新的绣花绸缎被褥和枕头,也没有各种生活用具。费氏毕竟是孤身宫人,在北京并无娘家,亦无亲戚,所以凡此一切,都由伯爵府准备停当。她的嫁妆只有四件:两件是装着细软衣裙和金银等物的皮箱,一件是朱漆嵌螺描金镜奁,一件是装着文房四宝和女工用物的小箱,这小箱中有一件最令宫中女伴们称赞的是一把从坤宁宫找来的锋利剪刀,人们称赞她一出嫁就成了仆婢成群、一呼百诺的贵夫人,竟想着"三从四德"中的女工之事。

中午以前,费珍娥的嫁妆就由北池子临时行馆出发,鼓乐前导,兵丁护送,抬送到金鱼胡同东首的潼关伯府。经过之处,很多沿街士民,男女老少,站在街上观看。虽然她的嫁妆很少,不像富家大户的小姐出阁,上百样陪嫁什物,在鼓乐声中,熙熙攘攘,塞满长街,十分热闹,也令人艳羡。但是士民们都知道这是新皇帝钦赐婚配,而女婿是大顺朝的开国功臣,年方二十出头,已经封伯,前程似锦。有许多看热闹的妇女在心中叹道:

"这位费宫人,八字儿真是生得好,听说才十七岁,一出宫就掉进福窝里,享不尽荣华富贵!"

中午,费珍娥就在北池子的临时行馆中休息,除随她出宫的四个陪嫁宫女之外,还有吴汝义为潼关伯府安排的男女奴仆,一部分人临时来到这儿侍候。宅子外边有众多兵丁守卫,禁止闲人走近。厨师们虽然为费宫人安排了精致的午膳,但是她吃得极少,仅仅要了一小碗莲子银耳汤喝下肚去。从宫中带出来的四个宫女都在左右服侍,并不劝她多餐。大家明白,像她这样有身份的宫女,非一般粗使的宫女可比,本来就吃得很少,加上大家在被选进皇宫前自幼听说,民间嫁女,做新娘的在头一天就不吃饭,不喝水,免得到了新郎家中急于大小便,惹人笑话。然而她们并不知道,费珍娥之所以在午膳时饮食很少,除上述原因之外,更由于她心乱如麻,没有一刻不在想着,今夜她要为她的大行皇帝与皇后慷慨尽节,血溅洞房!

费珍娥和她的四个陪嫁宫女,自从七八岁时哭别了父母家人,进入皇宫,到如今有的在宫中整整关闭了十年,有的是十年以上。今天她们第一次离开了巍峨的皇宫,走出了禁卫森严的紫禁城。这四个宫女从此可以同父母家人见面,可以在民间择良婚配,所以她们在心中非常感激费珍娥。倘若不是因为珍娥平日对她们较有感情,不会挑选她们陪嫁,她们仍将关闭在深宫之中,日后命运难卜。由于她们怀着对费珍娥的感恩之情和耿耿忠心,所以她们轮流服侍在珍娥身边,不使由伯爵府来的女仆和丫环来打扰新娘的休息养神。

在北池子停留的时间不长,一到未时过后就开始由宫女们服侍,重新梳妆打扮,更换衣服,一切按照官宦之家的新嫁娘的要求打扮好,等待上轿。在这之前,她独自默坐,冷若冰霜,几乎没有同别人说过一句话。宫女们都没有结过婚,在深宫中也没有看见过结婚的事,此刻在费珍娥的身边都不免感到新奇、有趣。有一次当她们离开费珍娥身边时候,是那样心情快乐,在一起咬耳朵。那个年长的宫女悄悄地笑着说:

"珍娥真是不凡,逢着这么天大的喜事,竟然能冷静万分,不露出一丝笑容!"

第二个宫女说:"你真是瞎说。姑娘出嫁,谁不害羞?谁不拿出个不搭理人的架子?我小时听家乡有句俗话:'你看她,怪得跟才来的一样!'新娘子才到婆家叫做'才来的',总是不露笑脸。"

又一个宫女说:"珍娥命好,身为亡国宫人,能够蒙新皇上钦赐婚配,与罗将军结为夫妇,心中一定喜不自胜,可是珍娥真是含蓄不露,两天来我从她的眼神中看不出与往日有什么不同!"

第一个年纪稍长的宫女又说:"我知道她从三月十九以后,心中埋藏着亡国之痛。其实,有很多朝中大臣都降了新朝,照旧做官。咱们身为女子,横竖是皇家奴婢,身不受辱就已经够万幸了,亡国不亡国,何必挂在心上?"她忽然一笑,脸色先红,又用更小的声音说了一句:"我看,今晚洞房花烛之后,明日她成了伯爵大人,再也不会心怀着亡国之痛!"

听她说这话的宫女们同时悄悄地嫣然一笑。有一个宫女在她的手上轻轻地捏了一下。

费珍娥虽然只有十七岁的小小年纪,但是秉性刚烈,很有心思,在一般女子中十分少见。自从三月十九日之后,她再也没有笑容,也没有对任何女伴谈论过自己的心思。每次李自成在武英殿西暖阁召见她,在众宫女的眼中都是天大的荣幸,引起纷纷议论和暗暗羡慕。宫女们都认为费珍娥已经被新皇上看中,随时都会被"蒙恩召幸",一步登天。然而大家深感奇怪的是,费珍娥每次被李自成召见之后,在女伴面前从没有流露出春风得意的神情,也闭口不说出她自己有什么想法。女伴们也有在宫中读过几年书的,都在背后说:小费小小的年纪,却是个城府深沉的人儿,在女子中十分少有,日后必是一个贵人!

如今在北池子行馆中等待上花轿时候,她总是默默不语,既无笑容,也无悲容,使别人没法了解她的心情。其实,她的心中并没有半点平静,想的事情很多。她想到今生再也不能同父母见面了,不免感到悲哀,但是想得更多的是近来的、眼前的事,即将发生在洞房中的事。她也想到较远的一些往事,其中有两件事她想得最多,情景历历,好似发生在昨天一样……

一件事发生在三年以前。那时她还是乾清宫的宫女,有一次她去乾清宫服侍皇爷,已经不记得是送茶还是添香,崇祯皇帝正俯在御案上省阅文书,忽然抬起头来,向她打量一眼,紧握她的一只手,将她拉到怀中。这是她有生以来第一次遇到这样事情,完全出乎意外,登时她满脸通红,心中狂跳。忽然,崇祯将她搂在怀里,放在腿上。她浑身瘫软,不能自持,紧贴在崇祯胸前。但是忽然,崇祯将她推出怀抱,也放开了她的手,眼光又回到御案,回到文书上,似乎轻轻地叹息一声,没有再望她一眼。她回到乾清宫后边的房间中,倒在枕上,心中没法平静,而两颊仍在发热。管家婆魏清慧看见了她的这种异常神态,赶快追了进来,掩上房门,坐在床边,悄悄地问她遇到了什么事儿。因为魏清慧平日同亲姐姐一样对她,感情最好,她又是害羞,又是激动,将她在皇帝身边遇到的事情告

诉清慧,声音打颤,满含着两眶眼泪。魏清慧叹了口气,悄悄说道:

"小费,难得你在皇上面前受此恩遇,倘若日后国运看好,流贼被堵挡在山西境内,京城平安无事,皇上必会赐恩于你,你就有鸿福降临了!"

作为宫女,在宫中长大,本来自幼就养成了忠君思想,何况她同众多宫女一样,认为崇祯是一个历代少有的勤于政事的好君主,国事都坏于贪赃怕死的文臣武将,所以在她们的忠君思想中融进了深深的对崇祯的同情。宫女们在深宫中除看见太监之外,从来没有机会同正常的男性接近。正当费珍娥到了懂得男女之事的年纪,被年轻的皇帝突然紧握住手,又紧紧地揽到怀中,放在腿上,这事对她的心灵产生了极大的震动,使她永远也不会忘记。在三月十九日黎明,有许多宫女在魏清慧和吴婉容的带领下奔出西华门,投水自尽,一是为着忠君,二是为着要保护自己的贞洁之身,那末费珍娥为着忠与贞两个字更加不惜一死,她决不许任何人再将她搂在怀中。

另一件历历在目的事儿是她同司礼监秉笔太监王承恩的一次见面。那时,李自成已经越过黄河,正在东来,后宫中虽然消息闭塞,又无处可以打听,但是都知道"贼兵"一日逼近一日,人人发愁。有一天,费珍娥去乾清宫呈送公主的仿书,刚走出日精门不远,遇见王承恩来乾清宫叩见皇上,她躲在路边,施礼说道:

"王公公万福!"

王承恩望望她,含笑点头。

费珍娥乘机入胆问道:"公公,请问您,近日流贼的消息如何?"

王承恩说道:"你住在深宫之中,何用知道流贼消息?"

"不,公公,正因为住在深宫之中,所以才应该知道消息,心中早有准备。"

王承恩觉得奇怪,看了看她,没再说话,走进日精门去。

她不怪王承恩不回答她的询问,按照宫中规矩,不责备她已经是够对她好了。她现在想到了这件往事,在心里暗暗地说:

"王公公,二十天前您已经随着崇祯皇爷走了。在几千个大小太监中,能够为大明尽节的只有您一个人。王公公,很快您会在阴间再看见我了!"

未时未过,四个陪嫁宫女和一个有经验的女仆,服侍费珍娥重新梳洗打扮,费了许多时间。出宫时穿的衣服全都换了,新换了凤冠霞帔,百褶石榴裙,红缎弓底凤鞋。打扮完毕以后,左右宫女们忍不住小声称赞:"真美!她像是天女下凡!"费珍娥向铜镜中看了看,也看见自己被打扮得容貌更美,但想到自己正在一步步走向黄泉,心头一沉,眼光立刻从镜上移开。

申时二刻,大门外和院中鼓乐大作。一个年长的女仆用红缎蒙在费珍娥的头上,在她的身边说道:

"姑娘,请上轿!"

费珍娥从椅子上站起来,由两个陪嫁宫女在左右搀扶,走到堂前的天井院中,上了花轿。一个女仆用红线将轿门稀稀地缝了几针,于是花轿在鼓乐与鞭炮声中抬出大门转往东去。四个陪嫁宫女和两个贴身女仆分坐六乘四角结彩的青呢小轿,跟在花轿后边。最前边走的一队吹鼓手,是大顺军中的乐队,穿着大顺军的蓝色号衣。接着吹鼓手的是一队打着腰鼓,边跳边走的青年,也是大顺军特有的玩耍,都是延安府籍的青年士兵,有一些只有十五六岁。他们平时是兵,下操习武,逢年过节,或有什么吉庆大事,便奉命集合成队,打鼓跳舞助兴。打腰鼓的一队过后,接着一百名骑兵,由两名武将率领,一律盔甲整齐,马头上结着红绸绣球。接着是简单仪仗,民间俗称执事,有金瓜、钺斧、朝天镫之类,还有各色旗帜飘扬。接着是花轿。花轿后是几乘青呢小轿,抬着陪嫁的宫女和侍候新娘的两个贴身女仆。然后又是一百骑兵。从北池子走东安门大街到金鱼胡同东首的潼关伯府,虽然路途并不远,但因为要炫耀排场,所以这花轿行进很慢。在临时行馆中照料的其他人员,在花轿走后,赶快骑马从背街上奔往伯爵府了。

花轿经过的路上,一街两厢,男女老少,都站在门外观看。民间纷纷传说,新娘不但是一个美女,而且是文才出众,在宫中素有女秀才之称。妇女们一边看出嫁的排场,一边窃窃私语。有的妇女称赞这位姓费的宫人八字生得好,在兵荒马乱中能够嫁一位新朝的年轻功臣,一出嫁就是伯爵夫人,一辈子享不尽荣华富贵。但是更多的妇女在心中摇头,认为费宫人嫁给一个"流贼"头目,是一枝鲜花插在牛粪上,以后的日子难料。许多人有这样想法并不奇怪,这是因为,一则大顺军进了北京以后,暴露的问题很多,大大地失去人心;二则已经纷纷谣传,说吴三桂要兴兵前来,驱逐"流贼",拥戴太子登极;还有谣传,郊外已经有人看见了吴三桂的揭帖,传谕家家户户速制白帽,准备好当关宁讨贼兵来到时为大行皇帝服丧。在大街两旁妇女们的悄悄议论中,忽然有一个好心的老妈妈叹了口气,小声说:

"自来新娘出嫁,都是哭着上轿,在轿中还要哭几里路。这费宫人自幼离开了父母,怕连父母的面孔都记不清了,坐在花轿中也哭么?娘家也没个送亲的人,真是可怜!"

另一个妇女说:"这新娘在北京没有父母,也没个娘家,所以新郎也没有行迎新之礼,就这么从临时行馆上轿,抬往婆家。至于哭么,当然她坐在轿中也哭。哪有姑娘坐花轿不哭之理!"

其实,费珍娥与一般姑娘出嫁时的心情完全不同,从行馆院中上花轿时没有哭,花轿走在东安门大街上时也没有哭。她甚至很少想到分别已经十年的父母和家人。她只是想着她正在一步步走向黄泉,快要跟魏清慧等姊妹们见面了。由于她只反反复复地想着今晚上就要慷慨而死,不想别的事,心中几乎麻木了。

由于历来民俗,轿门用红线缝了,而花轿与官轿不同,左右没有亮纱窗子,所以费珍娥看不见轿外情况。但是她知道花轿经过之处,一街两厢的士民都在观看,花轿前后都有众多的骑兵护卫,轿前还有鼓乐、仪仗。在她的几乎麻木的脑海中也想到这出嫁的场面十分阔绰,民间并不多见,可是这日子在她看来并不是她的喜庆日子,而是她为故君尽节的日子,只有她自己心中明白!

雄壮的腰鼓声一阵阵传到轿内。费珍娥从来没有听见过这种鼓声,从轿中也看不见打腰鼓的人。不过听得出来,这是一队人边打,边跳,边向前走。虽然她想着在喜庆时成队的人敲这种鼓声一定是李自成家乡一带的边塞之俗,不能登大雅之堂。但是此刻这鼓声却给她增添了为殉国帝后复仇的慷慨激情。一件往事又忽然浮上心头,她不觉心中一痛,眼眶中充满热泪。那是三月十九日天明之前,崇祯皇帝已经逼皇后上吊身死,突然来到寿宁宫。她同一群宫女跟随着公主跪在院中接驾。皇上同公主仅仅说了两句话,便挥剑向公主砍去。公主为护脖颈,将胳膊一抬,右臂被砍伤,倒在地上。她立刻扑倒在公主身上,舍命保公主不死。崇祯又举起宝剑,手臂颤抖,不再砍了,回头便走。如今已过去二十天了,仍记得清清楚楚。她并不认为崇祯行事残忍,而是将一切罪恶责任都卸在李自成身上。她在花轿中回想亡国时种种往事,心中充满了刻骨仇恨,遗憾的是她不能刺杀李自成,而只能刺杀李自成的一员爱将!

自从李自成在武英殿的西暖阁第一次召见费珍娥之后,李自成确实为费氏的美貌动心,只是他竭力用理智控制着情欲,不随便"召幸"费氏。以王瑞芬为首的,在李自成身边服侍的一群宫女,个个都明白新皇上已经看上了费珍娥,很快就会将珍娥"召幸",选在身边,封为贵人。费珍娥的心中更清楚,李自成已经看中了她,随时会将她召到寝宫去住。后来慈庆宫的窦美仪被李自成召到身边,被宫人们称为窦妃,费珍娥仍在等候着。自来做皇上的同时封两个以上的美女为妃的事例很多,李自成既要了窦美仪,再要费珍娥,并不为奇。因为听王瑞芬在她的耳边吹风,她不能不相信李自成必将会召她到寝宫居住,使她有机会得遂为崇祯帝、后复仇之愿。虽不幸生为女子,但她立志要轰轰烈烈而死。

往日,她女伴们都称赞她的一双手十分好看,又小又白,皮肤细嫩,真是古人所说的"纤纤玉手",而她自己对这双手也很喜欢。可是为了复仇的心愿,她反而恨自己不该生这一双小巧而柔软的手。

自从第一次被李自成召见之后,费珍娥就暗暗地练习她右手的握力。在没人注意时,她经常将右手用力地攥紧,然后松开,重复这一动作。如今在花轿中,听着阵阵的腰鼓声,轿前轿后杂沓的马蹄声,以及走在最前边的鼓乐声,她仍在反复地锻炼着右手的手劲。有时她在心中叹道:

"就在今晚,成也是死,不成也是死。倘若为故君复仇不遂,白白地送了性命,我也毫不后悔,将在尘世间留一个节烈之名,到阴间怀着一片忠心去叩见殉国的皇帝、皇后,并且毫无愧心地回到魏清慧、吴婉容众位在西华门外投水尽节的姐妹中间!"

花轿在热闹的鼓乐声、震耳的鞭炮声、欢快的人声中来到了金鱼胡同东首、坐北向南的、有一对石狮子的潼关伯府。但是花轿并未落地,抬进大门,抬进二门,抬过穿堂,然后落地。两个妇女立刻走来,从两边将轿门的红线扯断,掀开轿门,将新娘扶出。两个花枝招展的陪嫁宫女来到,接替那两个妇女搀扶新娘,走向通往第三进正院的一道门,门槛上放着一件马鞍,鞍上搭着红毡。旁边有一个妇女说道:"请新娘过鞍!"另一个妇女接着说道"岁岁平安!"费珍娥被左右搀扶着,跨过马鞍。她的心中冷静,对自己说道:

"跨进鬼门关了!"

在这内宅的正门之内不到一丈远,竖立着一块玲珑剔透的太湖石代替影壁。费珍娥被搀扶着绕过太湖石,从铺着红毡的甬路上往北走。虽是内宅,但毕竟是伯爵府,天井院落特别宽敞。过假山后,费珍娥沿着红毡往前走了一段路,才在天地桌前止步。她的头上蒙着红缎头巾,看不见院中情况,但是她听见当她进来时天井中站满了人,还有很多人从背后跟了进来,院里有一班鼓乐正在奏乐。当她在天地桌前停步以后,鼓乐停止了。接着,她在赞礼声中,同新郎同拜天地,互相对拜。还拜了什么,她机械地按照赞礼声行礼,但心中全然麻木,然后就记不清了。

伯爵府的正院是三进大院,另有左右偏院、群房后院、花园等等附属院落和房屋,占了金鱼胡同北边的半条胡同。第三进院落的北房是一座明三暗五的、带有卷棚的宏伟建筑,进了摆设豪华的堂屋,左右都有两间套房,而左手的里间套房作为费珍娥与罗虎的新婚洞房。

拜过天地之后,费珍娥在贺客拥挤中,由两个陪嫁的宫女搀扶,离开天地桌,进入堂屋,立刻就有两三个准备好的妇女向她的红缎头巾上抛撒麸子和红枣,意思是祝她有福和早生贵子。她没有在堂屋停留,被搀扶着向前走,进入洞房。在洞房中,虽有舒服的椅子,但是按照民间风俗,她被搀扶着上了脚踏板,坐在床沿。接着罗虎走来,揭掉她的红缎头巾,又按照古老礼俗,一双新人行了合卺之礼。费珍娥的脸孔上冷若冰霜,含着仇恨之意,但是谁也没有能够想到,也没有觉察出来。她当时脸色被脂粉掩盖,人们在热闹拥挤之中,匆匆忙忙地刚能看一眼她的容貌,便迅速被别人挤到旁边,所以谁也不曾觉察到她的脸色惨白。罗虎一则自己害羞,二则心中慌乱,所以饮交杯酒时并没有在新娘的脸上多看一眼,什么也没看清楚。随即罗虎退出内宅,往前院去照料宾客。费珍娥从床沿上下来,移坐在一把铺着红缎绣花椅垫的檀木椅子上,旁边是一张书桌,上放文房四宝。她的心中一动,想到了新郎罗虎。刚才行合卺之礼,她第二次看见罗虎。从她的真心说,她也认为罗虎长得很英俊,但可惜她自己的命不好,不幸遇到亡国,更不幸新郎是一个流贼头目!

陪嫁的四个宫女原来在寿宁宫都是宫女身份,如今她们成了费珍娥的贴身丫环。但她们很乐意服侍珍娥,对她奉献出自己的忠心。她们首先庆幸自己能够随珍娥出了深宫,当然随后必会使她们同父母和家人骨肉团圆,或者将她们择良婚配,临出嫁时多赏钱物。她们同另外由吴汝义拨到伯爵府的两个年长的、比较懂事的女仆一商量,不许再有人来闹洞房,看新娘,好使费珍娥清静休息。好在这是新皇上的钦赐婚配,而新娘又是伯爵夫人,一切都不同民间婚事,经她们一商量,赶快传下话去,果然洞房中就清静了。

晚膳时候,费珍娥本来什么也不想吃,总在想着今夜要死去的事。为着增加力气,她在女伴们的服侍下吃了一小碗银耳汤,又吃了两块点心。漱口以后,她又坐下不动,只是暗暗将右手攥紧,松开,再攥紧,再松开……

她注意到临窗的桌子上放着相当讲究的文房四宝。她特别注意到一只刻竹笔筒中插着十来支中楷、小楷和大楷笔。其中有一支狼毫大楷已经用过,洗净了,倒插在笔筒中。她想起来王瑞芬曾向她透露过消息,说这位罗虎将军不但为大顺皇帝在战场上立过大功,而且善于练兵,在练兵之余也喜欢读书和练字。看了这八仙桌上的文房四宝,她相信王瑞芬对她说的话都是真的。她又想起来罗虎的英俊面孔,她要在今夜刺杀罗虎的决心有点动摇了,不觉在心中问道:

"是夫婿呢还是仇人?"

她的眼光又落到那一个古朴的刻竹旧笔筒,看清楚刻工精美,却不失山野之风,显然是出自名家之手。因为公主喜欢写字,寿宁宫中也有各种笔筒,有象牙的,有宜兴朱砂陶瓷的,有粉彩草虫图官窑瓷的,有青花人物官窑瓷的,也有名家刻竹的。此刻看着罗虎所用的刻竹笔筒,她想起来三个月前崇祯皇爷赐给公主的刻竹笔筒,原是承乾宫田皇贵妃所用旧物,刻着一隐士扶杖听瀑,身后一童子抱琴相随。她仔细观看罗虎桌上的笔筒,使她大感新鲜。原来这笔筒上用浮雕刀法刻着一头正在走着的水牛,牛背上有一牧童;忽然一阵风将斗笠吹去,牧童欠身伸臂去抓斗笠,但未抓到。笔筒的另一边刻了两句诗:

偶被薰风吹笠去
牧童也有出头时

费珍娥心中明白,这只刻竹必是世家豪门旧物,被罗虎的部下抢劫到手,献给罗虎。忽又转念一想,罗虎是"贼首"李自成手下的重要头目,抢劫东西甚多,独看重这一古朴的刻竹旧笔筒,大概他是个牧童出身。她不由地想起来她的哥哥,也是牧童,如今不知死活。罗虎作牧童永远没有出头之日,跟着李自成做了贼,才有今日。想到这里,她要刺杀罗虎的念头突然动摇,暗中攥紧的右手松开了。但是过了片刻,她又想到为国尽忠的道理上,想到了身殉社稷的崇祯皇帝和皇后,想到了魏清慧等几十个投水尽节的宫中姐妹,紧咬着牙,在心中说:

"不行!我如果苟活人世,如何对得起皇上、皇后和众多在西华门外投水而死的姐妹!"

她又想到,近来在宫中也听到消息,关于李自成进北京以后如何军纪败坏,如何拷掠大官富商勒索钱财,都由怀念故主的太监们传到宫中。费珍娥虽然年纪不大,却有个善于用心,深沉不露的性格。她对听到的各种消息,闭口不谈,只是在心中咬牙切齿地说:"果然是一群流贼!"近一两天又听说吴三桂不顾住在北京的父母和一家人已经成为人质,性命难保,却在山海卫兴师讨贼,恢复明朝,吓得李自成不敢举行登极,马上要出兵去对付吴兵,她在心中感到振奋,称赞吴三桂是明朝的一位大大的忠臣,料想李自成必败无疑。如今想着近日听到的种种消息,她对刺杀罗虎,斩断李自成一个羽翼,又铁了心了。

费珍娥虽然坐在洞房中冷若冰雪,但是她知道来赴酒宴的贺客很多,连牛丞相、宋军师、六政府的大臣们都来了。武将来得更多。不断地有两个年长的女仆将前边的情况告诉费珍娥身边的陪嫁宫女,由她们转告珍娥。珍娥始终不言不语,漠不关心,但是到了二更时候,她知道前边的酒宴将散,忽然担心,她今夜要刺杀的是一个只有二十一岁的虎将,而她自己是一个"手无缚鸡之力"的弱女子,万一刺杀不成,枉送了自己的性命。如何能够刺杀成功呢?她在心中嘀咕起来。

因为知道新郎伯爵爷就要回洞房,贴身丫环们赶快来侍候新娘卸妆,先取掉凤冠,又卸掉云肩霞帔,将弓底凤鞋换成了绣花便鞋。接着端来一盆温水,服侍她净了手脸,重新淡淡地施了脂粉。这时,那个年纪较长的,在寿宁宫中同费珍娥关系较密的宫女忽然看出来她的脸色苍白,心中诧异,在她的耳边悄悄说道:

"不要害怕,女儿家谁都有这一遭儿。过了今晚,你就是伯爵夫人啦。"

费珍娥的脸红了。她为临死保持贞洁之身,按照想好的主意,悄悄说道:

"李姐,我的天癸来了。"

被称做李姐的姑娘不觉一惊,红着脸说:"今晚是入洞房的头一夜,真不凑巧!"停一停,她又小声说:"别怕,上床时你自己告诉新郎一声,他会明白的。"

费珍娥摇摇头:"我不好出口。"

李姐也为难,小声说:"我们四个都人都是没有出阁的姑娘,也说不出口……好啦,我告诉张嫂子,请她告诉新郎!"

李姐将那位被称做张嫂子的女仆拉到屋外,小声嘀咕几句。费珍娥听见张嫂子用含笑的口吻小声说:"真是无巧不成书,偏偏在好日子来天癸!新姑爷是员武将,正是二十出头年纪,等待入洞房如饥似渴,他看见新娘子又是如花似玉的美貌,干柴烈火,可想而知!可是偏遇着新娘子来了天癸,不宜房事,岂不令他生气?听说俺家乡也有过这样巧事,新郎不管三七二十一,硬是将新娘抱上床去……好吧,伯爷进来时候,我不怕他恼火,大胆地告他知道。"

李姐满脸通红,心头怦怦乱跳,回到珍娥身边,吞吞吐吐地悄声说道:

"您别怕,张嫂子会告诉新郎。"

李姐的话刚说完,忽听内宅门口有人高声报道:

"伯爵爷回到内宅!"

在屋中侍候的女仆们、丫环们一齐奔了出去,迎接伯爵。从东西厢房中也奔出一些女仆和丫环,都去天井中恭敬侍候。费珍娥心情紧张,暗暗地说:

"快到尽节的时候了!"

她听见天井中脚步声稠,有一个人的脚步很重,很乱。她不明白发生了什么事情,不禁心中狂跳,侧首向着房门。随即,众多人都留在堂屋外边,只两个女仆用力从左右搀扶罗虎,四个陪嫁宫女在左右和背后照料,将罗虎送进洞房。费珍娥恍然明白,刚才听到的沉重而零乱的脚步声,原来是罗虎在烂醉中被扶回内宅。在皇宫生活十年,她从来没有听到这样的脚步声,没有看见过这样酩酊大醉的人,如此情况,毕竟是一群"流贼"的习性未改!

罗虎本来不会喝酒,无奈今天前来向他祝贺的客人太多,多是他的长辈和上司,也有他的众多的同辈将领。都因为罗虎晋封伯爵,又加成亲,双喜临门,不断地向他劝酒。罗虎竭力推辞,只因酒量太小,喝得大醉。进了洞房,他只觉得天旋地转,没有看新娘一眼,被两个女仆搀扶着踉跄走到床边,倒在床上便睡。女仆和宫女一阵忙乱,替罗虎脱掉帽子,解开腰间束的丝绦,并且从丝绦上取下短剑,铿一声放到鸳帐外的高茶几上。然后,将他的靴子脱掉,又好不容易将他的蓝缎官袍脱掉,再将他的穿着内衣的魁梧身体在床上放好,盖上绣花红绫被。这一切,罗虎全然不知,真所谓烂醉如泥。

两个中年女仆都是从富家大户的女仆中挑选来的,比较懂事。照料罗虎在床上安歇之后,她们来到费珍娥的面前,请她也上床安歇。费珍娥说道:

"你们,"她又望一望陪嫁宫女,"还有你们,都忙碌了一天,快去睡吧。我再坐一阵,不用你们侍候。"

那个姓张的女仆说:"回夫人,我们都是下人,夫人不睡,我们做奴仆的岂有先睡之理。我们已经商量好啦,今夜轮流坐在堂屋里值夜。伯爵爷何时酒醒,要茶要水,或是呕吐,我们随时侍候。"

费珍娥站起来,带她们来到外间,自己在一把椅子上坐下,让她们站在面前,小声说道:

"这里说话可以不惊动伯爷。你们都听我吩咐,不用你们值夜,赶快都去睡吧,我喜欢清静,越是清静越好。"

张嫂子又赔笑说:"请夫人不要见怪。民间新婚,不管贫富,为着取个吉利,热热闹闹,都有众亲朋闹房的事。闹房之后,还有人守在窗外窃听床上动静,叫做听墙根儿。今日因夫人不许,已经没有了闹房的事,至于奴仆们听墙根儿,也是为花烛之夜助兴的古老风俗,请夫人就不要管了。"

张嫂子的话引起了费珍娥的十分重视,猛然醒悟,不觉在心中惊叫:"还有这样事情!"她毕竟是一个与众不同的女子,略一沉思,小声说道:

"你们六个,都是我身边的人。她们四个,虽然大顺皇上将她们赐给我作陪嫁丫环,但我在心中压根儿没有把她们作丫环看待,仍然看她们是寿宁宫的姐妹们。只待伯爷东征回来,我就告诉伯爷,着人将她们的父母从家乡找来,使她们骨肉团圆,由父母领去,择良婚配。伯爷多多赏赐银钱,一家不愁吃穿。"

四个陪嫁的宫女登时眼眶中充满热泪。

费珍娥接着向两个女仆问道:"听说你们是吴汝义将军从富家大户的奴仆中挑选来的,原来在主人家中是不是家生奴婢?"

"回夫人,我们都不是家生的。"

"如此更好。将来请伯爷赏赐你们住宅、田地,还可以赏赐你们的丈夫一官半职。你们在我出嫁时就来到我的身边服侍,只要有忠心,就是我的心腹之人。只要我潼关伯府有荣华富贵,你们两家奴随主贵,自然也有福可享。我虽然年幼,可是我说话算数!"

张嫂子打心眼儿里感动地说:"夫人,我们会永感大德!"

费珍娥问:"这内宅中有多少男女仆婢?"

张嫂子回答说:"回夫人,吴将军因伯爷年轻,还忙于在通州处置军事,他昨日特意前来吩咐,这内宅中在晚上只许丫环女仆居住,不许男仆在内,连伯爷的亲兵亲将在夜间也不许擅入内宅。"

"我问的在内宅中的丫环和女仆共有多少?"

"连在内厨房的红案白案上的、管茶炉的、洗衣房的、做各种粗细活的,总共有三四十人。"

"单内宅就有这么多丫环女仆?"

"这是堂堂伯府,勋臣门第,内宅中这一点丫环仆女并不算多。前朝侯伯府中,男女大小奴仆,家生的和非家生的、抬轿的、喂养骡马的、赶车的、驾鹰的、喂鹌鹑的、管庄的、管采买的、管戏班的……嘎七麻搭,哪一府都养活着几百口子!再过两三年,天下太平了,咱们潼关伯府,前院后宅,不说护卫家丁,单奴仆也会有一两百人!"

不然,怎么像大顺朝开国功臣之家?"

费珍娥转向那个叫李春兰的年长宫女,吩咐她从皮箱中取出来二百两银子,放在她身边的茶几上。她望了一眼,向张嫂子和李春兰说道:

"姑娘们出嫁是终身大事,只有一次。在北京城中我没有一个娘家亲人,你们同我,名为主仆,其实如同我的亲人。这银子,赏你们每人十两,聊表我的心意。还有一百四十两,你们替我分赏内宅中众多仆婢,有的多赏,有的少一点,总要不漏一人。李姐,你此刻就当着我的面赏给她们,表表我的薄薄心意!"

李姐即刻照办了。

张嫂子等两个女仆首先跪下,叩头谢赏,四个陪嫁宫女跟着也叩头谢赏。张嫂子谢了赏以后站起来说道:

"请夫人放心,我们一定会遵照夫人吩咐,将赏赐的事办好,然后领大家给夫人叩头谢恩。"

从远远的街巷中传来了打更声,恰是三更。

费珍娥说道:"此刻已经三更,不用叫大家前来谢赏,免得惊醒伯爷。我也要休息了。明天……"

大家忽然听见罗虎醒来,探身床边,向脚踏板上大口呕吐。两个女仆和四个陪嫁宫女赶快走进里间,侍候罗虎继续向脚踏板上呕吐,有的人为罗虎轻轻捶背,有的人侍候罗虎漱口,吐进痰盂,有的人拿来湿手巾替罗虎揩净嘴角,擦去床沿上呕吐的脏物,有的侍候罗虎重新在床上睡好,将他的头安放在绣花长枕头上。然后留下一个女仆和一个陪嫁的宫女清除呕吐在脚踏板和地上的秽物,其他人都回到外间,站在费珍娥的面前。张嫂子向费珍娥说道:

"请夫人放心,伯爷呕吐了很多,将窝在胃里的冷酒冷肴都吐了出来,这就好受了。让伯爷再安静地睡一阵,就会醒了。"

费珍娥没有做声。她在心中想道:他一醒来,我纵然立志为大明尽忠,不惜一死,也没有办法刺死他了!

罗虎刚才呕吐时候,曾经半睁开矇眬醉眼,看见几个女人在床边侍候,误将一位年纪较小的陪嫁宫女当成了费珍娥,以为新娘也在他身边服侍。他羞于向"新娘"多看,带着歉意,从嘴角流露一丝微笑。他实在太疲倦,太瞌睡,加之酒醉未醒,又倒在枕头上沉沉入睡。

当清除秽物的仆婢出去以后,费珍娥知道时间不能耽误,吩咐身边的全数仆婢们立刻退出,说道:

"张嫂子,李姐,你们去分赏银子吧。不要在这里惊动伯爷,我也要安安静静地休息了。将内宅的大门关好。大家劳累了两天,明天还有许多事做。分赏了银子后各自安歇,院中务要肃静无声,不许有人走动。我同伯爷喜结良缘,原是奉旨婚配,天作之合,与民间喜事不同。你们吩咐内宅仆婢,不许有听墙根儿的陋习。倘若我听见院中有人走动,窗外有人窃听,明日我惟你们二人是问!"

张嫂子和李春兰二人,此刻才完全明白,费珍娥虽然只有十七岁,却说话干脆利落,一板一眼,真是个极其厉害的人。她们同时连声回答:"是,是。"带着仆婢们恭敬退出。张嫂子怯怯地问道:

"夫人,这堂屋门?……"

费珍娥说:"我自己关门,快走吧!"

仆婢们走出堂屋以后,费珍娥亲自去将堂屋门轻轻关好,闩上两道闩。她回到洞房,先向床上看了看,见罗虎仍在沉睡,便略微放了心,坐回她刚才坐的地方,等待院中人静。她知道奴仆们为分赏银,一时还静不下来。她看出来罗虎一时不会睡醒,所以她静坐休息,等待下手时机。她忽而想到父母、哥哥、弟弟、妹妹,同村的一些族人,但面孔有些模糊了。她只觉一阵伤心:即使父母都还在世,也再不能同他们骨肉团圆了,他们也不会知道她这不幸的弱女子在亡国后会有今夜的血腥下场。她想着,二十天前身殉社稷的崇祯皇帝和皇后,右臂负了剑伤的公主,还有魏清慧和吴婉容等一大群投水自尽的宫人姐妹,还有近几个月来在深宫中的种种往事,又历历出现眼前。

后来,不知过了多久,庭院中确实听不见一点人声。费珍娥从椅子上站起来,面如土色,浑身轻轻打颤,向床边走去。她原来在小箱中准备了一把裁衣用的大剪刀,现在不必用了。她从床头茶几上拿起来罗虎的短剑,将雪亮的短剑从鲨鱼皮鞘中抽出,转对罗虎站定,正要走向床边,忽听罗虎叫道:"杀!杀!"费珍娥大惊,猛然退后两步,几乎跌倒,一大绺头发披散下来。过了片刻,罗虎没再说话,也没睁眼,只是发出轻微的鼾声。此时从胡同中传来了四更的锣声。费珍娥既害怕罗虎醒来,也害怕内宅中的仆婢醒来,认为绝不能再耽误了。可是临到她动手杀人,浑身战栗得更加厉害,牙齿也不住打架。她一横心,将披散的头发放在嘴中,紧紧咬住,上了踏板,看准罗虎的喉咙猛力刺去,务要将喉咙割断。罗虎受刺,猛然睁开大眼,拼力挣扎,翘起上身,伸手欲捉刺客,无奈喉咙大半割断,鲜血和肺中余气全从伤口喷出。费珍娥怕他不死,迅速抽出短剑,拼力向他的胸口刺去。罗虎颓然倒下,鲜血又从胸前涌出。

费珍娥在迷乱中退回到窗前的方桌旁边,放下血污的短剑,拿起一支狼毫笔,但是来不及磨墨,重新来到床边,将笔头蘸饱鲜血,潦潦草草地在洞房的白墙上写下七言二句:

　　本欲屠龙翻刺虎
　　女儿有志报君王

她将血笔放到桌上,此时从远处传来了第一声鸡鸣,而院中也有人走动了。她必须赶快自尽。可是她感到浑身瘫软,手臂战栗,不可能用短剑自尽。她在迷乱中从茶几上抓起罗虎束腰的紫色丝绦,搬个矮凳,举起颤抖的双手,将丝绦在洞房门上的雕花横木上

绑好绳套,在心中哽咽说道:

"魏姐,吴姐,珍娥来了!"

早膳后没过片刻,吴汝义来到武英殿的西暖阁,向李自成禀奏了昨夜在潼关伯府所发生的惨事。李自成震惊异常,刚刚端起来的茶杯不觉落到案上。他问道:

"罗虎的伯府中人员很多,内宅中也有奴仆成群,夜间出了这样大事,竟没有人听见动静?"

吴汝义将他已经了解的情况向李自成详细奏明,然后叹口气,加上一句:

"陛下,真没想到,罗虎这样一员虎将会死在费珍娥之手!也令人不敢猜想,费珍娥只有十七岁的小小年纪,竟能使内宅中三十多口丫环仆女没有一个人稍有觉察!"

"你是什么时候知道的?"

"伯爵府内宅中的仆婢们直到天色大亮,听不见上房中有一点动静,觉着奇怪,隔着窗叫了几声,洞房中竟无回答,更觉奇怪。有人用舌尖舔破窗纸,看见罗虎死在床边。大家用刀拨开堂屋的两道门闩,进去一看,先看见费珍娥吊死在洞房的门楣上,后看见罗虎被刺死在床边,先割断喉咙,又在心窝刺了一刀。臣得到禀报,立刻飞马前去。汝侯刘爷和宋军师都离金鱼胡同较近,已经先在那里了。罗虎的亲兵亲将见主将被刺身亡,全体痛哭,要将费珍娥碎尸万段,祭奠罗虎。宋军师不许,说目前北京城人心浮动,对费珍娥应作宽大处置。因为东征事大,又很紧迫,宋军师随汝侯去首总将军府,商议罗虎驻扎在通州一营人马的善后事宜,叫臣进宫来向陛下禀奏。请陛下决定,罗虎与费珍娥的尸体如何处置?"

李自成想了片刻,说道:"将罗虎好好装殓,暂将棺木停在城外僧寺,等孤东征回来,运回陕西安葬。费珍娥也算是一个烈女,可将她的尸体送到西直门外宫人斜那个地方，焚化之后，将她的骨灰同魏宫人等人的骨灰埋在一起。"

"遵旨！"

由于发生了费珍娥刺死罗虎的事件，李自成开始明白，攻破北京和夺取崇祯的江山容易，但真正得到天下人心，并不容易。他攻破北京之后，有许多明朝较有声望的文臣自尽，不愿投降，也是明证。他知道近日来北京和畿辅各地谣言纷纷，人心浮动，都说吴三桂不日要在山海卫起兵西来，将他赶出北京，拥立崇祯的太子登极，恢复大明。他也知道，北京和畿辅士民虽然表面上不敢反抗，暗中却等待着吴三桂西来，称吴三桂是明朝的大大忠臣。他在武英殿西暖阁恨恨地说：

"不管吴三桂是否已经同东房勾连，一定得先打败他，不使他举起来那个蛊惑人心的……大旗！"他本来很容易想到吴三桂要举起的大旗上一定是写着"剿闯复明"四个字，但是他在心中对自己说话也回避了这四个十分可憎的字。

这一天，他传谕丞相牛金星，取消了明日去孔庙行"释菜"之礼，召见了刘宗敏和李过，询问罗虎一营的善后事宜，知道已经派了别的得力将领接替罗虎，他也没有更多意见。

又过一天，到了四月十一日，罗虎和费珍娥的尸体都装殓，按他的口谕作了处置。

刘宗敏和李过都在这一天率大军离开北京，到了通州，而原在通州的驻军作为前锋，也在十一日拔营东征。吴汝义向李自成禀奏说罗营中很多将士得知主将被刺身亡后失声痛哭，纷纷用白布缝在帽子上为主将戴孝。李自成不觉流出热泪，深深叹气，悔不该对罗虎钦赐婚配，落此下场。

十一日整天，李自成忙于准备御驾东征的事，分批召见了许多大臣和武将，同时还要批阅一些从长安转来的特别重要的军情文书。到了晚上,他对满洲兵会乘他东征之机越过长城南犯,很是担忧,又将宋献策和李岩召进宫中,重新向他们询问应变之计。

宋献策说道:"自从进入北京之后,许多文武大臣误以为大功告成,江南可传檄而定,独臣与副军师深怀殷忧,常惧怕从关中孤军远来,变出非常。臣等杞人之忧,早为陛下所洞察,未加深责,实为万幸。最近数日,臣等不避斧钺,苦谏东征非计。以臣愚见,崇祯亡国之后,我大顺朝的真正劲敌并非吴三桂,而是满洲新兴之敌,即崛起于辽东的建房,又称东虏。既然朝廷决定讨伐吴三桂,且大军已动,忽然改计则动摇军心。目前补救之策,惟有一边大军东征,一边用太子与吴襄作诱饵,对吴三桂继续行招降之策,力求将干戈化为玉帛。万一非战不可,望陛下以三日为期,不可恋战。倘若三日不分胜负,便当托故罢兵,或步步为营退兵,或设伏以挫追兵,总之要赶快回京,不使满洲兵越长城断我归路。"

"你以前说可以差罗虎率五千精兵出一片石,奔赴姜女庙海边,焚毁吴三桂的粮船。今日罗虎已死,此计仍可行么?"

"倘若吴三桂的粮船仍泊在姜女庙海边,此计当然可行。罗虎死后,陛下仍有智勇兼备、威望素著的青年虎将若双喜、张鼐数人,均不亚于罗虎。然而军情不定,用计不可胶柱鼓瑟。吴三桂粮船抛锚于距山海关十里之姜女庙海边,今日是否移动?十日后是否移动,均系不明实情之事。故奇计虽好,未必时时可用。"

李自成想着宋献策的话很有道理,点点头,转向李岩问道:

"林泉,孤明日即启驾东征,留下你与子宜、益三、德齐共同镇守北京,你为主将,孤甚放心。我朝开国伊始,立脚未稳,不可遭遇挫折。卿博学多才,胸富韬略,今晚有何好的建议?"

李岩恭敬地欠身回答:"陛下如此垂问,愚臣惶恐无似。臣愿陛下随时采纳献策建言,务必心中时时想着东虏今日是我朝劲敌,不可被吴三桂拖住手脚。倘不能一战消灭吴逆,必须赶快脱离战场,速回北京,准备凭恃北京坚城,在近郊与东虏决战。只要东虏在北京近郊一战受挫,北方大局则不致糜烂,吴三桂虽在肘腋,也不足为祸。"

李自成仍然不相信满洲兵会来得如此之快,沉吟一下,又问道:

"近两三天孤接到一些军情塘报,知道河南、山东等地,民情不稳,处处可忧。你是河南人,有何安民良策?"

李岩说道:"臣熟读荀子《议兵篇》,深感于荀子独重视'附民'二字。'附民'就是士民亲附,军民一心。目前河南、山东各地,所患者正在于百姓失望,与我离心……"

"这是以后的话,今日且不谈吧。"

宋献策和李岩叩头退出,在东华门上马,驰回军师府中。他们都看到东征必将失利,也看到倘若败出北京,影响所及,前途将不堪设想。但势已至此,他们无能为力,不觉相对叹息。宋献策悄悄说道:

"林泉,自从进了北京以后,皇上始而只考虑登极大典与不战而定江南,继而只考虑如何招降吴三桂;等知道吴三桂决不投降,便只想着东征一事。你我二人身为正副军师,在此成败关键时候,竟不能为庙算竭智尽忠,殊感惭愧!你想,如此悬军东征,如同孤注一掷,万一……"

李岩叹息说:"孙子在《计篇》中说:'夫未战而庙算胜者,得算多也。未战而庙算不胜者,得算少也。多算胜,少算不胜,而况于无算乎?吾以此观之,胜负见矣!'献策,在西安出兵之前,我就担心会有今天!"

听见有脚步声音进来,宋献策一摆下巴,不谈这个问题了。

这天晚上,李自成又将吴汝义和李友召进宫中,将如何保卫紫禁城和中央各衙的事,对吴汝义又作了一番嘱咐。对如何保卫北京的事,向李友作了嘱咐。几天来经宋献策和李岩反复进言,李自成不能不对满洲兵的可能南犯,感到担忧。特别是罗虎的被刺身亡,给他的精神打击很大,使他开始明白,夺取崇祯的江山容易,收拾天下的人心很难。尽管他决计东征,以求侥幸打败吴三桂,使满洲不敢南犯,但是他口中不说,内心中不能不想到可能在山海卫城下受挫,影响安危大局。他特别对李友说道:

"益三,你是一员难得的战将,在战场上阅历丰富。孤不让你前去东征,将你留在北京,实因北京万分要紧,防守上不能有一毫差错。孤虽然命林泉为镇守北京主将,你同子宜都是他的副手,但林泉毕竟在战场上阅历较浅,虽有满腹经纶,却不能冲锋陷阵。万一北京有事,出城杀敌,非你不可。"

李友跪在地上说道:"臣谨遵圣谕,不敢有误!"

"子宜,"李自成又向吴汝义说,"你一向办事细心,孤不必多嘱咐了。有一件事,你记着办好。窦妃自七岁入宫,至今十多年未同父母见面。孤昨日已经答应她,接她父母来京,使她同父母一见。孤出征之后,窦妃会将她父亲姓名,家乡地名,写在纸上,命宫女送给你,你务须办妥!"

"遵旨!"

李自成在心绪不安中又过了一夜。就在这天夜间,北京城外到处张贴吴三桂的告示,说他不日率领关宁铁骑来京,"驱逐闯贼,恢复神京,为先帝复仇"。很快,这消息传遍了京城。

早膳以后,李自成由李强和双喜保驾,离京东征。窦美仪率宫女们将他送到武英门外。牛金星率领留在北京的文武百官恭候在午门外,将他送出承天门,过了金水桥。大家跪在地上送行。王长顺也跪在地上,看见皇上向他投了一眼,他赶快说道:

"请陛下许小臣随驾东征!"

李自成说道:"到山海卫必有一场苦战,你留在北京吧。"

王长顺想到了罗虎的死,忽然间热泪奔流。李自成避开了他的眼睛,轻声说:

"启驾!"

三声炮响,李自成启驾了。明朝的太子、永王、定王,还有吴襄,骑马跟在背后。太子和二王都用黑绸包着发髻,身穿暗绿绸袍,由将士抱着骑在马上。

出了齐化门以后,李自成因宋献策尚未来到,在东岳庙附近驻马等候,派人去催。很多士民拥挤道旁,观看太子和二王,有不少老年人落下眼泪。士兵们大声吆喝群众,扬鞭驱赶。李自成传令,可以让士民观看,只不许挤到身边。

等宋献策带着随从们策马来到,李自成的御营才继续东行。

李自成　第九卷　兵败山海关

多尔衮时代的开始

第 八 章

三月三十日拂晓,多尔衮得到的第一封探报是说李自成于三月十九日天明的时候攻破了北京城,崇祯帝不知下落。接到从北京来的这封探报以后,多尔衮不是高兴,而是既感到有点奇怪,也关心李自成进入北京以后的各种行为。他一面下令兵部衙门,不惜重赏,加速打探李自成进北京以后的各种消息,另一方面不待天明就传唤范文程速来睿王府商议大事。

大清国在当时好像是中国的东北大地上一轮初升的太阳,充满朝气,充满活力。拿收集关内的情报工作说,它有一套可行而又严格的制度,随时能洞悉关内的重大军事和政治情况。在北京城内和近郊经常潜伏着各种细作,一有重要消息便送到满洲境内,再用专门备用的驿马一站一站地送到盛京。凡是紧急探报,到了兵部的主管部门,都得赶快抄出数份,分送睿亲王、郑亲王、兵部尚书、内三院大学士,所以凡是特别重大的军情消息,清国的主要执政的王、公、大臣们很快就会知道。

范文程来到了多尔衮面前,叩头以后,随即坐下。多尔衮问道:

"你同洪承畴见面了么?"

范文程欠身回答:"臣是刚才知道李自成攻破北京,皇后在宫中自缢,崇祯不知下落的消息,随后奉召前来,尚未同洪承畴见面。据臣猜想,洪承畴熟悉南朝朝野情况,非我大清朝众人所及,对我八旗兵进军中原,扫荡流贼,必会有重要建议。臣在早饭后,即去找他一谈。"

"你怎么知道他会有重要建议？"

"当流贼尚在宣府一带向居庸关行军的路上时,臣推想流贼进长城和居庸关必有一战,洪承畴摇摇头说不会有多大抵抗,后来果然不出他的所料。我原来想着崇祯下旨舍弃宁远,调吴三桂赴北京勤王,守卫北京,北京必不会失于流贼之手。然而洪承畴却对臣频频摇头,认为崇祯不应该命吴三桂携带宁远百姓进关,叹口气说：'北京完了！不待吴三桂赶到,北京就会落入流贼之手！'现在看来,洪承畴料事如神！"

多尔衮点点头,说道："是呀,崇祯也真是糊涂,既要调吴三桂去救北京,又命令他护送宁远百姓入关,实际上使吴三桂失去了到北京作战的机会！不知洪承畴知道李自成攻破北京以后……"

多尔衮一句话没有说完,兵部衙门又送来一件紧急探报。他赶快拆开一看,脸色不觉一寒,立刻交给范文程,说道：

"明朝已经亡了。没想到崇祯会如此结局！"

尽管明清是两个敌对国家,但是范文程看了崇祯在煤山自缢的消息,也不能不心中一动,脱口说道：

"其实,他不是个昏庸之主！"

多尔衮很想知道洪承畴对于北京失守和崇祯殉国有什么看法,嘱范文程快到洪承畴的公馆去一趟,并且吩咐说：

"我叫你去看看洪承畴,因为只有你最能了解他的心情,他也肯对你吐露心思。你去看了他以后再回你的公馆用早餐,去吧。"

"要不要同他谈一谈进兵中原之计？"

"那是几天以后的事,现在用不着谈。还有,明天,明天是四月初一,文武百官要在大政殿举行朝会,十分重要！"

范文程感到诧异,但也不敢多问,随即出了睿亲王府,带着仆人,骑马往洪公馆驰去。

这时,天色已经大明,洪公馆的大门开了。

范文程因为是大清国的一位重臣,又同洪承畴来往甚密,所以只问一声洪大人是否已经起身,不需通报,将随身的仆人留在大门口,便匆匆向里走去。

洪承畴在四更时候接到兵部衙门第一次送来的紧急探报,便起了床,为北京的失陷心中震惊,再也没有睡意。由贴身姣仆兼娈童的白如玉服侍着梳洗以后,坐在书案旁边发呆,猜测着崇祯皇帝的生死下落。过了半个更次,兵部又一封探报来了。他心中害怕,拿着密封的探报倚着桌子,惊疑间望着信封,不敢拆看,心在跳,手在打颤,向如玉吩咐:"将灯草拨大!"灯草拨大以后,他拆开信封,将密报匆匆看了一遍,又看一遍,跌坐在椅子上,深深地叹息一声。善于体贴主人心情的如玉从暖壶中倒了一杯热茶放在主人面前,轻声问道:

"崇祯皇帝死了?"

洪承畴没有做声,挥手使如玉离开身边。范文程进了二门的时候,如玉首先看见,在甬路边向范大人打千问安,然后走在前边,一边向主人禀报"范大人驾到",一边打开猩红细毡镶边暖帘。范文程一边拱手一边说道:"洪大人,我来了!"话未落音,已经走进了暖阁,到了洪承畴的面前,一眼就看见洪刚刚哭过,没有来得及将泪痕拭干。他回避看洪的眼睛,在客位坐下,说道:

"四更以前,睿亲王接到兵部衙门的第一封紧急探报,便派人将我叫去。我也是刚看了兵部衙门的第一次探报,以为睿王爷要同我商议向中原进兵的事,实际不是,大概他的想法临时变了。随便谈了北京的事,兵部的第二封紧急探报送到,睿王爷便命我来你这里,看看你有何感想。"

洪承畴暗暗吃惊,后悔刚才没有来得及拭干眼泪。随即凄然一笑,说道:

"实不敢欺瞒老兄,刚才突然得悉崇祯帝在煤山自缢殉国,我毕竟同他有君臣旧情,也知他决不是昏庸之主,竟然有此下场,十七年兢兢业业,竟落个身死国亡,禁不住洒了几点眼泪。你我好友,万恳不要向睿亲王说出真情,使愚弟因此受责。"

范文程笑道:"亨九老兄,你对睿王爷知之太浅!倘若他知道你为崇祯殉国洒泪,不但不会见责于你,反而会对你更为尊重。你不像慕义来降的武将,也不同于原来在辽东居住的文臣。你自幼读孔孟之书,科举出身,二十三岁中进士,开始入仕,经历万历、天启、崇祯三朝,历任封疆大员,挂兵部尚书衔。崇祯虽失天下,但生前待你不薄。为着你是大明国三世旧臣,与崇祯帝有十七载君臣之谊,今日忽闻北京被流贼攻破,崇祯自缢殉国,倘若不痛心陨涕,倒不是你洪亨九了。你说是么?"

洪承畴忽然站起,向范文程深深一揖,说道:

"生我者父母,知我者范兄!"

范文程握住洪承畴的手,哈哈大笑。随即告辞,在院中向洪承畴嘱咐说:

"今日是三月三十日,明日是四月朔。文武百官齐集大政殿前会议,必是决定睿亲王率兵南征的大事。崇祯已死,我兄为剿灭流贼大展宏猷,既是为大清国的创业建立大功,也是为崇祯帝、后报殉国大仇,机不可失!"

"正是,正是。弟虽碌碌,愿意粉身碎骨,为大清效犬马之劳,也为先帝报身殉社稷之仇。"

"好,好。兄此心可指天日,弟将告诉睿王爷知道。"

洪承畴在大门外望着客人范文程带着戈什哈和仆人走后,心中问道:明日在大政殿决定出兵的事么?不会。李自成进北京后的情形尚不明白,满汉八旗兵也未完全集合,向北京进兵的方略也未商定,如何能过早地宣布南征?……范文程是深知大清朝内情的人,此事他竟不清楚!

如玉走到他的身边,轻声说:"老爷,回书房用早餐吧!"

关于李自成攻破北京以及崇祯自缢的消息,日渐清楚。大清国朝野振奋,等待着辅政和硕睿亲王率师南征。盛京虽然只有一两万人口,商业也不繁华,但是自从新兴的大清国将它定为京城以来,它在关外的地位日益重要。蒙古各部、新被征服的朝鲜、往北去远至长白山和黑龙江一带,以及使犬使鹿的部落,都有人不断地前来盛京。盛京成为东北各民族的政治中心,一切重大消息汇集此地,然后传送各地。近几天来,李自成攻破北京的消息就是先到盛京,再由盛京传到各地。

从前天起,盛京城内,不管是王、公、大臣府中,或是大街小巷人家,到处沸沸扬扬谈论和硕睿亲王即将率领满、蒙、汉大军进入长城,杀败流贼,占领北京的事情。居住在盛京的人们,不管是文武官员或是黎民百姓,也不管是满人汉人,对于多尔衮将要向中原进兵都同样心情振奋。从整个中国文化发展史看,是众多少数民族逐步地融合,总的趋势是少数民族的汉化,但在特定时期,局部地方,则出现过汉人被少数民族融合的情况。在皇太极时代,居住在沈阳、辽阳等地的汉人就是被满族融合,编为汉军八旗,从表面上说,男人剃发,妇女不缠脚,遵从满俗;从心理上说,由于中原自古经济发达,文化先进,他们也希望满汉大军进入长城以内,占领北京,统一中原。明白这一特殊的历史情况,就会明白在顺治元年三月底到四月初这段时间,盛京城中的人心是如何盼望着多尔衮大举南征。

三月三十日下午,内秘书院奉两位辅政亲王口谕,因大军出师在即,定于明日(四月初一日)上午辰时整,诸王、贝勒、贝子、全体文武臣僚齐集大政殿会议国事,不得有误。这口谕传出以后,满朝振奋:大家盼望的出征大举就在眼前,明日睿亲王会有重要面谕。虽然出兵打仗,兵将们难免有人伤亡,但是据十几年来几次出征经验,清兵进入明朝境内,如入无人之境,总是胜利而归,虏掠很多男女人口、耕牛和财物,许多参加出征人员有机会立功受奖,得到升迁,也可以得到一些财物。尤其这一次随睿亲王出征不同往日,更加令人振奋。大家知道,这一次出征是要杀败流贼,占领北京。大家常常听说,北京城的宫殿和大官府第都是无法想象的壮观和美丽,只有天上才有。还有北京城中真是金银珠宝山积,美女如云。虽然大清兵晚了一步,被流贼抢劫过了,但是流贼是抢劫不完的,而且大部分可以再从流贼的手中夺得。这样的事情,对生长在贫苦地方的满洲人来说,真是太诱惑人了。所以对明日在大政殿的会商军事,许多年轻的满洲贵族子弟们兴奋得不能成寐。

然而在盛京城中,大清朝的上层人物,对于明日上午将在大政殿举行百官会议,共商辅政睿亲王南征大计,并不是人人心情振奋。至少有两个人的心情与众不同。首先是肃亲王豪格,心中憋着一口闷气,无处发泄。对于多尔衮做了领头的辅政王,专理朝政,他本来心中不服,十分嫉妒。他当然会想到,这次多尔衮率师南征,必然大胜,又一次建立大功,不但会名留青史,而且日后权力更大,他的日子也会更不好过。还有一个为现代人所忽略的问题,也影响豪格的心情。满洲人对于童年时是否出过痘,十分重视。如果童年时不曾出痘,成年以后以及中年,随时可能染上天花,轻则留下麻子,重则丧生。豪格在童年时不曾出痘,所以他不愿意随大军南征,曾经打算亲自见两位辅政王,说明他因为没有出过痘,不宜出征,请求允许他留在盛京。他的心腹们害怕多尔衮对他疑心,劝他不要去见多尔衮和济尔哈朗,认为两位辅政王不但不会答应,反而会引起多尔衮的疑心。知道明日上午将在大政殿举行文武百官会议,商量大军南征大计,他的心中十分烦闷,晚膳时随便喝了几杯闷酒,骂了在身边服侍的仆人。睡到炕上以后,久久不能入睡。他的福晋同多尔衮的福晋是姊妹,长得也相当美。因为他心中很恨多尔衮,今晚连自己的年轻美貌的福晋也不肯搂到怀中,将她推离开自己身子。因为多尔衮身上有病,他在心里咒骂多尔衮早日病死。他的福晋只听见他愤愤自语,却听不清他说的是什么,也不敢问。

在盛京城中,另外有一位上层官吏今晚的心情也很不安,他就是从前深受皇太极重用,倚为心腹,而如今又受多尔衮信任的汉人范文程。他虽然年纪不到五十岁,却是大清国的三朝元老,在满汉文臣中的威望很高。他官居秘书院大学士的高位,一向对国事负有重责,当然对明日的会议十分关心。他身经朝廷中许多次风云变幻,种种复杂斗争,养成三种基本态度:一是不介入爱新觉罗的皇室斗争;二是在满汉关系问题上力求保持客观、公正的立场;三是他看准了多尔衮在努尔哈赤子侄中是一位难得的杰出英才,必能为清国的未来做出一番大事,所以他愿意看到多尔衮牢牢地专掌大清朝政,使大清国运兴旺,进占北京,成为中国的主人。可是他预感到将有什么大事发生,明天上午要在大政殿举行的满汉文武百官会议不像是专为大军南征的事,可能牵涉到别的大事。他生长在辽东,从青年时代就投效努尔哈赤,虽然他对爱新觉罗家族的权位纷争从不介入,但内幕情况他是清楚的。目前,关于多尔衮率师南征的许多重大事情(有些事情需要他经手办理)都没有商讨,更无准备,忽然睿亲王决定明日在大政殿举行满汉文武百官会议,宣布南征大计,岂不突然?难道是为着,为着……?

他忽觉心中一亮,脸色一沉,在喉咙中吃惊地说:"又是一件大事,是睿亲王为出师准备的一着棋!"他从太师椅上忽地站起,在屋中踱了一阵,对明天将会发生的事情作了各种猜测,心中无法安静。明天将发生的大事非同一般朝政,它关乎大清国朝政前途,也关乎向中原进兵大计,他身为大清国的内院大学士,不能不十分关心,要在事件发生之前,自己的心中有个谱儿。想来想去,他决定带着戈什哈和亲信仆人,步行前往郑亲王府,借故有重要请示,也许会探听出明天将要发生的事。

范文程同郑王府的官员一向很熟,大家对他都很尊敬。他一到郑王府的大门前,一位官员向他迎来,小声说道:

"两位辅政王正在密商大事,范大人是不是奉谕前来?"

范文程含笑回答:"我是有两件事要向郑王爷当面请示。既然两位辅政王在密商大事,我今晚就不请示了。"他向左右望一眼,小声问道:"睿亲王来了很久么?"

"睿王爷刚打一更就来,现在过了二更,已经密商了一个多更次了。"

范文程不再说话,带着戈什哈和仆人们走了。他边走边在心里说:

"明天准定有惊人大事!"

阴历四月初一日,盛京天色黎明,北风习习,颇有寒意。肃亲王豪格尽管自己的心中很不高兴,但是因为睿亲王治国令严,他只好在不断的鸡啼声中起床,在灯光下吃了早膳,穿戴整齐,腰间挂了心爱的腰刀。过了一阵,他带着几个护卫和仆人,骑马往大清门①走去。路上遇到一些满汉官员也向大清门方向走去,因为他是和硕亲王,爵位很高,所以官员们都向他让路,还向他施礼请安。他还看见,重要街口都增派了上三旗的官兵戒严。看见这不寻常的戒严情况,起初他的心中一动,但随后想着今天是两位辅政王与文武大臣会商南征大事,理应防备敌人的细作刺探消息,临时戒严

---

① 大清门——是大政殿宫院的正南门,好比北京紫禁城的午门,为百官入朝的必由之路。

是应该的。他赞成睿亲王要趁李自成在北京立脚未稳,率领数万精兵南征,这是先皇帝多年的心愿,也是大清国上下臣民的心愿。但是他心中所恼恨的是,多尔衮明明知道他没有出过痘,为什么非叫他随大军南征不可?倘若是先皇帝在世,能够是这样么?他一边向大清门走,一边在马上胡思乱想,越想越感到恼恨。他又想到,去年八月间,先皇帝突然病故,他作为先皇帝长子,又是一旗之主,立过多次战功,本该他继承皇位,可是多尔衮为了专制朝政,故意拥立幼主,凡是不同意的人都被他杀掉。他肃亲王也几乎遭了大祸。此刻在马上想到此事,他不由地在心中恨恨地说:

"哼,反正你的身上有病,久治不愈,不是个长寿之人!"

豪格来到大清门前边,满汉文武官员来到的已经不少了。多数人已经进去,分别在十王亭等候,还有少数人因为不常见面,站在大清门外互相寒暄,交换从北京来的消息。豪格在大清门外下马以后,也同几个官员招呼,但是使他吃惊的不是今日来的人多,而是今日大清门外戒备森严,连附近的几处街口都有正黄旗和正白旗的兵将把守,大清门内外则是专职守卫宫廷的巴牙喇兵警戒。他的心中奇怪:南边的细作决不敢来到此地,何必这样戒备?随从的护卫和奴仆都留在大清门外,他大踏步走上台阶。守卫大清门的正三品巴牙喇章京(入关后改汉文名称为护军参领)迎着他打个千儿问好。他问道:

"王公大臣们已经来了多少?"

"礼亲王来得最早,还有几位王爷也到了。满汉大臣中六部尚书、都察院正副堂上官、内三院大学士、各旗固山额真已经到了不少。"

"两位辅政王爷到了么?"

"两位辅政王爷还不曾驾到,想着也快了。"

豪格知道多尔衮尚未来到,自己不曾迟误,顿觉放心。他正要

抬脚前进,忽被守门的巴牙喇章京官员拦住,恭敬地告诉他说:

"请王爷将腰刀留下。"

"啊?!"

"王爷,都是一样。四更时从睿王府传来口谕:今日不管亲王郡王、大小官员,进大清门一律不许携带兵器。兵器存放在大清门内,散朝以后交还。刚才礼亲王进来的时候,一听说辅政睿亲王有谕,他二话没说,就把带在身上二十多年的短剑解下来了。"

豪格听了这话,只好交出腰刀,但心中感到惊异,猜想今天不是商议大军南征的事,但究竟有什么特别事故,他猜不出来,也没有料到大祸会落在他的头上。

大政殿又名笃恭殿、崇政殿,俗称金銮殿,距大清门约有百步之远。宽阔的御道两旁是十王亭。大政殿是在高台基上的一座八角亭形式的建筑,上边覆盖黄色琉璃瓦,下用绿琉璃瓦镶边。正北设有御座,但因为顺治尚在幼年,这围着黄漆栏杆的御座并不常用。御座前另设一张案子,为两位辅政王上朝时坐的地方。此刻因两位辅政王尚未来到,所有的王公大臣和满汉文武百官多数在大清门左右的朝房中休息等候。

大清门在盛京俗称午门,是五开间的巍峨建筑,西边两间是亲王、郡王、贝勒、贝子、公及尚书、大学士等三品以上官员等候上朝的地方,东边的两大间是爵位和官职稍次的官员等候上朝的地方。大清门的地下设有地炕,在严冬时也温暖如春。今日虽然是四月初一日,但因为辽东天气较冷,地炕仍未熄火。

豪格一进大清门就向左转,进入满洲语所谓"昂邦"一级的朝房。他首先注意到年高望尊的和硕礼亲王代善面带忧容,肃立等候,并不落座。因为礼亲王是他的伯父,后金建国之初为"四大贝勒"之首,豪格进来向他简单地行礼请安。随即他看见别的亲王郡王、贝勒贝子,还看见恭顺王孔有德、怀顺王耿仲明、智顺王尚可喜——当时俗称"三顺王"都已经来了。因为礼亲王没有落座,别人也只好肃立不动。大家都猜到今天要出大事,但因为睿亲王治国令严,没人敢随便打听,只是一个个心中忐忑不安,脸色沉重,紧闭嘴唇。洪承畴原以为今日是满朝文武们共商南征大计,来到大清门以后才看出来今日的朝会与南征无关,同范文程站立在礼亲王背后,屏息等待。范文程明白洪承畴对爱新觉罗皇室中的斗争知道得很少,担心他枉自害怕,用靴尖暗暗地将他的靴子碰了一下。

过了一阵,该来的文武官员都到齐了。所有的人都屏息等候,倾听大清门外的动静。一位内秘书院的章京进来,到礼亲王面前打个千儿,小声说道:

"启禀王爷,两位辅政王爷已经转过街口,快到大清门了。"

所有肃立在礼亲王身后和左右的亲王、郡王、贝勒、贝子、公及三品以上官员都浑身一震,注意听大清门外动静。就在这刹那之间,站在礼亲王近处的肃亲王豪格的心中一动,朦胧地意识到可能会有不幸落到他的头上,会有没良心的人将他私下说的话向睿亲王告密。他的脸色突然一寒,心头怦怦地跳了几下。范文程因为早就觉察出今天的朝会会出现大的事故,所以总在暗中观察几个人的神色,此时忽见肃亲王神色略有异常,他原来的猜想证实了,在心里说道:

"啊,又出在皇室内部!"

又过片刻,一阵马蹄声来到了大清门外停下。随即睿亲王在前,郑亲王在后,走进大清门,通过十王亭中间的宽阔御道,进了大政殿。虽然今天任何王公大臣不准携带兵丁,但是,多尔衮和济尔哈朗因为位居辅政亲王,所以左右簇拥着八个佩着刀剑的巴牙喇兵和两位辅政王的四名王府护军,这十二个人全是年轻英武,精通武艺。平时多尔衮和济尔哈朗前来上朝,顶多带四个人,既为保护自身,也为表示辅政亲王的身份。今天他们带了这么多人,使左右朝房中的人们不能不感到惊异。豪格因自己心中有鬼,脸色突然大变,在心中说:

"不知是哪一个忘恩负义的人出卖了我?"

多尔衮和济尔哈朗走进大政殿,在御座前所设的桌案后面落座。多尔衮坐在正中,济尔哈朗坐在他的右边。多尔衮面带怒容,双目炯炯,令人望而生畏。济尔哈朗虽然也是辅政王,但为人秉性比较平和,对多尔衮遇事退让,所以在朝廷上较得人心。他没有一点怒容,倒是面带愁容。他们坐定之后,跟随进来的两王府的亲信护军和多尔衮平日挑选的巴牙喇兵,有两人进入大政殿内,站立在两位辅政王的背后,其余的站立大政殿门外的左右两边。另外,专负责拱卫朝廷的巴牙喇兵今日调来的很多,都站在十王亭前边的御道两侧,戒备森严,使今日的朝会更加显得紧张。

当时,盛京的官制比迁都北京以后来说,仍属于草创阶段,不仅官制简单,礼节也很简单。两位辅政王坐定以后,有内秘书院一位年轻汉人章京到大清门内的左右朝房,引导王公大臣和满汉文武百官,来到大政殿。走在最前边的是和硕礼亲王爱新觉罗·代善。他是努尔哈赤最初封的参与朝政的"四大贝勒"中仅存的一位,也是亲王中年纪最长的人,今年整六十岁了。进入大政殿后,有一位站在睿亲王身边的章京大声说道:

"和硕礼亲王免礼,请即落座!"

代善在为他准备的一把铺着红垫子的椅子上坐下,是左边一排的第一位。他从十几岁起就跟着太祖努尔哈赤为统一满洲各部落、建立后金政权而进行战斗,屡立大功,所以在爱新觉罗皇室中得有今日的崇高地位。但是他毕竟老了,经历的朝廷纷争也多了,只希望得保禄位,不愿多管别的事情。他早就知道多尔衮与豪格之间必有一斗,今日来到大清门时他已经猜到将出大事,所以一句话不说,交出了腰刀。现在看见多尔衮处处戒备森严,心中更加明白。自从去年八月间先皇帝突然病故,太祖努尔哈赤的儿孙中为争夺皇位发生纷争。当时最有继承皇位资格的是多尔衮和豪格二人。他们都有人拥护,手中也都有兵力。多尔衮自己坚决不做皇帝,也挫败豪格想继承皇位的野心,拥立六岁的小孩福临做了大清皇帝,自己做辅政王,治理国政。此事既获得两黄旗的忠心拥戴,也获得清宁皇后和永福庄妃的两宫支持。半年多来,对世事和朝政经验丰富的礼亲王看见多尔衮步步向专擅朝政的道路上走,既使他心中不满,也使他有点害怕。但是他也明白,目前正是大清朝进入中原,第二次开国建业的大好时机,非有多尔衮这样的人物不可。他心中还明白,今天是先皇帝太宗爷逝世以来半年多时间中爱新觉罗皇室中发生的重大斗争,必有血腥之灾。怎么好呢?他昔日是"四大贝勒"之首,今天为年事最高的和硕礼亲王,身为太祖爷的次子,看着太祖的子孙们如此明争暗斗,流血朝堂,他怎么办呢?……

所有亲王、郡王、贝勒、贝子、公、三品以上的满汉大臣,都随在代善之后,走进大政殿。当时的王、公、大臣对辅政王不行跪拜礼,他们按照品级分批,赶快趋向案前,利索地甩下马蹄袖头,左腿前屈,右腿后蹲,左手扶膝,右手下垂,头和上身略向前倾,齐声说道:"请两位辅政亲王大安!"他们都没有座位,首先是亲王一级的在两旁肃立,郡王、贝勒、贝子接着往下排。原来贝勒的爵位很高,到皇太极时代,为了逐步提高君权,首先取消"四大贝勒"共理朝政的旧有制度,接着将贝勒降到郡王之下,成为封爵的第三级。因系封爵,所以得到也不容易。有封爵的人们分批打千儿请安之后,在左右两边站定,接着才是满汉三品以上文武大臣请安,站在第二排和第三排。

没有爵位的和三品以下文武官员都在大政殿外边分批请安，也分两行肃立。

多尔衮一脸杀气，向大政殿内外的满朝文武扫了一眼。他平时就是目光炯炯，令人生畏，今日更是目光如剑，好像要刺透别人心肺。当他望着豪格的时候，豪格不由地浑身一震，在心中骂道："不知谁出卖了我，我将来要亲手将他杀死！"他偷觑一眼面带愁容、白须飘然的和硕礼亲王，心中希望礼亲王能为他说一句话，但是这个念头一闪就过，听见多尔衮开始说道：

"近几天，我朝不断接到从北京和山海关来的探报，北京的情况已经清楚了。三月十九日天明的时候，流贼破了北京。崇祯先逼着皇后自缢，随即他自己也自缢了。明朝亡了。从北京和山海卫来的探报还说，流贼进了北京以后，二十万贼兵（当时是这样传说）驻在城内，军民混在一起，当然要奸淫妇女，一夜之间投井自缢的妇女就有数百人。流贼抓了皇亲、勋臣和六品以上官员，严刑拷打，逼索军饷，已经打死了许多人。吴三桂的父母住在北京，也被李自成抓了起来，随即放了，以便招降吴三桂。北京谣传，吴三桂原来也有意投降流贼，因为知道流贼进了北京以后的实际情况，不肯降了，在山海卫观望形势。我大清许多年来立志进入中原，建都北京，这正是极为难遇的大好时机。就在近几天内，我要亲自率领满、蒙、汉十几万精兵，进入长城，攻占北京，剿灭流贼！这次出兵，一定要获得全胜！"

他停一停，又向大政殿内外肃立的满汉朝臣们扫了一眼，不期与豪格的眼光遇到一起。仅仅互相看了一下，豪格便将自己的眼睛回避开了。他忽然猜想，今日的朝会可能就是商议南征大事，并不是专门对付谁的，于是略微觉得心安。

多尔衮对于大军出征的事并没有兴奋之情，脸上冷冰冰的，眼神中充满杀气，接着说道：

"这次进兵中原,不是一时之计,要经过恶战,剿灭流贼,占领北京,占领中原,为大清在中国建立万世基业。我比郑亲王年轻十几岁,率军南征的事当然落在我的肩上。郑亲王德高望重,留在盛京,主持大清朝政,镇压叛乱,管理满、蒙和朝鲜等处,最为适宜。至于出兵的详细计划,一二日内将要同满汉大臣们详细商议。为着我大清朝出兵胜利,必须先消灭朝廷隐患。"他望着旁边的济尔哈朗说道:

"郑亲王,我大清朝的隐患,你跟我同样清楚,请你主持审问!"

大政殿内外的空气凝结了。豪格的心头猛然一沉,脸色一变,两腿微微打颤,在心里说道:

"果然是对我下手!"

郑亲王想到去年八月的争夺皇位之争,心中害怕,暗暗想道:"这是第二次要流血了!"他按照多尔衮的事先吩咐,叫了几个人的名字。这些人有的站在大政殿内,有的站在殿外,一听到叫出自己的名字,无不面色如土,浑身战栗,到两位辅政王的案前跪下,不敢抬头。人们听见了这几个人的名字,心中全明白了,许多人偷看豪格的神情,为他捏了一把冷汗。

在这些人情绪紧张的片刻中,济尔哈朗又叫出几个人的名字。被叫的人迅速来到两位辅政王的面前跪下。

豪格心中说道:"我要死了!死了!"虽然是郑亲王济尔哈朗主持审问,但他的心中明白,郑亲王是按照多尔衮的意见行事,是多尔衮决定杀他。他的心中不服气,竭力保持镇静,但是两条小腿肚不能不微微打颤。

济尔哈朗先叫镶白旗固山额真(旗主)何洛会说出肃亲王在私下诽谤睿亲王和图谋不轨的事。何洛会慷慨揭发肃亲王有一次如何同他和议政大臣杨善、甲喇章京伊成格、牛录章京罗硕谈话,诽谤睿亲王,挑拨是非。多尔衮问道:

"他怎么挑拨是非?"

何洛会说:"肃亲王对我们说,从前固山额真谭泰、护军统领图赖、启心郎索尼,都归附于我。现在他们忘恩负义,率领两旗归附和硕睿亲王……可恶!"何洛会略微停顿一下,接着揭发:"肃亲王还几次对我们说:睿亲王经常患病,岂能永远担负辅政的重任!有能力的人既然归他收用,无能力的人我就收用,反正他不是长寿之人,我们等着瞧!"

多尔衮愤怒地向肃亲王看了一眼,在心中说道:"哼,你说我不会长寿,咒我快死,我偏要今天就将你处死!"

然而多尔衮的性格比较深沉,他要杀豪格的决定暂不流露,也不说出他自己通过收买肃亲王府的人们所掌握的豪格的隐私谈话,又向何洛会问道:

"肃亲王还说过什么不满意朝廷的话?"

何洛会说:"请辅政王询问杨善!"

多尔衮转向杨善问道:"杨善,我知道你投靠了肃亲王,甘心做他的死党,同谋乱政,罪当处死。你照实招供,你对肃亲王还说了什么话?"

杨善猛然如雷轰顶,面色如土,说道:"请辅政王莫听何洛会乱咬。我什么话也没有说……"

多尔衮说:"好,杨善,你敢狡赖!何洛会,你说出来!"

何洛会本来不想再作多的揭发,但是事到如今,他害怕杨善一伙反过来咬他一口,不得不下了狠心,接着揭发:

"当肃亲王说了那句话以后……"

多尔衮认为礼亲王等都不能听明白,厉声问道:"你说明白!肃亲王说的哪一句话?"

"他说'有能耐的人既然都被睿亲王收用了,剩下没有能耐的我当收用'。肃亲王说完这话以后,杨善跟着就说:'帮助睿亲王收罗人才,全是图赖施用的诡计!我若亲眼看见他给千刀万剐处死,死也甘心!'"

"下边还有什么话?"

"下边,肃亲王说:'你们受我的恩,应当为我效力。可以多留心图赖的动静,随时向我禀报。'杨善回答说:'请王爷放心,我们一定要将图赖置之死地,出了事我们抵罪,与王爷无干。'杨善,你的话是不是这样说的?"

审问至此,人们断定杨善必死无疑,豪格也断定他自己难以干净脱身。于是正如俗话所说的墙倒众人推,纷纷揭发肃亲王的悖逆言行和他同某些人的私下来往,有些是真的,有些是捕风捉影,有些本来是鸡毛蒜皮的事,被提到阴谋乱国的高度加以解释。肃亲王豪格听到有些揭发,身上出汗,想道:"完了!"但是另外有些不实的揭发使他既愤怒,又不敢辩论,只好紧紧地闭口无言。在大政殿中揭发很久,豪格开始将生死置之度外,不愿细听。忽然,他想到了一件与揭发的罪状丝毫无关的闲事……

前几天,豪格预感到睿亲王在大军出征前会在朝廷上故意生事,就让他的福晋以送东珠为名去睿王府看看,他的福晋坚决不去。夜间在枕上谈起她不肯去睿王府的事,她才说上次去拜年,睿王爷不断看她,看得她不好意思,所以她不愿再去。

不过后来她还是去了,结果又被多尔衮看得不好意思。她回去就对丈夫悄悄说了。

很奇怪,在目前生死交关的时候,豪格竟忽然想起来这件闲事,并且想着睿亲王可能将他处死,再霸占他的福晋……

多尔衮向济尔哈朗说道:"郑亲王,大家揭发的事情很多,对有罪的人们如何治罪?"

济尔哈朗昨夜已经拿定主意,回答说:"两位辅政,以你为主,请你宣布如何处治。"

多尔衮向全体朝臣们大声说道："肃亲王豪格罪恶多端，另行公议如何处置。先摘去王帽，跪下等候！"

豪格浑身战栗，赶快跪下。他的王帽立刻被人摘去。

多尔衮接着说："俄莫克图、杨善、伊成格，这三个人依附肃亲王为乱，又不自首，立即斩首！"

几个巴牙喇兵立即将以上三人捆绑，推了出去。

多尔衮接着又说："罗硕，曾因他乱发诏谕，禁止他再与肃亲王来往。后来他又进出肃亲王府，私相计议。斩首！"

两名巴牙喇兵立刻将罗硕绑了，推出殿外。

另外，有两个官员被罚各打一百鞭子；将杨善和罗硕的家产没收，赏给图赖；将俄莫克图和伊成格的家产没收，赏给何洛会。现在，所有的人都等待睿亲王宣布对豪格的处分，整个大政殿内外都屏息了。多尔衮向大家问道：

"肃亲王罪恶多端，又是祸首，应当如何处治？"

紧张的屏息。

多尔衮向郑亲王问道："郑亲王，你说，应该如何处分？"

济尔哈朗只要说一句话，豪格的死罪就可以定了。然而昨夜多尔衮在郑亲王府密商今天如何审案的时候，郑亲王对于多尔衮要处死肃亲王的主张虽不明确反对，也不表示同意，总是沉吟不语。此刻他更加犹豫。汉臣们不敢做声，满臣们也没有人慷慨陈词，都不主张将肃亲王立即斩首。在此关键时候，竟然连忠于睿亲王的何洛会和图赖二位大臣也有点踌躇了。

大政殿内外屏息无声。大家心中明白，辅政睿亲王想趁着今天除掉肃亲王，使皇族亲王中不会再有人妨碍他专擅朝政。但是大家也看清楚他不是一位宽宏有德的人，许多人是怕他，不是服他，万一朝局有变，他的下场可能比别人更惨。何况，不管怎么说，肃亲王是大行皇帝的长子，当今顺治皇帝的同父异母长兄，曾立过多次战功。如今若将他杀了,日后一旦朝局有变,不但睿亲王会被追究杀害肃亲王的罪责,凡是附和与怂恿睿亲王这样做的人也一个个难辞其咎。正在这时,奉命负责将杨善等斩首的巴牙喇章京带着四个兵丁,将几颗血淋淋的人头扔在大政殿前的阶下,然后进殿,向两位辅政王跪下禀道:

"启禀两位辅政亲王,罪臣杨善等均已斩讫。还要斩什么人,请吩咐!"

大政殿内外的满汉朝臣毛骨悚然,更加屏息无声。多尔衮看见满汉百官屏息,郑亲王脸色沉重,没有抬头,也不做声,他自己忽然拿不定主意了。和硕礼亲王代善脸色沉重,似有所思。多尔衮悄悄向礼亲王问道:

"对肃亲王如何处分?"

满汉大小文武官员,包括诸王、贝勒、贝子,都知道肃亲王的死活只在年高望重的礼亲王代善的一句话。代善的表情严肃,对多尔衮说了一句话,声音极小,别人不能听清。随即多尔衮对满汉朝臣宣布:

"肃亲王是乱政祸首,罪恶多端,如何治罪,明日另行详议。巴牙喇兵,将肃亲王严加看管,不许他回到肃亲王府,不许他同人来往!"

大家敛声屏气地看着肃亲王被几个雄赳赳的巴牙喇兵带了出去。

"散朝!"多尔衮最后吩咐。

满汉群臣躬身肃立,连大气儿也不敢出,等候辅政睿亲王多尔衮、郑亲王济尔哈朗和礼亲王代善三人走出以后,才脚步轻轻地退朝。没人敢交头接耳,但大家的心中有一句共同的问话:

"明天会斩肃亲王么?"

经过上午在大政殿的一阵血腥的政治风暴,多尔衮对豪格一派人的斗争获得了重大胜利。现在剩下的大问题只有一个,就是是否趁此时将豪格杀掉。大清国虽然名义上有两位辅政王,但实际上朝廷的大权是攥在他多尔衮的手里,他只要决定杀豪格,豪格的头就会落地,从此以后在爱新觉罗家族的亲王中再也没有人敢同他闹别扭了。

但是回到睿王府中,头脑稍微冷静以后,他更加拿不定主意了。

他首先想到的是,昨晚他同郑亲王商量今天案子的情景。对于要处治的几个人,其中有的处死,有的重罚,郑亲王尊重他的意见,都不阻挠。惟独他提到要处死豪格这个祸首,提了两次,郑亲王都是沉吟不语。接着他想到,今天上午在大政殿,他几次问大家应当如何处治豪格的罪,文武官员们没人做声,连他自己的心腹何洛会也不说话。他又忽然想到,当他向礼亲王悄声询问意见时,礼亲王悄声回答一句话:

"他的罪大,不要匆忙斩他……明天再议吧。"

这些情况,使多尔衮开始明白,杀肃亲王不同于杀杨善等人。豪格虽然可杀,但他是先皇帝的长子,幼主福临的长兄,曾立过许多战功,还曾经帮助先皇帝佐理朝政,至今还是一旗之主。多尔衮想到这些情况,他原谅了何洛会等人的沉默,也明白了礼亲王为何说出来"明天再议"的话。然而他是性格倔强的人,既然决心要杀掉豪格,那就要在他率大清兵南征之前杀掉豪格,决不因别人心中顾虑使他手软。他想到了一个主意:命郑亲王下午进宫,将今日在大政殿揭发豪格等人互相勾结、阴谋乱政的罪款,向两宫皇太后详细禀奏。还要禀明几个与肃亲王阴谋乱政的党羽如杨善等人已经斩首,还有几个人也处了重罚。按豪格罪款,本该处死,但今日上午暂时从缓,特来请示两位太后降旨如何发落为好。他想,由于他拥立福临继承皇位,永福宫太后必不会反对他处死豪格,而清宁宫太后对拥立福临继承皇位的大事也是热心赞成的。为了安定大清朝政,两宫太后不会反对他处死豪格。只要两宫太后不说反对的话,他就可以立刻将豪格处死,不留后患。

他将主意想好以后,便亲自到郑亲王府,请郑亲王在午膳之前就进宫一趟,向两宫皇太后禀奏上午在大政殿发生的朝廷大事,也将如何治豪格的大罪向两宫太后请旨。济尔哈朗已经看出来满朝文武都无意处死豪格,都认为多尔衮做得太过火了。他自己也是同样心思,但是慑于多尔衮的威势,只好进宫,晋见两宫太后。至于豪格的生死,只有在两宫太后前见机行事,听天由命了。

今天在大政殿发生的流血斗争,事前皇宫中丝毫不知。当早膳以后,宫女们送皇上乘小黄轿下了凤凰门的高台阶去三官庙上学,才有一个圣母皇太后的心腹宫女匆匆回宫,禀报说凤凰门外直到三官庙,沿路增添了许多巴牙喇官兵,戒备森严,不知何故。永福宫皇太后大惊,不觉脸色一变,心中狂跳。自从她的儿子继承皇位以来,她被尊为太后,但是对于多尔衮她口中不敢露出一句评论的话,只称赞他自己不争皇位,镇压了别的觊觎皇位的亲王,一心拥戴福临继位的大功,然而她不仅认识满文和蒙古文,对汉文的历史书也略能读懂,心中明白多尔衮正是中国书上所说的"权臣",十分可怕。她在宫中除用心教福临读书写字外,也叮嘱儿子在学中好生听御前蒙师的话,用心学习。她盼望儿子赶快长大,能够平安地到了亲政年纪。每当她将小皇帝抱在怀中,教他读书,盼望他赶快长大,同时总不免想到她对多尔衮既要倚靠,又要提防,不由地在心中暗暗叹道:

"儿呀,我们是皇上和太后,也是孤儿寡妇!"

一听回宫来的心腹宫女禀奏皇宫外戒备森严的情况,她赶快去向清宁宫太后询问。清宁宫太后说道：

"我刚才也听到宫女禀报了，也觉得奇怪。睿亲王就要率大军出征，朝廷上不应该再出事情。我已经将凤凰门值班的章京叫来，问他出了什么大事，他也说不清楚，只说皇宫周围和盛京城内都有上三旗人马巡逻。既然是上三旗的人马巡逻，我就放心了。我已经命他去大政殿看一看，朝廷上到底出了什么大事，赶快回来禀报。"

永福宫太后最关心的是她的儿子，说道："太后，三官庙离大政殿很近，我想将小皇上接回宫来，免得他受了惊吓，你看可以么？"

"也好，你就差一个宫女去吧。"

"我差宫女去就说是两宫太后的口谕？"

"可以。不过，先要叫那四位御前蒙师知道，要尊重他们。"

过了一阵，小皇上回宫来了。在凤凰门内一下了四人抬的小黄轿，他就急急地向清宁宫奔跑。随驾侍候的乳母和几个宫女怕他跌跤，紧紧在后跟着。他的生母、永福宫皇太后听见声音，赶快从东暖阁中出来迎他。他按照习惯，先向亲生母亲行半跪礼，用稚声说道："向母后请安！"随即进到暖阁，向正宫太后请安。圣母皇太后忽然看见小皇上神色异常，噙着眼泪，赶快向跪在地上请安的乳母和宫女们问道：

"三官庙出了什么事情？"

乳母回答说："接到两宫太后传谕，皇上正要回宫，刚刚在三官庙的院子里准备坐进轿中，四位蒙师跪在地上送驾的时候，忽然从大政殿院中传来用鞭子打人声和惨痛的呼叫声。皇上从来没有听见过这种声音，站在轿门口一听，脸色就变了……"

一个宫女接着启奏："奴才等赶快说，请上轿回宫吧，不要怕，你是皇上，这事与你无干，快进轿吧，不用怕！"

圣母皇太后将福临揽在膝前，替他揩去两只眼角的余泪，然后说：

"玩去吧，下午再送你去学里写字读书。"

福临被宫女们带出清宁宫玩耍去了。不过片刻，奉清宁宫皇太后口谕去大政殿询问消息的、在凤凰门值班的巴牙喇章京进来，向两位皇太后跪禀了今日在大政殿发生的朝政大事，使两位皇太后大为震惊。清宁宫皇太后尽管心中震惊，但是她嫁给大行皇帝皇太极已经三十年，既在大清国拥有中宫皇后的崇高地位，也经历过几次惊天动地的大事，所以这时能够处变不惊。听完以后，她挥手使值班的章京退出，然后转向福临的母亲低声问道：

"睿亲王在出兵前杀了杨善等几位大臣，还要处死肃亲王，只是群臣没人附和，他才把处死肃亲王的事缓了一步。我看，不杀掉肃亲王他决不甘心。肃亲王会不会被杀，只是明天的事。你我是两宫太后……"

忽然一位女官进来启奏："启禀两位太后，和硕郑亲王在凤凰门请求接见，说他有要事面奏两位太后。"

清宁宫太后轻声说："果然不出所料！……带他进来！"

女官在清宁宫阶上传呼："引郑亲王进来！"

两宫太后已经来不及进行商量，只是互相交换了一个眼色。永福宫皇太后已经在心中拿定了主意，但还没有对清宁宫太后说出，济尔哈朗已经走上台阶了。

济尔哈朗进来后向两位太后简单地行礼问安，神情有点紧张。清宁宫皇太后命他在一把椅子上坐下，装做什么也不知道，用平常的口气问道：

"郑亲王今日进宫，有什么大事禀奏？"

济尔哈朗欠身说道："今日上午，在大政殿出了一件大事，两宫太后可都知道？睿亲王正是为了此事，嘱咐臣进宫来向两位太后禀奏明白。应该对肃亲王如何治罪,请两位太后吩咐。"

清宁宫太后用平静的口气向济尔哈朗说道:"今天的事情我们都知道了,不用郑亲王再禀奏啦。与肃亲王有牵连的几个官员,该杀的杀了,该打该罚的都处分了,至于要不要处死肃亲王,两位辅政王一时不能决定,想听听我们两位太后的意见。我想,我们两位老少寡妇,自太宗皇帝去年八月初九日夜间突然归天以后……"

"请皇太后不必难过,慢慢地说。"郑亲王劝道,看出来皇太后决不会同意处死肃亲王,他的心中有些踏实。

清宁宫太后接着说:"诸王纷争,使大清国陷于内乱地步。我是在太祖创业的时候,也就是大金建国之前,十五岁来到爱新觉罗家的,那时先皇帝还是四大贝勒中的四贝勒,离现在已经三十年了。天命十一年秋天,太祖归天,太宗皇帝继位,第二年改为天聪元年,我称为中宫大福晋。崇德改元,太宗废除汗号,南郊拜天,受满、蒙、汉与朝鲜各族臣民拥戴,焚香盟誓,称为大清皇帝,我也改称中宫皇后。三十年来,我亲眼看着太祖爷和太宗皇帝如何经历无数血战,草创江山,建立后金,又改称大清。辅政王呀,郑亲王呀,你也是快到五十岁的人了!当年的四大贝勒,如今只剩下礼亲王一人了!……"

郑亲王劝说道:"这些事我全清楚,太后不要伤心,也不用再说了。今日只说肃亲王有罪的事……"

太后用袖头揩揩眼角,接着说道:"你同睿亲王都是辅政王,如何处罚豪格的事,只同满朝文武大臣商议,不用问我们两宫太后。我们二人遵守太祖遗训,对朝廷大政,自来不闻不问,只在宫中抚育幼主,直到他能够亲自执政为止。当年的四大贝勒,如今只有礼亲王还在人世,我记得他今年六十岁了。关于处死豪格的事,礼亲王怎么说呀?"

圣母皇太后在心中说:"问得好,问得好。"

郑亲王明白清宁宫皇太后不同意处死豪格,于是说道:"两宫太后虽然不问朝政,可是皇上年幼,群臣不敢多言,礼亲王在上午的会议上只是沉吟不决,所以睿亲王想知道两宫太后有什么主张。"

清宁宫皇太后忽然说道:"豪格虽不是我生的儿子,可是他是先皇帝的长子,我是中宫皇后,他自来都称我母后。关于你们对他如何治罪,何必问我?我死后如何对太宗皇帝说话?"

济尔哈朗低头不语。

清宁宫太后又说:"目前福临虽在幼年,可是几年之后,他会执掌朝政。豪格是他的同父异母长兄,都是太宗骨血。今日杀了豪格,几年之后,他会有什么想法?"

济尔哈朗虽然低头不语,但在心中点头。因为谈到幼主,他把眼光转向永福宫皇太后,表示他对圣母皇太后的尊重。

永福宫太后接着说道:"今天在大政殿发生的大事,清宁宫皇太后已经听凤凰门的值班章京详细禀报,只是小皇上一字不知。小皇上是一个聪明孩子,他在三官庙院中听见大政殿前的呼叫声,回宫后脸色都白了,噙着两眼泪水。你们想想,杀掉肃亲王这样的大事,再过几年,他亲政以后会怎样看呢?"

郑亲王济尔哈朗完全明白了两宫太后要保全肃亲王的意思,这和他自己的心思相合,便起身辞出,赶快向多尔衮复命去了。

年轻的圣母皇太后对清宁宫皇太后回答郑亲王的话满心佩服,她忽然情不自禁地依照娘家的称呼说道:

"姑妈,你不愧做了多年的中宫皇后,受臣民拥戴。刚才你对郑亲王说的话合情合理!"

清宁宫皇太后淡淡一笑,看见两个宫女进来侍候,她挥手使她们退出,悄悄说道:

"现在还不能说能保住豪格的命。据我看,睿亲王这个人,既是我大清再一次开国创业的难得人才,也是一个心狠手辣……"

以下的话她的声音小得连年轻的圣母皇太后也听不清楚。但是她的侄女还是明白了她的意思,频频点头,随即起身回永福宫了。

下午,小皇上又照例乘坐四人抬的小黄轿往三官庙上学去了。上午沿途那些戒备森严的将士没有了,气氛又恢复了往日的平静。但是小皇上的心中并不平静,他不断想着母后告诉他的,上午曾杀了几个人,其中有立过战功的大臣。母亲还告诉他,他的同父异母长兄,即肃亲王豪格,也可能会在今晚或明日被砍掉脑袋。要砍掉肃亲王的脑袋,太可怕了。当母后同他谈这件事的时候,他几乎忍不住大哭起来。

下午第一课仍是写仿。但是在开始写仿的时候,他不由地想到他的长兄要给人砍掉脑袋,再也不能够静下心来,先滚出热泪,紧接着忽然撇撇嘴,向桌上抛掉毛笔,伏在仿纸上哭了起来。

在桌边照料皇上写汉字的御前蒙师和两个宫女一时慌了,赶快问皇上为何难过。小皇上哭着回答。虽然由于泣不成声,但是身边的人们仍然明白他是因为他的长兄肃亲王今天或明天将被斩首,他没有心思写仿。他最后用力说道:

"我要回宫!回宫!"

御前蒙师们赶快计议一下,只好在院中跪送小皇帝上轿回宫。

顺治小皇帝的御前蒙师都是由内秘书院选派的,皇帝的学习情况每日由为首的蒙师报告内秘书院大学士,有重要事还得报告多尔衮知道。多尔衮首先知道两宫皇太后对肃亲王事件的态度,接着又知道小皇上为豪格事哭了一场。关于处死豪格的事,他本来就在犹豫,这天下午,他不能不改变态度。尽管他心狠手辣,大权在握,但是各种条件迫使他改变主意。于是肃亲王保住了性命。

第二天上午，多尔衮又在大政殿召集文武百官会商南征大计，在会议开始的时候先宣布对豪格的处分决定。他说：

"昨日据许多知情大臣纠告，我同和硕郑亲王，以及诸王、贝勒、贝子、公，以及内院大臣等，审问属实，决定将肃亲王幽禁，等待治罪。后来因为肃亲王所犯罪恶多端，一时算不清楚，暂且不去清算，今日暂且将他释放，将他管辖的正蓝旗剥夺七个牛录的人，分给上三旗，再罚银五千两，废为庶人，随军出征，立功赎罪。"

清朝将王爵以下，包括贝勒、贝子、公和三品以上的文武大员，习惯上称为"王公大臣"，是清朝的最高层统治集团，王爵一级有的是亲王，有的不是。还有郡王一级，相当于原来的贝勒。今天因为要商议大军南征的重大国事，所以大清政权的核心人物全出席了。

辅政睿亲王多尔衮为着减轻处理肃亲王问题的分量，他故意在商议出兵的大事时附带宣布他与郑亲王对于处理此事的决定。另一方面，对于两宫太后的态度和幼主在三官庙学中为此事哭泣的事一字不提，避免国史院的史臣们写入实录。

王公大臣们听了多尔衮关于对豪格暂不处死的决定以后，大家心上的石头落地了。于是大清朝最高统治集团今日的朝廷气氛与昨日恰恰相反，变得十分活跃和振奋。八年以前的丙子年，先皇帝皇太极接受满、汉、蒙古以及朝鲜等各族臣民的拥戴，仿效中国传统制度，也仿效中国礼仪，祭告天地祖宗，废除汗号，改称皇帝，改元崇德。从那时起，清太宗和他的大臣们朝思暮想的就是进入"中原"（实际是进入长城），攻占北京。如今由于崇祯亡国，李自成进北京后暴露了必将失败的种种弱点，盛京方面的王公大臣们完全清楚：目前正是实现太宗皇帝生前宿愿的难得机会。因为有这种共同认识，所以多尔衮不需要向王公大臣们说明他决定赶快率领大军南下的各种理由，只是告诉大家大军从盛京出发的日子以及应该准备的若干事项。说完之后，立刻散朝，各衙门的大小官员以及各旗的大小将领,立刻行动起来。

因为择定出师的吉利日子是四月初九日,出征前有许许多多大事须要以幼主的名义处理,所以午膳以后,多尔衮就派官员进宫,禀明睿亲王为即将统兵南征的事求见两宫太后。很快得到永福宫太后回话:

"两宫皇太后已知两位和硕辅政亲王赦免豪格死罪,暂时只削去王爵,降为庶人,罚银五千两,夺去七个牛录,责其随军出征,立功赎罪。两宫太后知豪格保住性命,心中十分欣慰,皇上也不哭了。只是清宁宫太后昨日偶感风寒,加上为豪格事操心,今日身体不适,正在服药。和硕辅政睿亲王关于出征之事,可向永福宫皇太后详细回禀,不必晋见清宁宫皇太后了。"

一听说是从永福宫中传回来的口谕,辅政睿亲王赶快起身,肃然恭听。他的眼前出现了圣母皇太后的面影,同时仿佛听见了庄重里含有温柔的说话声音。

下午一过未时,多尔衮脱了便服,换了朝服,带着几名护卫,骑马前往皇宫。护卫们停在凤凰门外的台阶下,多尔衮一个人走了上去。奉圣母皇太后之命等候在凤凰门内的女官随即带引他走进永福宫,在圣母皇太后的面前简单地行了礼。皇太后含着微笑,用眼睛示意他在对面的椅子上坐下。因为要商议军国大事,所以皇太后挥手使身边的宫女们都回避了。

大概是因为睿亲王即将率师出征,为大清建立大业,所以年轻的皇太后显得特别高兴。她今年只有三十一岁,头发又多又黑,左右发髻上插着较大的翡翠簪子,露在外边的一端有珍珠流苏。圣母皇太后只是因为头发特别多,宫女们为她梳成这样发式。大约两百年后,到了清朝晚年,"两把头"的发式兴起,两个分开的发簪就变成一根"扁方"了。

圣母皇太后本来就皮肤白嫩，明眸皓齿，配着这样的发式，加上一朵为丈夫带孝的绢制白花，穿着一身华贵而素雅的便服，绣花黄缎长裙下边的花盆底鞋，使她在端庄里兼有青春之美。多尔衮只比她大几个月，不知为什么很愿意单独一个人向她奏事，可是此刻却不敢正眼看她，平时令满汉大臣望而生畏的英雄气概，竟然消失大半。

圣母皇太后首先问道："睿亲王，你率兵出征之后，盛京是我大清的根本重地，也是朝廷所在，你做什么妥善安排？"

多尔衮回答："臣等已经议定，盛京为皇上与朝廷所在地，辅政郑亲王率领一部分官员留守，照旧处理日常朝政。满洲八旗兵与蒙古八旗兵各三分之二，汉军三顺王等全部人马，随臣南征。上三旗留下的人马守卫盛京，巴牙喇兵驻防皇宫周围，日夜巡逻。请两宫太后放心，在臣南征期间，郑亲王及留守诸臣忠心辅弼幼主，一如往日。"

"噢，这就好了！"圣母皇太后含笑说，不期与多尔衮的炯炯目光碰到一起，心中一动，赶快回避。

多尔衮说道："我为了大清的创业，也为了皇太后，矢忠辅幼主进北京为中国之主！"

年轻的皇太后在心中问道："也是为我？他为什么这样说？"她不禁又一阵轻轻心跳。略停片刻，又向多尔衮问道："睿亲王，你还有什么事要向两宫太后陈奏？"

多尔衮趁机会望着圣母皇太后说道："臣已同大臣们议定，本月初九日丙寅是出征吉日，祭过堂子后鸣炮启程。在出征之前，有几件大事，今日奏明两宫太后知道。"

"哪几件大事？"

"臣等议定，本月初八日乙丑，即臣率大军启程的前一天，请皇上驾临大政殿上朝……"

皇太后含笑问道:"为什么事儿?"

多尔衮目不转睛地望着圣母皇太后,告她说:"臣这次率大军出征极为重要,非往日出兵伐明可比,需要皇上赐臣'奉命大将军'名号。请皇上当着文武百官赐臣一道敕书,一方银印。大将军代天子出征的道理与所受大权,在敕书中都要写明。有了皇上所赐一道敕书,一方银印,臣就可以代天子行事。这是大军出征前最重要的一件事,好像古时候登坛拜将,敕书和银印必须由皇上当着文武百官亲手赐臣,所以请皇上于初八日上午辰时三刻,驾临大政殿上朝。臣虽是皇上叔父,也要向皇上三跪九叩谢恩。"

年轻的皇太后仿佛看见大政殿上这一十分有趣的场面,不觉笑了,用悦耳的低声问道:

"这敕书和银印都准备好了么?"

"银印已经刻就了。敕书也由主管的文臣们拟了稿子,经过修改,用满、蒙、汉三种文字分别誊写清楚,到时候加盖皇帝玉玺。还有一些该准备的事项,该由皇帝赏赐的什物,都已经由各主管衙门准备好了,请太后不必操心。"

多尔衮要禀报的几件大事都禀报完了,但是他没有马上告辞。趁着左右宫女都已回避,他不愿马上辞出。被皇太后的青春美貌打动心魂,他又一次向皇太后的脸上望去,看见皇太后的脸颊忽然泛红,赶快避开了他的眼睛。由于相距不过五尺远,多尔衮不但看见她的脸颊突然泛红,而且听见她的心头狂跳。他在心中不无遗憾地说:

"你已经是皇太后啦。我只扶持你的儿子小福临在北京做中国皇帝,却不能同你结为夫妻。不过,再过几年,等到大清的江山打好了,我为大清立下了不朽功勋,只要你心中明白,让我称为'皇父摄政王'也就够了!"

圣母皇太后的心头不再跳了,但是多尔衮看得她不好意思,使她不敢与多尔衮四目相对。她也愿意多尔衮多坐一阵,这种心理十分复杂。从一方面说,她是小皇帝的亲生母亲,大清的国运兴旺,朝政的治理,同她母子的命运有密切关系。她很愿意从多尔衮的口中多知道一些实际情况,多听到一些消息。另一方面,她同多尔衮几乎是同岁,都是刚刚三十出头的人,而多尔衮又是大清的亲王中最为相貌英俊、足智多谋、作战勇敢的杰出人物,如果她是一般的名门闺秀,她必会对他全心爱慕。只是她原来是太宗皇帝的永福宫庄妃,如今是顺治皇上的圣母皇太后,这些所谓"命中注定"的情况使她不能有一点别的思想,然而她毕竟是又聪明又如花似玉的年轻妇女,她不能不在心灵深处埋藏着对这位小叔子的一缕温情!为着要留住多尔衮多说一阵话,她柔声问道:

"睿亲王,这次你率师南征,关系重大,你还有什么话要告诉我们两宫太后?"

多尔衮心中一亮,赶快说道:"自从臣与郑亲王共同辅政以来,在我国各种文书和谈话中,有时称我们为辅政王,有时称我们为摄政王,这是不懂汉人史书中摄政与辅政大有区别。臣马上要率大军进入中原,倘若名义不正,不但会误了大事,也会使汉人笑话,所以臣已经面谕草拟皇上敕书的大学士们,从此时起,臣是大清的摄政王,济尔哈朗是辅政王。以后,辅政王可以有一位二位,摄政王只有一人。摄政王虽在千里之外指挥战争,盛京和朝政大事也受他统治,由他尽摄政之责。济尔哈朗只是秉承摄政之命,尽留守之责,遇大事不能自作主张。此事是我国朝政的重大改变,趁此次进宫时机,向两宫太后禀明。"

圣母皇太后虽然依旧面带微笑,但那笑像花朵一样,忽然枯萎了。她是留心中国历史的女人,与一般没有汉族文化修养的满族王公大臣不同。她早已觉察出多尔衮逐步走上专权的道路,郑亲王名为辅政亲王之一,实际成了他的陪衬。此刻听了睿亲王的一番言语,她平日所预料的事情果然出现。她懂得多尔衮走上摄政王这一步有多么严重:他可以成为周公,也可以成为王莽。圣母皇太后是一个非常聪明的人,她没流露出一点儿会使多尔衮不高兴的表情,望着多尔衮说道:

"睿亲王不再称辅政王,改称摄政王,这对朝政有利,正合了我们两宫太后的心意。但愿你成了大清的摄政王,能够像周公辅成王那样,不仅成为一代开国功臣,也成为千古圣人。"

"请太后放心,臣一定效法周公!"

圣母皇太后虽然对多尔衮的话半信半疑,但是她不能不装做完全相信,于是她又一次含笑说道:

"你有这样忠心,何患不能成为周公。我将你这一句出自肺腑之言转告清宁宫太后知道,她一定满心欢喜。"

多尔衮说道:"臣矢志效法周公,永无二心,上对天地祖宗和两宫太后,下对全国臣民!"

他同皇太后互相望着,有一霎间的四目相对,都不回避。皇太后被他的忠言激动,晶莹的双眼中禁不住浮出泪光。片时过后,她略微侧过脸去,看着茶几上的一盆尚未凋谢的春梅,关心地问道:

"摄政王,你率大军从何处进入长城?"

"十几年来,我兵几次进入长城,横扫北京附近和冀南、山东各地,都是从蓟州和密云一带择一关口入塞。近来据密探禀报,流贼占据北京以后,北京附近各州县都没有设官治理,只忙着在北京城内抢劫,准备登极。流贼没有将大清放在眼里,沿长城各关口全不派兵把守。所以我大清精兵还要同往年一样,从蓟州、密云一带找一个地方进入长城,或直攻北京,或在山海卫以西、北京以东,先攻占一座坚固城池屯兵,再与流贼作战。可惜进长城道路险峻,不能携带红衣大炮,全凭步兵和骑兵与二十万流贼作战,困难不小。可是臣既然奉命出征,志在必胜,务期消灭流贼,迎皇上与两宫太后定都北京,次第占领江淮以北数省,恢复大金盛世的功业,以报先皇帝的多年宿愿。请太后天天以教皇上读书学习为念,至于臣与将士们进长城以后如何行军作战,如何艰苦,请太后不必放在心上。"

圣母皇太后听了多尔衮的这一番发自衷曲的话,不觉在眼睛里浮出热泪,轻声叫道:"摄政王!……"她分明要说什么话,但是忽然意识到自己的太后身份,什么话也没说出。此时她望着多尔衮,多尔衮望着她,又一次四目相对,竟然忘记回避。但是在几秒钟之后,她忽然接着说道:

"摄政王出兵在即,国事很忙,你去处理军国大事吧。等会儿清宁宫太后醒来,你所谈的事情,我会向她转奏。小皇上初八日到大政殿上朝,向你颁发敕印,这是一次大的礼仪,十分隆重,我会教他记住。"她微微一笑,加了一句:"他到底是个孩子!"

多尔衮站立起来,行礼告辞。圣母皇太后唤进来回避在隔壁房间中的一个女官,将摄政王恭送出凤凰门。她坐在原处不动,等候宫女来禀报她清宁宫太后是否午觉醒来。对于多尔衮的谈话和离开,她心中既感到很大的兴奋和欣慰,也感到一点儿莫名其妙的动情和空虚。

第 九 章

多尔衮立刻投入出师前的紧张准备。四月初四日,他详细阅读了内院大学士范文程上的一封"启","启"中向他详细陈述了历年兴兵"伐明"的目的和经验,当前这次进兵的方略以及对待明朝官民的主要政策。范文程在"启"中说道:"此行或直趋燕京,或相机攻取,要当于入边之后,于山海关长城以西,择一坚城,屯兵而守,以为门户,我师往来,斯为甚便。"多尔衮对范文程所陈方略,甚为同意,决定撇开山海关,从蓟州和密云一带进入长城,相机与李自成作战,争取胜利。

到了四月初七日,多尔衮以摄政王名义,代表顺治皇帝,为出兵事到太庙祭太祖武皇帝(努尔哈赤),焚化祝文。接着又向大行皇帝(皇太极)焚化祝文。两道祝文,内容完全相同。在这两道祝文中,第一次正式称多尔衮为摄政,不称辅政。祝文中这样写道:"今又命摄政和硕睿亲王多尔衮爰代眇躬,统大军前往伐明。"这是以顺治的口气向太祖和太宗焚化的祝文,所以顺治自称"眇躬"。从此,多尔衮的摄政王名义正式确定。

四月初八日上午,顺治小皇帝爱新觉罗·福临,一用过早膳,就由圣母皇太后亲自照料,由宫女们替他穿戴整齐,先到清宁宫拜辞两位太后,然后在宫院中坐上黄轿,往大政殿上朝。当小皇帝在清宁宫向两宫太后告辞的时候,圣母皇太后向她的姑母问道:

"皇太后,你有什么话嘱咐他?"

清宁宫皇太后对他说道:"今天是大吉大利的日子,你坐在宝座上,摄政王和大臣们向你行礼,你只不动,连一句话也不用说。该办的事儿,内院学士们和礼部大臣都替你办好了。"

福临恭敬地听着清宁宫皇太后的嘱咐,不敢做声。随即母亲拉着他的手,激动地含着眼泪,用略带哽咽的声音说:

"小皇上,我的娇儿,你已经七岁啦,好生学习坐朝的规矩,再过十年八年你就亲自治理国事啦。你坐在宝座上,不要想到玩耍,身子不要随便摇晃,腿也不要乱动。不管摄政王和大臣们如何在你的面前行礼,你只望着他们,一动不动。你要记清:你是皇上!"

四个宫女带着小皇帝来到凤凰门内,刚刚坐进轿中,圣母皇太后又赶快赶来,又小声嘱咐说:

"你要赏赐摄政王敕书、银印,还要训话,你都不动,自有礼部大臣和别的官员替你去办。你只别忘了你是皇上,皇上!"

福临在心中想道:"做皇上真不好玩!"但是看见母亲的认真神气和蒙在眼珠上的模糊泪水,他不敢说出别的话,只在轿子里小声回答:

"我记住了!"

在大政殿的皇帝宝座上坐好以后,殿外开始奏乐。然后有一个文官赞礼,由摄政和硕睿亲王多尔衮为首,满、蒙、汉文武群臣向他行了三跪九叩礼。乐止,赞礼官大声赞道:"平身!"

睿亲王多尔衮刚刚站起身来,赞礼官又朗声说道:

"摄政和硕睿亲王多尔衮跪下,恭受敕印!"随摄政王出征的诸王、贝勒、贝子、公,接着多尔衮,按照赞礼官的鸣赞,跪了三次,叩了九次头。山呼:"万岁!万岁!万万岁!"乐止。礼毕。

文武大臣等,都在摄政王背后跪下。

左边有一张桌子,上边蒙着红毡。一位官员站在桌子后边等候。大政殿内外,庄严肃穆。福临坐在宝座上,向下看着以摄政王为首的大清国众多显要人物跪在地上,他的情绪有点紧张,心中问

道:"这是干什么呀?"但是不等他想明白,忽然听见赞礼官大声赞道:

"皇帝陛下钦赐摄政和硕睿亲王多尔衮敕印!……先赐敕书!"

一位礼部官员从班中走出,站在宝座前边,稍微偏离正中。另一位官员用双手从桌上端起一个盘子,上有用满、蒙、汉三种文字誊抄在黄纸上的敕书和一颗银印,端到读敕书官员的面前。赞礼官大声说道:"恭读皇帝敕书!"读敕书官员从盘中双手捧起汉文敕书,朗朗宣读。敕书较长,福临一句也听不懂,但是他知道这个文书十分重要,只好规规矩矩地端坐在宝座上,装做用心听的样子。偏在此时,他要放屁,只好竭力忍耐,让憋的一股气慢慢地释放出来。

敕书快读完了。读敕书的官员特别放大声音,庄严地读出下边几句:

其诸王、贝勒、贝子、公、大臣等,事大将军当如事朕。同心协力,以图进取。庶祖考英灵,为之欣慰矣。尚其钦哉!

摄政王和随征诸王等人齐声说道:"谨遵钦谕!"

赞礼官接着赞道:"钦赐摄政和硕睿亲王多尔衮'奉命大将军'银印!"

乐声又作,刚才宣读敕书的官员从盘子里拿起银印,捧在掌中,让多尔衮看见,随即放回盘中,交给等候身边的一位睿王府官员,恭捧出大政殿。

赞礼官朗声赞道:"平身!"多尔衮与诸王等人起立。忽然殿外乐声又起,赞礼官又赞:"摄政和硕睿亲王多尔衮今蒙钦赐敕印,实为不世荣幸,单独行三跪九叩头礼,感谢皇恩!"

多尔衮心中明白,尚未宣布散朝。他和全体王公大臣仍然肃立不动。马上,有一位礼部官员宣布:皇上念摄政王出征在即,为国宣劳,另有隆重赏赐;随征诸王、贝勒、贝子、公等大臣也各有不同赏赐。各种赏赐,另有官员送至各位王府与各家公馆,不必入宫谢恩。他宣布完后,转向皇帝宝座,躬身说道:

"请圣驾回宫休息!"

福临在凤凰门内下轿之后,在几个宫女的围绕中向清宁宫奔跑。两宫皇太后知道他坐在宝座上规规矩矩,没打瞌睡,也没贪玩,十分高兴。他母亲拉他站在膝边,对他说道:

"就这样练习上朝,以后你就好亲自执掌朝政了。"

福临忽然问道:"母后,各位王爷都上朝了,连三顺王也都去了,怎么没看见肃亲王呢?"

圣母皇太后不愿回答,望了她的姑母一眼。清宁宫皇太后叹口气说:

"孩儿,你忘了。他已经削去王爵,贬为庶人,不能够上朝了。"

"以后会不会杀他呢?"

"要看能不能在战场立功赎罪。倘若他能够在战场立功赎罪,摄政王就不会杀他了。"

福临的心头一沉,不再问了。刚才他坐在大政殿的宝座上,向下望着多尔衮向他下跪,磕了许多头,他想着多尔衮是一个大大的忠臣。现在他忽然厌恶这个人,觉得这个摄政王太可怕了。

多尔衮回到睿王府,命仆人们准备香案,护卫们在大门外列队恭候。果然,没过多久,一群官员和巴牙喇兵将皇帝赏赐的东西送来了。赏赐的东西有许多样,而最为重要的是一柄作为仪仗用的黄伞。我国从秦朝以后的两千年间的封建社会,黄色成为皇帝衣服和器物的专用颜色。多尔衮从今天开始正式称为摄政王,轿子前边的仪仗中可以有一柄黄伞,这表明他虽非皇帝,却有近似皇帝的身份。自从去年八月间他拉着胸无大志的郑亲王济尔哈朗,结为同盟,经过血腥斗争,拥戴六岁的福临继承皇位,到今日才实现了他的初步野心。从今天起,他的名号不再是辅政王,改称为摄政王。轿子前有半套天子仪仗,有一柄黄伞,还赏赐两柄大扇,一顶黑狐帽,另有名贵的貂袍、貂褂、貂坐褥、凉帽、蟒袍、蟒褂、蟒坐褥等物。

在睿王府的前院中摆一香案,上蒙带有黄流苏的红毡,毡上摆一巨大香炉,香气满院,香炉后边供着黄纸牌位,上边用恭楷写着:"大清顺治皇帝万岁。"睿王府的护卫们服饰整齐,外穿十三排扣的巴图鲁羊皮坎肩,显得特别英武。他们每人拿一件御赐之物,肃立两行。从礼部衙门来的官员站立在这两排巴图鲁(护卫)的后边。

在乐声中,多尔衮向上行了三叩头礼,谢恩。然后由王府一名章京将礼部官员恭送出大门上马。随即有一批大臣来给和硕睿亲王贺喜,有的人还为出征送行。在大厅中稍谈一阵,因知摄政王十分忙碌,赶快辞出,但是范文程和洪承畴被留下了。

摄政王带他们来到平日密商国事的地方。因多尔衮马上要分批召见随他出征的王、公、大臣,没有时间同范、洪两位内院学士坐下谈话,他站着对他们说:

"我曾经说过,洪学士在松山被俘,来到盛京不久,大概不到一个月的光景,我国潜伏在北京的细作,专门刺探明朝中央衙门的消息,抄来一个极其重要的文书。太宗皇帝看过之后,为不扰乱洪学士你的心思,只让范学士看过,不许在朝中传扬,立刻存入密档。如今情况已变,可以让你看一看了。范学士,你说是么?"

范文程赶快回答:"摄政王睿谋过人,只此一事,何时交洪学士阅读为宜,也考虑极佳,非常人所及。请王爷写个手谕,臣与洪学士去国史院将此秘密文书取出。"

"不必了。前些日子,我已经派人去国史院取出来了。"

多尔衮从腰间取出钥匙,打开存放重要文书的朱漆描金立柜,

取出已经拆过的封筒,上有"绝密"二字。他不直接交给洪承畴,而是交给范文程,对范文程说道:

"这在两年前是极其重要密件,过早泄露,一则会扰乱洪学士的心思,二则会在朝臣中引起一些无谓的议论。此时明朝已亡,这一文书也用不着作为秘密看待了。"

他锁好朱漆描金立柜,匆匆传谕接见已在等候着的王、公、大臣。范文程将文书装进怀中,辞出睿亲王府。他知道摄政王将文书交给他的用意,出大门外上马的时候,他对洪承畴说:

"九老,这一封重要文书,请你带回尊寓一阅。弟此刻先回舍下一趟,吩咐家人们为弟准备出征行装。等一会儿再来尊寓,将文书收回,退回摄政王府存档。"

"范大人,这文书中到底写的什么,如此重要?"

"你回到尊寓一看便知。其实,如今已经不重要了。"范文程拱手相别,回自己公馆去了。

洪承畴糊涂了,策马向自己的住处走去。

前几天,摄政王在谈话时提到两年前细作从北京城抄回来的这一封重要密件,太宗皇帝十分重视,只让范文程看过一次,立刻下谕存入密档,不许别人见到,不许谈论。这到底是什么密件?什么密件对他的关系如此重大?为什么到现在摄政王认为可让他一看?

洪承畴在马上似乎猜到了一点情况,又似乎仍然是个谜。他在心中说:

"不管它,反正马上就清楚了。"

为了这次南征,多尔衮一直就在加紧准备,十天以前就抽调满洲与蒙兵各三分之二,汉军旗的三顺王、续顺公等步骑兵的几乎全部,集中在盛京及其附近地方,粮秣辎重齐备,随时可以启程。

四月初九日上午,摄政和硕睿亲王多尔衮,率领多罗豫郡王多铎、多罗武英郡王阿济格,还有汉军三顺王、续顺公,满洲贵族的贝勒、贝子,以及八旗的几位固山额真、梅勒章京等带兵将领,在堂子里奏乐,行礼,十分隆重,只是因为大军已整装待发,省去了萨满跳神。出征队伍里,还有一个特殊人物,朝鲜世子李𣳫。他的随军南下,说明多尔衮对这次出兵的胜利很有把握。

在堂子行礼之后,又在堂子外的广场上向天行礼。

之后,多尔衮一声令下,放炮三响,声震大地,城内城外以及远郊近郊的列队等候的大清步骑兵一齐启程。

此后将近三百年间,不仅满族的命运,实际是整个中国的命运,从这震天动地的炮声中开始了。此时代表明朝的崇祯皇帝已死,明朝已亡国,李自成的主力军在十几天后就要全师覆灭,他本人将走上无可挽救的大悲剧道路。在中国历史上满族的青年英雄爱新觉罗·多尔衮的时代在炮声中开始了。

这是十几年来满洲军队向长城以内进兵人数最多的一次,行军序列和进入长城的路线都是计划好了的。摄政王带着一群朝廷大小文臣和朝鲜世子以及世子身边的陪臣,走在大军的中间略后,携带的辎重最多。这是南征清军的"大本营",不但部队的行动由这里发出命令,每天由盛京中央政府(朝廷)送来的禀报,也由摄政王批示。走在"大本营"前后的是上三旗①的人马,不仅是因为上三旗在清军中最为精锐,更重要的是上三旗历来是大清皇帝直接掌握的部队,好像皇帝的"御林军",如今理所当然地归摄政王直接掌握。

由于山海关没法通过,所以按照原定计划,大军离开盛京后向正西方向走,然后再向西南,从蓟州、密云境内找一两个口子进入长城,占领一座城池屯兵,稍作休息,再谋进攻北京。

---

① 上三旗——即正黄旗、镶黄旗和正白旗。

虽然辽东的气温比关内偏低,但目前毕竟进入了四月中旬,原野上草木发芽,小山上处处青丝,一片生机。满洲八旗兵,各旗序列整齐,步骑分开,虽然旗色有别,却习惯上衣服素白,映衬着青绿色的山岗和原野,格外显眼。行军时既没有号鼓声、海螺声,也没有说话声,但闻匆匆的脚步声和马蹄声,偶尔在旷野上有战马萧萧长鸣,互相应和。

多尔衮有时骑马,有时乘轿。为着减轻疲劳,并在路上阅读文书,乘轿的时候为多。由于他已经是摄政王,无皇上之名而有皇帝之实,所以乘坐的是四人抬的黄色便轿,前边有一柄黄伞。另外还备有一顶十六人抬的黄色大轿,分成多捆,由骆驼驮运。一座大的毡帐,外罩黄缎,称做帐殿,也由骆驼驮运。这些黄色便轿、大轿、黄伞,以及黄色帐殿,都是在他正式称摄政王之后,命主管官员从皇家库房中取出来的太宗皇帝的旧物,供他南征使用。他的黄轿前后,除几名随侍的包衣之外,最显得威风凛凛的是三百名特意挑选的巴牙喇兵,全是穿着巴图鲁坎肩,骑着一色的高头骏马。

走了三天,在休息的时候,摄政王派一侍卫章京将范文程叫到面前,问道:

"那封密件,洪学士可看过了?"

"看过了。"

"有何动静?"

"据洪学士的仆人玉儿讲,洪学士当时捶胸顿足,痛哭失声。"

"啊?哭了?"

"是的,他没有想到会是崇祯给他写的祭文。他自幼读孔孟之书,一则不忘君臣之义,二则崇祯的祭文确实写得动人。如今崇祯自缢殉国,他如果读了崇祯的祭文而不落泪,岂不是没有心肝的人。"范文程忽然口气一转,又说道,"不过,洪承畴一再嘱咐臣在王爷面前不要说出他读了崇祯的祭文忍不住流泪的事……"

多尔衮哈哈笑了,说道:"我正是要他对崇祯不忘旧恩,好为我剿灭流贼效力。他平日满腹韬略,如今怎么没有什么建议?"

"他看摄政王每日率大军前进,又要处理朝政,所以他不急着向王爷有所陈述。其实,他倒是有一些很好的意见。"

"他可以将好的意见写成禀启,我在晚上驻营休息的时候看,也可以在轿子里看。让他赶快将好意见写出来嘛。"

大军离开盛京的第五天,即四月十三日庚午,摄政和硕睿亲王多尔衮到了辽河地方,接到洪承畴的一封禀启,在便轿中赶快读完。当时大清朝廷中的文武大臣,有两件事都没料到:一是都没料到李自成会亲自率领几乎是全部进北京的人马离开北京,向距离北京七八百里远的山海卫讨伐吴三桂;二是都没料到一向坚不投降清朝的吴三桂会派使者向清朝借兵。因为事情的变化发展太出多尔衮和大清朝众多文武官员的意料之外,所以在多尔衮出兵之前,清朝的决策是先向正西走,然后转向西南,从蓟州或密云境内进入长城,稳扎稳打,看情况向北京进攻。因为多尔衮和清朝的文武大臣们没有料到情势发生了新的变化,所以大清的南征大军按照一般的行军速度往西,每日黎明启程,黄昏驻营休息。在洪承畴的禀启中,最重要的几句话是建议加速进兵,不让李自成从北京逃回陕西。他说:

> 今宜计道里,限时日,辎重在后,精兵在前,出其不意,从蓟州、密云近京处,疾行而前。贼走,则即行追剿,倘仍坐据京城以拒我,则伐之更易。如此,庶逆贼扑灭,而神人之怒可回。更收其财富,以赏士卒,殊有益也。

摄政王看过洪承畴的建议以后,仍按照原定计划,不紧不慢地向西行军。又过两天,四月十五日壬申,摄政王到了翁后(今阜新境内)地方。因为究竟是从蓟州境还是从密云境进入长城亟须确定,并要从此分路,所以大军在此驻军,晚上将由摄政王亲自主持,召开出盛京后第一次最高层军事会议。

等摄政王来到的时候,黄色的帐殿已经搭起来了。围绕帐殿附近,在树林中搭起了许多白色毡帐,朝鲜世子及其陪臣和奴仆,清朝中央政府随军来的一批大小文官和奴仆,各成聚落,分别搭起许多毡帐,然后是巴牙喇营的官兵们驻扎的许多毡帐,加上许多马棚和厨房,辎重兵住宿的各种帐篷,在周围一里范围内,大本营处处灯火,马嘶、人声,十分热闹,俨然是小小的行军朝廷。上三旗不在此地,都在一二里外。

摄政王进了帐殿以后,稍稍休息一阵,用过晚餐。因为离开盛京后就没有得到北京探报,不知道占领北京的"流贼"有何动静,心中不免烦闷。此时,各处驻军开始安静下来。多尔衮走出帐殿,纵目四顾,但见天青如水,月明星稀,四野寂静,原野上灯火点点,尽是军营连着军营。

多尔衮回到帐殿,派人将范文程和洪承畴二位学士叫来,商议大军进入长城后如何向北京进攻并截断李自成的各处援兵,以及占领蓟州,作为长期屯兵之地,准备与李自成在北京东边进行大战等等问题。谈到大清兵进攻北京,多尔衮想到北京守城的众多红衣大炮都已落入"贼"手,而清朝的为数不多的红衣大炮又不能随军带来,不免格外担心。刚说了几句话,一位在辕门专管传事的官员进来,在多尔衮面前跪下,说道:

"启禀摄政王爷,明朝平西伯吴三桂派使者携带密书一封,从山海卫赶来,求见王爷。"

多尔衮大为吃惊,问道:"吴三桂派来的使者是什么人?"

"奴婢已经问过,一位是吴三桂手下的副将,姓杨名珅;一位是个游击,姓郭。都是宁远人。"

"他们带来的书信在哪里?"

传事的官员赶快将吴三桂的书信呈上。多尔衮拆开书信,凑近烛光,匆匆地看了一遍,转给范文程,心里说:"没想到,求上门来了!"然而他按捺着高兴的心情,又向传事的官员说道:

"对他们好生款待!他们随行的人有多少?"

"禀王爷,共有十人。奴婢已经吩咐下去,给他们安排四座帐篷,赶快预备酒饭。他们想明天就回去向平西伯复命,问摄政王何时可以接见他们。"

多尔衮一摆手,让传事的官员下去。他粗通汉文,虽然还不能透彻理解书中的有些措词,但基本能明白吴三桂书中大意。吴三桂只是为报君父之仇,恢复明朝江山,来书借兵,并无投降之意,这使多尔衮心中略觉失望。等洪承畴将吴三桂的书子看完,多尔衮向两位内院学士问道:

"吴三桂只是来书借兵剿贼,并没有投降我朝之意,是不是?"

范文程转向洪承畴问道:"洪大人,南边的情况你最清楚,吴三桂派人前来借兵,我朝应如何回答?"

洪承畴望着摄政王说道:"最近我朝不得细作探报,对流贼动静全不清楚。据吴三桂来书判断,必定是吴三桂誓不投降流贼,流贼已经向山海卫进兵。吴三桂自知兵力不足,前无屏蔽,后无支援,山海孤城,难以固守,情势危急,所以来向我朝借兵。此正是我朝大兵进入中原,剿灭流贼之良机。摄政王天生睿智,韬略在胸,请问将如何回答?"

摄政王没有做声,将眼光转向范文程。

范文程说道:"臣以为这是我朝剿灭流贼,平定中原的大好机会。摄政王不必急于召见吴三桂的使者,可由臣与洪学士先接见吴三桂的两位使者,问清关内情况,再由摄政王决定我大清进兵方略。一切决定之后,王爷再召见吴三桂的使者,给予回书。"

多尔衮连连点头,说道:"好,就这么办。你们就在洪学士的帐中接见使者,赶快问明关内情况,向我禀报。我们连夜商定方略,备好回书,明日一早,召见使者,叫他们回关复命。"他微微一笑,仿佛自言自语地说:"哼,吴三桂有吴三桂的想法,我有我的想法。我是大清摄政王,又是顺治皇帝钦派的奉命大将军,可不会听吴三桂的指挥!"

范文程和洪承畴都明白摄政王的心思,十分兴奋,相视一笑,赶快辞出帐殿。

多尔衮在今夜就要决定战略的重大改变和行军路线,所以他命令范文程和洪承畴二人去接见吴三桂的使者以后,立即传知驻扎在近处的诸王、贝勒、贝子、公、三品以上文武大臣,火速来摄政王帐殿,商议军务大计,不得迟误,而驻扎在远处的王公大臣就不必来了。大家熟知睿亲王的军令甚严,且是在大政殿处分肃亲王豪格和斩了大臣杨善等人数日之后,谁也不敢大意,立即飞马而来。约摸两顿饭的工夫,以英王阿济格、豫王多铎为首的诸王、贝勒、贝子、公、文武大臣等二十余人,纷纷来到,进入帐殿,向摄政王行礼后,在厚厚的毡上坐下。大家已经知道吴三桂派来使者借兵的事,但不知摄政王如何决策。有人正要询问,范文程和洪承畴进来了。他们刚刚在毡上坐下,摄政王马上问道:

"你们同吴三桂的使者谈过话了?"

范文程答道:"启禀摄政王爷,我们在洪学士的帐中同他们谈过了,情况也问清楚了。"

"吴三桂为什么急于前来借兵?"

范文程回答说:"李自成亲自率领大军讨伐吴三桂,吴三桂只有山海卫一座孤城,兵力不如流贼,害怕无力抵御,所以派遣副将杨珅、游击郭云龙前来借兵。"

"李自成何时离开北京往东来?"

"本月十二日,流贼的人马开始从通州和北京出动,李自成本人于十三日出正阳门向山海卫来,把崇祯的太子和永王、定王带在身边,还带着吴三桂的父亲吴襄。"

"吴三桂打算如何对流贼作战?"

范文程回答说:"山海卫的地理形势,洪学士比我清楚。请他向摄政王爷详奏。"

多尔衮将目光转向洪承畴。

洪承畴赶快说道:"李自成攻破北京,并不想以北京作为京城,只想在北京举行登极大典之后即返回西安。因为吴三桂在山海卫坚不肯降,所以他的登极大典屡次改期,不能举行。在北京传说吴三桂起初答应投降,李自成派唐通前来山海卫接防,后来吴三桂不肯降了,回兵山海,将唐通的人马消灭大半,唐通几乎是只身逃回,其实全是谣传。吴三桂一直不肯投降,后来知道李自成进北京后的种种情况,更下定决心不降。他决定不降,李自成就非打他不可。不将吴三桂打败,李自成一则不能放心大胆地在北京热热闹闹地举行登极大典,二则害怕吴三桂会投降我朝,勾引我朝进兵。所以李自成下定决心,亲自率兵东征。"

多尔衮问道:"你说,吴三桂会投降我朝么?"

洪承畴回答说:"只要摄政王抓住时机,运用得当,吴三桂可望降顺我朝。"

"可是两年前松山大战之后,锦州祖大寿也投降了,我朝对吴三桂百计劝降,连先皇帝也两次下书劝其归顺,他都置之不理,无动于衷。现下他手中尚有数万精兵,肯降我朝?"

洪承畴说:"俗话说,此一时也,彼一时也。那时,明朝未亡,崇祯未死。吴三桂父子均为明朝守边大将,明朝也竭力供应粮饷,所以吴三桂尚有忠于明朝之心,不肯降顺我朝。如今明朝已亡,崇祯亦自缢殉国。吴三桂困守孤城,既无援兵,又无粮饷接济,而兵力又不如流贼强大,故而求救我朝。臣以为我朝十余年来总想进兵中原,重建大金朝盛世局面,都因山海关不在我手,隔断我大军进出之路。应趁此时机,迫使吴三桂降顺我朝,献出山海关。此是千载难逢良机,万万不可迟疑。"

多尔衮也抱同样想法,但是他暂不表明自己已经考虑成熟的决定,而是环顾众臣,按捺住心头兴奋,向大家问道:

"吴三桂借兵的信,你们都传阅了。你们大家有何意见?"

王公大臣们纷纷发言,各抒己见。多数意见是吴三桂只是借兵,帮助他打败流贼,恢复明朝江山,并没有向清朝投降之意。而且吴三桂在书子中写得明白,请我大清兵自中协、西协进入长城,他自己率兵从山海关向西,与我合兵,共同攻破北京,击败流贼。可见他仍然忠于明朝,不愿投降我朝,也不愿让出山海关。倘若吴三桂一面与流贼相持山海关城西,一面拒我于山海关城东,岂不误了大事?在讨论中,多数人主张按照吴三桂的请求,大清精兵出李自成的不意,从中协或西协进入长城,与清方原来的谋略相合。倘若李自成已经东征吴三桂,大清兵就可以从蓟州和密云一带截断李自成的后路,对李自成形成东西夹击之势,同时分兵进攻北京。等一举击溃了李自成,占据了北京之后,再迫使吴三桂献出山海关投降……

多尔衮觉得大家都是按照原来在盛京时的决策说话,没有看出来战争局势的突然变化。他想足智多谋的学士范文程刚才与吴三桂的使者谈过话,此刻定有什么新的主张,于是向范文程问道:

"你有什么想法?"

范文程回答说:"吴三桂派遣来的两个使者,一个是副将杨珅,一个是游击郭云龙,都是宁远一带人,是吴三桂手下的心腹将领。臣与洪学士向他们详细询问了吴三桂方面的情况以后,叫他们先去休息,等摄政王明日一早召见。他们出去以后,臣与洪学士谈了片刻,我们都主张应该急速进兵山海关,不必从中协和西协进入长城。"

"啊?!"多尔衮赶快问,"你们怎么想的?"

范文程说:"洪学士比我的想法高明,请他说出他的新主张。"

摄政王望着洪承畴问道:"我大清兵不再走蓟州、密云一带进入长城?"

洪承畴回答:"现在李自成进犯山海,我大军应该从此转道向南,轻装前进,直趋山海。原来我们不知吴三桂有向我朝借兵之事,臣只想到第一步是如何进入长城;第二步是在山海与北京之间占据一坚固城池屯兵;第三步是击溃流贼,占领北京;第四步是招降吴三桂,迫使他献出山海关,打通关内关外的大道。如今军情变化,以臣愚见,请摄政王将原谋划的几步棋并为一步走。也就是说,将招降吴三桂,打通山海关,击溃李自成,并成一步棋走。王爷睿智过人,遇此意外良机,何必再像往年一样,走蓟州、密云一带的艰险小路,替吴三桂独战强敌,留着他坐山观虎斗?"

多尔衮不觉将两掌一拍,脱口说道:"好,你说到了我的心上!"但马上又问了一句:"倘若吴三桂仍然忠于明朝,不肯投降,我军岂不被挡在山海关外?"

洪承畴已经胸中有数,立即回答说:"依臣看来,吴三桂并非明朝的忠臣,只是借忠于明朝之名对我朝讨价还价耳。如摄政王在此时处置得当,使吴三桂献出山海关,投降我朝,可不费过多的唇舌。"

"你怎么知道他不是真有心做明朝忠臣?"

"当流贼过大同东进的时候,崇祯下旨调吴三桂去北京勤王,蓟辽总督王永吉也亲到宁远催促。崇祯既下旨叫吴三桂赴京勤王,又命他不要舍弃宁远百姓,此系崇祯一大失策。但是当时吴三桂手下有四万精兵,可以分出两万人护送百姓,他亲率两万人疾驰入关,再从山海驻军中抽出三千精兵,日夜兼程,驰抵北京,代替太监和市民守城。倘能如此,一则北京必不能失,二则守居庸关与昌平的明军士气为之一振,不会开关迎贼。所以单就吴三桂借保护宁远百姓之名,不肯迅赴危城,以救君父之难来看,能够算是忠臣么?"

多尔衮轻轻点头:"说得好。再说下去!"

洪承畴接着说道:"倘若吴三桂真是大明忠臣,当他知道崇祯殉国之后,应该立即三军缟素,一面为崇祯发丧,誓师讨贼,一面号召各地义师,会师燕京城下,义无反顾。然而臣问了杨珅,吴三桂一没有为崇祯痛哭发丧,二没有号召天下讨贼。可见他一直举棋不定,首鼠两端,私心要保存实力是真,空谈恢复明朝江山是假。臣建议王爷趁此良机,迅速向山海关进兵,迫使吴三桂向我投降,献出山海城。倘若我不迅速迫使吴三桂投降,一旦山海城被流贼攻占或吴三桂投降流贼,李自成留下少数人马据守山海,大军迅速回守北京,我军此次的进军目的就落空了。"

多尔衮惊问:"吴三桂能够投降李自成么?"

洪承畴回答:"听杨珅说,李自成从北京率兵来山海卫讨伐吴三桂时,将崇祯的太子和另外两个皇子带在身边,将吴襄也带在身边,可见他对吴三桂准备了文武两手。所以倘若吴三桂经过一战,自知兵力不敌,再经太子的诏谕,加上其父吴襄的劝说,投降李自成并非不可能。所以我大军去救吴三桂必须要快,按原计划从蓟州、密云一带进入长城就来不及了。"

多尔衮想了片刻,又问道:"流贼李自成率大军从北京来攻打吴三桂,能够攻占山海城么?"

洪承畴略一思索,回答说:"吴三桂可以抵御李自成三日至五日,以后难说。"

多尔衮又略感吃惊,问道:"为什么吴三桂只能抵御三日至五日？"

洪承畴说："李自成必是担心吴三桂会向我朝借兵，所以匆忙间亲自率大军东征。北京距山海卫虽然只有七百余里，但因为北京附近各州县都没有对流贼真正降附，李自成又无后续部队，所以不仅是孤军东征，而且是悬军远征……"

"你说什么？"

"臣按照古人兵法所云，称李自成这一次是悬军远征。他的人马好比是悬在空中，上不着天，下不着地，必须一战取胜，败则不可收拾。因此之故，他必将驱赶将士死斗，不惜牺牲惨重，使吴三桂无力抵抗。"

"李贼从关内攻破山海城容易么？"

"比较容易。"

"为什么？"

"臣在出关之前，曾在山海卫驻军多日，故对山海卫地理形势较为清楚。洪武年间，徐达率领明军北征，将蒙古兵赶出长城，开始修筑山海城。历代以来，靠长城以界南北。所谓山海关，是指山海城的东门而言，所以山海城的东门修建得十分坚固雄壮。门外又有瓮城。瓮城虽小，然而城墙高厚，与主城一样难攻。关门向东，而瓮城门偏向东南，所以攻关之敌纵然用红衣大炮也不能射中山海关门。瓮城之外，又修了一座东罗城，可以驻屯人马。明朝行卫所之制，所以将近三百年来，此地并未设县，称为山海卫，习惯只称山海。而山海卫的西城墙在徐达眼中并不重要，只是匆忙修筑，城墙又低又薄，城楼比较简陋。后人增修西罗城，只想着备而不用，草草从事。吴三桂如与流贼决战，必在石河两岸和石河滩上。一旦战败，贼兵乘机猛追，必随关宁败军一起进入西罗城。李自成大军进入西罗城，乘关宁兵惊魂未定，攻破卫城不难。以臣愚见，请摄政王复书吴三桂，谕其投降我朝，同时我八旗兵从此转路向南,日夜兼程,直趋山海关,实为上策。请王爷斟酌!"

多尔衮将膝盖用力一拍,高兴地说:"好,就照你说的办!"

在摄政王黄色帐殿中参加会议的诸王、贝勒、贝子、公、文武大臣等,听了洪承畴的建议和摄政王的决定,都感到情绪振奋,纷纷称赞。但是有人问道:

"万一吴三桂不肯降顺我朝,如何是好?"

多尔衮转向洪承畴和范文程问:"是呀,倘若吴三桂只是借兵,不肯降顺我朝,如何是好?"

范文程回答:"刚才洪学士说得明白,明崇祯封吴三桂为平西伯,下密诏命他去北京勤王,他却借护送宁远百姓入关为由,不肯抽出一部分精兵日夜兼程,驰救北京,可见他并非明朝忠臣。他得知崇祯自缢殉国以后,既不命三军缟素,为身殉社稷的君父发丧,也不传檄远近,号召天下义师,共同讨贼,而是坐待山海,模棱两可。就此一事而言,岂是明朝忠臣!所以臣同意洪学士的看法,吴三桂目前向我朝借兵,声称要同我合力消灭流贼,恢复明朝江山,万不可信。实际上他要保存他自己与数万关宁将士不被流贼消灭耳。"

洪承畴马上接着说:"臣请摄政王立即率大军直取山海关,抢在流贼之前占领山海城。今夜即给吴三桂写封回书,明日交杨珅与郭云龙带回。书中大意,一则申明我朝闻贼攻陷京师,明主惨亡,不胜发指,所以率仁义之师,沉舟破釜,义无反顾,剿灭流贼,出民水火;书中第二层意义要写明吴三桂往日虽与我大清为敌,今日不必因往年旧事,尚复怀疑。昔日管仲射桓公中钩,后来桓公重用管仲,称为仲父,以成霸业。今伯若率众来归,必封以故土,晋为藩王,一则国仇得报,二则身家可保,世世子孙,长享富贵,如山河之永。"

多尔衮问道:"吴三桂已经率将士离开宁远,还要封以故土?"

范文程赶快解释:"洪学士思虑周密,这句话用意甚深,必能打动宁远将士之心。"

"啊?"摄政王向洪承畴看了一眼,"封到宁远?"

洪承畴说道:"臣闻吴三桂的亲信将领不仅在宁远一带有祖宗坟墓,还占了大量土地,交给佃户耕种。如今由摄政王答应封以故土,吴三桂手下的众多亲信将领必更倾心归顺。"

摄政王恍然醒悟,心中称赞洪承畴果然不凡。他又问道:"要将吴三桂晋封藩王?"

洪承畴说:"王爷今日不是辅政王,而是摄政王,有权晋封藩王。不妨将吴三桂晋封藩王的话,先写在书子中,随后由盛京正式办好皇上敕书,火速送来。"

多尔衮马上向坐在帐殿中参加议事的诸王、贝勒、贝子、公、文武大臣说道:

"今晚的会议到此为止,不再耽搁。你们各回驻地,传下军令:四更用餐,五更起营,直奔山海关,两白旗在前,其他满、蒙、汉随征各旗,仍按原来的行军序列不变。"稍停一停,他又补充吩咐:"各旗人马,都要轻装前进。运送辎重的驼、马,随后赶上……你们速回驻地去吧!"

参与议事的文武大臣怀着激动的心情,纷纷离开帐殿,乘马而去。多尔衮又吩咐两位官员连夜动身,转往锦州,命驻扎在该地的汉军旗将士,火速携带两尊红衣大炮赶往山海关。因为原来没料到据守山海关的吴三桂会差遣使者前来借兵,考虑到从蓟州和密云附近进长城,道路艰险,所以不曾携带红衣大炮。现在情况大变,红衣大炮用得上了。

洪承畴和范文程被多尔衮用眼色留下,没有同群臣一起离开。等吩咐两位官员连夜去锦州向山海关运送红衣大炮之后,多尔衮对洪承畴说：

"天聪十年春天，太宗爷将国号后金改称大清，改年号为崇德，受满、蒙、汉各族臣民及朝鲜属邦拥戴，在南郊祭告天地，废除汗号，改称皇帝，也就是登天子之位。当时洪学士尚是明朝总督大臣，在四川、陕西一带忙于剿贼，对辽东事知道很少，范学士深受先帝信任，辽东的局势变化，全都亲自目睹。从太祖创业，到太宗继承汗位，我朝国运兴盛，不但统一了满洲各部，而且北至黑龙江以外，招抚了使犬使鹿之邦，将那里一部分人民迁到辽河流域，从事农耕，不愿迁移的仍留在原地方靠渔猎为生。当太祖爷起事时，满洲分成了许多小部落，每一个城寨就是一个国家，靠游牧为生。太祖起兵之后，一面同明兵作战，一面同满洲各部落作战，真是艰难创业，才建立了后金国。到太宗继承皇位，又打了许多仗，平定了蒙古各部，除在太祖时建立的满洲八旗之外，又建立了汉军八旗、蒙古八旗。所以太宗要改国号大清，改年号崇德，登天子之位，立志进入中原，在中国合满、汉、蒙各族建立统一国家。太宗辛苦创业十七年，丰功伟业，照耀千载，可惜他怀此鸿图远略，未得成功，于去年八月初九夜间无疾驾崩。我们继承他的遗志，才决意出兵入关，誓灭流贼，救民水火。恰遇吴三桂差人前来请兵，真是天意兴我大清，才有如此机缘巧合！"

范文程说道："先皇帝生前不曾遇此良机，这也是上天有意使摄政王建立不世功业。先皇帝平生最仰慕大金世宗，喜读《金史·世宗本纪》，称之为小尧舜。臣记得，崇德元年十一月某日，先皇帝御翔凤楼，召集诸亲王、郡王、贝勒、固山额真、都察院官员，听内弘文院大臣读大金《世宗本纪》。可见先皇帝对金世宗一生功业的仰慕。然而以臣今日看来，摄政王秉承太宗遗志，佐幼主进入中原，荡平流贼，进而统一南方，君临华夏，将来功业应非金世宗可以比肩。"

多尔衮心情振奋,微笑点头:"等进入北京以后再看。金世宗虽然很值得尊敬,但毕竟只能割据北方数省之地。我们第一步是打败流贼,进入北京。至于下一步,以后看,以后看。你们今夜要多辛苦一点,命随征的文臣们连夜准备好给吴三桂的回书,你们看过以后,命笔帖式用黄纸缮写清楚,明日一早我再亲自斟酌,然后在大军启程前我接见吴三桂差来的使者,叫他们火速将书子带回山海。"

范文程和洪承畴退出帐殿以后,摄政王也很疲倦,赶快在两位随侍包衣的服侍下在柔软的、铺着貂皮褥子的地铺上就寝。但是他太兴奋了,因而久久地不能入睡。辗转反侧中,不自禁地想到马上来到的辉煌胜利,也想到年轻美貌的……

次日,四月十六日黎明,天色还不很亮,各营用过早餐,原野上号角不停,战马嘶鸣,旌旗飘扬,人马正准备启程。摄政王也已经用过早餐,站在他的战马旁边,一边看着十几个巴牙喇兵迅速地拆掉帐殿,连同帐中什物,绑扎妥当,又分绑在骆驼身上,一边等候吴三桂的两位使者前来。过了片刻,杨坤和郭云龙被摄政王的侍卫官员引至摄政王前。他们虽然是大明平西伯差遣来的使者,一个是明朝武将二品,一个是武将三品,但是一则明朝已亡,他们是奉命前来乞师,二则平日震于多尔衮的声威,到了多尔衮的面前立即跪下,不敢抬头,齐声说道:

"参见王爷!"

多尔衮向年纪稍长的问道:"你们谁是明朝的副将杨坤?"

"末将就是。"

多尔衮将目光移向另一边:"你的名字?"

"末将是游击将军郭云龙。"

"啊,啊。"多尔衮微露笑容,接着说道,"你们送来的平西伯的紧急书信,昨晚我已经看了。我备了回书一封,四更时候我将回书看了一遍,看见有几句话没有将本摄政王的意思说清。因这封书子关系重大,已命随征内弘文院文臣将书稿修改,命汉文笔帖式在今日路上停驻时候抓紧誊写清楚。大军今晚要在奔往山海关的路上有一个叫西拉塔拉的地方休息,到时将盖好摄政王印玺的回书交给你们。你们可星夜兼程,奔回山海,向平西伯复命。"

杨珅虽然已经知道清朝大军今日要往山海关去,但听了摄政王的话仍然吃惊。他大胆地抬起头来,说道:

"摄政王爷!末将虽然不知道我家伯爷在书子中怎么写的,但末将在山海卫动身的时候,我家伯爷对末将面谕:你见了大清国摄政王,说我关宁将士将坚守山海卫,对流贼迎头痛击,务请摄政王率大军从中协、西协——也就是从蓟州与密云一带进入长城,与我关宁兵对流贼李自成前后夹击,稳操胜券。山海城中的兵将已经够多……"

多尔衮沉下脸色,说道:"此是重要戎机,不是你应该知道的。本摄政王已经决定将平西伯晋爵藩王,关宁将校一律晋升一级。待消灭流贼之后,宁远将士仍然镇守宁远,原来所占土地仍归故主,眷属们免得随军迁徙之苦。至于从何处进入长城,本摄政王自有决定。昨夜本王已下令全军从此向山海关去,马上就启程了,你们随本营一道走吧。"

一位称作包衣牛录的官员捧来一包银子,送到杨珅和郭云龙面前,说道:

"你们带有十名护卫,这是摄政王爷赏赐的二百两银子,快谢恩赏!"

郭云龙双手将银子接住,大声说道:"谢摄政王爷恩赏!"

杨珅虽然心里还有疙瘩,但也跟着说了一句:"谢摄政王爷恩赏!"与郭云龙一起叩头,起身离去。此时,满、蒙、汉八旗兵的步骑各营,已经按照昨日的行军序列动身,原野上旌旗飘扬,十分威武雄壮。

多尔衮今日没有坐轿,骑马赶路。因为他昨晚睡眠很少,不久就在马蹄有节奏的嘚嘚声中半入睡了。

当天赶到西拉塔拉地方宿营。杨珅、郭云龙和他们的十名骑兵随着正白旗一起晚餐,又喂了马匹,休息片刻,拿到密封的摄政王给吴三桂的回书,赶快登程,向山海关奔驰而去。

多尔衮休息到四更时候,指挥大军出发。为着抢在李自成之前到达山海城,他不顾身体不好,继续乘战马,路上很少休息。虽然他今年虚岁才三十二岁,正在青春年华,但是一则正如豪格在背后说的话,他是一个有病的人,不会久于人世,到底有什么暗疾,至今是一个谜;二则自从在翁后地方见到吴三桂的借兵书信以后,他采取断然决定,改变原来进兵方略,转向宁远和山海关前进,同时在复信中要吴三桂投降大清。这是一着险棋。万一吴三桂不肯投降大清,他不仅贻误戎机,而且在大清国中会大大地损伤他的威望。他反复想过,李自成不仅有强大的兵力,拼死来抢夺山海城,而且将崇祯的太子和永、定二王以及吴三桂的父亲都带在身边,准备了文武两手,所以吴三桂拒绝投降清朝并非是不可能的。多尔衮一边骑马赶路,不得休息,一面为他的这一着棋的成败十分操心。

四月二十日下午,多尔衮到了连山,因为一直在马上奔波,故而十分疲倦。他估计李自成的大军也会到了山海卫的西城外扎营,正在一面准备攻城,一面用明朝太子和吴襄的名义招降吴三桂。想到这里,他登时忘了疲倦,下令大军继续赶路,到宁远城也不停留。

大约酉时左右,他忽然接到禀报:吴三桂有两位使者来了。他

立马等候,吩咐说:

"快叫吴三桂的使者来见!也快传范、洪两位学士来我这里!"他随即从马上下来,心中暗问:"会不会是吴三桂不愿意开关投降,来书阻止我军前进?"

范文程和洪承畴先来到摄政王站立的地方,恭立在他的背后,随即吴三桂的使者也被带来了。两个使者一个是郭云龙,另一个多尔衮不认识。他们一齐在多尔衮的面前跪下叩头,说道:

"给摄政王爷请安!"

"你们来有什么事儿?"

郭云龙回答:"我家伯爷有书子一封,差末将来恭呈王爷。"

郭云龙立刻从怀中取出密封的书子,双手呈上。一个随侍满人官员将装在大封筒中的书信接住,呈到摄政王面前。多尔衮示意叫他先呈给范学士,向郭云龙问道:

"杨副将怎么没来?"

郭云龙回答:"因为李自成昨天已经率大军到达永平,今日可到山海城下,所以我家伯爷将杨珅留在身边,协助他部署作战之事。今日同我来的这一位也是游击将军,姓孙名文焕。"

"你们先退下休息,稍等片刻,本摄政王有话面谕。"

郭云龙和孙文焕退走以后,多尔衮回头看见他背后的两位内院学士已经将吴三桂的密书拆开,正在共同阅读。片刻之前,多尔衮的心中尚有疑虑:吴三桂肯让出山海关么?他看见范文程的神情同他一样,只有洪承畴十分坦然。随即看见范文程的脸上露出笑容,多尔衮忽然放心了,问道:

"书子上说些什么?"

书子拿在洪承畴的手里,他赶快对摄政王小声读道:

"大明敕封平西伯兼关宁总兵官吴三桂致书于大清摄政王殿下……"

多尔衮略有不悦之色,说道:"念重要的话,念重要的话。到底他来书为了何事?"

洪承畴在心中一震,知道摄政王对吴三桂在书信中仍旧称自己的明朝官衔不高兴,赶快说道:

"这下边的话十分重要。他已投降我朝,决定将山海关让出来,请我大军进关,剿灭流贼。臣的福建乡音太重,请范学士读给王爷听。"

多尔衮望着范文程说:"好。范学士世居辽东,你接着读吧。"

范文程接过吴三桂的书信,清一下喉咙,字字清楚地低声读道:

> 接王来书,知大军已至宁远。救民伐暴,扶弱除强,义声震天地,其所以相助者,实为我先帝,而三桂之感戴,尤其小也。
>
> 三桂承王谕,即发精锐于山海以西要处,诱贼速来。今贼亲率党羽,蚁聚永平一带,此乃自投陷阱,而天意从可知矣。今三桂已悉简精锐,以图相机剿灭。幸王速整虎旅,直入山海,首尾夹攻,京东西可传檄而定也。
>
> 又,仁义之师,首重安民。所发檄文,最为严切。更祈令大军秋毫无犯,军民心服而财土亦得,何事不成哉!

下边还有几句不关紧要的话,范文程都不念了。摄政王十分高兴,同范文程、洪承畴略作商量,立即将郭云龙和孙文焕二人叫来,命他们立即返回山海,向平西伯禀报:摄政王率大军过宁远不停,今晚到沙河略事休息,明日午后到达山海关外。大军驻扎欢喜岭下,他本人驻在威远堡,在威远堡等候吴三桂来见。

郭云龙和孙文焕听了摄政王口谕,不顾疲劳,立即返回山海,而多尔衮统率的进关大军也向前进发了。

李自成　第九卷　兵败山海关

兵败山海关

第 十 章

杨珅和郭云龙两位跟随吴三桂多年的亲信将领,怀揣着向多尔衮要求借兵复国的重要书信,出山海关策马向北奔去,大明敕封平西伯兼关宁总兵吴三桂的心落下一半。剩下的一半,就是腾出手来,全力以赴加紧部署迎战李自成的战事。

按照传统的用兵道理,吴三桂应该派出一支人马去迎击大顺军,而不应让强敌进至城下。只是因为兵力不足,不能分兵防守永平,在远处迎击敌人,而只能在石河西岸拼死野战。所以他一面部署在西罗城之外与大顺军作殊死鏖战,一面将胜败前途寄托在满洲兵能够及时从中协或西协进入长城,抄大顺军的后路,使大顺腹背受敌。

部署完毕,吴三桂便下令在南郊演武厅搭起一座台子,召集一部分关宁将士、高级幕僚,以及佘一元等地方士绅,开一次誓师大会,振奋士气。台子上边设有香案,香案后设有一张供神的长形条几,上边供着用黄纸书写的大明皇帝的牌位,牌位前是香烟缭绕的黄铜香炉,香炉两旁点燃着茶杯粗的白色蜡烛。吴三桂在庄严的军乐声中率领关宁军中的文武要员与地方士绅,向崇祯皇帝的神主行三跪九叩头礼。直到此刻,吴三桂虽然知道要恢复大明江山非常困难,但是他依旧相信自己是大明的忠臣,没有考虑到投降清朝,所以当他率领关宁军的文武要员和本地士绅向崇祯的神主行礼时候,大家都满怀凄怆,几乎下泪。

行礼以后,吴三桂面向南坐在椅子上,向全场官兵和士绅们慷慨陈词,说明流贼首领李自成亲率十万贼兵东来,今日可到永平,一天后即会来犯山海。他决计诱敌深入,在山海城外,痛歼流贼,救出太子,重建大明江山。接着,他讲到兵饷奇缺,不能让将士空腹杀贼,只好请地方士绅代为筹饷。他的口气中带有威胁意味,也很打动人心。士绅们虽然只有佘一元有举人功名,有的是秀才,有的不曾进学,但他们都是将近三百年大明朝廷的子民,至今不能不怀着亡国之痛,视李自成为逆贼。当吴三桂向大家讲话时候,不仅他自己的感情慷慨激昂,那些文武官员和地方士绅,也无不饱含热泪。

吴三桂讲完话,命人将昨日在清查户口时抓到的一名细作拉出来祭旗。这细作被五花大绑,脑后插着亡命旗,一面大呼冤枉,一面被推到旗杆下边,强迫跪下。犯人尚在呼冤,一声未完,行刑者手起刀落,人头砍掉。斩了细作之后,被称为"南郊誓师"的重要仪式结束了。

这时候,吴三桂得到禀报:李自成亲自率领的东征大军,离永平只有一天的路程了。

杨珅和郭云龙带着向清朝摄政王多尔衮借兵的书信走后,一直没有消息,使吴三桂十分放心不下。到底杨珅在路上遇见了多尔衮没有?多尔衮率领的满洲大军何时能从蓟州与密云一带进入长城?这两件大事,由于杨珅和郭云龙没有回来,也没差人先送一点消息,使他又想到必须避免同李自成马上交战。一个对李自成的缓兵之计,又在他的心中冒头。

在南郊誓师一毕,吴三桂约请那些参加誓师的地方士绅到他的行辕继续议事。在他的军中,有许多善于出谋划策的心腹幕僚,在当时这类官员或称赞画,或称参议,或称参谋,名称并不统一,但职务都是谋士。他吩咐一部分谋士帮助武将去西城墙上和西罗城部署防御,一部分人则被请到行辕中来,经过一阵密商,吴三桂决定派遣七位地方士绅,赶快吃毕午饭,由行辕供给马匹,并往永平,迎接李自成,请李自成暂停在永平城,不要前进,等候平西伯差人前来议和。这几位士绅明知道事到如今,空洞的言辞无补实际,这一份差使不但徒劳,而且有性命危险。可是他们深知不幸生逢乱世,他们与家人都住在山海城中,吴三桂不再有朝廷管束,成了割据一方的古代藩镇,生杀予夺,任意施为。别说叫他们去见李自成,纵然叫他们去上刀山,跳火海,他们也不能不去。这七位士绅赶快回到家中,匆匆吃了午饭,带上干粮,与父母妻儿洒泪相别,在一个约好的地方聚头,骑上平西伯行辕为他们准备的马匹,心中叹气,匆匆向永平出发。

吴三桂得不到杨坤去满洲借兵消息,十分焦急,趁不到午饭时候,偕几位幕僚和本地较有学问的举人佘一元,登上西罗城,巡视防御准备。西罗城建于崇祯十五年,是临时修筑的土城,城矮而薄,城中本来很少居民,现在忽然搭了许多窝铺和军帐,驻满军队。靠城墙里边,修筑了许多炮台,架设了火器。山海城的西城墙上,新筑了两座炮台,架设红衣大炮,有火器营的官兵守在旁边。他们又从城头上往北走,察看一座小城,名叫北翼城。它的东城墙就是长城。吴三桂在城头站住,向北边观望一阵,看见长城从燕山上曲折而下,到达山脚,始交丘陵地带。从燕山脚到山海关看来不到四里之遥,就在这中间修筑了一座小城,填补了长城守御上的一段薄弱环节,十分重要。他又看见,这座小城中大约有三四万官兵守城,城头上备有弓弩和小的火器,城里搭有窝铺。吴三桂向左右幕僚说道:

"这座北翼城十分重要,原来修筑时是为对付关外敌人,如今对付关内敌人也很重要。是什么人在此守城?"

一位参谋官回答:"守将名叫张勇,是一位千总,叫他来叩见钧座么？"

"不用了。"吴三桂转向举人佘一元问道，"这一座小城很重要，也是当年戚继光主持修的？"

佘一元回答："不，这座小城的时间近。崇祯十年，杨嗣昌做山、永巡抚，修筑北翼城和南翼城，没想到今天很有用了。"

吴三桂因为挂心向清朝借兵的消息，没有再看别处，从山海关的左边下城，同幕僚们和佘举人分手，带着护卫们回公馆去了。

已经中午了。吴三桂进了内宅上房，看见爱妾陈圆圆正在神像前焚香许愿。明朝人最崇拜关公，尊他为协天大帝。在平西伯的上房后墙正中间悬挂着一轴关公画像，是从宁远带来的。画轴前的神几上的铜香炉中已经点着了一把香，陈圆圆正要跪下去磕头许愿。吴三桂问道：

"为什么人许愿？"

陈圆圆回答："流贼快要来到，这是伯爷进关后的第一次大战，愿关帝爷保佑伯爷在战场上兵锋无敌，旗开得胜，杀败流贼。"

"你也要祝愿满洲兵顺利地进入长城，与我军从东西夹击流贼。"

吴三桂刚说完这句话，忽听仆人禀报：杨副将与郭游击已经回来，等候传见。吴三桂蓦然一喜，回头大声说：

"快，请他们到小书房中！"

副将杨珅约摸三十四五岁年纪，原是白净面皮，眼睛有神，仪表堂堂。经过近几天日夜奔波，鞍马劳累，睡眠缺少，饮食上饥饱无定，风耗日晒，尤其是在归程中心情痛苦，又怕受吴三桂的严责，面色发暗，消瘦了许多。郭云龙也不如前，但是他只是陪同杨珅前去，心上的担子较轻，加上原来就是黑红面孔，也比较胖，所以表面的变化不大。

吴三桂看见杨副将,心中一惊,问道:"子玉,你见到清朝的摄政王了么?"

"回禀伯爷,摄政王多尔衮率领满、蒙、汉八旗大军日夜兼程,直奔山海关来。"

"啊?!奔往山海关来?不是从中协或西协进入长城?"

杨珅看见吴三桂的面色严厉,赶快从怀中取出多尔衮的回书,双手呈给主帅,说道:

"请钧座先看一看清朝摄政王的这封书子,卑职再面禀其他情况。"

吴三桂接过书信,抽出来展开一看,基本清楚了,在心中说道:"完了!完了!这可是俗话说的,前门拒虎,后门进狼!"他原来梦想他能够代表明朝旧臣,与清朝合力打败流贼,恢复大明江山,万没想到,多尔衮乘机胁迫他投降清朝,先抢先占据山海关,使他不但不能成申包胥流芳千古,反而成了勾引清兵进入中原的千古罪人。这么一想,他的手索索打颤,愤怒地向杨珅问道:

"我们原来探听确实,多尔衮决定按照往年惯例,率领八旗兵从中协和西协进入长城。我们写去借兵书信,也是这个主张,与他的想法一样。怎么突然变卦?你们见了他,当面怎么说的?你平日很会办事,也有心计,我将你看成心腹,怎么中了他的奸计?"

杨珅和郭云龙从椅子上站起来,将事情的经过说了一遍。吴三桂明白这是狡诈的多尔衮见机变卦,要趁此机会夺取山海关,灭亡中国。他原来暗中打算与清朝合力杀败李自成,迫使李自成交出太子和他的父亲,他在军中扶太子继承皇位。如今这好梦落空了,他父亲、住在北京的母亲和全家三十余口的性命难保了。他此时更明白自己身为亡国之臣,万事皆空,正如俗话所说:皮已经剥掉了,毛怎么能再生长?他深深地叹口气,落下眼泪,对杨珅和郭云龙说:

"事情如此结果,出我意外。但这事责任不在你们二位。我本来要留你们吃午饭,可是我此时心绪很乱,也很伤心,不留你们了。你们回家,洗一洗,吃一顿热饭,睡一大觉。晚上请到我这里用饭,我有事同你们商量。关于清兵要来山海的事,请暂守机密,对任何人不要泄露,以免士民惊骇,也会乱我军心。"

两位将领深谙主帅平西伯的心境,连他们自己也对多尔衮趁火打劫,率领清兵来占领山海关这件事深为不满,激起来民族情绪,心怀悲愤,向主帅拱手辞出。走出行辕大门时候,有两三位平日厮熟的军官笑着迎上来,向他们先道辛苦,接着小声询问向清朝借兵结果。他们摆摆手,不肯回答。人们登时心头一沉,收起了脸上笑容,退后一步,让他们赶快走了。

等杨珅与郭云龙走后,吴三桂将多尔衮的书信揣进怀里,去内宅用膳。大战临近,处处人马倥偬,满城中士民惊慌。加上强迫聚敛粮食和饷银,更加使山海城中的气氛大变,使人们有一种大难临头的感觉。幸而关于清兵正在向山海关奔来的消息,还在保密,连行辕中上下人等都不知道,所以平西伯府中一如平日。

陪平西伯用膳的只有两个人,一个是爱妾陈圆圆,一个是陈圆圆的养母陈太太。旁边有丫环、仆妇伺候。陈圆圆看见伯爵脸色烦恼,闷闷饮酒,使她对战事很不放心。她同妈妈,生长江南,从未经过战乱。在她的家乡,如今正是风光美好的时节,如古人说的,春水碧于天,画船听雨眠;又如古人说的,杂花生树,群莺乱飞。自从嫁到北方,如今是第一次遇到战争,而且不是小战,是关于吴平西和关宁军生死存亡的大战。外面哄传李自成亲自率十万大军前来,一二日内就会来到城下。她知道平西伯今日上午在南郊演武厅誓师,还斩了一个李自成的细作祭旗。还知道平西伯差往满洲借兵的使者杨副将刚才已经回来。借兵的结果如何?她很想知道。但是照吴府一向规矩,军旅事不许女人们随便打听,所以在一顿午饭时候她只能偷眼观察平西伯的脸上神色,温柔殷勤地敬酒,不敢随便开口。此刻,眼看一顿午饭快吃毕了,她有点沉不住气了,又看见她母亲几次向她暗递眼色,于是胆怯地小声问道:

"杨副将今日从满洲回来,有何好的消息?"

吴三桂站了起来,从一个丫环手中接过一杯温茶漱漱口,望着陈圆圆说道:

"军旅事你不用打听,两日内你自会明白。如今看来,必能杀败流贼,收复北京。"

陈圆圆蓦然一喜,如花的脸颊上绽开笑容,用苏州口音的娇声说道:"妾祝贺伯爷将建立不世大功!"

吴三桂没有笑容,在心中叹了口气,停住脚步,向美貌的爱妾和陈太太嘱咐:

"吩咐小厨房,预备几样精致菜肴,晚饭我要在书房中宴请三位文武官员。"说毕,他就大踏步出去了。

陈圆圆和她的妈妈虽然听说大战必将胜利的话,心中蓦然欣慰,但又互相望一眼,生出来莫名其妙的忧虑。唉,伯爷的神情显然是心思沉重!

吴三桂走进书房,在一个蒙着虎皮的躺椅上躺下去休息。局势的变化使他震惊,也使他不知所措。他本想闭目休息一阵,但是心乱如麻,忍不住重新掏出多尔衮的书信仔细观看。他心中骂道:"妈的,说什么代我报君父之仇,明明是乘人之危,趁火打劫,逼我投降,灭我中国!"他从躺椅上一跃而起,在书房中来回走了片刻,在八仙桌旁的椅子上颓然坐下,深深地叹口长气。恰在此时,陈夫人的一个心腹丫环,双手捧着一个朱漆长方茶盘,上边放着细瓷工笔花鸟盖碗,送到平西伯老爷的面前。这个丫环也是江南人,刚满十六岁,也颇有几分姿色。往日,她给主人送茶,倘若书房中没有别人,年轻的伯爷总是定睛向她的脸上端详片刻,看得她满脸通红,心中狂跳,低下头去。有时,吴三桂趁着无人看见,在她的脸蛋上轻轻地拧一下。她又害怕又害羞,退后一步,腰身一扭,回眸一笑,赶快走出书房。但是今天是陈夫人命她借送茶之名看看伯爷为何心情不快。她一进来就看见主人一脸懊恼神气,骇了一跳。她胆战心惊地将茶盘捧到主人面前,主人漫不经心地自己揭开碗盖,又漫不经心地将碗盖放在茶盘上,端起茶碗喝了一口,突然将茶碗向砖地上用力一摔,摔得粉碎。丫环大吃一惊,双手猛一摇晃,碗盖落到地上,碎成几块。丫环顾不得收拾地上瓷片,扑通跪下,浑身战栗,哽咽说:

"奴婢倒的是一碗温茶,没想烫了老爷的嘴。"

住在隔壁小房间中随时等候呼唤的仆人王进财慌忙进来,二话不说,弯身抢着拣拾地上的瓷片。吴三桂的一时忿怒,迅速冷静下来,他对丫环说:

"我不是生你的气,同你毫不相干,不要害怕。翠莲,你走吧。见陈夫人不要说我在书房中生气。"

丫环磕了个头,从地上站了起来。虽然是眼泪未干,但刚才吓得煞白的脸孔又恢复了红润。

中年仆人王进财将地上的碎瓷片收拾干净,站在主人的面前说道:

"翠莲这姑娘已经十六岁,连奉茶也不懂。送来热茶,烫了老爷的嘴,惹老爷生气。我再给老爷倒一碗温茶?"

吴三桂吩咐说:"进财,你快去将宁参议请来,我有要事同他商量。你顺便告诉行辕二门和大门口的值勤官员,伯爷我下午有紧要公事,凡不是我特意召见的,一概不传。"

不过片刻,吴府的家生奴仆王进财将参议官宁致远带了进来。他献茶以后,赶快退出,不妨碍伯爷与心腹参议官密商大事。

吴三桂先呼着宁致远的表字问道："子静,杨副将与郭游击已经回来啦,你见到了么?"

宁致远回答说："我听说他们在翁后地方遇到了清朝的奉命大将军、摄政睿亲王多尔衮。他们拿着伯爷的书信前去借兵,结果如何?"

吴三桂脸色沉重,没有回答,将多尔衮的回书交给宁致远,让他自己去看。

宁致远看了多尔衮的书信以后,脸色大变,一时说不出话来。

他是吴三桂身边的心腹谋士,参与了向满洲借兵的秘密决策。当时已经探知清兵决定由中、西协进入长城,他和吴三桂希望清朝的八旗兵与大明平西伯的关宁兵同心合力,东西夹击,杀败李自成,收复京城,并且在战场上救出太子,恢复明朝社稷。吴三桂是一个不读书的武人,遇事常依靠宁致远出谋划策。宁致远原是拔贡出身,乡试未中举人,自认为走科举这条路不能够致身青云,转而欲以军功图成。前几年由朋友推荐他入吴三桂幕中。吴三桂幕中十分缺乏人才,很快便得到重用,倚为心腹。

吴三桂见宁致远长久低头不语,问道："子静,你怎么不说话呀?"

宁致远抬起头来,恐惧地说道："鄙意以为,本地举人佘一元平日留心满洲情形,颇有见解。可以请他前来,共商对策。"

吴三桂沉吟说："会不会泄露消息过早,使山海百姓惊扰?"

宁致远说："一二日内,李自成率领的十万流贼与多尔衮率领的数万清兵,将同时到达山海,局势可以说万分紧迫。流贼从西边来,人尽皆知。清兵正从北边来,尚无人知。但是至迟明日上午,必须使士民知道,以免临时惊慌扰攘,影响对流贼作战。"

吴三桂认为这话也有道理,问道："你知道佘举人对满洲情况熟悉?"

"他是本地举人,在本地士绅中声望最高,所以致远就同他交了朋友。有时谈及时事,才知道他对满洲情况,颇为留意,识见远出致远十倍。目前遇此突然变故,出我们意料之外,如何应付为宜,不妨请他来商量一下。"

看吴三桂沉吟不语,宁致远又说:"他是崇祯举人,虽未入仕,却是忠于明朝。他又世居山海,家在城中。满洲人来占领山海关,为国为家,他都会为钧座尽心一筹。"

"好,叫仆人请他速来!"

佘一元的住家离吴三桂的行辕不远,很快就请到了。佘一元不知为何事请他前来,颇有惊惧之色。行礼坐下之后,仆人献茶退出,吴三桂将多尔衮率大军直奔山海关的消息告诉了他,并将多尔衮的书子交给他亲自一看。佘一元看了多尔衮的书信,半天没有说话,头脑完全懵了。他知道满洲人多年来势力强大,不甘心割据辽东,随时图谋南下,占领北京,所以昨天在南郊誓师以后,听吴三桂说将向清朝借兵,扶太子登极,恢复明朝社稷,他虽然口头上说这是申包胥哭秦廷,但心中却不由地想到石敬瑭,只是不敢对任何人说出来他的担心。现在看了多尔衮的书信,恍然明白,向北朝借兵的事,已经在暗中进行数日。如今多尔衮要趁机灭亡中国,收降吴三桂,绝不许扶太子登极,也绝不许再有一个石敬瑭!眼看清兵就要来到,三百年汉族江山,就要亡于一旦!佘一元既十分恐慌,又十分痛心。面色苍白,浑身打颤,落下眼泪,半天说不出话来。

吴三桂出身于明朝的武将世家,其舅父祖大寿也是名将,自己又受封为平西伯,所以他不甘心背叛汉族,留下千古汉奸罪名。看见佘一元的悲愤表情,他自然更为痛心,不禁也落下热泪。他与佘一元本来是素昧平生,驻军山海以后,因为军务在身,十分忙碌,与地方士绅没有多的来往。此刻没料到佘一元同样有亡国之痛,顿时产生朋友感情。他呼着佘一元的表字说道:

"占一仁兄,你虽然中了举人,但毕竟尚未入仕[①],没有吃朝廷俸禄,虽有亡国之痛,应比我轻。我今日请你前来,不是谈亡国之痛,是想请教你如何应付当前这种局面。大约再有两天,多尔衮就率领清兵来到,我如何应付好这个局面?"

佘一元心中仍很悲痛,回答说:"我虽未入仕,但是两天后清兵进关,我就要遵令剃发,不能不为之痛哭。一元五岁入学读书,十岁前背完'四书',接着就背诵《孝经》。《孝经·开宗明义》说:'身体发肤,受之父母,不敢毁伤,孝之始也。'所以汉人不剃发,不刮脸,以别于胡人。不幸生逢末世,竟连父母遗体尚不能保,岂不痛哉!"

吴三桂说:"如今国家尚不能保,何论胡子头发!据你看,多尔衮将要占领山海关,与我合兵杀败流贼。请问,你有没有好的主意,让多尔衮不占领山海关?"

佘一元长叹一声,说道:"事已至此,毫无善策。多尔衮这个人,心狠手辣。他决定要进山海关,打通清兵以后的南下大道。钧座若抗拒无力,反招大祸。只好顺应时势,迎他进关,先杀败流贼再说。"

"我原来想借清兵杀败流贼,从战场夺回太子,扶他登极。此梦今已落空。"

"满族人要占领北京,占领数省之地,恢复金朝盛世局面,是势所必至。此一形势,并非始于今日,而开始于皇太极继位以后。在努尔哈赤生前,满洲国家草创,无力进入长城,也未想到占领北京,只能割据辽东。努尔哈赤死后,皇太极继位,国力发展很快。努尔哈赤在位时候,俘虏了汉族人,有的杀掉,有的分给满族人家中为奴。皇太极继位以后,俘虏的汉人一律不杀,已经被卖作奴隶的汉人都予释放,还其自由之身。凡是被拆散的家庭,令其团聚。所以

---

① 入仕——明代严格实行科举制,中进士才取得正式入仕资格。

在皇太极的天聪年间,辽东的满汉两族之间不再仇视,和平相处,各安生业,户口增加很快。皇太极还招降了许多明朝叛兵叛将,尽量优待。像明朝的孔有德、尚可喜、耿仲明三个叛将,率部下泛海投降,皇太极都派人迎接,并且都封为王。到了崇祯九年,也就是清太宗皇太极天聪十年,满洲内部政局稳定,人口大增,兵力强盛,不但成了明朝的关外强敌,而且开始有问鼎中原之志。努尔哈赤初年,满洲都是些小部落,各据城堡,称为国家。努尔哈赤只是一个部落首领,依靠祖上留下的十三副甲起事,也依靠他的兄弟子侄都是自幼学习骑射,勇敢善战,通过战争和杀戮,吞并了其他部落。到了万历己未,经过萨尔浒大战①,难啊!明军战死了四万五千多人,文官武将死了三百多人。从这次战争以后,满洲人主宰辽东,已成定局,再想挽回昔日局势,虽诸葛复生,亦无善策。何况今日见明朝已经亡国,李自成又绝不是汉高祖与唐太宗一流人物,多尔衮岂能善罢甘休,坐失良机?"

吴三桂说:"崇祯年间,满洲兵几次进入长城,饱掠之后,仍回满洲。倘若此次也能如此就好了。"

"难啊!十余年来,满洲兵于秋冬之间农闲时候进入长城,在畿辅与山东掳掠人口、财物,于春末返回辽东。每次掳掠,使满洲人口增加,财力物力增加,而明朝国力不断削弱。这是皇太极要进入中原,在北京建立清朝的宏图远略。多尔衮就是继承他的遗志。这次清兵南下,与往日不同,其目的就是要毕其功于一役。如果一战杀败流贼,大概不出数月,清朝就会迁都北京,决不再割据一隅。"

佘一元深深地感叹一声,接着说道:"满洲自皇太极继位以后,国势日强,久有占领北京,灭亡明朝之心。可惜朝廷大臣中知道这

---

① 萨尔浒大战——萨尔浒是一座山,在辽宁抚顺西边,靠近大伙房水库。新建的后金天命三年(明万历四十六年)努尔哈赤在此地大败明军。

种可怕的实情者并无多人。杨嗣昌大体明白,但后来被排挤出朝廷,在沙市自尽。陈新甲知道得更清楚,给崇祯杀了。洪承畴也知道清朝情况,本想给明朝保存点家当,但他身为蓟辽总督,实际在指挥上做不得主。崇祯帝没有作战经验,又刚愎自信,身居于深宫之中,遥控于千里之外,致使洪承畴的十三万人马溃于一旦,终成俘虏。"

谈起两年前松山溃败,吴三桂叹了口气,犹有余恨。但现在他无暇重论此事,又向佘一元问道:

"你怎么知道多尔衮要在北京城建立清朝?"

佘一元回答说:"自古以来,各族胡人崛起北方,名色众多,旋起旋灭,不可胜数。其中有少数胡族,产生过杰出的英雄人物,为之君长,势力渐强,开始南侵,因利乘便,在中国建立朝廷。所谓五胡乱华,就是先例。辽、金、元也是如此。如今的满洲人,正是要步辽、金、元之后,在北京再兴建一个朝代。这一宏图壮志不是开始于多尔衮,而是开始于皇太极,所以我认为多尔衮这次率兵南下是继承皇太极的遗志。不管钧座是否派使者前去借兵,多尔衮都会乘李自成之乱率清兵南下。这道理就是,就是……"

佘一元一时想不起来用什么适当的话表达他的思想,不免打了顿儿。宁致远赶快说:

"朝代兴衰,关乎气数,非人事可以左右。"

佘一元毕竟读书较多,忽然灵机一动,对宁致远说道:"不然,子静兄。欧阳修云:'呜呼,盛衰之埋,虽曰天命,岂非人事哉!'我倒是更为相信人事。古人有言:'势有所必至,理有所固然。'多尔衮之志在于灭亡中国,夺取山海关只是顺手牵羊,这一切都已了然。满洲人蓄意占领北京,在关内建立清朝,将此志明告世人,是在崇祯丙子①春天。这一年四月,皇太极将大金国号改称大清,年

---

① 崇祯丙子——明崇祯九年,即公元 1636 年。

号改为崇德,废称汗号,改称皇帝,在沈阳南郊筑坛,祭告天地,受满、蒙、汉三族的百官和朝鲜使臣朝贺,奉表劝进,践天子之位。清朝要进入中原,继辽、金、元之后,统治中国,雄心决于此时。像这样大事,明朝的大臣们如在梦中。不管伯爷是否派人借兵,多尔衮都要继承皇太极遗志,率领清兵南下。倘若伯爷不派人前去借兵,与多尔衮在中途相遇,多尔衮从蓟州、密云一带进入长城,仍然会杀败流贼,攻占北京,在北京建立清朝。伯爷借兵,只不过使多尔衮临时改变进兵之路,并不改变战争结局。"

吴三桂听到这里,忽然想到自己勤王不成,君亡国灭,父母和一家三十余口陷于贼手,必遭屠戮,十分痛心。他向佘一元含泪问道:

"照你说来,我吴某只能做亡国之臣?"

佘一元也落下泪来,说:"一元虽未做官,但是幼读圣贤之书,已领乡荐(中举),今日竟不免做亡国之人,马上要遵照胡人之俗,剃去须发,岂不痛哉!岂不痛哉!"

佘一元与吴三桂不再说话,相对饮泣。宁致远也跟着流泪。但是他想着大清摄政王已经将平西伯晋封王爵,关宁两地的文武官员都可以跟着升迁,在宁远一带的田地房屋也可以收回。想到这些实际问题,虽然他也跟着落泪,却不像佘一元和吴三桂那样痛心。

三个人正在相对垂泪,吴府的仆人王进财进来,向主人禀报:

"佘举人老爷府上有仆人来传话,为老太太看病的陈大夫已经请到,请佘老爷速回,与陈大夫斟酌脉方。"

佘一元赶快用袍袖擦干眼泪,正要起身告辞,吴三桂用手势使他稍留片刻,又挥手使仆人退出。他向佘一元探身说道:

"我知道占一仁兄是一位孝子,既然令堂老夫人玉体违和,我不敢强留。只是还有件事,尚需请教,说完以后,你就回府。"

"钧座有何事垂问?"

"大概在两三天内,流贼与清兵同时来到山海,如何对付为好?"

"常言说,两害相权取其轻。李贼攻破北京,逼死帝后,灭亡明朝,此是不共戴天之仇。且李贼进京之后,不改贼性,纵兵奸淫妇女,拷掠官绅索饷,弄得天怒人怨。钧座必须亲率将士,一战杀败流贼。而清朝之兴旺局面与明朝数年来的内乱与衰亡情况,恰恰相反。故今日形势,钧座只有联清剿贼一条路走,他非一元所知。"

佘一元起身告辞,吴三桂将他送到书房门口。他们尽管地位不同,但同时想到一两天内就要变成满洲朝廷的臣民,同样心中凄然。佘一元正要拱手辞出,忽然想起一句要紧的话,低声说道:

"多尔衮来到时候,必然驻军欢喜岭或威远堡,等着你去朝见。请千万为全山海城的无辜百姓考虑,使之免遭屠戮之祸。"

吴三桂轻轻点头,叹一口气,向佘一元拱手相别。

吴三桂同佘一元谈话之后,已经不再幻想清兵还会退回沈阳,向参议官宁致远说道:

"子静,多尔衮乘我之危,逼我投降清朝,我实在不能甘心。但是权衡轻重,我认为宁可投降清朝,决不投降流贼。你看怎样?"

宁致远立刻抬起头来,回答说:"钧座所见甚是,甚是。事到如今,已无犹豫余地。望即速决定,今晚再给多尔衮写封书子,请他率大军星夜前来。我们在一二日内诱敌深入,与大清兵合力将流贼消灭在山海城下,收复北京。"

"'太子未死,目前在李贼军中。倘若夺回太子,即拥戴太子登极,以系天下臣民之望。'这话是否写在信中?"

宁参议沉吟片刻,摇摇头说:"我看不提为好。多尔衮在来书中有消灭流贼之语,也提出了为崇祯帝复仇的话,独不提恢复大明江山,他要使大清朝建都北京之意甚明。况且多尔衮以大清摄政王的身份晋封钧座为平西王,你已经变成了大清的,大清的……"

"你直说吧,多尔衮使我变成了大清的降臣,也就是他多尔衮手下的降臣!"

"唉唉,事情就是这样。木已成舟,只好如此,只好如此。"

吴三桂忿然说:"我本来是大明崇祯皇帝敕封的平西伯,硬逼我留下千古汉奸骂名,我姓吴的死不甘心!"

宁致远赶快用手势阻止吴三桂再往下说。吴三桂分明受到良心责备,落下眼泪,小声呼喊道:

"我这个亡国之臣,对不起殉国的先皇帝,对不起落入贼手的太子!"

"伯爷,请你千万不要这样想。伯爷欲效申包胥秦廷之哭,向清朝借兵并非投降。但天下事不如人意者十常八九,遇着个多尔衮确实厉害,后世会原谅你的苦衷。何况崇祯为人,猜忌成性,动不动诛戮大臣。你在他手下为臣,纵然立下大功,未必就能善终。何况在明朝异姓不能封王,你充其量升到侯爵。如今你实际尚未向清朝投降,多尔衮就封你为王,同早投降的尚可喜、耿仲明等同样看待。伯爷,你一晋封为王,你的麾下文武旧部都将跟着提升,这可不是一件小事!"

吴三桂没有做声,暗想着宁致远的这番话也有道理,轻轻地叹一口气。

宁致远接着说道:"还有一件大事,也是一大难题,我想钧座定会想到。倘若投降清朝,这难题就会迎刃而解。伯爷,你不能不为携进关内的二十万宁远难民着想。倘若处理不善……"

吴三桂的心中一动,赶快说:"你说下去,说下去。"

宁致远接着说:"当北京情况紧急时,崇祯帝起初不同意放弃宁远,认为祖宗的土地虽一寸也不可失。后来流贼日渐逼近,崇祯帝才同意放弃宁远,但必须将宁远一带的士民护送进关。这样就耽误了关宁兵去北京勤王的时间。为着日后向朝廷请求发给宁远士民到关内的安家费、救济费等等,我们上报的移民是五十万口,实际只有十几万口。这十几万宁远士民,为着皇命难违,离开了祖宗坟墓,丢弃了田产房屋,背井离乡,变成难民,遍地哭声,一路哭声。伯爷……"

"你说得好,说下去。"

"宁远百姓进入关内,遵照蓟辽总督的安排,分散到关内附近的昌黎、乐亭、滦州、开平等县安置。临时征用本地房舍、土地、粮食,供宁远移民之用,骚扰地方,而宁远移民亦生活十分困难。主客之间,暂时无事,一旦关内各地归流贼所有,宁远内迁之户必无生路。只有与清兵并力击败流贼,宁远人才能生存。按照多尔衮的书信,只要降顺清朝,等打过这一仗之后,宁远内迁难民,还可以回归故里,原有土地房舍,仍归故主,祖宗坟墓可以相守。这二十万辽民的天大困难,辽民与本地居民的利害纷争,随之冰释。古人云,识时务者为俊杰。目前情况紧急,望钧座深味此言,不要徘徊求存于两强之间。我们只知道多尔衮原来决策是从中协或西协进入长城,不料他中途改变主意,大军转向南来,一二日内可以到达。请钧座趁此时候,当机立断,转祸为福。"

吴三桂从椅子上站起来,在屋中走了一圈,脚步沉重地走回原位坐下,叹息一声,在心中忿忿地说道:"好啊,光棍不吃眼前亏,老子日后总会有出这口气的时候!"这句话他只能深深地埋在心中,直到二十九年之后,他才起兵反清,战事波及半个中国,经过八年,终被康熙皇帝平定,史称"三藩之乱"。

吴三桂重新坐下以后,盼咐宁致远立刻为他起草给多尔衮的第二封书信,催促摄政王多尔衮率大军赶快往山海关来。吴三桂看过稿子以后,经过他反复斟酌,修改一遍,然后誊写清楚。虽然多尔衮的回书中已经封他为平西王,然而一则要表示他的身份,用的仍是"大明平西伯"的名义,二则一时不能扭转他仅存的一点民族感情,对于大清朝摄政王封他为王爵的事,他没有一句表示谢恩的话。

晚上,他在书房中设便宴为杨珅和郭云龙二位将军洗尘,宁致远也参加酒宴,以便密商大计。当夜派郭云龙偕另一位游击衔的亲信将领孙文焕,往宁远的路上迎接多尔衮去了。

第二天,即四月二十日,李自成已过永平,继续东来,大战迫于眉睫。山海城中人心惶惶,空气十分紧张。只是吴三桂早就严禁城中士民逃出去,才能够勉强维持城内秩序。

早饭以后,吴三桂在行辕大厅中召集紧急会议,游击以上将领和高级幕僚全出席了。他一个人坐在椅子上,文武官员们按品级肃立面前,恭听他的讲话。他要将目前的局势向大家讲清楚。

他说:"多尔衮原来打算从蓟州、密云之间进入长城,可是在翁后接到我的借兵书子以后,忽然改变主意,已经转向正南,直奔山海关来,估计后日可到。"

一位将领愤愤地说:"这是乘人之危,想不费一枪一刀,占领梦想多年不能到手的山海关噢,什么帮助我朝!伯爷,你答应让清兵进关么?"

另一个人问:"伯爷,太子在流贼军中。杀败流贼之后,夺回太子,满洲人同意我们扶太子登极么?"

又有人说:"我家老将军在流贼军中,怎么办?"

吴三桂心中明白,满洲人决不会留下太子的性命,也明白一旦同李自成刀兵相见,他的父亲、母亲和住在北京的全家人必遭屠戮,悲声说道:

"唉,我身为大将,既不能扶太子登极,也不能保父母性命,不忠不孝!"随即失声痛哭。

杨坤接着向大家说明在翁后遇见清朝摄政王多尔衮以后的情况，还说多尔衮已经将平西伯晋封为平西王，平西王爷麾下文武官员都将相应提升，流散在关内的眷属都可以返回宁远，收回田地房屋，守着祖宗坟墓，安居乐业。听了杨坤对时局的补充介绍以后，大家的心情开始变了。

　　散会以后，各将领都赶快将局势的突然变化告诉自己的下属。关宁军只好接受这既成事实。因知道清兵即将来到，将要合力战败李自成，为崇祯皇帝报仇，士气反而突然提高了。

　　宁致远奉吴三桂之命，约请地方士绅佘一元等，将清兵即将来到的消息告诉大家，要大家传知百姓，不要惊慌。吴三桂另外派出二三百人清除威远堡土寨内外的荒草、榛莽、牛羊粪便，从欢喜岭上的大道到威远堡清理出一条干净道路，以迎接即将到来的大清摄政王和他的随行官员们。

第 十 一 章

离开北京的第一天,李自成到了通州。刘宗敏和李过率领大约三万人马继续向密云前进,大顺皇帝的御营和第二批三万人马则在通州停留一夜。北京城中有许多事他不放心。最近几天,北京城内和附近郊区,有几个地方在夜间出现了无头招贴,辱骂大顺朝都是流贼,宣传平西伯不日将率领大军西来,攻破北京,为崇祯皇帝发丧,恢复大明江山。另外,牛金星今日飞马转来河南、山东、山西各地消息:新占领的州县都很不稳,有的地方,当地士绅和明朝的旧有官吏,借口大顺新上任的官员征调骡马、金银、女人,引起民愤,公然号召部分百姓,群起驱逐大顺新派去的官吏,有的则把他们杀死。

自从崇祯十三年秋天进入河南以来,李自成打过多次仗,直到攻破北京,每次出兵他都是高高兴兴,认为胜利就在眼前,马到必然成功。然而今天的打仗与往日截然不同。今日的东征,他虽然在口中绝不露出一个字的真实想法,但内心中十分沉重,对胜利毫无信心,常常想到可能会无功而回,甚至也想到会吃败仗。虽然会败到什么地步,他不能逆料,但是他也想到会出现十分可怕的局面。他心中明白,他率领去东征的人马号称二十万,实际上只有六万,北京只留下大约一万左右战斗力不强的人马守城。万一在山海卫战争失利,不但不能靠北京增援,而且连退回北京、固守待援也不容易。

为着鼓舞士气,他在将士们面前总是面带庄严的微笑。庄严,是因为他已经是大顺国王；倘若不是吴三桂不肯降顺，他已经在北京登极，成为大顺皇帝了。微笑，是因为他知道将士们一则都很辛苦，二则去山海卫同关宁兵作战都有点害怕，至少说士气不高，所以他不能不用微笑或轻轻点头，给他的东征将士们一点无言的鼓励。然而他的心头是沉重的。他的心中压着两句话，不敢告诉任何人：战争非打不可，胜败毫无把握！

他到通州的时候，不过申时刚过，离天黑尚早。他担心局势会有变化，命刘宗敏和李过率大军继续前进，他自己率御营三千人马在通州停留一晚，处理要务，并决定明日四更继续赶路。

李自成目前虽然没有在北京举行登极大典，但他实际上已经是大顺朝皇帝身份，所以他要在通州暂驻，不仅事先传谕刘宗敏和李过等主要将领知道，而且他的驻地，以及各随征官员驻地，如何严密警戒，都在他到达通州前由主管官员作了妥善安排。近半年来，在新降顺的文臣口中，把这种在御驾驻地的严密警戒说成"警跸"。虽然李自成在说话时对使用这两个字尚不习惯，但在实际生活中他已经接受了这种从封建历史上一代代传下来的制度。尽管今天是在行军途中，在通州李自成的临时驻地，也层层岗哨，戒备森严，不要说老百姓，连他手下的文武官员想见他也不容易。

在通州驻下以后，李自成稍事休息，立刻命传事官员将宋献策叫来，商议他在马鞍上反复考虑的几个问题。

在往年作战，他充满昂扬的朝气，从来没有担心过可能战败。例如在崇祯十五年的夏天，他刚刚包围开封，老营驻扎在开封西郊大堤外，罗汝才的老营扎在他的附近，忽然得到消息，官军有两位总督和名将左良玉率领的十七万人马到了距开封四十五里的朱仙镇，他立刻约同罗汝才前去迎敌。因为出发很急，两座老营中屯积的大批粮食来不及带走，也没有多余的人马留下守护，任开封百姓出城来搬运一空。那时农民军迎战官军，情况虽然紧急，但士气却十分旺盛,李自成对大战充满信心,也完全掌握局势。但今天出征不同,李自成明白他的将士们进北京后士气衰落,既害怕同吴三桂的关宁兵作战,更害怕清兵进来。他自己虽然坚持东征,实际上预感到很可能出兵不利,心上的担子沉重,所以他要在通州停留一夜。

李自成在通州暂住的地方是明朝的一家官宦宅第,被他手下的将士们称为行宫,打扫得十分干净。他要同军师宋献策商议的问题极为机密,所以不仅窗外不许有人,连庭前的天井院中也不许有人走动。他很动感情地低声向军师说道:

"献策,自从崇祯二年起义,至今整整十六年了。这十六年中,孤身经百战,出生入死,可是很少像今日出征这样心思沉重。你是我的心腹重臣,可知道这是为什么?"

宋献策回答:"臣虽甚愚,但是忝为陛下军师,且蒙皇上隆恩,倚为腹心。今日御驾亲征,圣心沉重,愚臣岂能不知?陛下出征之前,臣曾经几次谏阻,也只为深蒙圣眷,欲在关键时候,直言相谏,以报圣眷于万一耳。今日已经东征,若再犹豫,必将影响士气,故臣考虑倘若战事不利,如何能够使局势不至于不可收拾。"

李自成明白宋献策不惟考虑到战争不利,而且考虑到很不利,考虑到局面甚至坏到不可收拾。他的心头更加沉重,在心中暗想:可是人马已经出动了,未见敌人,匆忙退兵,会使天下耻笑,处处叛乱,整个大局溃烂,陷于不可收拾之境。李自成沉吟片刻,对军师低声说道:

"献策,会到不可收拾的地步么?我想,吴三桂顶多只有三万多人马。万一我们去山海卫作战不利,可以全师而退,还不至于使大局不可收拾。当然,出师不利,不但会大损我军士气,也会大损孤的威望。孤的心头沉重,不过为此罢了。"

"不,陛下!臣所担心的不是吴三桂的三四万关宁人马,而是担心东房的八旗兵乘机南下,截断我军退路,或乘虚进犯北京。"

李自成说道:"献策!我在西安出兵前并没有将东房看成一件大事,只认为它历年来见明朝十分虚弱,所以几次兴兵南犯,如入无人之境。如今它见我军强大,所向克捷,直趋幽燕,攻破燕京,必不敢轻易南犯。等孤到了北京之后,起初也很大意,后来因为看见吴三桂竟然不降顺我朝,又得探报,知道东房正在调集人马,分明是有意南犯。到这时,孤才想着必是吴三桂知道东房将要南犯,所以他敢凭着山海孤城,决不降顺。既然局势如此紧迫,又如此险恶,怎么办?孤只有先东征山海,打败了吴三桂,然后对付东房,所以不听你与李岩的谏阻,决计出征。"

宋献策说道:"陛下确实英明,只是臣担心已经来不及了。"

李自成大吃一惊:"怎么来不及了?!"

"从崇祯二年以来,东房几次入犯,都是从蓟州、密云一带进入长城,威胁北京,深入畿辅,横扫冀南,再入山东,饱掠而归。臣担心我军正与吴三桂相持于山海城下,东房精锐之师已经来到北京近郊了。"

"会这样快?"

"长城自山海关至居庸关,绵亘一千余里,为隆庆初年戚继光亲自筹划督修,分为三协十二区,分兵防守。万历中年以后,防御废弛,后来更没有兵将驻守。崇祯年间,东房几次南犯,都是从蓟州、密云一带,找一个无兵防守的口子,自由进出。我大顺军虽然攻占燕京,却无兵防守长城。蓟州、密云两州县,何等重要,不但无兵驻防,连州县官也没有委派。一旦有警,无人禀报。我们如瞽如聋,必将措手不及。"

李自成不觉脊背上冒出汗来,只是因为他没有忘记自己的皇帝身份,仍然保持着庄严冷静的神情。他忽然记起来,前几天宋献策谏阻他御驾东征时曾经说过一句话:"吴三桂西来对三桂不利,皇上东征对皇上不利。"如今道理分明,他恍然明白,原来此次往山海卫御驾亲征,实为失策。但是大军已经出动,怎么好呢?……

沉默片刻,他想不起什么良策,向军师小声问道:"今天大军出征,万目共睹,不可改变。万一东虏南下,你,你,你……你有何良策可以解救我大顺军的眼下危局?"

"陛下,目前我兵过少,所以吴三桂敢于拒降,满洲兵敢于南犯。臣忝为军师,实无根本良策。倘若与吴三桂接战,必须一战取胜,迫其降顺,否则迅速退兵,以防满洲兵从蓟州、密云一带过来,使我不但腹背受敌,而且燕京空虚,有被东虏攻破之虞。"

"我军同吴三桂接战之后,倘若一时不分胜负,如何退兵?"

"吴三桂只是我大顺朝的癣疥之疾,真正的强敌是满洲人,必须从山海卫腾出手来,全力对付东虏。"

"孤有意调刘芳亮火速来防守燕京,你看如何?"

"臣也想过这一着棋,但不敢向陛下说出。"

"为什么?"

"刘芳亮所率偏师,原来不足二十万人。渡河入晋以后,由运城一带东进,攻破上党,东过太行,占领豫北三府。凡是重要之处,不能不留兵驻守。随后由彰德北上,先占冀南三府,后破保定,一直进到真定为止。为何不再向燕京进逼?实因他兵力逐渐分散,到真定已经成强弩之末。如果调他防守燕京,豫北、冀南、冀中各府州县,即将无兵弹压,处处叛乱,土地与人民均非我有。今日河南、山东各地,名为归顺,情况堪忧。刘芳亮手中的几万人马,不到万不得已,臣以为不要调动为好。"

李自成又沉默片刻,突然站立起来,在屋中低头彷徨,深深地叹一口气。

宋献策心中大惊,跟着站起,退避墙角。他虽然投奔皇上于初入豫西的困难日子,献《谶记》首建大功,以后被皇上倚为心腹,与牛金星成为大顺朝草创时期的左辅右弼,但是他深知自古至今,伴君如伴虎,随时都容易忠言见疑,正直招祸。是不是因他说出了各地人心不服的实际情况,招惹皇上的心中不快?是不是他近来曾谏阻皇上东征已经使皇上不高兴,如今东征第一天,他又说出了使皇上扫兴的话,将会遭到严责?刹那之间,他不能不想到,自从去年十月攻破西安以后,开始有大批明朝的官吏降顺,进入山西后第二批官吏降顺,进入北京后又有第三批。凡是新降官吏,都喜欢对新主阿谀奉承,歌功颂德,借以攀龙附凤,飞黄腾达。而皇上喜欢听新降诸臣阿谀逢迎的话,对不合心意的话就不愿听了。决定向北京进军,以及攻破北京以后的种种失计,都由于皇上的心思变了,不听他的谏言。如今……

李自成停住脚步,轻轻地感叹一声,转回头来叫道:

"献策!"

"微臣在!"

听皇上的声音平和,宋献策的心头上蓦然轻松,赶快问道:

"陛下有何面谕?"

李自成尚未说话,一位御前侍卫亲将在帘外禀道:

"启奏陛下,刘体纯有紧急军情禀报!"

李自成回答:"叫他进来!"

李自成与宋献策交换了一个眼色,都不做声了。

刘体纯被引进来以后,先向李自成叩头。不听到皇上吩咐,他不敢起身。李自成猜到不会有好的消息,轻声说道:

"二虎,站起来吧。有什么紧急消息?"

刘体纯叩头起身,站着说道:"我们派到山海卫城中的细作回来一个,向臣禀报,说吴三桂已经向满洲借兵了。"

李自成表面照常,心中大惊,不由地向军师望了一眼。他又向刘体纯问道：

"满洲兵现在何处？"

"回陛下，满洲兵消息，在山海城中传说不一。有人说满、蒙、汉八旗兵正在向沈阳集中，有人说八旗已经出动。近几年来，满洲人对关内的朝政大事，军旅部署，随时侦探甚明，我们却对满洲的动静不很清楚。崇祯十几年中，东虏几次进入长城，事先明朝都没防备，就因为侦探不灵，等着挨打。何况我大顺朝一直在内地对明朝作战，没有将满洲放在心中；进入燕京以后，才明白我朝的真正强敌不是明朝，是满洲人。我们平日探听明朝的各种消息很容易，如今事到临头，探听满洲方面的消息十分困难……"

李自成已经明白刘体纯要说明的是什么困难，他急于要同宋献策商量紧急大事，不要刘体纯再往下说，吩咐说：

"二虎，你去休息吧。要继续多派细作打探吴三桂方面的各种动静，不怕多花银子。我是大小战争中滚出来的，从来没有像今日这样情况不明，两眼黢黑！"

刘体纯退出以后，李自成叫军师坐下，叹了口气，说道：

"献策，这次东征之前，满朝文武，谏阻孤东征的只有你与李岩二人。看来你们的谏阻是有道理的。如今应该如何才好？"

宋献策坐了下去，沉默片刻，不敢急于回答，也不敢说出他的真实意见。李自成见此情况，催促道：

"有话你不妨直说。今日是大军东征的第一天，离山海卫尚远；到两军交战时候，你说出来就晚了。"

宋献策看见皇上此时确有诚意询问他的意见，虽然他仍然害怕出言招祸，但是身为军师，三军生命所系，大顺国运攸关，他又略微迟疑片刻，说道：

"此事关系极大，臣不敢直言。"

"你说吧。只要有道理，孤一定听从，纵然说错了，我决不怪罪于你。"

宋献策认为这是他再一次谏阻东征的一个机会,如果放弃这个机会,他必将留下终生悔恨。他抛开顾虑,恳切地对李自成说道:

"陛下!兵法云:'知己知彼,百战不殆。'皇上对于我军进入燕京之后,士气迅速低落情形,知之甚悉,故不得不御驾亲征,借以鼓舞士气。此种苦心,臣私心感动,几乎为之落泪。然而对知彼而言,最为缺乏。目前看来,满洲兵在何处,是否已经出动,打算从何处进犯幽燕,是否与吴三桂已经勾结一起,凡此种种实情,我朝全然不知,如在梦中。自古用兵,在出兵前十分重视'庙算'。孙子云:'夫未战而庙算胜者,得算多也。未战而庙算不胜者,得算少也。多算胜,少算不胜,而况于无算乎?'请恕臣死罪,容臣在大战前得尽忠言,以报陛下知遇之恩……"

"你说下去,说下去,有话直说不妨。"

宋献策说道:"数年来,陛下兵锋所至,无不克捷。往年兢兢业业之心渐少,听阿谀颂扬的话日多。从渡河入晋以来,陛下与左右之人,都以为天下已经到手,只等到燕京举行登极大典,就有了万里江山,江南各地可传檄而定。等到吴三桂坚不投降,才有讨伐吴三桂之议,而如此大事,群臣中向陛下谏阻者寥寥无几。直到此时,群臣中都认为吴三桂对我大顺不过是癣疥之疾,更没有看到我大顺军进入幽燕,占据北京之后,明朝已亡,能与我朝争天下的强敌不是吴三桂,而是东房。可是由于多年积习,内地汉人总是将满洲部落看成辽东夷狄之邦,非腹心之患。正所谓一叶蔽目,不见泰山。目前,东房是否已经同吴三桂勾结一起,不得而知;东房的八旗劲旅是否已经出动,不得而知;满洲兵将在何时何地同我进行恶战,不得而知。因为我对敌人动静茫然不知,冒然孤军东征,所以就没有'庙算',正如古人所云:'盲人骑瞎马,夜半临深池。'请陛下听从臣再一次披沥陈词……"

李自成的心中蓦然震动,且有点生气,将眼一瞪。他的左眼下边,离眼球半寸远处,在第一次攻开封时留下的箭伤疤痕,在眼睛怒睁时特别怕人。他没有大怒,用冷冷的口吻说道:

"今日是东征的第一天,你专说扫兴的话!"

宋献策立刻跪到地下,颤声说道:"臣死罪!死罪!"

李自成没有再说别的话。有一个片刻,他望着跪在地下的宋献策,既没有对他说什么责备的话,也没叫他平身。虽然宋献策说出了许多使他大为扫兴的话,分明已经断定东征必败,但是军师的话确实都有道理。这时,他忽然看见,宋献策的两鬓上有了许多白发,下巴上也有一些白须,而三四年前,并不是这样的。自从崇祯十三年十月间宋献策到他的军中,不但向他献上《谶记》,立了非凡大功,而且在重要谋略上,在帮助他进行大顺军的新建制上,都献出了心血,非一般文臣可及。他想了一想,用温和的口气说道:

"你说的有道理,也是出自忠心。快坐下,孤不会怪你。孤有重要话问你,快坐下吧。"

宋献策叩了个头,重新坐下。李自成紧皱双眉,小声问道:

"军师,你是孤的股肱之臣。崇祯十三年,孤初入河南,正是困难时候,牛金星来到军中,紧接着你也来了,又接着是李岩来了。可以说是风云际会。几年来同心同德,共建大业。目前东征胜败,大业所系。你替孤拿个主意。"

宋献策看出来李自成的心中彷徨,仗着胆子说道:"请陛下拿出壮士断腕决心,传旨停止东征,三万人马在通州准备迎敌,三万人马回燕京准备守城。"

李自成沉吟片刻,说道:"不行,此计孤不同意!"

宋献策不敢驳辩,胆怯地问道:"陛下有何睿见?"

李自成紧皱双眉,神情威严,小声说道:"献策!你想想,如今大军已经启程,天下臣民皆知,消息也已经传往长安,连吴三桂那方面也知道了。事已至此,不见敌而忽然退兵,自毁士气,自乱阵脚,自损声威,自古无此用兵之道,不仅见笑于今世,也将贻讥于后人。现在东房方面,尚无确报,也许尚未出动。孤决定趁将士们因孤亲自东征,士气转盛,奋力一战。倘若不乘此一战,士气再低落下去,想鼓起来很难,惟有在燕京等着挨打。为今之计,应该趁满洲兵尚未来到,我大军迅速进到山海城下,迫使吴三桂向我投降;如不投降,就一战将其击败。然后,马上回师,与东房决战。这是孤的主意,你看如何?"

宋献策不敢回答,只佯装沉思不决。

李自成知道局势确实危险,但又不愿停止东征,犹豫片刻,下定决心,说道:

"献策,东征之举不能中止,一中止即葬送了国家威望,破坏了全军士气。在此情况之下,你用笔记下来,马上去办。今夜就完全办妥,将孤的谕旨迅速发出,不可耽误。"

"遵旨!"

因为今日是在行军途中,并非战场,所以御前官员们在李自成驻地正厅中除陈设御座外,在另一张桌上陈设笔砚,以备使用。宋献策走到陈设笔砚的桌边,打开墨盒,膏好毛笔,摊开一张笺纸,回头望着李自成说道:

"请陛下谕示。"

李自成说:"你记清楚,第一件事,传谕保定刘芳亮,立即调集两万精兵,交谷可成率领,火速赶来燕京,不可迟误!"

宋献策迅速记下皇上原话,复述一遍,随即停笔恭候。

李自成接着说:"传谕驻荆州权将军袁宗第,如左良玉在武昌无重要动静,望将湖广军民诸事交白旺处置,袁宗第本人速调集五万精兵星夜赶往河南,镇压叛乱,即在河南等候后命。"

宋献策一边记下上谕,一边在心里感到欣慰。他深知袁宗第是一员虎将,携五万大军回师河南,不但河南的局面不致糜烂,而且对黄河以北的战事也随时可以救援。他将口谕记录念了一遍,又一次停笔恭候。

李自成又吩咐道:"向天佑阁大学士传孤谕旨,催罗戴恩押运金银珠宝速回长安,如尚未走尽,必须悉数启程,妥运无误。这是一件大事。还有第二件,燕京各城门严禁出入,不许官员外逃。第三件,将城中存放的红衣大炮,全交李岩迅速运到城上,安好炮位,检查弹药,擦净炮膛,宁可备而不用,不可临时慌张……"

宋献策不觉说道:"是,是,非常重要!"

"啊,还有一件大事,孤几乎忘了。"

"请陛下谕示。"

"传谕留守长安的权将军泽侯田见秀:张献忠已在四川成都建立大西伪号,派重兵驻在广元,又派出一支人马进犯汉中。田见秀务必速派得力将领,剿灭进犯汉中一带的张献忠零股逆贼,夺取广元,并做好准备,俟孤回师长安以后,即派大军入川,扫荡献贼,不使其割据一方,为患将来。"

宋献策将记录恭述一遍,问道:"还有何谕示没有?"

李自成说:"没有别的紧急事啦。你回到随征军师府,将这几道谕旨办妥,晚膳后送来,孤看过以后,由你军师府连夜发出,不可迟误。"

宋献策马上回到随征军师府,屏退闲人,只将两位机要书记官叫到面前,从怀中取出皇上的绝密口谕记录,命两位机要书记分别拟好谕旨稿子。宋献策将稿子仔细看过,改动几个字,使之更符合皇上平时说话的口吻。然后命一位同皇上左右常有来往的书记官赶快进行宫去,请皇上亲自一阅。

崇祯十六年三月,李自成杀了罗汝才,改襄阳为襄京,建立新顺政权,自称新顺王,初步设置了中央和地方政权。从那时开始,军政事务日繁,以新顺王名义发出的各种告示、命令,都是文臣拟稿,经他过目,由他用朱笔在稿子后边写一个草书"行"字,俗称"画行",这文件就可以由分管的文臣用楷书誊抄,再请掌玺官加盖印玺,向外发出。到了西安,建立了大顺朝,制度更为严密,而李自成对"画行"也已经成了习惯。

李自成正要用晚膳,简单的、热腾腾的菜肴已经摆到了桌上,军师府拟好的谕旨稿子送到了。李自成立刻放下筷子,赶快审阅拟稿。他只在关于催令火速押运金银珠宝等财物全部离开燕京的谕旨中加了一句:"务将罗虎棺材运回长安厚葬,以慰忠魂。"别的文书也有改动一二字的。李自成用朱笔画行之后,立刻交军师府来的官员带回。

宋献策将皇上用朱笔批改和画行的文书恭读一遍,命书记官们按照规定程式,用楷书分别缮写一份,后边只盖军师府公章,每道谕旨装入一个特制封函,上注"绝密"二字,打成一包,包外写明:"交天佑阁大学士府即交行在兵部衙门,六百里塘马速投。"由于牛金星是当朝首相,凡关于全局大事,必须让他明白,所以所有的谕旨都另外抄录一份,上边注明"交天佑阁大学士亲启"。宋献策马上派一官员,带领两名兵丁,立即将这些绝密的十万火急文书送往北京。当时,虽然大顺军已经占领了从北京经冀南过河南、到湖广的广大地方,但是都不稳固,几乎处处都有叛乱,所以这些文书必须送相府,再交给"行在"的兵部衙门,然后传送到应该送去的地方。例如袁宗第驻在湖广荆州,路途遥远,河南局势不稳,只有"行在"的兵部衙门知道怎样将文书送到荆州。当这件事办完以后,宋献策又亲自将经皇上朱笔画行的文稿交专管机密档案的官员收好,这才用晚膳,这时简单的菜肴和馒头在桌上已经凉了。

为着明早四更就要出发,忙碌了一整天的宋献策必须赶快睡觉。然而他躺下以后,想着这战争毫无取胜把握,他做军师的责任重大,竟无良策,忽然出了一身冷汗,疲倦和瞌睡一下子都没有了。

李自成也同样不能入睡。他今天在马上本来想了许多问题,明白他的御驾东征并没有必胜把握,然而又不能改变决定。来到通州驻下以后,经过同宋献策的深谈,他心中更加清楚:此次东征吴三桂很是失计。如果一战不胜,满洲兵乘机来到,局势将会不可收拾。尤其他想到燕京空虚,只给牛金星和李岩留下一万人马守城,倘若他东征不利,不但不可能求助援兵,更可怕的是,当他正在同吴三桂作战时候,满洲兵从密云一带突然进入长城,一方面截断他的后路,一方面进攻燕京,将他置于绝地。想到这里,他的睡意一扫而光。

后来他想起来窦妃也谏阻他不要东征。当窦妃知道他决定要亲自东征的时候,胆怯地对他说道:

"皇上,北京重地,陛下不可离开,命一位大将代陛下东征不可以么?"

李自成没有马上说话,一则不愿助长妇女干政之渐,二则他有难言之苦,不能对窦妃明说。可恨的是,他的大顺军进入北京以后,很快贪恋女色,抢掠财物,士气颓丧。他听说一般将士认为,李王进北京为的是打天下,文武官员们为的是封官晋爵,他们下级将士为的是"子女玉帛",自古就是这个道理。这是从前没有过的情况,不但他自己心中明白,宋献策和李岩二人也明白,还有他的侄儿李过也看得清楚。因为牵涉到刘宗敏,所以他们不肯明白说出。如今对着窦妃,李自成当然不肯明言。他只是轻轻叹口气,说了一句:

"目前情势,我必须御驾亲征,振作全军将士之气。不要几天,就可以胜利归来。"

黎明时候,李自成用过早膳,正准备离开武英殿的宫院,窦妃跪下送行,神色黯然地说:

"从今日开始,臣妾每夜在武英殿丹墀上焚香拜天,祝愿皇上早日扫平逆贼,全胜归来。"

窦妃的神色使李自成的心中一动,拉她起来,对她说道:

"你不须为战事挂心,一切都会顺利。如今夜间,丹墀上风露很凉,容易使你……"

当时因御林军已经在东华门排好队伍,双喜进来催促皇上出宫,将李自成的话打断了。此刻因为不能入睡,窦妃的忧容又出现在他的眼前。他轻轻叹了口气。

过了许久,窦妃的面影淡下去。罗虎忽然戎装整齐,腰挂长剑,恭立在他的面前。他先是一喜,继而一惊,想起来罗虎已经在洞房中被刺身亡,惊骇地看着罗虎问道:

"小虎子,你……"

"是的,陛下,臣特来保驾东征。刚才臣已经拜见过军师,也见过了双喜哥,他们都高兴我能及时赶来。……陛下,请醒一醒,该用早膳了,快要启驾了。请醒一醒,陛下!"

李自成忽然看见罗虎的脖颈有一片血污,悲痛地叫道:

"罗虎!小虎子!……"

"不是小虎子。是我,陛下。"宋献策刚刚被御前侍卫将军李双喜带进来,站立在李自成的床前,"陛下,该启驾啦,今天要赶往密云!"

李自成醒了,看见宋献策和双喜站立他的床前,行宫外正打四更,耳边仿佛犹记得罗虎的声音:"陛下,请醒一醒!"他不禁感伤,赶快披衣起床,向军师问道:

"献策,昨日你很辛苦,睡眠如何?"

"臣深愧身为军师,有负陛下知遇之恩。"

"是为东征之事么?"

"臣问心有愧,在床上难以成寐,不完全指陛下东征的事。"

"还有什么事使你睡不着觉?"

宋献策昨夜忽然想到不该同意派唐通和张若麒去山海犒军并劝说吴三桂投降。他非常后悔,后悔自己同牛金星号称李王的左辅右弼,几年来竟没有想到为李王物色和提拔一两个既懂军事,又善辞令的心腹能臣,关键时刻能够奉派出使,折冲于樽俎之间①。这不仅是宰相之失,也是军师之失! 但这种后悔心情,他不能对皇上说出,恐怕会送了唐通和张若麒二人性命。唉,谁晓得他们见吴三桂以后说的什么话? 搞的什么鬼?

吴三桂在山海卫南郊誓师的这一天,李自成到达了永平。永平虽然是一座府城,也曾是蓟辽总督的驻节之地,但是因为战争缘故,居民很少,房屋残破,十分萧条。大顺军除有一万骑兵向前进二十里,对吴三桂进行警戒之外,李自成和大本营将士都在永平城内和四郊停留休息。唐通的两千多明朝降兵奉命随征,也在永平城外休息一夜。

这天晚上,李自成在临时驻地,也称为行辕,召集重要将领开会。由于明天(四月二十日)黄昏前东征大军可以到达山海西郊的石河西岸,再休息一夜,倘无意外变化,后天上午就要同吴三桂的关宁兵开始厮杀,所以今晚的会议特别重要。

开军事会议的地方是在明朝蓟辽总督衙门的正堂。中间摆一方桌。李自成在方桌后面南而坐,椅背上搭有黄缎椅搭,表示他的皇上身份。因为椅子不够,只有军师宋献策和刘宗敏、李过两位权

---

① 折冲于樽俎之间——折冲:指制服敌人。樽俎:古代的酒器和盛肉的祭器。折冲樽俎,指在会盟的酒宴上制胜对方。

将军有椅子坐,其余从制将军以下大小将领二三百员,向李自成行过简单的拱手礼以后,整齐地坐到地上。李自成向军师轻轻点头,催他说话。宋献策站立起来,向大家说道:

"本军师奉皇上之命,将后天上午与吴三桂作战要领,告诉各位,务须重视。我说完以后,刘爷另有几句话要吩咐大家。然后各位赶快睡觉休息,明日四更用餐,五更以前出发。骑兵与火器营在前,赶在黄昏前到石河西岸扎营,如遇敌人阻拦或零股骚扰,即予痛击,确保大军在石河西岸三里以外扎营,休息一宿,后日上午进行鏖战,进攻山海城。我军是孤军远征,皇上御驾前来,不能停留较久,必须在后日一战,将吴三桂的人马杀败,逼其投降。"

李自成提示一句:"你将山海卫的地理形势与吴三桂的兵力情况告诉大家。"

宋献策随即说明了山海卫的地理形势,特别说道:"山海卫是在长城里边,它的东门是山海关。山海关是天下雄关,不好攻破,但不在我们这边。我军是从西边攻打山海城,攻破山海城就能从里边夺得山海关了。关宁兵号称有五万之众,估计不会超过三万多人。只要在石河西岸将其战败,消灭其主要力量,迫其投降,使他来不及与东虏勾结,我们这一仗就算大胜了。倘若能趁机先攻入西罗城,再攻入山海城,这一仗就算完完全全地大胜了。风闻满洲兵将要南下,是否已经动身,不得确实消息。按照往年惯例,满洲兵都是从蓟州、密云一带进入长城,倘若仍从这一带南犯,不但向西威逼北京,也可以截断我东征大军的后路,使我军腹背受敌,所以我请示陛下,命李友将军率领两千精兵留在永平守城,兼顾东西两面。总之,我东征大军,明日黄昏前后,都要赶到山海卫西郊的石河西岸,休息一夜,后日上午与吴三桂的关宁兵奋力厮杀,务要一战取胜,迫使吴三桂投降。如能将吴三桂杀得惨败,大顺军就乘胜攻破西罗城,再用云梯和连夜掘地道的办法攻破山海城。"宋献策稍微停顿一下,最后说道:"各位将领,都是追随陛下多年,身经百战,为我大顺朝开国功臣。后日在石河西岸作战,关系重大,务望各位将领身先士卒,有进无退,再建奇功,不负陛下厚望!"

有人问道:"唐通将军率领他的两三千人马随大军东征,今晚怎么没有见他?"

宋献策回答:"唐将军另有重要派遣,已经从另外一条小路前去,所以今晚未来开会。"他转向李自成问道:"陛下有何面谕?"

李自成说:"关于后日的大战,你都说清楚了。请提营首总刘爷对大家说几句话,就各自休息吧。"

刘宗敏完全明白,这次作战与往日大不相同。首先一条是吴三桂的人马都是训练有素的"边兵",与内地的明军截然不同;其次是大顺军从占领北京至今,士气大大不如以前,害怕吴三桂的关宁人马;第三,吴三桂占据好的地势,既凭借山海城,又是以逸待劳;第四,有消息说,满洲兵即将南下。倘若像往年一样,从蓟州、密云一带进入长城,就会截断大顺东征军的退路,也会进攻北京。作为富有经验的大将,又肩负指挥战争的重任,他心头很沉重,脸如冷铁。现在他望着大家说道:

"后日大战,关系重大,必须一战取胜。皇上立马高岗,指挥全局。我同各位将领亲冒炮火,蹈白刃,冲锋厮杀,有进无退。制将军以下的大小将领,凡有畏缩不前的,我就在阵上斩首,决不宽恕!我的话完了,赶快休息!"

众将领纷纷退出。刘宗敏和李过也退出了。李双喜和李强二人负责"行在"周围的警卫工作,都没有参加今晚的军事会议。这时双喜走了进来,在李自成的面前跪下,说道:

"启禀父皇,从山海卫来了几位士绅求见,可以传他们进来么?"

李自成问道:"是谁差遣他们来的?"

"是吴三桂差遣来的。"

"快把降表呈上!"

"回父皇,他们没有带来降表。"

"不带吴三桂的降表,来做什么?"

"他们说,因来时十分匆忙,来不及写成降表。他们说,吴帅对他们说了,吴帅正在同众文武会议,决定投降,请李王不要逼得太紧,在永平暂停三日。三日之内,吴帅即率领亲信将领前来投降。"

"满洲兵现在何处?"

"儿臣反复追问,他们一口咬死,说吴三桂没有投降满洲;又说满洲方面的动静,他们丝毫不知。"

李自成转向军师问道:"献策,吴三桂忽然玩这一手,是何意思?"

宋献策冷冷一笑,说道:"必定吴三桂知道满洲兵将在两三天内进入长城,所以玩这一套缓兵之计。"

李自成点头说:"你说的很是,这是个很笨拙的缓兵之计。吴三桂决不投降,在给他父亲吴襄的书子中已经说得很清楚,话也说死了,断不会突然又决定投降。如果因我大兵压境,真想投降,他自己不敢前来,至少可以差一二位得力将领和一二位心腹幕僚前来,不应差遣几位本地士绅前来。很显然,满洲兵在一二日内即会进入长城,所以我东征大军能够半路上耽误一天,对他就有好处。"

李自成向双喜吩咐:"来的人全部斩首,只留下一个仆人回去给吴三桂报信!"

宋献策赶快说:"且慢!来的人们没有一个是吴三桂的亲信,吴三桂暗中投降满洲的事也不会让他们知道。他们是被逼着来的,杀了无益,反使百姓说陛下不仁。不如看管起来,一个不许跑掉。今晚让他们饱餐一顿,马匹喂好,明日五更让他们随御营东行。等打完一仗,再作处置。"

李自成对双喜说："就按照军师的话办，一个人不许跑掉。"

这天夜间，李自成尽管鞍马劳累，但睡眠不好，曾经有半夜不能入睡，勉强入睡后做了一个凶梦，梦见一只苍鹰中了箭伤，折断翅膀，猛然从空中栽到他的面前，将他从梦中惊醒。想到他可能战败，不禁出了一身冷汗。

现在他已经断定，吴三桂已经降了满洲，而满洲兵正在南下。他与宋献策一样，都推测满洲兵将按照往年习惯，从蓟州或密云境内进入长城，他只要先杀败吴三桂，还可以回师应付满洲兵。他万没有想到，满洲兵会在中途改变路线，直奔山海关，与吴三桂合兵，会一战使他全军溃败，从此不能立脚。所以他尽管做了一个可怕的凶梦，第二天起来后并没有告诉宋献策，怕献策谏阻他继续东征。他认为，既然距山海卫只有一天路程，突然畏缩不前，无故退兵，必会使军心动摇，士气瓦解，他自己的威望扫地。倘若在退兵时候，吴三桂乘一股锐气从后边追来，或满洲兵从侧面进攻，从西边拦住归路，局势都将不堪设想。这样盘算着，他不禁想起"孤注一掷"这句古话，可是事到如今，他只能继续向山海前进，别无善策。

第二天是阴历四月二十日，阳光明媚，天气和暖，将近六万的大顺军骑兵在前，步兵在后，分成几路，浩浩荡荡地向东进军。中午略事休息打尖，骡马饮水，喂点草料，继续前进。所过村镇，百姓逃避一空，甚至不闻鸡犬之声。崇祯十三年十月，李自成初进河南，到十四年春天，到处饥民夹道欢迎闯王的情况见不到了。今年三月十九日，北京居民家家门口摆设香案供着黄纸牌位，上写"永昌皇帝万岁万万岁"，这情况也不再有了。今天沿途不见有一个人在道旁迎接，连打听消息的老百姓也不见一个。李自成明白这情况十分不妙，至少说老百姓并不"归心"，更莫说"箪食壶浆，以迎王师"。他不愿对任何人提起在路上所见情况，自己心中沉重，在旷野中策马前进。

一路上没遇到吴三桂的小股部队骚扰,证明吴三桂兵力不多,无力在路上阻击。黄昏以前,大顺军的骑兵先到了石河西岸。御营各部以骑兵为主,也跟着到了。步兵在后,在黄昏后陆续到达。这一带的老百姓认为李自成是一位流贼首领,并且传说大顺军进北京以后纪律很坏,十分害怕,纷纷逃走,所有大小牲畜都赶到北山躲藏,粮食也带走了。

李自成的御营驻扎在石河西岸红瓦店西北大约三里远的一个高岗下边。小村庄的百姓已经逃光,房屋不够住,又搭起了许多军帐。趁着黄昏,他带着宋献策、刘宗敏、李过和几位重要将领,骑马去视察明天的战场去了。

当李自成在石河西岸视察战场时候,吴三桂带着杨珅等几个得力将领和参谋人员,也站在山海卫西城头上瞭望。他看见石河西岸南北十里,东西数里,处处是埋锅造饭的火光,知道李自成东来的大顺军确实远比他的关宁兵众多,明日石河西岸的大战必将是伏尸遍野,血流成河。然而,面对强敌,他已经胸有成竹,毫不害怕。看了一阵,他带一群文武亲信下城,骑马回平西伯行辕去了。

第 十 二 章

李自成的御营驻扎的地方是在红瓦店的西北方向,相距只有三里。小村庄的百姓已经逃光了。由于见不到一个百姓,李自成无从询问山海城中的任何消息,更无从询问最使他担心的清兵消息。他只能远远望见山海卫西罗城上灯笼很多,更远处,山海关城头上的灯笼也不少,而且经常从西罗城中传出来雄壮的萧萧马鸣。

小村庄的背后,紧靠一座小土岭的脚下,有一座破败的山神庙。李自成的军帐就搭在山神庙的旁边,背后有丘岭可以挡风,作战时可以立在高处观战,指挥军队,所以后来民间根据传说,将这座高岗称做点将台。选这岭头上作为观战的地方,是因为有一个难得的地理条件:它通向东南面红瓦店主战场的一面全是浅岗和旷野,便于李自成随时发出命令或派出人马增援;但正东对着石河滩的一面却有一段大约两丈多高的峭壁,峭壁下是一湾清水小潭。石河滩上旱天只有涓涓细流,这个小潭中却仍是水色深蓝。倘若大雨,水从北山(即燕山)下来,宽阔的石河滩一片混茫,这个静静的小潭里就会有惊涛骇浪冲打峭壁。如今虽是旱天,这一泓碧蓝潭水也对李自成的点将台和御营所在地起了保护作用。

晚饭以后,李自成在大帐中召集果毅将军以上的大小将领们为明日进行大战事恭听上谕。连日来在东征途中,李自成在心中思考了许多事情,心头上压着不妙的预感。今晚宿营石河西岸,既看不见一个百姓,又遥望了山海城和西罗城方面的守军灯火,听到了互相呼应的萧萧马鸣,他的心中更加沉重。在临时搭起的大帐中,只有他一个人面向南坐在从老百姓家中搬来的一把旧椅子上,军师宋献策、权将军刘宗敏和李过,面对着他,坐在农家的小椅子上;其余将领,按照品级,面对皇上,分批坐在铺着的干草上边,十分肃静。李自成的神色严厉,语气沉重,看着大小将领们说道:

"各位将领,你们不管品级高低,都是追随孤血战多年,为大顺朝的创业立下了汗马功劳。孤一向将你们看作心腹爱将,准备登极后论功升赏,同享富贵。中国早有'十八子,主神器'之谶,气运归我大顺,天意归我大顺,民心也归我大顺。明朝气数已尽,天意亡明,非人力可以挽救。我朝应运龙兴,既顺民意,又顺天心。所以崇祯十五年我军攻破襄阳后,改襄阳府为襄京,建号新顺。去年十月攻破西安,改西安为长安,恢复唐代旧名,定国号为大顺。今年正月,孤亲率大军,渡河入晋,北伐幽燕,一路势如破竹,于上月十九日攻破燕京,灭了明朝。我大顺满朝文武,喜气洋洋,都以为从此不会有大的战争,江南各地可以传檄而定。万没料到,吴三桂这个亡国武将,竟敢不识天心民意,抗命不降,使孤不得不亲自东征。吴三桂……"

李自成与张献忠截然不同。他不行军打仗时也喜欢读书,经常要牛金星为他讲《资治通鉴》,有时也与投降的文臣们谈古论今,所以像上述一段谈话,措辞文雅,条理清楚,不像草莽英雄的话。但是说到这里,他的情绪蓦然激动起来,粗话出来了,不禁骂道:

"吴三桂这小子,凭恃山海孤城,胆敢反抗大顺,倘不严惩,必会引起各处效法,纷纷作乱。为何他胆敢反抗大顺,必是暗中勾结东虏,也就是满洲胡人。不然,他没有吃豹子胆,怎么敢呢?据孤猜想,目前满洲兵必在南犯途中,乘我朝在北,北……在幽州府立脚未稳,进犯幽州。我军从未同满洲兵打过仗,不可轻敌。我军明日必须拼死力一战,将吴三桂的关宁兵杀败,最好攻占山海,迫他投降,至少杀得他元气大伤,无力再战,我们好腾出手来,回师蓟州、密云一带迎战东虏,确保幽州。孤的口谕,到此完了。明日之战,由提营首总将军、汝侯刘爷代孤指挥全军,现在请汝侯向大家嘱咐几句!"

刘宗敏的骨棱棱的颧骨平时就给人一种威严和刚毅感觉,此刻因为他预感到战事不会顺利,他的脸上神情更使人觉得严厉可怕。他从小椅子上站起来,转过身子,向众将领巡视一眼,说道:

"明日同吴三桂作战是一场恶战,必须一天分出胜负,顶多恶战两天,攻破山海城,或者迫使吴三桂投降,至少要杀得吴三桂元气大伤,不能再战。倘若满洲兵在密云和蓟州一带进入长城,因为路途较远,大概得在三四天以后。那时,我们就可以火速回师,以一万人马抢占密云,一万人马抢占蓟州,其余人马随皇上返回北京,凭仗北京坚城,与满洲兵一决雌雄。刘芳亮率领的一支偏师,足有十万之众,驻扎在保定、真定一带,可以驰援北京。只要我军在明日一战杀败吴三桂,满洲兵纵然从密云一带进入长城,不足为患。为着我大顺朝万世江山,为着我皇上御驾平安,明日大战,务须以一当十,奋勇杀敌,凡有畏缩不前的,立斩不赦!至于如何布阵,如何作战,明日另有命令。好,大家休息去吧!"

众将领退出大帐之后,军师宋献策和刘宗敏、李过暂时留下,又继续密议片刻。然后各自怀着沉重的心情,赶快休息。

自从东征以来,李自成就没有睡过一夜安稳觉。今日宿营在山海卫的西郊,石河的西岸,想着明日在石河滩和西岸上将有决定胜负的大战,他的心情更加不能安宁。

他回想从崇祯十三年秋冬之间他率领潜伏于陕鄂两省交界处的一千余小股部队,突然奔入河南,沿伏牛山脉北进,提出"剿兵安民"和"开仓放赈"的口号,所到之处,百姓夹道欢迎,许多城镇,都是老百姓开门迎降,称他的人马为仁义之师,称他为百姓的救星,他的人马迅速扩大,由一千左右迅速增加到七八万人,那情况多么动人!到了十四年春天,攻破洛阳,夺得福王的财富,一面赈济饥民,一面扩充人马。兵力迅速增加到二十多万,号称五十万。中原各地百姓心向闯王,所以崇祯十五年的朱仙镇之战,能够利用百姓帮助,击溃明军。从那以后,破襄阳,破西安,直到不战而进居庸关,顺利攻破北京,真是民心归顺,势如破竹,旗开得胜,马到成功!万没料到,吴三桂竟敢据守孤城,不肯投降;更没料到,过了永平以后,沿途百姓纷纷逃避;近山海卫十里左右,更是连一个人影也看不到,想问一点消息也不可能。他忽然在心中问道:"多尔衮率领的满洲兵如今到了什么地方?离密云境内的长城还有多么远?"

这时多尔衮率领南下大军,正向山海关迅速前进。他率领着威武雄壮的巴牙喇兵,保护着中央政府各部院随征的大小臣僚和奴仆,以及朝鲜世子李溰及其随侍臣仆,走在大军的中间,俨然是中央政府的心脏。保护这政治和军事心脏的是正黄旗、镶黄旗、正白旗,总称为上三旗,是皇帝的亲军,如今归摄政王直接掌握。镶黄旗和正白旗是全部随征,正黄旗一半随征,一半留守盛京,保护盛京、皇宫和中央政府各衙门。这上三旗本来有正蓝旗,而没有正白旗。今年年初,多尔衮决心专制国政,毅然下令,将莽古尔泰的正蓝旗降入下五旗,将他自己的正白旗升入上三旗。在这次大军南征中,虽然满洲八旗、蒙古八旗和汉军八旗十几万全部人马都是他的倚靠力量,而满洲上三旗更是他的核心力量。

为着不耽误时间,不使山海方面有意外变化,多尔衮不许南征大军从宁远城中经过,而是走宁远城外大道,在离开宁远十几里远的旷野中稍作休息,匆匆打尖,为牲口饮水,喂点草料,立刻继续前进。由于从这里到山海关没有高山,都是燕山山脉东尽处的丘陵和旷野,大道宽阔,多尔衮不再骑马,改乘黄色大轿,前有黄伞、黄绸龙旗,以及行军中的简单仪仗。

自从吴三桂投降以后,对目前的军情军机,多尔衮不断得到禀报,真是了若指掌。现在他正在驰赴山海关的路上,知道李自成今日到山海卫的西郊,驻军石河西岸,明日要与吴三桂的关宁兵进行大战。而他率领的南征大军,明日下午就会抵达山海关外。只要吴三桂能顶住李自成的进攻,一天之后,他的八旗兵就会突然在战场杀出,万马奔腾,杀声震天,势不可挡,杀败李自成,然后不日即可进入北京。

多尔衮从十几岁就带兵作战,不断立功,权力和威望一日比一日高升,但是他最得意的时候莫过于今天。在沈阳出师时候,他也考虑到他的胜利,但是他预想着从密云附近进入长城后将要经过一些苦战,才能打败流贼,占领北京。而吴三桂割据山海关,要拔掉这个钉子,也要费一些周折。没有料到,他到翁后地方会遇到吴三桂派游击将军来向他请求借兵。他考虑之后,毅然决定,放弃原定的进兵方略,立刻从翁后向南,直趋山海关,同时给吴三桂回信,封他平西王。他的左右文武,包括很有学问、胸富韬略的洪承畴和范文程在内,都称颂他的这一决定是中国历史上从来没有过的英明决策。但是他在兴奋和喜悦的情绪中也怀着一点担心。两年来,大清朝太宗皇帝曾经指示几个与吴三桂父子往日交厚的朝臣,包括吴三桂的亲舅父祖大寿,写信向吴三桂劝降,全无效果。大清皇帝不得已用自己的名义给吴三桂写信劝降,也无回音。这些情况,多尔衮完全清楚,所以直到在连山遇到了吴三桂第二次差来的使者郭云龙和孙文焕催促他从速进兵,他才完全放心。他不觉精神百倍,离开了黄轿,骑马前进。

清军人马在宁远南边休息打尖以后继续前进。春夜天朗气清,月光明亮。大军在旷野上的脚步声,马蹄声,既显得军纪肃然,又显得威武雄壮。或远或近,在月色下不时有萧萧马鸣,互相呼

应,此起彼落。每隔一阵,就由跟从摄政王的巴牙喇兵中传出令来,又迅速向大军的前后由近及远传下去:

"摄政王爷令旨,全军将士凛遵!今日流贼到山海城外,明日将与大清朝新封的平西王吴三桂在山海城下大战。我南征大军,务须不辞劳苦,明日赶到山海,建立大功!"

多尔衮左手揽辔,右手执玉柄马鞭,自然下垂。他向前展望他的南征大军,几乎望不到尽头;有时似乎尽了,但过了一道浅岗,很远处又出现了行军中的动荡灯火和马嘶。他想着明天的第一仗是赶不上了,但是后天,至迟是后天上午,他的一部分八旗精兵,就可以与吴三桂的关宁兵合兵出战,一战杀溃流贼,乘胜猛追,占领北京。他没有进过北京,但是常听人说,北京的皇宫比天上的宫阙还好。想到大清国不久就能摆脱偏居辽东的割据局面,定都北京;想到再过几个月,他就将幼主福临和两宫皇太后迎来北京,住在明朝留下的紫禁城中;想到他为大清朝建立的不世功业;又想到年轻美貌的圣母皇太后;多尔衮感到像有一股得意的春风吹满心头。他无意识地抬头望望天上的明月,又无意识地扬起玉柄马鞭向前一挥,但跟随左右的官员误会了多尔衮的意思,马上向大军前后传谕:

"向前后传,摄政王爷令旨:大军加速前进,明日赶到山海城下,一战杀败流贼!"

队伍中有众兵将齐声回应:"谨遵令旨!"明月,原野,稀疏的村落寂静无声,这种齐声回应,更显得气势雄壮,地动山摇。

多尔衮的思绪又回到即将与李自成展开的大战上。他抬头望望天上的皎洁明月,在心中问道:

"吴三桂此刻可在部署明天的战事么?"

自从李自成的东征大军于今日下午酉时在石河西岸安营扎寨

之后,这里一下子热闹起来了:一眼望不到边的大顺旗帜,新搭起的帐篷,新点起的篝火,烧水煮饭的炊烟,此起彼伏战马的嘶鸣……这一切,似乎是提醒人们,大战不再是哄传的警讯,而是确确实实地来到了山海城外。山海卫自古防御外敌,西边从没有来过敌人,无险可守,城也单薄,且无城壕。近几年哄传李自成兵强马壮,所向克捷;近几天又哄传李自成亲率二十万大军前来,尚有后续部队。山海城内士民,不管贫富,无不十分惊慌,认为大难临头。大顺军进北京后的军纪败坏,抢劫、奸淫、拷掠追赃之举,在各地传得更为严重。尽管吴三桂的关宁兵较能战斗,但士民们仍然担心万一关宁兵在石河西岸失利,李自成就会攻破山海孤城,城中百姓就会遭到惨祸。这天晚上,家家焚香许愿,求神灵保佑一城平安。

吴三桂虽然面对大敌,对守城事不敢怠慢,但因为确知大清摄政王多尔衮率满、蒙、汉约十万精兵正在向山海关急速赶来,明日下午准可到达关外的欢喜岭,所以心中十分沉着,他的将士们也很沉着,士气很旺。只有极少将士对吴三桂投降满洲,心怀不满,但是谁也不敢说出口来。吴三桂的左右亲信对此似乎有所察觉,但没有明显的确实凭据。吴三桂很重视左右心腹将领向他秘密禀报的这一情况,但是为安定军心,他没有禁止谈论,只在部署作战时暗中防范。吴三桂采取这种稳健态度是有道理的。他是个很有心计的人,决不是庸碌平凡之辈。他心中明白,他手下虽有四五万人马,但只有从宁远带进关内的不足三万人,才是他的嫡系部队。原来驻守山海卫的几千人,是他以平西伯地位吞并的非嫡系部队,另外又吞并了蓟辽总督王永吉的督标人马约有两千多人。如今,强敌压境,在大战中倘若有一股非嫡系人马发生叛乱或作战不力,后果不堪设想。正如古话所谓"千里之堤,溃于蚁穴"。想到这句古话,吴三桂暗暗心惊。

他又想到,近日来山海城内士民惊慌,哄传李自成的声威,哄传往东来的大顺军有二十万之众。他身任主将,虽已有充分准备,但也怕自己思虑不周,万一李自成的流贼大军不惜死伤,越过石河滩,先占领西罗城,再拼死抢夺山海城,千钧一发时候,民心不固,城中有变,如何是好?想到这里,他顾不得天将三更,立刻吩咐一位行辕中的传令官员,快去请本城绅士佘一元老爷前来议事。不过片刻,举人佘一元匆忙来了。说来凑巧,佘一元向吴三桂施礼落座,尚未说话,一阵马蹄声在辕门外停住。十几匹战马全身汗湿,喷着鼻子,昂起头萧萧长鸣。吴三桂觉得诧异,正在向外张望,门官带着郭云龙和孙文焕大踏步走进来了。

吴三桂猛然一喜,问道:"见到清朝摄政王了么?"

郭云龙赶快行礼,恭敬地回答:"职将等在半路上遇到了摄政王,呈上伯爷书信,由范文程大人读给他听。洪大人也在旁边……"

"摄政王怎么说?"

"摄政王面谕职将立刻回山海关,向王爷禀报……"

"向什么人禀报?"

"向王爷——就是向你禀报。他认为你已经是大清朝敕封的平西王了,不再是明朝的平西伯。"

"啊!……你说下去!他要你回关来禀报什么?"

"他面谕职将,他统率的南下大军,过宁远时不停留,日夜兼程,准定在二十一日,就是明日上午到达欢喜岭;他自己中午可到,临时驻节威远堡。后日一战,杀败贼兵,乘胜穷追,占领北京,进一步平定中原。"

"还有别的话么?"

"范大人暗中对职将吩咐,摄政王军令森严,明日上午满、蒙、汉大军的先头部队约有五六万人,一定会到达欢喜岭,暂不进关。摄政王的帐殿将设在威远堡。请王爷在收兵以后,一定要赶快率领山海城中官绅到威远堡叩谒摄政王,一则敬表欢迎之意,二则恭听摄政王面谕后日的作战方略。"

"大清兵暂不进关?"吴三桂赶快问道,不觉惊喜。

郭云龙说:"是的,听范大人漏出口风,清兵暂驻欢喜岭一带休息,并不进城。后日大清兵在西郊战场上突然出现,会使流贼骤不及防,一战溃不成军。"

佘一元听到清兵暂不进城的话,面露喜色,不觉在心中说道:"谢天谢地!"

吴三桂见郭云龙与孙文焕十分疲惫,说道:"你们快回去休息吧。明日与流贼作战,你们不必出战。赶快休息去吧!"

郭云龙与孙文焕转身退出以后,吴三桂正要同佘一元谈话,忽然又听见一阵马蹄声到辕门外停下。吴三桂想着必是西罗城外发生了意外情况,某一位将领前来禀报。然而辕门外在片刻间寂无人声,只有马蹄在青石板铺的地上不安定地踏响。吴三桂注视院中,心中问道:

"莫非是流贼打算在夜间攻城?"

少顷,一个将官戎装整齐,不需门官带引,大踏步走进二门。吴三桂一看,大声问道:

"是子玉么?"

杨珅快步进来,向吴三桂抱拳行礼,恭敬地说道:

"伯爷大人,西罗城外有紧急情况,职将特来禀报!"

"你遇见郭云龙了么?"

"职将在辕门外遇见了郭、孙二人,知道大清兵星夜赶来,明日中午前后可以来到。李自成如今坐在鼓中,真是作恶多端,天意该亡!"

"西罗城外有何紧急情况?"

"回伯爷,刚才有二三百贼营骑兵,来到石河滩上,向西罗城守将喊话……"

"喊叫什么？"

"是陕西口音，十分洪亮。他们喊叫说，明朝的东宫太子坐在石河西岸，召平西伯吴将军前去一见，他有重要面谕，可避免两军屠杀。"

"你们怎么回答？"

"我们众将商量一阵，有人说可以派出四百骑兵，冲到西岸将东宫夺回。有人说怕中了李自成和宋矮子的诡计。大家商量一阵，不敢决定，推职将回行辕请示。"

吴三桂的心中一动，问道："倘若去四百骑兵，救不回东宫，李自成用大军将我兵包围，岂不要吃大亏，弄巧反成拙？"

杨珅说："我军派出这四百骑兵，只声称是护送平西伯去面谒东宫。走到近处，分两路突然奔去，势如闪电，将太子夺回，不要恋战，立即返回。另有三百步兵，身穿白衣，埋伏河滩中间。敌兵倘若追来，一跃而起，火器与弓弩齐发，片刻间太子就到西罗城了。"

吴三桂听了以后，沉默不语。作为武将，他认为这一计虽说未必成功，但不妨一试。河滩中有伏兵接应，穿白衣服可以同月色混在一起，使敌营的追兵到了附近才能发觉，到那时已经在炮火和弓弩中死伤一片，而太子已经到了西罗城中。他毕竟为明朝守边大将，所以很愿意救出太子。但是一想到多尔衮率领的满洲大军正在向山海关赶来，不禁出了一身冷汗，随即向杨珅命令：

"你速去西罗城，命火器营向河滩放几炮，将乱呼叫的小股贼兵赶走！"

"伯爷，有东宫口谕……"

"速去，不要中计！"

杨珅恍然醒悟，二话没说，匆匆退出，在辕门外同亲兵们上了战马，疾驰而去。

佘一元本来想向吴三桂请示如何保护满城士民不受清兵蹂躏之祸,见吴帅心情很乱,只好起身告辞。吴三桂明天还要请他邀集本城士绅去威远堡迎接大清摄政王,还要依靠他这样的本地士绅出来安定人心,所以吴三桂握着佘举人的手,一面谈话一面走,送出辕门,表示尊重,也表示亲近。佘一元害怕清兵进入山海城以后,奸淫烧杀,掳掠人口,如同往年入塞情形。吴三桂虽然也有此担心,但想着清朝既然封他为平西王,又是被迎进关内,其志在占领北京,必不会同往年一样。他大胆地向佘一元表示,他将保护山海卫一城士民的身家平安,请佘举人代他传谕百姓放心。

佘一元是山海卫当时惟一有举人功名的绅士,听了吴三桂的话,开始有点放心。出了辕门,他们又站住小声交谈几句。已经三更了,皓月当空,人影在地,温和的西南风徐徐吹来。吴三桂想到明日大战,不觉叹道:

"佘先生,今晚如此好的月色,明日一定是晴空万里,阳光明媚。可惜百姓不能享太平之福,关宁兵将与贼兵拼死鏖战,血流成河!"

佘一元说:"此系劫数,非山海士民意料所及。山海城原是对外敌设防,三百年来,第一次从内面遇此大敌。但愿大帅明日大振虎威,旗开得胜,一战杀溃流贼,不但是山海士民之幸,也是国家之幸。"说到这里,佘举人想到明朝已亡,满洲兵即将进入关门,不禁心头一酸,深深地叹一口气:"咳!"

吴三桂担心李自成派人在石河滩上以太子的名义向西罗城中喊话会影响军心,正要派人去催促杨珅速对喊话的敌兵放炮,忽然西罗城上连着发了三声大炮,声震大地。

石河西岸,也有大顺军向西罗城放了几炮。两军阵地上的几处战马以为大战已经开始,兴奋起来,相互应和着萧萧长鸣。石河滩上,无边皎洁的月色下,是无边的点点篝火。

静夜,炮声传送百里。正从宁远向山海关急速赶路的满洲大军将士凭借着西南风,隐约地听到了大炮的轰鸣声,立刻飞马禀报走在大军中间的多尔衮。多尔衮心情兴奋,对跟随在左右的传令官小声吩咐一句。不过片刻,就有洪亮的声音向大军前后传呼:

"摄政王爷令旨:李自成的贼兵已经从西边进攻山海城。全军将士务必加速赶路,不到欢喜岭不许休息!"

今天是甲申年四月二十一日,是决定李自成命运的第一天,也是决定中国三百年历史命运的第一天。

昨夜从三更以后,直到五更,大顺军和关宁兵隔着石河滩互相打炮。凭着经验,李自成听出来从山海卫西罗城中发出的炮声威力很猛,强于大顺军中的大炮。敌人的每一声大炮都能使大地震动,像雷声向天边滚去,并且在北边的燕山上发出回声,使威势大增。李自成率大顺军来讨伐吴三桂时,一则因多年来习惯于流动作战,不重视炮火在战争中的巨大作用,二则由于是匆忙东征,较大的火器不便携带,所以大顺军的火器比山海卫敌军小得多了。更使李自成担心的是,事前他已经听说,吴三桂已将宁远城上的两尊红衣大炮运到山海关内,作为守关之用。他想,今天吴三桂必会将这两尊红衣大炮安置在山海卫西城,对准宽阔而无遮掩的石河滩,使他的大顺军无法越过石河滩进攻西罗城。黎明时,他立马岗上,瞭望石河滩一带地形,心中说道:

"没想到,山海卫这个地方,只要有火器和足够的士兵守西罗城,从西边也不易攻破!"

大顺军全体将士在黎明时候饱餐一顿,战马已经喂好。红瓦店开始响起鼓声,驻扎在远处的将士迅速向石河西岸靠拢,集中在红瓦店周围。随后,西罗城中也鼓声大作,混杂着角声、人喊、马嘶。石河两岸顿时声音沸腾,空气紧张。

黎明时候，彻夜惊慌的老百姓看见通往吴平西伯行辕的各个路口在后半夜都用石头和砖头修了街垒，部署了守兵，守卫部队不但全副盔甲整齐，除短兵器外，还有火器和弓箭齐全。街垒旁边张贴着黄纸告示：

钦奉大清摄政睿亲王令旨：我朝敕封平西王行辕附近，为指挥军事重地，满蒙汉官兵人等经过，严禁滋扰喧哗，违者重惩！

大清敕封平西王府示

围观的百姓十分吃惊，不敢议论，只是互相递着眼色。有些上年纪人因为世居本城，一代代捍卫边疆，胡汉的敌我观念极深。几天来风闻吴三桂已经暗中降了满洲，满洲的摄政王正率领大军向山海关来，但是许多士民不肯完全相信，还以为吴三桂仍然忠于明朝，忠于故君，所以宁肯不管住在京城的父母与全家人生死，决心凭借山海这一座弹丸孤城，与流贼为敌。他们既为吴三桂的军事胜败担心，也敬佩吴三桂的忠于故君。现在看到这行辕附近修筑的街垒以及黎明时新张贴的告示，大家才恍然明白：吴三桂不但已经投降了满洲，而且被满洲封为王爵。本城士民原来对吴三桂的尊敬心情突然消失了。

五更时候，吴三桂饱餐一顿，穿好盔甲，大踏步走出辕门，带着三四百亲兵亲将飞身上马，向西罗城飞奔而去。

天色已经大亮。石河滩东西两岸开始响起鼓声、炮声、喊杀声，声震大地。关宁兵部署在石河东岸的有两万多人，步骑全有，掩映在稀疏的林木之中，西罗城中留下了一万多人，随时可以出战。山海卫城中只留有数千人，以备不虞。山海关及其左右的长城，往年如有警讯，是最重要的防守地段，今日因没有外敌，除北翼城有四五百守兵外，别处都无兵防守，等于空城。

山海关城头上原来有两尊红衣大炮，吴三桂由宁远撤军时又运回一尊。这是明清之际威力最强大的火器。原是葡萄牙人于明中叶传入澳门,又传入北京。本来写作"红夷大炮",后改写为红衣大炮。这三尊红衣大炮本是安放在山海关的城墙上,对着关外敌人。前几天赶快用沙袋在山海西城上修筑了炮台,使三尊大炮对着石河西岸。

吴三桂在三百多亲兵亲将的护卫中出了西罗城,在稀疏林木中下马。在紧张的鼓声中,将以杨珅为首的大约上百名重要将领召集到面前,大声说道:

"流贼李自成于上月十九日攻破北京,逼我崇祯皇帝与皇后双双自缢,身殉社稷。李贼本来要在北京举行登极大典,称为大顺皇帝,只因我数万关宁将士,仍然忠于大明,誓不降顺,使李贼改了几次日期,不敢登极。李贼认为我吴平西与驻守山海的关宁将士忠于大明,不忘旧主,是流贼的眼中钉,心上刺,有不共戴天之仇,所以他亲自率领进入北京的全部人马——哄传有二十万人马,我估计有十万之众,前来讨伐,昨日到了石河西岸⋯⋯"

吴三桂稍停一停,向石河西岸望了一眼,接着说道:

"敌人倚仗人马众多,妄图一战取胜,回救北京。我军偏要冷静沉着,凭借雄关坚城,稳扎稳打,今日只求挫败流贼的锐气,不求全胜。流贼人马众多,如欲一战全胜,势不可能。今日下午,满洲大军就要来到欢喜岭,休息一夜,明日上午与我关宁兵共同出战,出敌意外,一战杀败流贼,穷追不舍,收复京城。我军全体将士,务必拼力杀贼,挫敌锐气,明日好一战取得全胜!"

"谨遵大帅严令,拼力杀贼!"

杨珅忽然说道:"王爷,据我军侦察确实,李自成的老营驻扎在那个小岗下边,距此处不过五里,距北山口不到二里。我军安置在山海卫西城墙上的两尊红衣大炮同时开炮,虽然不一定打死贼首,也必会使贼御营人马死伤一大片,锐气大挫。请王爷下令!"

吴三桂朝着杨珅遥指的小岗头看了片刻,确实看见那座小岗头上站立着一群人,又隐约看见其中有一人立在一柄黄伞下边,众人卫护,面向石河滩和西罗城这边观望,岗下分明有许多旗帜。吴三桂向杨珅问道:

"李贼就站在那里?"

"是的,那个头上有一柄黄伞的就是李贼。他的脚下,沿着岗坡,有一片茅庵草舍,还有很多大小军帐,就是他的御营。请赶快下令,只用两尊红衣大炮,向李贼站立的地方猛打几炮,可以打死李贼;纵然不能打死李贼本人,也可以使他的御营死伤惨重,锐气大挫,动摇他的全军士气。王爷,请下令开炮!"

一群站在吴三桂面前的将领纷纷提出同样要求。吴三桂顺着左右人遥指的地方凝望,估计距离。一般说,红衣大炮可以打到十几里远,开花弹片可以飞散一亩方圆,而安放红衣大炮的西城墙离李自成所站立的高岗不足五里。倘若三尊红衣大炮同时开炮,纵然不一定能将李自成打死,也可以将他的御营打得稀烂。单纯从今日的战事着想,下令城头上同时开炮,在两军决战尚未开始的时候先将李自成的御营打烂,对决战的胜负关系极大。吴三桂对这一简单道理当然心中清楚。然而他很迟疑,不肯下令。他知道,他的父亲吴襄被李自成带来了,崇祯皇帝的三个儿子,即太子和永、定二王也被李自成带来了,都被看管在李自成的御营,昨晚贼兵还将太子挟持到石河西岸呼唤他前去见面。他虽然拒绝回答,绝不同太子见面,但是他的内心深处很为凄然。现在倘若开了红衣大炮,不管是他的父亲中弹死伤,或是崇祯的太子中弹死伤,他都会永世悔恨。他确知多尔衮率领的大清兵今日中午前后可以来到,明日他可以联合清兵,一战将李自成杀得大败,到那时,他可以在阵上夺回他的父亲,也夺回太子和永、定二王。或者,李自成为想求和,于兵败逃跑时将他的父亲和太子送还给他,都有可能。

此时已交辰时。站在吴三桂左右的文武官员,都看出河西岸的树林背后,人马活动频繁,旗帜走动,知道大顺军即将开始进攻。他们纷纷催促平西伯赶快下令向李自成的老营打炮。吴三桂没有理会左右文武官员,只对一个旗鼓官说:"传令擂鼓!"之后才对左右文武官员们说:

"这山海卫的西城与东城不同,是后来修筑的,城墙较薄,根基也不好,经不起大炮震动。城上的红衣大炮暂不放吧。"

突然,石河西岸,几个地方,同时战鼓如雷,大顺军的步骑兵部伍整齐,分从几个地方,呐喊着从稀疏的林木中冲出来,下了河岸,向东杀来。当大顺军的战鼓响时,站立在西罗城外树木丛中的关宁精兵也突然鼓声震天,分从几个地方出动,阵容整齐,高喊"杀!杀!"向石河滩奔去,迎战大顺军。刘宗敏立马在红瓦店的石河西岸,怒目圆睁,一动不动。李过率领几千人马在红瓦店的北边,距红瓦店不到二里之遥。在红瓦店的南边也有一支人马,擂鼓呐喊,人数不到五千。大顺军虽然有一部分人马在战鼓声和呐喊声中进到石河滩,但是不到河滩的中间便停止前进,严阵以待,看来要在宽阔的石河滩与关宁兵进行决战。

吴三桂看见大顺军停止前进,三处阵地上合起来不到两万人马,骑兵较少。他害怕关宁兵会中计,率领身边众多的文武官员和一千余扈从亲兵骑马出小树林,站在石河岸上,一则可以鼓舞士气,二则便于他亲自指挥。自从他进了长城,以大明平西伯的名义驻节山海城,山海关的守军也并入他的麾下,虽然兵员不足四万,但有总兵和副将等高级武将职衔的有一大群。现在因为大清摄政王多尔衮封他为平西王,他因杨珅有功,精明干练,已经口头晋封杨珅为总兵,只等不久后呈报大清朝正式任命。

现在杨珅受他的命令,率领两万步骑兵在石河滩上迎敌,正在战鼓声中呐喊前进。吴三桂确知大清兵很快就到,与李自成的决战是在明天,所以他今天不投入很多兵力,只是要挫败大顺的锐气。他将一万人马埋伏在西罗城内和城外的树林中,以备随时接应杨珅指挥的出战人马,另有几千人保卫山海城。

小岗上李自成骑着乌龙驹,左手执辔,右臂抬起,手搭凉棚,注视着在阳光下出战的关宁兵,不觉心惊。他同明朝的官军打仗多年,尤其近几年来,打过几次大仗,从没有看见过明朝官军的阵容有如此严整的。左良玉是明朝的名将,只是人多,在阵前却没有如此阵容。

关宁兵在鼓声中逐渐来近,大顺军只是稍稍向前迎去,采取等待态势。大顺军不是怯敌,而是因为李自成和军师宋献策以及几位主要大将在昨日黄昏前已经察看了地势,知道宽阔的石河滩如今虽然只有涓涓细流,但是满地尽是大大小小的乱石,不适于人马奔跑,而且河滩上既无一棵树木,也无一个土丘,极易受西罗城中的炮火杀伤。他们察看了地势以后,决定交战时将关宁兵诱至石河西岸,分割包围。李自成并不打算今日就与关宁兵决定胜负;只是想今日先使吴三桂的实力大受损失,明日一鼓攻破西罗城,再攻破山海卫城,所以大顺军在石河西岸虽也做好大战准备,但并不急于向关宁兵迎击。

吴三桂起初感到奇怪,担心杨珅进兵太猛,会在石河西岸中计。后来恍然明白,想到大顺军进入北京以后,军纪迅速败坏,士气低落,所以今日如此怯战。他马上给杨珅下令,向石河西岸进攻。中路兵马务要一鼓作气,攻占红瓦店,使刘宗敏不能在红瓦店立脚。同时又派出五千精兵交给杨珅,命他越过河滩,猛攻李自成的御营,杀败李自成,乘机夺回吴老将军和崇祯太子。传令官立刻飞马奔去。

且说北边的战场,就在李自成的脚下。大顺军向东迎来,两军在河滩上逐渐接近。开始时双方用轻火器对射,接着用弓箭互射,都有伤亡。因为吴三桂和杨珅已经知道李自成立马在战场北端的浅岗上边,御营就在岗坡上,所以这是关宁兵的主攻方向。在河滩上迎战的是李过指挥的人马。阵容严整,在强大的敌人面前,阵脚纹丝不乱。一旦前边有人在炮火中死伤倒地,后边有人将死伤者背下去,立刻就有人填补上去,恢复严整阵容,继续作战。

李自成立马观战的浅岗东面,临着一段两三丈高的峭壁,峭壁下边是一泓潭水,水色深蓝,所以李过的人马是接着深潭的南岸布阵,南北有两三里范围,与红瓦店的阵地相接。大顺军为防备关宁兵在山海卫西城上施放红衣大炮,所以只将一部分人马布置在石河滩上,一部分留在石河西岸,凭借树林、房舍和丘陵遮掩,布阵有纵深之势。这种布阵并不是昨晚商量好的,是今日在交战之前,各个主将为避免城上红衣大炮的杀伤,不将人马完全暴露在石河滩上。大家明白,到了两军白刃厮杀时候,敌我混在一起,就不怕城头上的红衣大炮了。临时自然出现的纵深布阵,竟然弥补了一部分将士进北京后士气低落的弱点,也抵消了关宁兵的进攻锐气。

杨珅亲自率领的八千精兵,向李自成御营所在的高岗方向施放了一阵火器,又施放了一阵弓箭,之后就开始与李过的大顺军短兵相接。一阵砍杀之后,才发觉李过手下的将士非常顽强,而且训练有素,想冲破李过的阵地很不容易。接战不久,双方将士死伤枕藉。原来靠西岸不远,石河有一条涓涓细流,很快变成了一条血河。此时,吴三桂已经进到石河滩的中间,以便更好地掌握战局,指挥作战。观察一阵,他忽然明白,不要说保护李自成御营的有数千精兵,想攻到浅岗上绝不可能,就是越过李过防守的西岸阵地也不容易,会徒然损折人马。吴三桂恍然想到,传闻李自成的亲信大将中有一位治兵较严,士兵战斗力强,不听见鸣锣收兵决不后退,绰号叫做"一堵墙",难道杨珅遇到的是"一堵墙"么?

他想着击溃李自成应该是在明天上午的大战。那时有满洲大军参战,会完全出李自成的意料之外,杀他一个措手不及。今天只是要挫伤李自成的锐气,同时也使多尔衮知道他的关宁兵是一支精锐之师。这么想着,吴三桂立刻派人飞马向杨珅传下命令:停止向前猛攻,只求稳住阵脚,到午时听到锣声退兵休息。

杨珅遵令停止猛攻,收敛人马,准备与李过两阵相持。但恰在此时,只见李过在马上将令旗连着挥动几下,河岸上鼓声大作,一支准备好的人马猛冲而下,冲开杨珅的军阵,一分为二将之包围。杨珅见大势不好,身先士卒,挥剑狂呼,冲破包围,率手下人马猛冲猛打一阵,才使被分割的部队合在一起。但是没过多久,李过依靠兵将众多的优势,又将关宁兵分别包围,进行混战。吴三桂立刻派出三千人马奔出,接应杨珅,使杨珅率领伤残人员,且战且退。李过并不追赶,只是赶快一面整好阵形,一面将伤员抬送石河西岸。……

往年,每逢大战,李自成总是骑着乌龙驹,手执花马剑,冲入阵中,与将士并肩杀敌。他心中清楚,在千军万马的战争中,有没有他一个人挥剑杀敌并不重要,重要的是他的将士们在情况紧急时看见他的乌龙驹,看见他的帽上红缨,就会突然勇气百倍。但是从去年攻破襄阳,将襄阳改称襄京,号称新顺王以后,他身系一朝兴亡,就不再亲临战阵。像去年十月间与孙传庭在河南汝州一带决战,他只主持"庙算",操纵指挥,并不亲临战场。如今他是只欠举行登极大典的大顺皇帝,当然只能立马高岗观战,纵然雄心不衰,愿意躬冒炮火矢石,冲入白刃,然而手下忠心的将领和文臣们绝不会让他亲临危地。在他眼前不远处,李过同来犯的关宁兵激烈交战,难分胜负,杀声震天,马蹄动地,双方死伤枕藉。当此时候,乌龙驹力挣黄色丝缰,李自成的心都要从胸腔中跳出来了。尤其当吴三桂派出两千骑兵前来接应杨珅出围时候,乌龙驹连喷鼻子,突然一声长嘶,刨动前蹄,愈加挣紧缰绳,而李自成也下意识地唰一声抽出花马剑,怒目环顾左右,意思是要亲自率御营将士下岗杀敌。立马他旁边的军师宋献策做个手势,将他阻止,也使全御营肃立不动。

当杨珅率领的关宁兵被接应出围以后,缓缓退走,阵地上抛下许多死尸和重伤将士。但关宁兵不同于李自成往日遇到的内地明军,退走时还大体上阵容不乱。李过并不追赶,一则他要使将士赶快休息,二则他担心在开阔的河滩上会受到城上的火器轰击,特别是他不能不小心架设在山海卫西城上的红衣大炮。经过上午这一恶战,他虽然杀退了关宁兵的一支部队,但是他也明白了关宁兵在明朝确实是一支精兵,无怪凭着山海孤城而不肯投降,想一战夺取山海卫很不容易。

李过催促部下赶快清理战场,点清伤亡人数。正在这时,红瓦店战场突然间鼓声大震,喊杀连天。李过赶紧收缰勒马,引领远眺,只见红瓦店方面的关宁兵冲上了石河西岸,攻进街内。那地方原来作为主战场部署兵力,由刘宗敏亲自指挥,为什么刘宗敏竟然后退?李过不禁大吃一惊。

大顺军和关宁兵在山海卫西郊的战争的一个主战场是在北端,即李自成御营驻扎的高岗下边。吴三桂出动了一万二千步骑精兵,三个总兵官,由刚刚晋升的总兵官、足智多谋而又勇敢的杨珅统一指挥。古人说:"擒贼先擒王。"吴三桂就是依照这一战略思想部署兵力,希望先打烂李自成的御营,在混战中救回他的父亲。原来根据细作禀报,李自成的大军进入北京以后,如何迅速腐化,大概只靠虚张声势,不堪一击。他不明白,在一般腐化之中还有如李过率领的一支人马保持原来的纪律,罗虎被费宫人刺杀后,岁虎驻通州的几千人马也归李过统率。杨珅偏偏碰上李过这颗钉子,不仅不能登上石河西岸,冲击李自成的御营,他的关宁精兵反而两次在李过的反攻中被分成几股,又被分别包围,损失惨重。

奇怪的是,这天上午,石河滩大战开始时候,本来天朗气清,阳光明媚;到了快近中午时候,变成了多云天气,大地昏暗,太阳显得苍白,周围还有风圈。杨珅率领的关宁兵恃勇猛进,志在杀入李自成的御营,建立大功,同时在混战中救出吴襄,所以死伤特别惨重。李过因红瓦店方面鼓声与喊杀声大起,顾不得再看战场,立即策马上岗,到了李自成的面前停住。他看见有三个陌生人牵着汗湿的战马,站在十丈以外,不知从何处来。他本来要向他的叔父、大顺皇上禀报杀败关宁兵的战果,但到了"御前",见李自成正在关注红瓦店的情况,一边向南遥望一边向军师问道:

"献策,要派兵支援么?"

宋献策沉着回答:"请陛下放心,捷轩那里马上就有捷报了。"

李自成却不能放心,命双喜派人飞马前去红瓦店探明情况。宋献策赶快阻止,说道:

"不用派人前去。关宁兵马上就会逃出红瓦店,混战又要回到石河滩上。"

李自成将信将疑,问道:"真的?"

宋献策很有把握地说:"陛下放心。捷轩不仅是统帅之才,也是勇猛将才,而且颇有智谋。今天要使关宁兵领教了。"宋献策的眼光转往东北方向,忽然对双喜说:"双喜,那是什么?"

双喜问:"军师指什么地方?"

"长城外边,是不是有几股灰色烟气?"

双喜望了望后回答:"有烟气。许是在欢喜岭上住的老百姓做午饭,从灶中冒出的烟气。"

"不是,不是!欢喜岭又名凄惶岭,西近长城,东接大海,是一个风口,没有村庄。况且只有零星居民,炊烟很小,绝看不见。现在有如此大的灰烟,可知威远堡与欢喜岭一带必有异常之事!"

宋献策的几句话使在场的人都大吃一惊,李自成和大家都举头向东北方向望去。

就在这时,距山海关不足两里的北翼城上出现了两面白旗、三面白旗,正在用力挥动……

李强向御驾大声禀报:"北翼城中有部队哗变,向我竖起白旗!"

李自成马上向李过吩咐:"立刻派兵接应!"

李过回答:"遵旨!臣立刻派三千人前去接应!"

宋献策说道:"补之将军!不要派步兵。只派一支骑兵,飞驰前去。只要能得到北翼城,牵制吴三桂,我们就可倾全力攻破西罗城,威胁山海城!"

当李过吩咐一位将领点齐两千骑兵去接应北翼城时,细心的军师又大声嘱咐一句:

"小心山海城上的红衣大炮对你的骑兵迎头轰击!"

奉命去北翼城的将领立刻率领骑兵出发,风驰电掣般地向东奔去。李自成和宋献策、李过、李双喜以及御营中众将领看见吴三桂慌忙离开石河滩,奔回西罗城。忽然双喜用惊喜的声音叫道:

"请父皇向南看,看红瓦店!"

大家看见,半个时辰前登上石河西岸,攻入红瓦店小街的众多关宁兵,中了埋伏,纷纷败退,溃不成军,只有一部分人马还能受将领节制,且战且退。多亏原有一半人马留在河滩,此时赶快上前接应,才救出溃散将士,阻止了大顺军的追杀。这一支关宁兵抛下许多死尸,退过河滩。刘宗敏看着他的部下将溃敌追到河滩中间便鸣金收兵,他自己带着部分亲兵,勒转马头,向御营缓辔驰来。

却说驻守北翼城的是原来驻扎山海关的守军,不是吴三桂从宁远带来的嫡系部队。首领姓吴,名叫国忠,是个千总,手下只有四百人。两三天来他风闻吴三桂投降了满洲,但因为没有确实消息,所以他一直心存最后一线希望。上午满洲兵前队已经到达欢喜岭,风传的消息得到了证实。吴千总激于民族义愤,趁着石河滩两边大战正酣,率部起义,挥动白旗,希望别的部队响应,也希望大顺军趁机全力进攻。没有料到驻扎在山海关的参将很快地率兵杀来,吴国忠寡不敌众,所率部卒在长城的城头上全部战死,抛尸城下;他本人则身负重伤,被生擒活捉。他们所插的几面白旗,被迅速拔掉,扔在城下。李过手下的两千骑兵尚未奔到,看见北翼城的举义已经失败,而西城墙上的红衣大炮拦头打来两炮,截断前进道路。率领这两千骑兵的果毅将军较有经验,当机立断,立刻退兵,驰回石河西岸。

石河西岸的两处激烈战斗停止了。双方的受伤将士大部分被各自抢走了,一小部分受伤小兵躺卧在乱石滩上,痛苦呻吟,没人去管。因为战事激烈,河滩上到处是血,乌紫一片,在圆石间汇流一起,再汇入浅得仅能漫住马蹄的石河中,继续南流,流入渤海。

天上暗云遍布,日色无光。宋献策仰望苍茫白日,自言自语:
"啊,太阳怎么起了风圈?"

李自成一边抬头仰视一边问道:"怎么回事?"

宋献策答道:"古人说:'础润而雨,月晕而风。'其实日晕也是刮风的预兆。只是平时阳光较强,能看见太阳有风圈的时候不多。"

"主何吉凶?"李自成惊问。

"并不主何吉凶。但要防备大风中飞沙走石,旗折马惊。"

"你速卜一卦,看明日是什么风向。"

"不用卜卦,明日是东南风。"

"何以见得?"

"如今已入初夏季节,濒海一带,东南风最多,一般从海上刮来。倘若是挟着雷雨,可以刮一天两天。如今是旱天,可能只是阵风,刮一阵即可停止。"

李自成不做声了。沉思一会儿,他留下刘宗敏、宋献策和李过到御帐中同吃午饭,顺便商议御敌之策。大家一边谈话一边从岗头下来,跟随他向设立御帐的小村庄走去。宋献策走在最后,他要将整个山海卫西郊外的地理形势细看一遍,为明日的兵力布置做好准备。他的心头异常沉重,暗暗说道:

"大顺胜败,决于明日之战!"

满天的苍茫云雾已经消失,天气重又清朗,日晕也看不见了。

宋献策在到李自成军中之前,虽然是一个江湖术士,但是他在同代的江湖人物中较有抱负,读书也较多,诸子百家之书,多曾涉猎,对于几部古典兵书名著,如《孙子十家注》等,特别下过功夫,精心研究。另外,他也略懂风角、望气、奇门遁甲等等知识,所以他能与一些负有不羁之才而对朝廷心怀不满的文人结为朋友,受到敬重。自从他于崇祯十三年秋冬之间向李自成献出《谶记》,对李自成本人和他的老八队将士们精神鼓舞很大,因而被李自成倚为心腹。同时,他作为封建社会的知识分子,虽然浪迹江湖,隐于卜筮,非儒家科举出身,但是他很明白君臣之义,深感李自成对他的知遇之恩,几年来竭智尽虑,为闯王赞襄鸿业。如今大顺军处境甚危,他不能不更加倍地小心谨慎。所以他在去御帐午膳的路上,停住脚步,再一次纵观战场的地理形势。就在这时,一个念头突地跳进他的脑海,使他的全身猛然一颤:明天,满洲兵会不会趁着东南风起,突然万骑奔出,冲入阵中,使我大顺兵无法抵御,溃不成军呢?

沿着这个思路继续考虑,宋献策越想越责备自己粗心,有愧军师重任。早先,刘体纯已经派细作探明,吴三桂奉崇祯密旨放弃宁远向山海关内撤退时,将停泊在觉华岛旁边的许多粮船,加上一些重火器和其他辎重,扬帆南来,泊在山海关附近姜女坟①到海神庙一带。后来因知满洲兵将到,才赶快将船上的粮食、辎重和重火器搬进山海城中,如今这些空船,正可以运送满洲兵从海上到红瓦店

---

① 姜女坟——海上一块露出水面的礁石。

右翼海边登陆。

而且,红瓦店的左侧也不安全,因为奉命在那里镇守九门口的唐通,他根本不相信。两年前,洪承畴任明朝蓟辽总督,奉旨率八总兵共十三万人马解救锦州之围,在松山附近全军崩溃。唐通和吴三桂都在这八总兵之内,二人既有袍泽之谊,也是患难之交。此时满洲人气焰方盛,吴三桂难道不会勾引他投降清朝?何况洪承畴是他的故帅,在将领中威望很高。松山兵溃,大家都为洪氏抱屈。如今洪氏在清朝受到重用,难道多尔衮不命洪氏对唐通招降?只要招降成功,唐通自会引路,带领敌人走九门口山路,出北山南口,从左边围攻大顺军,并首先攻占大顺皇上立马观战的岗头。同时占领御营所在的小村庄,夺得太子、二王,以及吴老将军……这样用兵,数万悬军东征的大顺军就完全陷于包围,必将全军覆没!

想到这里,宋献策心中猛一恍然:日者君象也,刚才天地阴暗,日有风圈,不仅是明日刮风的预兆,也是敌兵将从各路进兵,围困大顺皇帝之兆啊。

宋献策的心中又是惊慌,又是惭愧,暗暗说道:"明日万一皇上有失,我身为军师,罪不容诛!"

他知道皇上和刘宗敏等人已经进了御帐,正在等他,他赶快从岗上下来,踏着坎坷不平的小路向御帐走去。他一边匆匆往岗坡下走,一边考虑着明日有极大风险的两军决战。他在十年前因骑马摔伤右腿,所以江湖上或称他宋矮子,或称他宋瘸子,叫得亲切,并无嘲笑之意。他平时总是带着一根短的藤条手杖,下端包一铁箍,既帮助走路,必要时也可以作为防身武器,骑马时挂在马鞍右边。自从今年李自成在长安建号改元,成了大顺皇帝,他经常在皇上左右,为讲究君臣之礼,就不用这根手杖了。此刻他心事沉重,一踮一踮地向岗坡下走去,忽见李双喜从御帐旁边出现,正在等他,不能不加快脚步。由于习惯,他又一次抬起头来,望望太阳,忽

然看见,有一条又细、又直、又长的白云,从东向西,横过太阳中间。他大惊失色,不觉在心中连声惊叫:

"白虹贯日,白虹贯日!"

双喜不知道军师抬头向天上看什么,恭敬地叫道:"军师,皇上在御帐等候呢!"

宋献策听见呼唤,又忍不住向那一条又细又长、横贯在太阳中间的白云望了一眼,再次在心中惊叫:"果然是白虹贯日!"他赶快下岗,踉跄一步,几乎摔跤。

双喜叫道:"军师小心,这路不平!"

激战停止以后,李自成带着宋献策、刘宗敏、李过和双喜走进御帐。御帐的中间偏北一点,放一把椅子,上边搭有黄毯,作为临时御座。李自成按照在襄阳称新顺王以来的习惯,在为他特设的椅子上向南坐下。另外有一些从农家取来的小椅小凳,摆在前面两边,为临时议事使用。

李自成坐下以后,刘宗敏为大顺朝文武百官之首,在左前边第一把小椅上坐下。宋献策在右前边第一把小椅上坐下。紧挨着刘宗敏坐下的是李过。尽管有许多空的小椅和小凳子,但双喜不敢坐,恭敬地站立在李过背后。

刘宗敏和李过正要分别禀报各自战场上的情况,李自成却不等他们说话,就让双喜赶快把唐通差来禀报紧急军情的军官带来。

军官进来,跪下叩头。李过看出来这正是上午大战时立在李自成不远处牵着汗湿战马的三个人之一。李自成没有叫军官起来,更没有命他坐下,神色严重地说道:

"你来到时候,我军已经同吴三桂的关宁兵拼杀许久了,战争十分紧张,所以我没有工夫听你禀奏军情。现在,敌人已败退,你说,唐将军那里有什么情况?"

"谨向陛下禀奏：唐通将军奉陛下密谕,离开大军之后,率本部人马,走长城内燕山小路,于前日黄昏袭占一片石,又叫做九门口。不敢耽误,连夜差人打探满洲消息。昨夜到今日黎明之前,几处打探消息的细作均已回来,情况已经探明：多尔衮率领的满洲兵今日就要来到,请陛下速做准备,不可大意。"

李自成的心中一阵猛然狂跳。满洲兵竟往山海关方向来,而且来得这样快,完全出乎他的意料之外。他大声问道：

"满洲兵要进山海关？"

"是的。"

"有多少人马？"

"详细人数没有探明,只听说满洲八旗、蒙古八旗各出兵三分之二,汉八旗全部出动。"

李自成望着军师问道："献策,你估计有多少人马？"

宋献策略一低头沉思,抬头回答说："据臣所知,满洲一旗,足员是七千五百人,八旗征调三分之二,那就是说,满洲八旗出动了四万人。蒙古八旗人数不足,据臣估计,顶多出兵两万人。说汉军旗全部出动,这消息我不相信。近十余年来,东虏几次入犯,掳去人口很多,不再做奴隶,编入汉军八旗。东虏原是游牧部落,近三十年来定居辽河流域,以农耕为主。皇太极继位后更是如此。如今正是农忙季节,汉军旗必须多留青壮年男子搞好农耕,还要从事百工,这是满洲的立国根本,断不会使汉军全部南来。按臣的估计,此次多尔衮所率南来之兵,至多大约在十万左右,加上关宁兵四万,全部敌兵约在十三四万之谱。"

李自成听了军师的估计,心中感到可怕。不管如何估算,敌人在人数上比大顺的兵力强大,尤其可怕的是满洲兵和关宁兵都很精锐。他开始后悔这一次不听谏阻,悬军东征,犯了大错。他没有对宋献策说别的话,望着跪在地上禀奏紧急军情的军官说道：

"你速回九门口,传孤的口谕:吴三桂投降满洲,勾引多尔衮率领满洲兵来犯,不出孤的所料。多尔衮来得很好,我大顺军正可以借此机会,将东虏与关宁兵一战击溃。你自己亲眼看见,今日上午,吴三桂凭借坚城,倾全力同我作战,两路人马都被我杀败,逃回城内。满洲兵来到以后,自然有一场恶战。但孤已有了准备,决不使敌人得逞。你回去传孤的口谕,多差侦骑,继续察探满洲兵行军情况,一方面要派兵骚扰,一方面飞骑来报。"他转向双喜:"双喜,你带他下去,赏赐他们来的三个骑兵十两银子,安排他们赶快饱餐一顿,马匹喂点草料,送他们走吧。"

唐通差来的军官叩了一个头,随双喜退出大帐。

李自成在半个时辰前面对着岗坡下、石河边的两军鏖战,喊声震天,血流成溪,他没有丝毫胆怯,很想纵马奔进战场。但此刻听完唐通使者的军情禀报,竟然震惊失措,一时间不知如何应付。十天之前,他原是因吴三桂不肯降顺,害怕吴三桂会投降满洲,酿成大祸,所以拒绝正副军师谏阻,决意亲自东征。头一天在通州驻下,他就害怕局势会有意外变化,使他离京第一夜就成了忧虑不眠之夜。没有料到,满洲兵果然来了,而且来得这样突然,今天就要到山海关了!

"献策,你原来担心多尔衮率领满洲兵从蓟州和密云一带进入长城,截断我军退路,使我腹背受敌。我们都没料到,多尔衮会从半路上直奔山海关来,使我们措手不及!你有何御敌良策?"

宋献策心中明白,按目前形势说,实无任何良策。但是他不敢说出这个话。为了缓和情绪,他轻轻叹口气,婉转地说道:

"此系天数,臣昨夜已经看见局势对我不利,不待今日唐通禀报。"

"你怎么昨日就看见局势对我不利?"

"臣夜间走出军帐,仰观天象,看见天狼星犯紫微垣,心中大惊。今日上午果有唐通差人来禀满洲兵来犯消息,岂是巧合?"

李自成的心中更加沉重,又问:"今日,两军正在鏖战,胜败就在眼前。你好像并不重视,关宁兵十分强劲,忽然攻上西岸,攻入红瓦店,孤正想派兵驰援,你却说不必派人,捷轩快胜利了。果然,没过多久,关宁兵在红瓦店小街内中了埋伏,纷纷败退,捷轩除杀伤和俘虏了许多关宁兵之外,又从红瓦店杀了出来。补之这里,当时也是双方苦战,杀得天昏地暗,白日无光。……"

宋献策插了一句:"皇上说的很是,当时天昏地暗,白日无光。"

李自成本来不满意宋献策身为军师,没有专心注意当时战场情况,但是话到口边,忽然看见宋献策神色忧虑,显然不同平日,又想到刚才"天狼星犯紫微垣"的话,他本来想说的话不说了,改口问道:

"你看天象如何?"

"启奏陛下,臣看见白虹贯日。"

"白虹贯日?"

"是的,白虹贯日,对战争很不吉利。"

刘宗敏和李过虽然读书很少,但是都听说过这句古话,同时不觉心头一沉。刘宗敏抢先问道:

"献策,什么叫'白虹贯日'?"

军师说:"鏖战正酣时候,忽然有一阵白日无光,天昏地暗。我趁此时,仰观天象,看见了太阳周围有一风圈,后来又看见了'白虹贯日'。"

李过说道:"你们有些人专搞什么风候望气、奇门遁甲这些学问,我根本听不懂。你直白地说,什么是'白虹贯日'?"

宋献策笑一笑说:"其实就是一道又细又长的白云从正中间横穿太阳,久久不散。此是凶兆,为古人所忌。今日我就看见了'白虹贯日',明日不可不倍加小心。"

李自成问:"'白虹贯日'与日带风圈,这两种天象为何同时出现?"

"这是偶然凑在一起,但也不全是偶然。如果明日在战场上刮起一阵怪风,则须要十分注意。"

"何谓怪风?"

"突然而来,突然而止,故为怪风。"

双喜已经将唐通差来禀事和请示的军官安置妥当,回到大帐,仍肃立在李过背后。李自成又想起来一件事,向军师说:

"一个时辰之前,红瓦店和我们站立的岗坡下边,大战正酣,胜败决于呼吸之间。孤看见你都不在意,有时看着天上,有时遥望远方,望着长城以外。如今我才明白,你料到明日会有一阵从海上来的怪风。你不愧是大顺朝的开国军师,与别人所见不同!你关心长城外边的两三股烟气,双喜说是农村做午饭的炊烟,你坚决说不是,必有异常事故。现在看来,你说准了。长城外那两三股烟气,定与今日多尔衮来到有关。献策,你真是智虑过人!"

宋献策谦逊地欠身说道:"臣实庸才,致使……"他几乎说"致使御驾率师东来,陷于进退两难之境"。然而他忽然醒悟,随即改口说道:

"凡是大军行动,必露出各种迹象可以判断。《孙子·行军篇》举出许多例子,言之甚明。但世上各种行军迹象,变化复杂,不胜列举,臣不过是时时事事都细心捕捉,不敢稍有粗心就是了。"

双喜忍不住问道:"军师,你怎么判断出长城外边那几处烟气不是炊烟?"

宋献策因为多尔衮率领满洲大军今日就要来到之事,心中震惊,也看出来李自成、刘宗敏和李过的神情都很沉重,便匆忙回答:

"欢喜岭西连燕山山脉,连通大海,是一个天然风口,又是关内外军事要道,故炊烟稀少。纵有小小炊烟,旋即在风中吹散。所以我猜到必是有人在清除杂草、榛莽,干枯的和湿的混在一起,点火燃烧,故有几堆黑烟腾起,久久地风吹不散,非是炊烟。"

刘宗敏问道:"情况紧急,你有何应敌之策?"

李自成也向宋献策问道:"多尔衮是今日下午率大军来到山海关外,我估计敌我大战是在明日上午。你有何应敌良策?"

宋献策说道:"陛下,我的意思是,多尔衮率满洲大军来到的消息,暂时不要泄露,以免影响军心。等我们下午商量好应敌良策之后,再使众将知道。"

"也好,也好,暂时不要泄露。"

李自成吩咐双喜,赶快准备开饭。他本来已经震惊无计,又想到宋献策说的昨夜观察到天狼星犯紫微垣,今日又看见"白虹贯日"这些可怕的天象,简直失去了战胜敌人的信心。他在心中向自己问道:

"是不是马上就退回北京?"

这意见他不敢说出口来,目视军师。宋献策仍在想着"白虹贯日"的大凶天象,很害怕李自成明日会死于大战之中。他不敢说出他的担心,但是他一时茫然无计,无言可答。

第十三章

多尔衮率领满洲的混合大军,从翁后转道向南,日夜前进,一路上他有时骑马,有时坐轿。坐轿,不仅是为着休息,而且是为着每天都有盛京朝廷的重要文书飞骑送到军中,请他裁决。他如今不再是辅政王,而是摄政王,牢牢地掌握着大清国的一切大权。他在大轿中将收到的重要文书看过之后,等到一定时候,大军继续赶路,摄政王的黄轿在路旁的空地上停下,立刻有大批侍卫兵将在周围布好警戒,又有王府包衣在黄轿前摆好御椅,上铺椅垫,又在前边摆好案子。多尔衮开始叫来几位从征文臣,将他在大轿中看过的文书放在案上,然后就每件文书面谕有关文臣如何批示。接受面谕的大臣唯唯听命,拿着交办的文书恭敬退去。有一种文书特别重要,就用大清摄政王的名义发出,用满、汉文在黄纸上缮清以后,下盖摄政王印玺,再请多尔衮看一遍,装入封套,再用火漆封好。另一种文书是用从征某一衙门尚书或内三院某院某学士署名发出,凡是这类文书,公文的第一句照例是这样开头:"大清国奉命大将军、皇叔摄政王令旨"。另起一行才是摄政王谕示要办的某事。这类文书,后边不必用摄政王的名义,只用经办的大臣署名盖印。

重要的和较重要的公事办完以后,案子上还剩下一个黄缎包袱尚未打开。多尔衮知道包袱中是什么东西,正要命身边包衣替他打开,忽然一位随侍章京到面前跪下禀报:

"启禀摄政王爷,吴三桂差一官员飞马前来,说有紧急军情禀报。"

"你赶快带他前来!"

随侍章京立刻退下,过了片刻,吴三桂差来的一员武官被带到了多尔衮的面前。

来人姓李名豪,是吴三桂的旧部,几年前因骑马摔伤右臂,不能打仗,所以虽然仍是千总官职,实际上有衔无兵。但因他是吴三桂帐下旧人,忠心可靠,颇受信任。

还在十里之外,李千总就遇到满洲南征大军的前队人马。因为他的马鞍上插了一面小旗,上写:"大清敕封平西王行辕千总",所以迎面而来的清兵并不向他询问。他带着两名骑兵,闪在路边,匆匆赶路。但是他的心中惊慌。近来他虽然知道吴三桂投降了满洲,受封王爵,但想着这不过是吴帅的权宜之计,等打败流贼之后,吴帅必会脱离满洲,另有自立之计。现在看见满洲兵如此军容整肃,必然一战杀败流贼,进占北京,然后占领中国北方数省之地,在北京建立清朝。到那时,吴帅想脱离满洲,自谋出路,绝不可能。他毕竟是汉族人,想到这里,不觉心中一寒,出了一身冷汗。

第二件使他惊心动魄的事是,他看见全部满洲兵将都剃去一部分头发,只留头顶和后边的,编成辫子盘在头顶。他想到明天或者后天,反正很快,从吴三桂到全部关宁将士,就都得遵照满洲的风俗,一律剃发、刮脸。这件事,在当时对汉人来说不是一件小事。几千年传下来的汉人习俗,正如《孝经》上说的,"身体发肤,受之父母,不敢毁伤"。如今一旦投降满洲,这一切都由不得人了。李豪已经是三十几岁的中年人,想到改换夷狄之俗,剃了头发,死后如何能见祖宗于地下?

当李千总距离多尔衮的御营休息地尚有几里路程,已心慌意乱,胆战心惊。等他在大清摄政王的面前跪下时候,两条腿不住打颤,脸色发黄。多尔衮威严地向他打量一眼,问道:

"吴三桂差你来有什么军情禀报?"

"小臣……"

突然,从西南方接连传来三响炮声,如同天崩地裂。李豪大惊,将话停住。多尔衮和左右文武官员们也很吃惊,都向西南方面望去。西南方就是燕山山脉尽处,郁郁葱葱,烟雾腾腾。长城在山头上曲折起伏,时露雄伟墩台,笼罩着几片白云,在山脉的最东端转而南下,最后望不见了。

多尔衮和众人又听了一阵,没有听见从远方再传来炮声,只有一群大雁,从什么地方被炮声惊起,排成"人"字队形,飞得很高,越过燕山山脉,一边发出嘹亮的叫声,一边缓缓地向北飞去。

多尔衮向跪在地上的李豪问道:"这分明是红衣大炮的声音。是守城的军队向流贼开炮,还是流贼在进攻山海城?"

"臣不知道。臣只知道臣来的时候,石河滩靠西岸一带展开大战,战斗十分激烈。臣奉平西王密令,出山海关前来见摄政王爷启奏军情,石河滩上以后的战况就不清楚了。"

"平西王差你启奏什么军情?"

"今日早膳以后,得到确实探报,李自成因疑心大清兵南下,苦于消息不灵,于两天前,在东犯贼兵将到永平之前就密令唐通率领本部人马约有四五千之众,离开大军,走燕山小路,先占领抚宁县城,又于前日夜间袭占九门口。平西王想着唐通占据九门口之后,既容易差细作探听我大清朝各种消息,也便于袭扰摄政王前往山海关的道路,所以特密令小臣速来向摄政王爷禀报。"

"啊,我知道了。你赶快回复平西王,唐通兵力很小,无足重视。但平西王差人前来禀报,足见对大清具有忠心。唐通倘若从九门口前来袭扰,我前进大军自然会立即派兵剿灭。至于山海卫西郊大敌,嘱咐平西王务加小心,不可使流贼得逞。倘若李自成猛攻山海卫西罗城,情况真很紧急,本摄政王已经对豫亲王多铎与英亲王阿济格——他们都在前边——有过交待,可由平西王请两亲王率两白旗精兵进关,决不会使流贼得逞。倘若李自成并不攻城,西罗城也很平安,今日满洲兵到达后就在欢喜岭扎营休息。明日本摄政王自有消灭流贼良策。你赶快回山海关去吧!"

"谨遵令旨!"

李豪叩头以后,随即退出御营禁地,到二十丈外的大树下找到随来的两名骑兵,飞身上马,向山海关疾驰而去。

多尔衮立刻命人向后边传谕镶红旗固山额真叶臣,让他知道唐通已经降顺流贼,前天夜间袭占了九门口,要他小心。倘若在行军途中遇到唐通从九门口出兵骚扰,一定立刻剿灭,但不许追进九门口,以免中了埋伏。传谕叶臣之后,他才命身边包衣打开黄缎包袱,取出幼主福临的仿书浏览一眼。其实,他对福临写的仿书并不重视,只因为身为叔父摄政王,教育福临成长是他的责任,所以他必须看一看福临的仿书,对四位御前蒙师有所表示。忽然,他看见在一个写得较好的字旁,除那位教写字的蒙师用朱笔在字的右旁画一个大圈之外,旁边又有两个小圈,分明是用胭脂加清水调和。他的目光一亮,在胭脂小圈上停留一下,仿佛看见了年轻的圣母皇太后的可爱面影和教子苦心。他立刻将仿书放进红锦匣中,转向侍立在旁边的一位官员说道:

"写出我的令旨:行军途中,看了皇上仿书,又有进步,颇为欣慰。谕宫内管事大臣,奏明两宫太后,端阳节日,由宫内赏赐四位御前蒙师酒宴,并赏白银八两,外加朝鲜进贡折扇四把。"

为着早到山海关前,他下令御营接着正黄旗之后,赶到威远堡和欢喜岭再进午膳。他因为快与李自成接战,他的进关和占领北京的宿愿快要实现,心中异常兴奋。他不再坐轿,骑上战马,揽辔扬鞭,前护后拥,意气风发。他的右边几里处是苍茫雄伟的燕山山脉尽头处,险固的万里长城从高山顶上蜿蜒而下,有时跨临绝壁,惊险异常。左边离渤海较近,最近处不足一里。如今正是东南季风流行时候,风又刮起来了。海面上浪涛澎湃,拍击礁石,溅激着闪光浪花,涌上岸边。

多尔衮离开沈阳时候,只想到此次南征必获胜利,没有想到竟然会不费一刀一矢,满洲大军就能浩浩荡荡地开进山海关,明日再在关内一战杀败流贼,然后就要乘胜进入北京。他在马上扬鞭赶路,想着他一旦占领北京,定鼎中原,从此以后,大清朝就不再是割据辽东的小朝廷,而是堂堂正正的中国之主。由于历史的各种条件凑合,多尔衮对大清朝的开国勋业,由此走向鼎盛!

今日将至中午时候,大出吴三桂的意外的是,驻守北翼城的数百将士突然哗变,一面企图袭占关门,一面向李自成的大军挥动白旗。吴三桂立刻命令山海关上的精兵向北翼城进剿,同时下令从城上放红衣大炮,截断大顺军派出驰赴北翼城的一支骑兵之路。虽然北翼城的哗变被迅速扑灭,但是这件事对吴三桂精神上的震动很大,使他明白,他的投降满洲难免不引起汉人痛恨。可是事到如今,只好顺着这条道路走下去,没有第二条路了。

在今日的激战中,双方都没有投入全部兵力。吴三桂在两处战场上共阵亡三百多人,受了重伤不能回队的约两百多人,受了轻伤被救回的约有四五百人。对于几万人马的关宁大军来说,这样的死伤不算严重,但是吴三桂想在混战中夺回父亲的计划落空,他由此断定他的父亲和在北京的全家三十余口,包括他的母亲在内,必然被杀无疑。上午的大战结束以后,吴三桂虽然知道明日与满洲兵合力作战,必将杀败李自成,获得全胜,但是他的心情却很沉重。他知道既然他降了满洲,李自成更不会饶过他的父母和全家亲人;而且从今往后,世世代代,必将留下有辱祖宗的汉奸骂名。他想到他本来无意投降满洲,只想向满洲借兵,恢复明朝江山,辅佐太子登极。不料多尔衮欺负他是亡国之臣,孤立无援,乘机率大军从翁后转路,直奔山海关来,并且不管他是否同意,晋封他为王爵。他为此事,曾经十分气愤,也曾伤心痛哭,但现在木已成舟,说什么话都晚了。他现在心中只有一个模糊念头:只要他不死,手中有了众多人马,总会有一天机缘凑合,他要反抗清朝,洗刷自己身上的汉奸臭名。

在北翼城因反对吴三桂投降满洲、愤而起义的四百多将士全部战死,只有为首的千总吴国忠因负伤三处倒地,被众人捉获,五花大绑,押到吴三桂的面前。左右人喝令跪下。吴国忠尽管负伤,但是昂首直立,不肯下跪。他不是吴三桂在宁远的嫡系,吴三桂接管了驻防山海关的人马以后,第一次按照花名册对原属山海卫的军官点名,当点到吴国忠的名字时,吴国忠行一军礼,答应一声,声音洪亮,带有铜音。吴三桂看见他不过二十四五岁年纪,身材魁梧,浓眉大眼,双目有神,相貌不凡。坐在身旁相陪的山海副将见平西伯很注意这位将领,小声介绍说:"这个千总武艺很好,弓马娴熟,善于带兵,作战时能得部下死力。"吴三桂正想在原属于山海守军中培养自己的力量,所以对吴国忠多看一眼,记在心中。从那时起,吴三桂对吴国忠就有了提拔之意。昨天命令他率领自己的一营士兵防守北翼城,也是为着打算在战争后将他提升。

现在吴三桂看见他已经负伤,但不是致命重伤,也没缺胳膊断腿,虎虎英雄气仍在,念起同宗之情,很想赦他不死,于是用温和的口气对他说道:

"吴国忠,你我虽非同乡,却是同姓同宗。俗话说得好:一个姓字掰不开,五百年前是一家。你不讲同宗之情,我可是很讲同宗之谊。谁叫我们都姓吴呢?"

"平西伯,你错了。我们并非同宗。我是姓武圣人的武字,你是姓口天吴的吴字。"

吴三桂一时茫然,又问道:"你在石河滩作战十分紧急时刻忽然哗变,是不是受部下胁持,并非你的本心?"

吴国忠慷慨回答:"不,你又错了!今日之事并非哗变,实为起义。不幸起义失败,别的不必多问,一切责任由我一人承担,与别人无干。砍头不过碗大疤瘌,何必再问!"

"我知道你虽然官职不高,但确实是一员将才,我实在不想杀你。你实说,你手下有人受了李自成的细作勾引,逼你造反,是不是?"

吴国忠对吴三桂冷笑一声,大声说道:"我的部下全是听我的命令起义,既没有人敢逼迫我,也没有人受大顺军的细作勾引。你赶快杀我,不要多言。大丈夫敢作敢当,既然起义不成,我就含笑归阴,请不要妄杀无辜!"

吴三桂还想放过他,又说道:"你只有四百多人,纵然能够夺占关门,也不能支持多久,岂不是自寻死亡?"

"倘若我能够夺得关门,凭恃城头炮火,就不能让满洲兵顺顺当当开过关来。你手下数万关宁将士全是汉人,愿意跟随你作汉奸的毕竟不多。我如果能够坚守一天,西郊有大顺军进攻,城内有关宁两军中的汉人将士起义,结局就未必属你说了算了。你自以为投降满洲,受封王爵,颇为得意,我看你是高兴得太早了!你不忠,不义,不孝,必留千古骂名。……现在我再索性对你直说,花名册上对我的姓名并没写错。只是几天来我听说你投降了满洲,耻于和你同姓一个吴字!……快杀吧,快杀吧,我要为汉人留下来千秋正气!"

吴三桂害怕吴国忠的慷慨言词会影响军心,将脚一跺,命令立即将吴国忠乱刀砍死,抛尸西罗城外。

侍立左右的幕僚和将领们看见平西王的脸色发白,咬牙切齿,一齐劝他回行辕休息。吴三桂没有听大家劝说,向躺着很多受伤将士的小树林中走去。

地位较高的负伤军官都放在临时搭起的帐篷中，首先洗净血污，进行包扎。一般士兵就在树林中包扎。吴三桂先看望帐篷中的伤员，再看树林中的伤员。他的心情十分复杂：吴国忠在死前对他的当面责骂，大义凛然，一字字掷地有声，使他心中惭愧，无话可说。再想到今天只是同李自成初次交战，就死伤了一千多关宁精兵，全是"袍泽之亲"，其中有一半人抛尸河滩和红瓦店街上。他一边说着慰劳的话，一面忍不住心中悲痛，双眼流泪。离开时候，他向跟在他背后的总兵官杨珅小声吩咐几句话，杨珅随即用带着感情的语调大声宣布：

"平西王传令，今日受伤将士，一律记功，分别奖赏白银。阵亡将士，另行清查造册，对家属从优抚恤！"

吴三桂知道满洲兵已经有一部分来到了山海关外，后边的人马正在陆续到达。他慰问了躺在西罗城中的负伤将士以后，为着午膳后，要率领一批文武官员去关外迎接新主子大清摄政王，他在西罗城不再停留，率领随侍文武官员和亲兵奴仆，立刻上马，驰入洞开的山海城的西门，奔回行辕。

满洲官兵先头部队一到欢喜岭，忍不住发出来一片欢呼。自从皇太极将后金的国号改为大清，立志入主中原，多年来占领山海关的梦想终于要实现了。

满洲两白旗的官兵最先来到，扎营在欢喜岭的南坡，直到海边，但遵照摄政王令旨，满洲兵不许进东罗城，以表示满汉一家，决不骚扰百姓。随后，满洲其他各旗的人马都来到了，挨次扎营在欢喜岭外。汉军八旗和蒙古八旗都在后边，大约一二日内可以陆续赶到。在多尔衮的计划中，明日一战杀败李自成以后穷追西进，夺取北京，主要靠跟随吴三桂投降清朝的关宁兵和先来到的满洲八旗。

满洲兵十几年来对于出征作战,包括出兵朝鲜作战,已经积累了许多经验。这一次是在大清摄政王多尔衮的亲自率领下南征,具有种种必胜的优越条件,而李自成必败的弱点完全暴露。不管有没有吴三桂向多尔衮借兵和投降清朝的事,清兵都必将南下。无非走别的路进入长城,打败李自成,占领北京,开辟大清朝的统治。

多尔衮怀着必胜的信心,这信心正如古人有一句诗所说的"大将南征胆气豪",这和李自成离北京东征的精神状态恰好相反。

多尔衮来到山海关时候,不管是他的御营,还是八旗的宿营地,一切都准备得井井有条。这不仅是由于满洲部队组织严密,具有较丰富的远征经验,还有吴三桂已经投降,受封为平西王,三天来由平西王行辕派出数百名官兵和当地百姓为数万满洲兵清扫驻地,运来木柴,挖掘水井。这地方离海岸很近,掘井容易,水源充足,水味略咸。好在当时的满洲人还没有喝茶习惯,水中稍有咸味也不要紧。当时,山海关以外各城堡全被大清国占领,都设有地方官员和驻军。他们不敢怠慢,沿路为大军供给宰好的牛、羊、肥猪,交由各旗部队中的辎重兵运来。吴三桂也派人从山海城中送来了宰好的牛羊。单就大军的给养说,多尔衮的南征大军同李自成的东征大军在决战之前,所具备的供给条件完全不同。

大约在接近中午时候,多尔衮在前呼后拥中登上了欢喜岭,在威远堡的城门外下马。先遣人员,包括随侍官员,巴牙喇兵和奴仆,早已将巨大的黄色帐殿在威远堡中搭好,帐殿外摆列着简单的仪仗,特别令人敬畏的是竖立着一柄代表皇权的黄伞。帐殿外有一个小的军帐,有官员在内值班,门外边站立着两对威武的巴牙喇兵。

随着摄政王多尔衮的御营来到的有:大清国中央政府所属六

部衙门的大批官员,内三院的大批官员,还有朝鲜国的世子李淏及其一批陪臣和奴仆。所有这些重要随征大员都驻节威远堡的周围,而且所有大小帐幕都由前站清兵搭成。这里虽然接近战场,但没有战争气氛,与李自成的御营驻扎石河西岸的情况大不相同。这里的人们都怀着胜利的信心,等待着明日一战杀败"流贼",乘胜占领北京。

多尔衮进了帐殿以后,随即由亲信包衣用铜盆端来温水,伺候他净了手脸。紧接着又有一名包衣奉上装好的白铜锅、玛瑙嘴、紫檀木长杆的烟袋,等他拿着烟袋杆将玛瑙嘴放进嘴中之后,立刻有另一名包衣伺候他将烟袋锅点着。此时,正要用膳,恰好一位随驾笔帖式官员进来,恭敬地向他打个千,小声禀报:

"平西王吴三桂差来两位官员求见,让他们此刻进殿,还是摄政王爷用过午膳后传见?"

"午膳不忙。立刻传见!"

先进来四员扈驾武士,站在多尔衮的身后。随即郭云龙和宁致远立刻被引了进来,在多尔衮的面前跪下。多尔衮的气派很大,慢慢将玛瑙烟袋嘴拿离开,向郭云龙含笑问道:

"你前天在路上叩见过我,名叫郭云龙?"

郭云龙受宠若惊,回答说:"摄政王爷真是睿智过人,军前匆匆一见,竟能记得小将姓名!"

"他是何人?"

"叩禀摄政王爷,他是平西王身边幕僚,官职参议,文官六品,名叫宁致远。"

"平西王差你们来有何启奏?"

"吴平西知道摄政王爷已经驾到,特差遣臣等二人前来请示:他要率领文武官员和地方士绅前来叩头问安并恭听训话,不知何时方便?"

多尔衮暂不忙于作答,他将玛瑙烟袋嘴儿放在口中吧嗒一下,向旁望了一眼,立即有个睿王府随侍包衣走来,将白铜烟锅中熄灭的烟末点着。多尔衮再次噙着玛瑙烟袋嘴儿吧嗒两声,吐出灰烟,然后问道:

"平西王的关宁人马今日与流贼初次交战,情况如何?"

郭云龙回答:"微臣本来应该投身此次大战,义无反顾。只因平西王见臣连日鞍马奔波,十分疲累,不宜出战,叫臣在今日上午留在城中,休息体力。宁致远参议一直侍立平西王身边,所以上午的战争实况看得最为清楚。他会向王爷详细禀奏。"

多尔衮慢悠悠地吸着烟袋,转望宁致远,轻声问道:

"你是文官,可曾亲自观战?"

宁致远恭敬回答:"因李贼攻破北京,逼得大明帝后自缢,身殉社稷,我关宁将士与流贼不共戴天,义愤填膺。尤其得知摄政王亲率八旗劲旅,今日可抵关门,誓将剿灭流贼,奠安宇内,解民倒悬。我关宁将士十分振奋,深感摄政王不计明清两国宿怨,不待申包胥作秦廷之哭,已经在盛京仗义兴师,决计除暴平叛。关宁将士莫不深深感戴,甘愿肝脑涂地,为大清八旗兵作为前驱……"

多尔衮略有不耐,轻声说道:"简短直说吧。上午是两军初战,你是不是亲自观战?"

"臣一直立马吴平西王身旁观战,直到大战停止,各自收兵。"

"双方伤亡如何?贼兵士气如何?"

宁致远如实禀报了上午战况,也禀报了北翼城小股部队在千总吴国忠煽惑率领下哗变的事。多尔衮听了之后,轻轻点头,对郭云龙和宁致远吩咐说:

"你们回去禀报吴平西王,上午关内的作战情况,我已经知道了。关宁将士用力杀贼,不负我的厚望。明日如何一战杀败流贼,我已经有通盘打算,在路上同范文程、洪承畴两学士谈过。我现在担心的是李自成知我亲率大军来到,趁夜间逃回北京。你们回去,告诉吴平西王,我们刚到山海关前休息,他们暂不必前来晋谒,只在城中恭候。我们这里用过午膳以后,范文程学士即去城内与平西王见面,传谕我的作战方略。你们去吧,要谨防李自成拔营逃走!"

郭云龙和宁致远叩头退出,小心翼翼、屏息无声,走出警卫森严的威远堡小城,与随来的几名护卫相会,一齐上马,奔回山海城内。

多尔衮不待用午膳,也无意休息,立刻走出帐殿,向南边走了几步,站立在一块露出地面的磐石上,浑身沐浴在明媚的阳光之下。一阵温暖的南风徐徐吹来,使帐殿外的黄旗飘飘翻卷。他向山海关的巍峨城楼望了一阵,随即又向周围观看雄伟的山海关地理形势,一边轻轻点头,一边发出赞叹的"啊啊"声音,不仅是赞赏这一带地势雄伟,也满意他在翁后地方遇到吴三桂借兵使者后能够当机立断,迫使吴三桂投降,转道南下,日夜赶路,直奔山海关来。这一座限制关内与满洲交通的天下雄关,今日竟不费一刀一矢拿到手了!

他毕竟是一位三十岁刚刚出头的年轻人,所以他在考虑军政大事时思维敏锐,计虑深刻,但是另一方面,又为眼前占领山海关的胜利喜形于色,心情再也不能平静。他想到几天前留在盛京的满朝文武大臣和两宫太后已经得到消息,知道他在路上招降了吴三桂,正在转程南下,直奔山海关,可以想到,留在盛京的半个朝廷的文武大臣和两宫太后得到消息后会多么高兴。最使他关心的是顺治的母亲,年轻貌美的圣母皇太后,他的眼前仿佛又出现了她的明眸皓齿,她的庄重而富有感情的温柔笑容。他不由地在心中对她说道:

"请皇嫂放心,我一定忠心辅佐你的儿子不日移居北京,成为大清朝进入中国的第一代开国之主!"

多尔衮从前带兵打仗,曾经从密云境内乘明朝守将疏忽,不作防备,突然进入长城,深入北京附近,饱掠河北、山东,然后退回辽东。因此,他对关内外的地势地理有所了解,知道从居庸关北边的八达岭开始,长城顺着燕山山脉蜿蜒向东,约有八百多里,直到燕山尽头处,突然下山,在一道岗岭头上向南修筑,修到海边。这岗岭的地势好像一条龙向东海饮水,所以那尽头地方就叫做老龙头。在燕山与渤海之间为长城修筑了一道东门,控制内地与辽东来往之路,明初大将徐达修筑这座雄关时取名为山海关,十分恰切。徐达还在山海关里修筑了一座坚固的屯兵小城,按照当时制度,称做山海卫,简称山海。到了明朝中叶,满洲势力兴起之前,蒙古的军事力量仍构成边境威胁,所以在山海关外修筑了东罗城,在西边修筑了西罗城,在北边约一里处修筑了北翼城,在南边约一里处修筑了南翼城,老龙头上也修筑了土城,可以屯兵。北翼城和南翼城都修筑在长城里边,均有小城门可以由长城内接济兵源、食物和用水。总之,从燕山脚下到海边,不仅有一道又高又厚的长城抵御从外边来攻的敌人,而且有几座修筑在长城内边的小城,形成一串要塞,加强了长城的防御能力;不仅从外边攻破长城绝不可能,而且纵然满洲兵横扫冀南和山东之后,来到冀东,占领了永平府,想从内边攻击长城,夺取山海关,也不可能。这么一想,多尔衮更感到吴三桂的降顺大清极其重要,封他藩王十分应该。

具有雄才大略、英气勃发的大清摄政王多尔衮此时站立在御帐前边的一块磐石上,观看山海关一带的雄伟地势,忽然心中明白,他脚下站立的这一道自西向东,直到海边的土岗原是长城下边的岗岭的一个分支,只是在威远堡与长城之间被挖断,成了一道深沟,使敌军不可能利用威远堡进攻长城。他很佩服两百多年前修

筑山海关的明朝大将徐达很有心计,不觉在心中称赞:

"有道理,有道理。"他转身向洪承畴问道:"洪学士,这一道向东去通向海边的岗岭有人叫它欢喜岭,又有人叫它凄惶岭,你曾经驻军山海,到底叫什么岭?"

洪承畴趋前半步,恭敬回答:"从前由这里出关去辽东的,不是出兵打仗的人,便是有罪充军的人,很少能平安回来,所以大家习惯上将这道土岭叫做凄惶岭。有人认为不吉利,改称欢喜岭,指那些有幸能够从辽东回到关内的人说的。"

多尔衮哈哈大笑,满面春风,望着身边的满汉群臣说道:

"从今往后,满汉一家,关内外成了坦途,这土岭便只称为欢喜岭,不许再称凄惶岭了!"

满汉群臣纷纷回答:"是的,从此结束了关内外分裂之局,满汉臣民共享太平之福,山海关就没有用了。"

多尔衮对吴三桂的降顺清朝和献出山海关既十分高兴,但也存有疑心。他认为,第一,吴三桂毕竟是汉人。在汉人心中,满汉的界线很难泯灭。第二,目前吴三桂的父母与全家人都在李自成的手中,多尔衮风闻吴三桂自幼受父母钟爱,是个孝子。第三,汉人有一句俗话:"外甥随舅。"吴三桂是明朝守锦州名将祖大寿的外甥,祖大寿长期为明朝困守锦州,孤立辽东,曾经因在锦城外兵败被俘。投降之后,放回锦州,他又率少数残兵继续守城,同清兵拼死作战。直到洪承畴的十三万大军在松山溃败之后,祖大寿在锦州粮食已尽,才第二次同意投降。多尔衮在心中想道:

"吴三桂降清,并非起自初衷,今日就那么可靠?"

刚想到这里,在威远堡东门值班的武官匆匆走来,在多尔衮的面前跪下禀道:

"启奏摄政王爷,吴平西王差一官员来请示摄政王爷:什么时候他可以率领山海城中的文武官员和士绅前来叩谒摄政王爷?"

多尔衮正需要赶快与吴三桂见面,马上说道:"你告诉吴王差来的人,我马上差内院大学士范文程进关,传达我重要口谕。吴平西王差来的人赶快回去,准备在关门外迎接范大人。我的军务很忙,这个人不必见我了。"

多尔衮随即下了磐石,走回御帐,同时吩咐驻在御帐周围的文武官员和拱卫威远堡的全体兵丁提前用饭,稍事休息,务要武装整齐,森严戒备,听候摄政王爷令旨。

摄政王本来军令很严,处此即将进关时候,更加军令如山。他只要轻轻咳嗽一声,就会使地动山摇。果然,片刻之间,威远堡内外,变得鸦雀无声了。

多尔衮回到御帐,稍作休息,便传旨开膳。由于他是摄政王,又是当今大清皇上的亲叔父,所以吃饭时没有人陪。这样也好,他可以一边吃饭,一边考虑事情。因为是行军途中,又是大战的间歇期间,所以多尔衮虽以摄政王之尊,午膳却十分简单。一吃毕午膳,多尔衮便吩咐人将范文程叫来,单独对范作了重要吩咐,并要范即刻进关。

范文程带领十名随从,骑着骏马,穿过东罗城向山海关的瓮城走去。在往年,如果关外有军事动静,守关的将领照例要在东罗城派驻一部分人马,以加强瓮城守卫。但今天的东罗城却是空荡荡的,不但没有吴三桂的兵丁,连居民也没有了。范文程心中明白,老百姓是因为害怕清兵骚扰,所以都逃进关了。至于吴三桂,因为已经投降了大清,所以将东罗城中的守军全部撤走。范文程对这第二种情况心中满意,不再怀疑吴三桂仍有二心,在马上微笑点头,继续前进。

当范文程往山海关走去时候,多尔衮传谕驻在威远堡的众位文武臣僚,来到御帐,商量明日大战方略以及使吴三桂永无二心的问题。大家向多尔衮叩头以后,按照官位高低在御座前分两行站立。说是会议,实际是听摄政王面谕他明天的作战方略。他的话很简明扼要,说完之后,询问群臣意见。大家都称赞摄政王是天纵英明,远非常人所及。多尔衮虽然也满怀得意,但是表面上一如平日,仍然十分冷静,把事情想得很深。沉默片刻,他用沉吟口气向群臣问道:

"我想与吴三桂对天盟誓,使他永无二心,你们以为如何?"

有一位大臣感到吃惊,赶快问道:"摄政王爷可曾将这话告诉范文程学士?"

"范文程走时我已经有此想法,可是还没有拿定主意。眼下我已经拿定主意,要与吴三桂对天盟誓。"

"命什么官员与吴三桂对天盟誓?"

"不用别人。由我摄政王本人与吴三桂对天盟誓。只有这样,才能使吴三桂不敢背盟,永远忠于大清!"

臣僚们虽然还不明白摄政王用心很深,觉得不当降低大清朝叔父摄政王的身份,但因摄政王的口气坚决,主意已定,便不敢再说话了。

多尔衮随即吩咐一位内院学士和能写满汉文字的两位章京,赶快准备好对天誓文,用黄纸缮写出来,并准备有关盟誓事项,不可耽误。多尔衮急于见到吴三桂,问道:

"范文程进关了么?"

有人回答:"回摄政王爷,他大概已经进关了。"

此时范文程一面继续骑马前行,一面想到一个问题,他是奉大清摄政王的谕旨进关内见吴平西王的,吴王应该派人前来迎接才是,怎么不见人呢?

他正在想着,不觉来到了山海关的瓮城前边。他看见瓮城墙的下边是用大石砌成,用大炮也不能毁坏,尤其巧妙的是瓮城门并不向东,过了吊桥,才看见瓮城门朝向东南,很近就是海湾,攻城的敌人没法用大炮轰击城门。

范文程率领的一群人来到了瓮城门外的较为宽阔的地方,看见平西王派来的两位武将和两位文职幕僚站在那里恭迎。范文程赶快跳下马来,他的随从们也立刻下马,随他趋前几步,与来迎接的官员们互相拱手施礼,略作寒暄,一起走进城门。范文程看见瓮城门包着很厚的铁皮,门洞很深,可见瓮城的城墙很厚。城门里边竖立一根粗的木棍,俗称腰杠。门洞两边,靠着墙根,堆着十来个沙包,以备从里边堵塞门洞之用。

就在通过瓮城门洞的片刻之间,范文程回想起近几天他的思想变化,不能不佩服摄政王多尔衮的谋略过人。他很清楚,吴三桂因为害怕李自成的兵势强大,派人迎至翁后,向清朝借兵,当时无意降清。摄政王看准时机,一面敕封吴三桂为平西王,答应战事平息之后,原来的宁远将士仍回宁远驻防,收回各自的土地房产,一面命大军改变路线,从翁后转道向南,直奔山海关,压迫吴三桂不得不献出这一座天下雄关。现在他走进了山海关的瓮城门,更加明白,吴三桂如果不投降,这山海关是没法攻破的。现在他被吴三桂派文武官员来恭迎进关,而且从此往后,不仅吴三桂将永远要为清朝进入中原、建立大清鸿业效犬马之劳,而且他所统率的数万将士从此都要为大清消灭流贼和占领北京效命前驱。这么一想,范文程对多尔衮的超乎群雄的英雄伟略更加敬佩。

通过光线稍暗的瓮城门洞以后,便到了阳光灿烂的山海关前。从瓮城门到山海关门有十多丈远,如今是初夏的未初时候,阳光几乎是直射在瓮城以内。山海关门朝向正东,如今由于吴三桂的降清,城门大开,只有一名下级军官带领四名兵丁在瓮城门内站岗,另有四十兵丁在山海关外站岗,一如平日。范文程抬头望见关门上汉白玉横额上刻着三个颜体大字:"山海关",不禁心中一动,暗暗说道,由于摄政王的谋略过人,从此满汉一家,雄关变成通途!

吴三桂的行辕距离山海关门并不远,大约只有一里多路。出瓮城门恭迎的四位文武官员的马匹都由仆人们牵着,在关门内路旁等候。范文程及其随从人员的马匹,由戈什哈和仆人们牵着,跟在后边。从关门内前往吴三桂的行辕,本来可以步行,但为着摆出主客双方的身份地位,还是一齐上马,片刻间就驰到吴三桂的行辕门外。

吴三桂手下的另外几位文武官员已经在辕门外恭候。大家同范文程过去虽未见过面,但是都知道他世居辽东,从努尔哈赤建立后金朝开始就投效满洲,至今已历三世,深蒙信任,官拜内院大学士之职,所以对他十分尊敬。突然,鼓乐声起,范文程乍然间有点吃惊,但随即明白吴平西王行辕因为他是摄政王差来的使者,以贵宾之礼相迎,马上心中释然,面含微笑,随着恭迎的官员们进入辕门。

范文程本来是一位以细心和机警出名的人。今日进关,更是处处留心,他在鼓乐声中走进行辕大门时候,尽管他同欢迎他的官员们谈话,但还是注意到行辕大门左边的墙壁上贴着一张红纸长幅官衔,上写道:

大清国敕封平西王兼关宁兵总镇驻山海城中行辕

范文程一眼看出,大红纸和墨色很新,分明为着迎接他才写成贴出来的,盖住了原来的官衔。他此次来关内与吴王会晤,除奉旨传达摄政王的简单口谕之外,也奉有摄政王密旨,要他留心观察吴三桂是不是真心降清。他从东罗城完全撤兵,东瓮城门和山海关两处仅留有薄弱岗哨,已经看出来吴三桂是真心降顺;现在又看见这新贴出的红纸黑字行辕衔牌,他相信吴三桂是真心投降了。

虽然吴三桂已经受封王爵,但是他知道范文程是摄政王身边

红人,丝毫不敢怠慢,赶快走出二门,降阶相迎。随后将范文程请进大厅,让客人落座,等仆人献茶之后,便赶快问道:

"摄政王差学士大人光临敝辕,有何重要训示?"

范文程略微欠身回答:"我大清奉命大将军、叔父摄政王连日征途劳累,本来需要休息,以便明日亲自指挥大战,本打算在今晚召见吴王,但随后一想,认为吴王与众位关宁将士以及山海地方官绅,在贼寇猖狂犯境之日,共同一心一德,高举义旗,归顺大清,欢迎王师,此亦不世伟功,实堪嘉许。于是改变主意,立即命文程前来,传达令旨,要吴王率领山海卫文武官绅前去威远堡帐殿晋谒,恭聆训示。"

吴三桂赶快欠身说道:"是,是,应该听摄政王当面训示。只是目前武将们多在石河东岸阵地,防备逆贼进犯,大部分不能赶去威远堡中听训……"

范文程不等吴三桂将话说完,马上说道:"这我明白。想来李自成已经知道大清朝精锐大军来到关外,阁下务要谨防流贼狗急跳墙,乘清兵进关前伺机进犯,妄图侥幸一逞。所以阁下如今只须率领在山海城中的武将及重要幕僚,以及地方官绅,前往威远堡晋谒听训,凡在西罗城及石河东岸阵地上的大小将领一律不许擅离驻地,务要时刻监视敌人动静。另外,大清兵到山海关外的已有数万,现在欢喜岭一带休息。将于今日黄昏以后至三更之间,分批整队进关,驻扎西罗城中和石河东岸,休息好以后,明日投入大战。另外,在西罗城中,请吴王殿下挑选地势较高,也较宽敞的地方,作为摄政王的驻地。二更以前要将这片大的场地清扫干净,黄昏后会有一部分满洲官兵于二更以前进来,为摄政王搭设帐殿,并为随来的文武官员搭设军帐、厨房、马棚等一应设施。满洲兵的上三旗也在三更之前进关,大部分驻扎西罗城外,明日投入决战,少部分驻在西罗城内,拱卫帐殿及朝臣居住禁地。吴王殿下,西罗城中可有这么合适地方？"

吴三桂不假思索，马上回答："有，有！西罗城原是训练山海卫骑兵跑马射箭地方，土城较大，非东罗城濒海边可比。城中靠近西门有这么个高敞地方，为将领们检阅骑射的地方。今日上午，我就是立马这个高处，指挥战争，平定北翼城的鼓噪哗变。以我看来，摄政王的帐殿设在此处，最为适宜。"

"这地方有没有百姓居住？"

"这一个高敞地方原是驻山海卫武将们检阅骑射的地方，不许百姓居住，下边倒有几家贫民居住，有些破旧草房。"

"所有贫民住房，一律拆除干净。如今这一处地方是大清摄政王驻跸禁地，不能留一个……"

说到这里，范文程突然停顿，思索另外一个字眼儿表达他的意思。机警的吴三桂马上猜到他要说的是"汉人"这个词儿，但因为不仅范文程原是汉人，如今新投降满洲的平西王和麾下数万将士也都是汉人，所以范文程在话到口边时不由地打个纥顿，寻找别的词儿。吴三桂心领神会，马上接着说道：

"我明白，在摄政王驻跸地方，不能有一个闲（汉）人。"

范文程点点头，立刻起身告辞，并嘱吴三桂即率领山海城中文武官员和士绅们去威远堡晋谒摄政王，面聆训谕。吴三桂恭送范文程在鼓乐声中离开辕门，又命原来在瓮城门外迎接范文程的四名文武官员恭送到瓮城门外。

吴三桂原以为范文程会在他的行辕中停留很久，向他详细传达摄政王多尔衮的作战方略，所以在范文程来到之前，命仆人们将东花厅打扫得干干净净，准备范文程临时休息之用。不意范学士来去匆匆，不肯逗留，这做派不但与往日的大明朝廷使者不同，与不久前李自成派来的犒军使者唐通、张若麒二人也截然不同。他不由地在心中叹道：

"大清朝虽然建国不久,却是气象一新!"

吴三桂将范文程送走以后,立刻下令,在西罗城外,石河东岸的宽广地方,为大清的步骑大军准备驻扎之处,同时在西罗城中那个高旷地方,火速为摄政王准备搭设帐殿和驻跸的御营禁地,另一方面,传谕在山海城中的部分武将、幕僚,以及地方官绅,齐集辕门,随他去威远堡晋谒大清摄政王。

趁着跟随他赴威远堡晋谒多尔衮的文武官员和地方重要士绅来辕门集中的时间,吴三桂回到内宅,在一个女仆的伺候下梳了头,将又黑又多的长发按照汉人自古相传的旧习,在头顶挽成一个大髻,以便戴上帽子。

当女仆替吴三桂梳头时候,陈圆圆站在旁边观看。她知道大清朝的摄政王要召见吴王,为明日的大战作出重要训示。在她的思想中,吴三桂的宠爱就是她的幸福,吴三桂的官运亨通、飞黄腾达,就是她的梦想。至于什么忠君爱国啦,民族气节啦,在她的思想中从来不沾边儿。她也明白,凡是良家妇女,应该讲究贞操,丈夫死后要为亡夫守节,这是天经地义的道理,但是这个世代相传的死道理与她陈圆圆无缘,与一切做妾的女人无缘。当女仆为吴王梳好发髻时候,陈圆圆在一旁禁不住赞叹说:

"王爷的头发真好!"

吴三桂似乎没有听见爱妾的话,脸上一丝笑容也没有。

管梳头的女仆从桌上打开镜奁,取出大的铜镜,双手抱着,请王爷看一看挽在头顶的发髻。趁这时候,陈圆圆赶快站到吴三桂的身边,也从镜子中观看吴王新梳好的发髻和漂亮的三绺短须,同时观看她自己的像花朵一般的妩媚笑容。她自己很爱吴王,也深知吴王对她真心宠爱,此时趁身边只有一个贴身服侍的女仆,她将头部尽量向丈夫的鬓边贴近,有意使丈夫闻到她脸上的脂粉香。

她想吴王会在镜子里看到她的笑脸,会像往日那样将她的纤腰轻轻搂一搂,接着再狠搂一下,笑着将她轻轻推开。然而今天却很奇怪,尽管梳头的女仆连着称赞他的头发又黑又浓,镜中的吴三桂依然毫无笑容,脸色沉重,几乎要流出眼泪来。

陈圆圆莫名其妙,不禁吓了一跳。她想,今日大清摄政王差大学士范文程来传令旨,要吴王赶快率领山海城中的文武官员和士绅前去晋谒,显然对吴王很是看重。她想,满汉合兵,力量大增,准定明日一战获胜,大清朝建都关内,吴王就是大清朝开国的一大功臣。这么好的官运,吴王为什么忽然伤心了呢?

吴三桂虽然粗通文墨,但他是武将世家,对待陈圆圆只满足她生活需要,自来不对她谈论一句军国大事。当女仆为他梳头、陈圆圆称赞他的头发时候,他在暗想,多尔衮已经来到山海关外,满洲的大军就要进关。如今这一头好发很快就要从前边剃去一部分或将近一半,留下后边的打成辫子,披在后边或盘在头顶。童蒙时候他就读了儒家的一本经书,那上边有"身体发肤,受之父母,不敢毁伤"的话,他背得烂熟。千百年来,汉人一代代传下来的风俗习惯,怎么能一降满洲就非要改变不可?他想不通,但看来想不通也没有别的办法。这是他照镜子时候忽然伤心的一个原因。另一个原因是已经知道他的父亲被李自成带来,住在李自成的老营。明日作战,只要李自成一句话,他的父亲就可以立即被斩。至于他的母亲以及全家三十余口,都在北京,成了李自成手中的人质,随时都可以被李自成斩尽杀绝。由于吴三桂降了满洲,勾引清兵进关,在汉人眼中成了民族罪人。吴三桂在母亲面前是一个难得的孝子。他是母亲的头生孩子,母亲生他的时候由于胎体较大,相当难产,几乎死去。虽然他的父亲当时已是稍有地位的边将,但是母亲特别爱他,不让乳母喂养,自己喂他奶直到三岁以后。吴三桂在童年时候知道了这种情况,对母亲特别孝顺。如今想到父亲即将死在眼前,而母亲和全家在北京的三十余口几天后将被李自成全部杀光,他几乎要失声痛哭。

陈圆圆不知道这些情况,吴三桂也不想让她知道。他马上要去威远堡晋谒大清摄政王,只能忍住悲痛,吩咐一句:

"快拿衣帽!"

陈圆圆赶快帮助贴身女仆将衣帽找出,服侍吴三桂更换衣服。吴三桂才由大清朝封为王爵,并无现成的王爵衣帽,只好穿上明朝一二品武将的独狮图案补服。武将的补服不仅同文官前后胸补子所绣的图案不同,也比文官的补服较短,腰带左边有悬剑的银钩。吴三桂更衣完毕,挂上三尺宝剑,这才勉强向爱妾笑着望了一眼,大踏步向外走去。

跟随吴三桂出关去晋谒大清摄政王多尔衮的文武官员和地方上重要士绅共约四五十人,都已恭候在辕门外边。大家先向吴平西王躬身相迎,等吴王上马以后,都立即上马,随着吴王出关。

去晋谒大清摄政王多尔衮的路上,吴三桂既想着明日将如何作战,也想着营救父母和全家之策,准备在同多尔衮谈话时提出他的打算。但是他也明白,在战场上夺回他的父亲也许尚有一线希望,要想救出陷在北京的母亲和全家人的性命,大概是绝无希望。想到住在北京的母亲和一家大小必死无疑,他的眼泪又不禁夺眶而出。

范文程离开平西王吴三桂的行辕,驰马回到威远堡中,进帐殿谒见多尔衮,向多尔衮禀明了与吴三桂等文武官员以及地方士绅见面的情形。多尔衮满意地微笑点头。

正说话间,有人传报吴三桂已经到了威远堡的东门,等候觐见。多尔衮望着重新聚集在帐殿中的人说道:

"内院大学士们留下,启心郎留下,护卫们在帐外侍候。叫吴三桂等一干人进来！"

张存仁乘这机会说："请摄政王爷面谕吴三桂等新降诸臣，既然降顺我国，应该遵照国俗，就在此地剃了头发，然后回去。"

多尔衮望一望洪承畴、范文程，见洪承畴低头不语，范文程也不说话，他在心中打个问讯，向帐外望去。听见帐外用满语高声传报：

"平西王吴三桂来到！"

一位满人官员和一位汉人官员到城门迎接吴三桂等人。吴三桂的随从奴仆和侍卫兵将都不许进入城门，他们身上的刀剑也都留在城门外边。从城门到帐殿，两行侍卫，戒备森严，整个威远堡中肃然无声。帐殿外边陈设着简单的仪仗，灯烛辉煌。

吴三桂久经戎事，对此戒备，心中并不在乎。他原以为多尔衮会走出帐殿相迎，而他也将以军礼相见，也可能会叫他屈下右腿行旗人的请安礼。然而这一切都是瞎猜，当他率领他的重要将领和本地官绅走到离帐殿大约一丈远的时候，忽然有一满洲官员叫他们止步，随即有一个官员用汉语喝道：

"平西王与随来文武官员、士绅跪下！"

吴三桂一惊，但既到此时，也不敢迟疑，赶快跪到地下。他背后一群文武官员、士绅也立刻随他跪下，低下头去，十分惊骇，不敢出声。又有一个声音喝道：

"磕头，再磕头，三磕头，拜……平身。"

吴三桂等照着这喊声行了礼，然后从地上站起来。多尔衮用满洲语说了两句话，随即那位赞礼的汉人官员传摄政王谕，要他们进入帐殿，在地上跪下。刹那之间，吴三桂觉得不是滋味。他原来只在明朝的皇上面前才下跪，而现在忽然要对一个满洲的摄政王跪着说话，从此后……可是现在后悔也来不及了。

多尔衮向跪在地下的吴三桂询问了李自成的兵力及今日作战

情况。吴三桂在回答时故意夸大了李自成的兵力,说李自成有二十万人马,看来不假。同时他也夸耀了关宁军的勇猛,说他的将士把"流贼"杀得"死伤遍地,河水都被堵塞",只是因为"闯贼"令严,不下令收兵,无人敢后退一步,所以关宁将士也死伤了很多。他自从带兵以来,还从未经过这样的恶战。

吴三桂一面跪着回答,一面偷看多尔衮的神色。只见多尔衮左手拿着旱烟袋,忘掉吸烟,只注意地听他说话。在多尔衮庄严的神色中含着温和的微笑,偶尔也轻轻地点头。看见多尔衮在微笑,吴三桂刚才因下跪而产生的压抑和惘然情绪顿时消失了。多尔衮又询问了一些战场上的情况,他一一作了回答。

多尔衮问了他许多话,包括李自成对他的劝降经过以及他如何答复等问题。他作了更加详细的回答,说明他一心报君父之仇,忍痛不顾父母和全家都在北京,毅然与"流贼"作战。因为自己兵力不够,所以才请求大清国派兵相助。

多尔衮笑着说:"目前不是要大清国帮你报君父之仇,你就是我们大清的人了,我们是一家人。你忠于崇祯皇上的一片好心,以后要忠于我们大清朝,做大清的忠臣。为此,我还要与你对天盟誓呢。"

吴三桂身上暗暗地出了汗,但也不敢说别的话。

多尔衮将熄灭的烟袋放下,向吴三桂和随来的官员士绅们望了一眼,又向跪在一旁的启心郎望了一眼。吴三桂等知道摄政王将有重要口谕,肃然跪着身子,低头恭听。这时忽然从西边隔着长城,响起一阵喊杀声。吴三桂大为吃惊,多尔衮也感到诧异,向外询问。过了一阵,得到禀报,说是"流贼"派人偷袭北翼城,但人数看来不多,正在被赶走。又过了一阵,喊杀声不再有了。多尔衮叫吴三桂等人向前跪。吴三桂等膝行向前,离开多尔衮只有三尺多远。

多尔衮说道:"你们汉人愿意为你们故主报仇,这是大义所在,本摄政王是很称赞你们的。我这次领兵前来,就是要成全你们为故主复仇这件美事。先帝在的时候,那些两国兴兵作战的事,如今都不要再说了,也不好再说了。只是你们要明白,往日我同你们虽是敌国,今日可是一家人了。我兵进关之后,若是动百姓一根草,一颗粮食,定要用军法处治,这一点务请你们放心。你等要分头晓谕军民,不要惊慌。"

下面跪着的人,有的连说:"喳!喳!"也有的用汉语说:"遵谕,谨遵王谕。"

多尔衮又说道:"大清国这次进兵关内,非往日可比。这次一为剿除流贼,替大明臣民报君父之仇;二要平定中原,拯救百姓于水火之中,统一河山,从此关内关外不再有什么分别。各处明朝官吏,只要投顺大清,照旧任职。若有反抗的一定剿杀,决不姑息。我这话已经出有晓谕,你们要张贴各处。"

吴三桂等又是一阵惟命是从的应答声。

多尔衮又接着说道:"明朝凡不是姓朱的人都不能封王,只有朱洪武开国时候才有异姓王。我国不分满蒙汉,只要有大功的都可封为王,子孙长享富贵,这一点要比明朝好得多了。你吴三桂明白我大清应运隆兴,明朝气数已尽,率众投顺,我要奏明皇上,封你吴三桂为平西王。你手下的文武官员,一体升赏。还有随你来的宁远士民,流落在此,我心中也很不忍。有愿回宁远本土的就叫他们回宁远本土去吧,各安生业,不要再背井离乡,丢掉了祖宗坟墓。回去后从此不再有颠沛流离之苦。吴三桂,你要将这话晓谕从宁远各处带来的士绅百姓。"

吴三桂心中感激,赶快说道:"谨遵王谕。至于封三桂为平西王,实在不敢。三桂但能消灭流贼,报君父之仇,于愿足矣!"

多尔衮说:"封你平西王,这是应该的。我马上就禀明大清皇上,给你册封。目前打仗要紧,你要努力作战,不要辜负我对你的期望。在我国有很多你父子的亲戚故旧。你舅舅祖大寿一家人,还有姓祖的一门大小武将,都蒙我国恩养,受到重用。洪承畴、张存仁都是你的故人,也在我朝受到重用,今晚都在我的帐中,同你相见。"

说到这里,多尔衮把话停下,吴三桂乘机抬起头来,从汉大臣中看见了洪承畴和张存仁,他们也都在望他。张存仁原是他的父执一辈,松山、锦州失守之后,也曾写信劝他投顺清朝。

多尔衮又接着说:"我大清国待汉人有恩有义,从前孔有德、耿仲明等人被明朝打败,从海道逃走,投降我国,我们都封他们做了王,得到重用。不管是先降顺后降顺,我朝只问他是不是忠心降顺。凡是忠心降顺的,一体恩养重用。你回去要晓谕将士,今后忠心为我大清国效力,我大清国不会亏待了你们。"

吴三桂磕头表示感谢。

张存仁在边上说道:"吴三桂等人既已归顺我国,就应该一律剃了头发,遵照国俗。"

多尔衮没有马上理会,命吴三桂等人坐在地上,又命人给他们端来了茶点。随即他向吴三桂询问明日应当如何打法。吴三桂不愿满洲兵进入山海关城,便建议他们分兵两路,从北水关、南水关进入长城。明日关宁兵由西罗城出兵,三路兵马一起越过石河,攻入敌阵。多尔衮含笑点头说:

"就照这样办吧。你先回去,命人打开南北水关,迎接我大兵进去,埋伏在关内休息。明日五更我要率领文武大臣进入关城,亲临西罗城指挥作战。你的将士要臂缠白布,好与流贼区别开来。军情紧迫,你们先回城内去吧。"

吴三桂等人走后,多尔衮将满蒙汉统兵诸王、贝勒、贝子、公、固山额真唤来,面授进兵方略,命大军分两路在月光下从南水关、北水关进入关内。吩咐完毕,多尔衮很觉疲倦,躺下休息。但刚刚躺下,又兴奋地坐了起来。想到明天这一仗将决定大清国能否顺利进入中原,一种兴奋和焦急的心情将瞌睡驱赶跑了。他传谕就在他的帐殿中跳神,祈祷明日一战获胜。在萨满来到之前,他告诉洪承畴说:

"张存仁急着要叫吴三桂等人剃头。今天不用这么急,只要臂缠白布就成了。明天打过这一仗,再分批让将士们剃了头发,遵从国俗也不迟。何必这么急呢?"

洪承畴说:"臣也是这么想的。王爷睿智,果然远远超出臣下。"

这天一整夜炮声不断,既有大顺军向山海关西罗城打来的炮,也有从西罗城打向红瓦店一带的炮。炮声中还夹着不断的马蹄声和人声,这是清兵在向关内开拔,而后续部队也在陆续到达。

天色黎明时候,多尔衮开始带着内院大学士、满蒙汉王公大臣、朝鲜世子以及两三千护卫的精兵向山海关东门前去。这时吴三桂已率领关宁军将领和一城士绅在山海关东罗城恭候。

第十四章

经过上午的一场激战,大顺军虽然在初战中略占上风,但是李自成的心头上反而感到沉重。他认为吴三桂的关宁兵确实是一支精兵。自从崇祯十四年破了洛阳以来,与他交过战的所有明朝军队,包括左良玉的人马在内,还没一支军队能够同吴三桂的关宁兵相比。吴三桂只有三万精兵,虽然兵力略少于大顺军,但是吴三桂集中兵力死守一城,就显出兵力雄厚的优势。李自成的御营设在靠近石河西岸的高岗下边,他带着军师宋献策立马高岗观战,只能遥望正东方向的山海关,却无法接近。不但不可能接近山海关,也不能接近山海城的西门,甚至接近山海城西边的西罗城也不可能。西罗城外并没有山河之险,石河如今适逢春旱,仅仅有涓涓细流,然而如今的中国已经进入十七世纪中叶,火器在战场上发挥了强大威力。大顺军要通过空旷的石河滩到达西罗城下,且不说西罗城有强大兵力在等待迎击,先说城上的炮火就会使大顺军遭受重大伤亡,造成关宁兵出城反攻的极好机会。李自成今日不但认识了关宁兵的战斗力不可轻视,也认识了山海关不但对外是一座天下雄关,从里边也不易攻占,甚至连接近也很困难。

当上午的激战结束以后,李过和刘宗敏分别来到李自成的面前,向他禀报了各自阵地上的战斗详情。李过指挥的阵地就在他站立的土岗下边的石河边上,他看得一清二楚。在战况紧急时他曾经忍不住想亲率御林军冲下岗去,投入战阵,被宋献策用眼神和摇手阻止。至于刘宗敏指挥的红瓦店战场,因为看不十分清楚,误以为大顺军在红瓦店的阵地失利,曾打算命令在红瓦店西岗上的大军派出一万人马前往驰救,杀败敌军。但宋献策摇摇头,阻止增援,轻声说:"不用派兵增援,马上即见分晓。"果然,关宁兵中了刘宗敏的计,没过多久,埋伏在村中的大顺军各路杀出,已经分散的关宁兵措手不及,大量死伤,只有一半人马溃逃出来。

今日是东征的大顺军与关宁兵初次交锋,红瓦店的胜利不是一个小胜利,所以刘宗敏向李自成禀报交战情况时很自然地带着激动情绪。李过在旁边也听得有味,频频点头,向军师问道:

"军师,你怎么知道刘爷是在用计,阻止皇上派兵增援?"

宋献策笑着说:"我深知刘爷善于用计,遥遥看见红瓦店战场上的大顺军向村中逃跑时没有崩溃之象,而是分股行动,慌乱中仍有秩序,故知关宁兵必堕入刘爷计中。"

刘宗敏哈哈大笑。一向比较严肃的李过也忍不住笑了起来。

站在附近的李双喜和几员护卫亲将互相递着眼色,精神为之振奋。自从离开北京以来,他们没有看见皇上有过一次笑容。尤其双喜是李自成的养子,对大顺皇上的心情最为留意。此时他偷看父皇的脸上表情,竟然看见父皇远不像李过和刘宗敏那样高兴,而是稍露微笑,跟着就显得心情沉重,对宋献策、李过和刘宗敏三人说道:

"你们都跟我去大帐中吃午饭去吧,一边吃饭一边商议大事。"

众人随着御驾在大群亲兵的扈从中走进村中。这是一个有十几户人家的贫穷村庄,只有一家瓦房,但上房的正间摆着一口白木棺材。李自成自从破了洛阳,号称奉天倡义文武大元帅起就脱离了流寇时代,如今是大顺皇帝,所以这贫穷的小村庄竟没有他可以临时居住之处。手下的官员们因为他是皇上,更不敢随便为他安排住处。到了此地以后,尽管大家都明白明日天明后就有大战,还是为他在打麦场中搭起一座大帐,通称"御帐",又从百姓家中找来一张四方桌,一把大椅子放在方桌后边,铺上黄垫,权作御座,又找来几把旧椅子,放在御帐一角,备召见亲信大臣时赐座之用。御帐的一角也放了一张小桌,备随营书记临时写字之用。

李自成进了御帐,先在方桌北边的椅子上面南坐下。其他人不敢一起进帐,立在帐外稍候。李双喜因知道父皇要留下刘宗敏等在御帐中用膳和密议大事,所以紧跟着同一位年轻的扈驾亲将进来,赶快将椅子摆好,恭敬地小声问道:

"叫他们都进来吧?"

李自成十分疲倦,加上情绪低沉,只轻轻点头,没有做声。

李双喜和扈驾亲将迅速退出。双喜在帐外对刘宗敏等低声说道:

"有旨,叫你们各位进帐共用午膳!"

刘宗敏走在前边,抱拳躬身行礼,随即在方桌左边的第一把椅子上坐下。当时遵照唐宋以来的礼俗,以左为上,而刘宗敏在大顺朝位居文武百官之首,所以在方桌的左边就座。军师宋献策行礼后在方桌的右边就座。李过是李自成的亲侄儿,叔侄同岁,自幼一起玩耍,学习武艺,互相厮打,常在地上翻滚,如同兄弟。自李自成号称奉天倡义文武大元帅之后,李过再不敢不尊敬叔父了。为着拥戴叔父的帝王大业,他牢记自己应该时时对叔父执臣下之礼,为其他众多武将树立榜样。今日虽在战场,但因是皇上赐膳,所以他不像刘宗敏那样行一个躬身作揖的简单礼节,而是跪下去叩了一个头,然后在下席(皇上的对面)就座。

四样极其简单的菜端上来了,接着端上来的是粗面锅盔和杂面条。李自成已经饿了,开始大口吃起来。行军御膳房的领班厨师看见皇上吃这样的粗恶饮食,心中有点难过,跪下说道:

"启奏皇上,方圆十里以内的老百姓都逃光了,荤素菜全找不到,除非明天能够攻开山海城,否则两天后连这样的伙食也没有了。"

李自成和刘宗敏等人此刻对攻破山海城不但毫无信心,而且都想到这战争凶多吉少。自从崇祯十三年李自成的人马进入河南,大约五年以来,他从来没有过这样的沉重心情。他很后悔自己料敌失误,不听宋献策和李岩的苦心谏阻,率人马离开燕京东征,陷于进退两难之境。他一边低头吃饭,一边在心中问道:

"怎么办?怎么办?"

随营御膳房的厨师领班来将碗筷和盘子拿走,另一个御厨官员将方桌擦干净。他们退出之后,李自成与刘宗敏等正要开始议事,双喜进来了,跪在地上说:

"启奏父皇,刘体纯有要事前来禀奏。"

"叫他进来!"

李自成向足智多谋的宋军师望了一眼,在刹那间,他在心中问道:难道刘体纯有什么好的消息?

李双喜迅速退出,在帐外作个手势,紧接着刘体纯快步躬身进帐。李过将自己的椅子向旁边一拉,使刘体纯能够正对着皇上跪下。刘体纯按照规矩,跪下去叩了三个头,但没有马上说话。按说,刘体纯从少年起就跟李自成起义,出生入死,被李自成视为亲信爱将,不应在反映意见时有所顾虑,但如今由于是君臣关系,使刘体纯不得不有点胆怯。李自成见他叩头后却不说话,感到奇怪,没有叫他平身,心中很急,赶快问道:

"你是不是要禀报满洲兵已经到了山海关外的事?"

刘体纯本来不是为禀报这一件尽人皆知的消息,但因心中一慌,说道:

"是的皇上,满洲的摄政王多尔衮率领满、蒙、汉八旗军队已经来到山海关城外了……"

"孤已经知道了,何用禀报!"

刘体纯一惊,立刻转入正题:"听说吴三桂原来并无意投降满洲,在山海城中按兵不动,脚踩两家船。是投降大顺还是与大顺为敌,许多天不能决定……"

"可是孤差人劝他投降,又差人携带金银绸缎前去犒军,他竟然受了犒军金银,公然拒降,反而向满洲借兵,甘为汉奸败类!"

"实际情况,臣已探明,不敢直言启奏。"

李自成心中一惊:"什么实际情况?你探听到的事只管说出不妨。快说吧,二虎!"

"据说,吴三桂因知崇祯已经自缢身死,明朝已经灭亡,加之他的父母和全家人都在北京,所以他一没有在军中为崇祯发丧,也没有命将士臂缠白布,为崇祯带孝,二没有宣誓……宣誓……讨……讨……"

李自成忍不住说道:"'宣誓讨贼'!你是重复敌人的话,何必怕说出口?往下还有什么?"

"还有,三没有派一个人去同明朝在江淮各处的文臣武将联络,共商报仇复国大计。他在观望,也在等待。到我朝差遣唐通与张若麒前来山海犒军劝降时候,事情已经迟了,吴三桂已经决定与我为敌。"

"为什么吴三桂下决心与我为敌?"

"启奏皇上,吴三桂虽系武人,但是他久为边将,处在局势多变的争战之地,十分机警。他一面不断派细作侦探北京情况,一面也侦探沈阳满洲动静,对满洲朝野事十分清楚。"

李自成问道:"听说他起初也有意向我朝奉表投降,后来变卦了,到底是什么道理?"

刘体纯停了片刻,偷偷地望了刘宗敏一眼,下决心回奏说:"皇上!臣哥哥刘体仁追随皇上起义,死在战场。那时臣只有十二三岁,蒙陛下留在身边,以小弟弟相待。据臣判断,明日上午必有恶战,决定胜负。臣幸蒙皇上培养,得为皇上的亲信将领,明日定当勇猛向前拼死杀敌,以报皇恩。说不定明日臣出战后,将会陈尸石河滩上,马踏为泥,所以此刻纵然获罪,也将埋在心中的一些话全倒出来!"

李自成也动了感情,片刻间不顾自己的皇帝身份,轻声说:"二虎兄弟,你说吧,说吧!"

刘体纯说:"吴三桂虽说是镇守宁远的武将,但是他父子两代位居总兵,他舅父祖大寿也是总兵,所以对明朝的朝政腐败、种种亡国弊政,早已清楚。他风闻皇上近些年统率仁义之师,纵横数省,所向无敌,深受百姓拥戴,望风迎降。崇祯看清楚北京局势万分危急,下密诏命他火速放弃宁远,护送宁远百姓进关,星夜到北京守城。他携带十来万宁远士民和将士家属,谎称五十万人,走得很慢。当时没有满兵追赶。他如有忠心救主,应分出一部人马护送百姓,亲自率领两万精兵,日夜赶路,早到北京,部署守城。如若那样,北京人心安定,朝廷安稳,唐通不会出居庸关三十里迎降。如若那样,明朝虽不能不亡国,至少可以不会迅速灭亡。因为他不是明朝的忠臣,所以误了崇祯皇帝,断送了明朝江山。"

"孤进了燕京之后,他为什么不赶快投降?"

"他在看北京情况,每日派细作刺探消息。"

"后来他为什么决计要与我大顺为敌?"

刘体纯又忍耐片刻,用十分沉痛的语调说道:"皇上!明日血战,臣说不定会战死沙场,以后永无向皇上陈奏实情之日。倘若所奏不实,触犯圣怒,请治臣妄论朝政之罪。这不是平常时候,臣秉忠直言,死而无憾!"

李自成从来没有看见过刘体纯在他面前说话有这样的神情和口气,他既为二虎的忠诚所感动,也增加了他对明日大决战不利的预感。一反他平日冷静沉着的习惯，双目含着怒意，望着刘体纯说道：

"二虎，不管你心中有什么话，该倒出来的你赶快倒出来，不要顾忌！坐在这里的没有一个外人，不能够走漏消息。你知道什么情况，快快说出！"

刘体纯望了刘宗敏一眼，看见刘宗敏的神色严厉，分明是不高兴他在皇上面前说得太多；然而他又看见军师神情淡然，分明是鼓励他向皇上大胆进言。他抬起头向李自成慷慨说道：

"启奏皇上，吴三桂在起初确实有降顺之意。原因是崇祯已死，明朝已亡，他已经是无主的亡国武臣，以数万孤军守着山海孤城，粮饷没有来源，也没有一处援兵，还有十几万从宁远携来的眷属和百姓，分散安插在山海卫附近地方，如何生存？这时他为自己和为进关来的军民生死打算，只有向大顺投降才是生路。可是几天之后，他突然变了，拿定主意，坚不投降……"

"他为什么忽然间改变主意？"

"他天天得到细作禀报，不但对北京的情况尽知，也知道各地方的许多情况。那时吴三桂天天同他手下的文武官员商议，骂道，骂道，骂道……总之，他下决心不降了！"

"为什么有此变化？"

"他知道我朝进入北京以后，抓了几百明朝的六品以上文臣，酷刑拷打，向他们逼要银子，拿不出银子的拷打至死。这件事使吴三桂十分不满，认为自古得天下的创业之主都是用心招降前朝旧臣、笼络人心。怎么能这样呢？吴三桂骂我们是，是，是……"

刘宗敏插言说："眼下不是谈闲话的时候，与明日作战不相干的话，不必说吧。"

李自成说道："我奇怪吴三桂的父母和全家都在我的手中，他到底为什么忽然变卦，决心与我为敌。献策，你是军师，二虎平日可向你禀报过么?"

宋献策欠身回答:"回陛下,自从在襄京建制,刘体纯专掌指挥细作,刺探敌情,向臣禀报,建功不小。但是凡关于我朝得失大事,政事内情,外边怎么议论,他从来不露口风。如今他要向陛下陈奏的,事关吴逆由打算投降到决计背叛,甘为汉奸的曲折实情,不妨让他奏明,以便我们制定应变之策。"

李自成向刘体纯轻轻点一下头,意思是让他快说。刘体纯接着刚才未完的话头启奏:

"吴三桂正在举棋不定,忽又得到细作禀报,说我们的总哨刘爷住在田皇亲公馆,听说田皇亲病死后留下两位美妾,都是江南名妓。一个叫顾寿,在北京城破前跟着田府中一个唱小生的戏子逃走了。刘爷一怒之下,杀了几个有牵连的戏子。细作又报称刘爷听说还有一个叫陈圆圆的,也是田皇亲带回的江南名妓,比顾寿更美,田皇亲死后被吴三桂买去,就派人将吴襄抓来,逼他献出陈圆圆。吴襄回答说陈圆圆已经到了宁远。刘爷不信,拷打吴襄。实际上……"

李自成说道:"实际上我立刻下旨,叫刘爷将吴襄送回家去,对吴公馆妥加保护。"

"臣知道皇上为着招降吴三桂,对吴公馆妥加保护。臣刚才所言,是指吴三桂的细作回去向吴三桂禀报他父亲吴襄受到拷掠,激起他拍案大怒,决意反抗大顺,赶快向满洲借兵。"

"吴三桂决计不降,还有别的原因么?"

"还有,还有,至少还有三个原因。"

"哪三个原因?"

"据细作禀报,在山海城中,吴三桂同文武官员们纷纷议论,指出我大顺占领北京后很快就露出了要命弱点。比如说,我朝让数万将士驻扎城内,住在民宅,军民混杂,发生抢劫百姓、奸淫妇女之事,引起许多妇女自尽,这件事最失人心。第二件事,北京虽是繁华京城,俗话说在皇帝辇毂之下,居住着许多勋旧世家,达官贵人,可是最多的还是平民百姓,他们既不能靠俸禄,也不能靠庄稼,好像是在青石板儿上过生活。他们平日生活就十分艰难,何况乱世!千家万户的平民百姓平日常听说李闯王率领的是仁义之师,所到之处开仓放赈,救民水火,可是进北京后不但无开仓放赈之事,反而骚扰百姓,使百姓大失所望,日子反不如从前,由人心厌明变成思念旧主。北京城内和四郊地方常贴出反抗大顺的无头招贴,防不胜防,禁止不住。这种情况,吴三桂的细作岂能不报到山海?能够瞒得住吴三桂么?还有,陛下,我大顺兵进了北京,军纪迅速瓦解,士气低落,这种情况,陛下清楚,总哨刘爷清楚,军师清楚。我们自己人清楚不打紧,被吴三桂探听清楚,他怎肯降顺我朝?何况他对满洲的动静,十分清楚!"

听了刘体纯的大胆启奏,李自成、刘宗敏、宋献策和李过都十分震动。李自成既后悔他不该离燕京悬军东征,又生气刘体纯竟对他隐瞒敌情,使他今日陷于进退两难之境。刘宗敏因为离开长安后身任提营首总将军,到北京后位居文武百官之首,所以刘体纯这一阵跪在皇上面前的披沥陈词,所奏的每一件重大失误都与他有关,心头十分沉重,脸色铁青,低头不语。宋献策因为身任军师,刘体纯在军师府的领导下分掌情报工作,对刘体纯所说的各种情况,也大体清楚,所以他曾经竭力谏阻皇上御驾东征,甚至不避自身祸福,向皇上说出这样的话:"陛下东征对陛下不利,吴三桂西犯对吴三桂不利。"他当时猜到清兵必会南犯,但是一没有料到清兵南犯这样快,二没有料到清兵在行军的半路上招降了吴三桂,转道直向南来,没有枉道密云一带,于今日来到了山海关前。宋献策原来尽力谏阻皇上悬军东征,没有成功,他就作退一步打算,决定到石河西岸停下来,诱敌出战,倾全力打个胜仗,使敌人丧失锐气,然后退兵,在北京的近郊迎击清兵。然而目前看来,这一打算也将要落空。多尔衮今夜必然进关,明日与吴三桂合兵对我,结果如何,已经可以判定。他现在所考虑的不是明日如何对敌作战,而是如何劝皇上赶快退兵。但是就在这同一时刻,他想到退兵实不容易,有可能全军覆没。此地距北京七百余里,中途无一处险要地方可以暂时固守,阻挡追兵。以大顺军的目前实情而言,在退兵路上可能会溃不成军,一败涂地。想到这里,宋献策不由地想到"白虹贯日"的天象,心头一凉,向皇上的显得憔悴的脸孔上望了一眼,忽然发现就这几天,皇上的鬓边出现了不少白发。他还看见,皇上因为连日操劳过度,睡眠很少,眼窝深陷,印堂发暗,大眼角网满血丝,更加吃惊。在惊惧中,不禁又想到"白虹贯日"的凶恶天象。

宋献策很赞成刘体纯向皇上披沥陈奏,说出了他平日不便上奏的实情。在刘体纯的话停顿时候,他想着满洲兵已经来到,明日的大战决难取胜,在心中说道:

"我身为军师,不能谏阻皇上悬军东征,致陷于今日危险处境,奈何!奈何!"

他已断定,明日会有从海面刮来的一阵狂风,满洲精锐骑兵会趁着狂风猛冲我阵;他还根据"白虹贯日"的天象,断定了满洲兵和关宁兵明日必将拼全力攻击大顺军的御营,一则为杀死或活捉大顺皇帝,二则为夺去吴襄,三则为夺去崇祯的太子和永、定二王,绝了明朝遗臣和百姓的复国之望。当然,宋献策十分明白,目前在多尔衮的心中,在明日的决战中,他主要的目的是要杀死或活捉李自成,其他都不重要。想到这里,他的脊背上蓦然出了冷汗。

他虽然出身于星象卜筮之流,二十载浪迹江湖,但是他毕竟是一位奇才,足智多谋。这时他忽然想到常说的一句话:"三十六计,走为上计。"同时决计向皇上建议,今晚迅速退兵,避免明日决战。如何能使皇上听从他的建议呢?他感到没有把握,抬起头来,以忧虑的眼神望着李自成的脸孔,等待建议的机会。

此刻李自成的心头很是沉重,失悔不该不听宋献策和李岩的谏阻,对吴三桂的情况估计不足,陷于今日进退两难之境。他向宋献策、刘宗敏、李过,也向刘体纯扫了一眼,叹口气说:

"孤原来以为,吴三桂只有一座孤城,看见我亲率大军来征,必然恐惧,愿意降顺,所以我将他的老子和崇祯的三个儿子都带在军中,以备对吴三桂招降之用。没有料到,吴三桂竟然会如此倔强!二虎,你说,吴三桂为什么如此倔强,有恃无恐?你要将实情启奏!"

刘体纯说道:"臣派遣细作,混入山海,有的混入吴三桂军中,探听许多实情,有些情况不敢上奏,请恕臣死罪!"

"胡说!你是孤的亲信将领,所以才委任你掌管侦探敌情重任,为什么你知道的事情对孤隐瞒?我不是白依靠了你?!"

刘体纯对皇上的震怒,浑身一颤,但想到大军已处在十分危险境地,干脆抬起头来,心情沉痛地说:

"自从破了北京,皇上住在深宫之中,臣去武英殿叩谒皇上很难。皇上与朝中大臣,以为天下已经到手,江南不须用兵,可以传檄而定。朝廷上一方面忙于演习登极典礼,一方面忙于拷掠追赃和赏赐宫女。臣纵然知道许多敌方情况,也不敢完全启奏陛下,怕的是引起陛下的心中不快。臣今日因为想到明日上午大战,情势紧急,关系重大,所以趁陛下在御帐午膳时候,甘冒重罪,晋谒陈奏。总起来看,吴三桂之所以敢与我朝为敌,一是他对我大顺军占领北京后的种种腐败情况,十分清楚,认为我虽然夺取了明朝天下,也不是长久局面,所以他心中对我轻视。二是他对满洲情况,一举一动,十分清楚,多尔衮何时率兵南犯,要从何处进兵,他都探听得清清楚楚,所以他敢于同我为敌。多尔衮出兵时候并不知吴三桂可以迅速招降,所以原打算采取往年惯例,从密云一带进入长城,直趋北京,不意吴三桂向他借兵,派去的使者同他在翁后相遇。多尔衮立刻决定封吴三桂为平西王,允许事平之后,让他的本部将士仍回宁远屯驻,用这句话收买吴三桂部下将士的心……"

李自成问道:"这是一句空话,怎么能收买住吴三桂部下将士的心?"

"皇上,同样一句话,目前出自多尔衮之口,就能收买住宁远将士之心。目前,辽东全境都归了满洲,宁远和附近的大小城堡,全为满洲所有。多尔衮是摄政王,虽无大清皇帝之名,却有皇帝之实,所以他说的话就货真价实,日后可以落实。吴三桂的部下文武,大部分都是宁远一带人,那里有他们的祖宗坟墓,有他们的很多土地房屋。那里是他们的根。吴三桂奉旨勤王,才到玉田,北京失守,崇祯自缢,明朝灭亡。吴三桂的部下文武官员与士兵突然失去所依。十余万进关百姓,一旦成了难民。按照一般道理,吴三桂很容易受我招降,何况他的父母和全家人都在北京,成了人质!可是他竟然硬不投降大顺,反降了满洲,成为我朝的劲敌。这是我大顺朝一大失策。可是,臣近来常想,吴三桂并不是脑后生有反骨,不是天生的汉奸坏子,为什么会有今日这种结果?我朝文武群臣,不能不想一想,我们进了北京以后,为什么失去民心,使吴三桂与关宁将士不肯拥戴,使山海城中的士民们鼓励吴三桂同大顺对抗。皇上,明日上午是决定生死存亡的大战,臣说不定会战死在石河滩上,所以臣此刻冒死说出来进北京后耳闻目睹的一些实情,请皇上三思!"

刘宗敏脸色沉重,说道:"如今说这些话有什么用?还是商量军事要紧!"

李自成说道:"不,让二虎说下去,说下去!东征以来,孤对进占幽州以后的许多事情处理不当,也是深为后悔。二虎,你还有什么要说的?"

刘体纯对大顺朝的牛金星和刘宗敏文武两位大臣很有意见，只是有些话藏在心中，没有机会吐出。此刻因大顺朝处境凶险，明日他可能战死在石河滩上，大顺朝前途难保，所以经李自成一鼓励，又看见军师也在用眼色鼓励他说下去，他一狠心接着说道：

"陛下！破了幽州以后，我大顺军数万将士驻在城内，占住民宅，军民混杂，自然会军纪败坏，引起士民不满，重新思念明朝。大局未定，正需要施行仁政，收揽人心，可是我朝的文臣武将们没人料到满洲人会兴兵南犯，更没有人料到吴三桂敢坚不投降，并且差人向满洲借兵。大小武将们除抢掠钱财之外，又纷纷抢掠美女。有一天臣骑马从田皇亲府的门前经过，恰好遇到两辆轿车也到田府的大门外停下。许多人驻足观看，小声谈论。我也勒住马缰，立马照壁里边观看。随即看见从第一辆轿车上下来四个穿戴标致的仆妇丫环，走向第二辆绿呢亮纱轿车。首先，绿呢车帘揭开，从车中下来一大一小两个花枝招展的漂亮丫头，随即扶下来一位浓妆打扮的大家小姐。小姐下车以后，立刻由丫环仆妇们前后左右侍候，进了田皇亲府中。过了两三天，听说士兵们纷纷议论，说打了十几年的仗，皇上争得了天下，将领们封了侯、伯，分了金银美女，士兵们平时卖命，破了北京后却依旧两手空空。不知谁将下边的纷纷闲话传进宫中，蒙皇上降下上谕，放出几千宫女，赏赐中、下级武官。罗虎驻军通州，被叫来北京，告他说皇上赏赐他一个姓费的美女，并在京城内赏赐他一处住宅，命他马上成亲。罗虎虽然比我小五六岁，称我二虎叔，可是一向同我的感情很好，无话不谈。他和双喜同岁，都是在孩儿兵营中长大的，可以说情逾骨肉。罗虎的母亲年轻守寡，誓不改嫁，茹苦含辛，抚养他们兄弟二人。罗虎是个孝子，他不愿娶一位宫中美女，像摆花瓶似的供在家中。他只想娶一个农家姑娘，照料他吃苦守寡的母亲。罗虎有一个远房表妹，住在邻村，小时候见过几次。这姑娘虽然不是美人，可是生得明眸大眼,针线活、地里活都是一把好手。家里大人也为他们提过亲事,只等战争平息,便让他们拜堂成亲,同母亲住在一起。罗虎听到皇上赐他美女,实不愿意。他先找双喜商量,求双喜在皇上面前替他求情,辞了赏赐。双喜不敢为他说话,要他找我。臣也不敢替他见皇上说话。他去找总哨刘爷求情,被刘爷痛骂一顿……罗虎成亲的那天晚上还想着他的受苦大半生的母亲和在家乡等候着他的表妹,心中十分难过。他本不会喝酒,别人不知,只管劝酒——只有我跟双喜没有劝酒——他被灌得大醉,回到洞房中倒头便睡,到后半夜被费宫人刺杀了。常言道,千军易得,一将难求,罗虎啊,多么难得的一员青年将领!多么可惜!"

刘体纯说到这里,声音开始哽咽,站在他背后不远处的李双喜开始滚出眼泪,但是竭力忍耐着不敢哽咽。

李自成不由地叹息一声。

宋献策认为刘体纯的话已经够了,选美女的事原是皇上带的头儿,再多说就不好了。他趁机向李自成说道:

"皇上,可以叫德洁将军平身了。他还没有用午饭,叫他快去用饭吧。午后密商明日决战大计,他虽然不是大将,但是他熟悉敌我情形,可以命他参加。另外,在秘密会商军事时,臣将向陛下奏明,派刘德洁将军一件极其重要的差事。罗虎不幸在洞房被刺身亡,如今能够担任这一差事的别无他人,臣想来想去,只有德洁一人了!"

李自成不知军师将派刘二虎担任什么差事,不便马上询问,对刘体纯轻轻挥手,说道:

"你快去用午饭吧!"

刘体纯退出去之后,大帐内好一会儿鸦雀无声。忽然,刘宗敏叹了一口气,心情沉重地说道:

"从去年十二月间我大军渡河北伐,我就任提营首总将军,代皇上指挥全军。攻破北京以后,我朝虽然有牛金星任天佑阁大学士,位居开国首相高位,又有献策和李岩任正副军师之职,代皇上谋划军事,决定用兵方略,可是皇上钦命我位居文武百官之首。我在皇上面前,说话最为算数,正如人们常说的:一言重于九鼎。可是我是打铁的出身,没有多读书,所以平心而论,我为大顺立过战功,也做过错事,到今日后悔无及……"

李自成截断他的话说:"此刻要赶快决定如何用兵,其他事以后再谈。"

刘宗敏说:"皇上,我是个直性子人,该说的话不能够憋在心里。刚才,刘二虎兄弟因看见局势十分险恶,在皇上面前痛痛快快地说出了平时揣在心中不肯说出的话,有些事牵涉到我,只是他不肯提名道姓地说出责任应该归在我刘宗敏身上。其实,自从东征以来,我的心中何尝不很沉重,只是我没有说出罢了。比如进了北京之后,将六品以上的明朝官员抓了几百人,酷刑拷打,追索赃银,有的受不住拷掠死了。这事虽然是东征之前在西安就商量定的,可是在皇上左右亲信大将中,我是主张最力的人。我出身很穷,起小学打铁,看见明朝从上到下,无官不贪,叫百姓没法生活。所以在商议我军破了北京以后,如何筹集军饷的时候,有人说,崇祯连年打仗,加上天灾不断,国库如洗,从宫中找不到多的银子,只好向皇亲国戚和大官僚们想办法,只好将六品以上的官僚们抓起来,逼他们拿出银子。不拿银子就叫他们受点皮肉之苦,不怕他们不是出血筒子。我因为平日最痛恨贪官污吏,对这个意见竭力赞成。皇上也因为我平素做事铁面无私,更不会贪污公款,所以就决定命我负责对明朝官员们拷掠追赃的事。……"

李自成说道:"几年来各地战乱加上水旱天灾,我大顺在长安新建国家,诸事急需用钱,无处筹措,所以才有在北京拷掠追赃的事。这事虽说挨了许多人的骂,可是很快拷掠到七千万两银子,运回长安,解救了我大顺朝的紧急需要。"

刘宗敏紧接着说:"皇上,最近几天,因为我大军所到之处,百姓逃避一空,粗细粮食,家畜家禽,什么也不留下,只差没有人往井中下毒。到了这时,我才恍然明白,吴三桂之所以仅凭山海卫一座孤城,就敢与我大顺为敌,坚不投降,是因为,在他的眼中,我们虽然进了北京,但仍然是流贼习气不改,并没有得天下的样儿。自古得天下的,都是时时处处抚恤庶民百姓,千方百计招降文官武将。可是我们进北京之后,却将六品以上官员抓起来,拷掠追赃,就不是收揽人心的办法。……"

李自成被刘宗敏的这些话所感动,同时想到进北京后有许多错误的措施他自己应负主要责任。于是他不让刘宗敏再说下去,赶快说道:

"捷轩,别的话暂时不谈。眼下只商议打仗的事……"

刘宗敏显然心情沉重,将两手抱在桌上,先向大家看了一眼,然后望着李自成说:

"臣为北伐大军提营首总将军,钦封臣为大顺朝文武百官之首,进北京后一切措施失误,纵然皇上不加重责,我刘宗敏也不能不心中难过。今日刘二虎老弟有些责难与我有关,我不生气,只觉得十分惭愧。此刻,光吃后悔药无济于事,我说出两件应该火速办的事情吧!……"

李自成赶快问:"你赶快说,哪两件事?"

"第一件,立刻拿出三百万两银子,交给副军师李岩,赈济北京城内和郊区贫民。"

李自成点头说:"孤同意。命李岩立刻办好放赈的事,新降顺的文臣们一个也不许插手。"

"第二件,"刘宗敏又说道,"火速密谕北伐大军的南路军总指挥、权将军刘芳亮,将所部人马集合,星夜赶到北京城外,准备与敌兵决战。冀南各府州县纵然情况不稳,可以暂时不管;等大局稳定之后,再派兵剿抚不迟。还有,替皇上写一密谕,命驻守太原的陈永福火速移兵固关,太原只留下少数人马弹压,太原附近各州县情况不稳,暂不去管,防守山西的大门要紧。"

李自成明白刘宗敏把情况想得更坏,考虑到满洲兵在夺占北京之后,还会继续进兵,攻入山西。他也想到明日决战不利,但没有想到会一直败入山西,连固关也会受到满洲兵的进犯。他默默点头,示意刘宗敏说下去。

刘宗敏看见李自成的神色沉重,接着又说:

"请皇上不必过于担忧,我们多向坏处打算,会有好处。我们进了北京以后,许多新降的文臣们以为天下已经到手,只要皇上举行了登极大典,就坐稳了万世江山。现在看来,当我朝在忙于筹备皇上登极大典的时候,满洲人正在准备大军南犯,从大顺朝的手中夺取天下。眼下,多尔衮已经率满蒙汉大军来到山海关外,不管我们愿不愿同敌人决战,今夜满洲兵都得进关,我们明日都得遇到一场苦战,所以多向坏处想很有好处。"

李自成与刘宗敏共事多年,深知宗敏不仅是一位勇猛无畏的战将,而且也善于谋划军事,胸有韬略,所以很得到他的倚重。刘宗敏随即向宋献策说道:

"军师,我刚才的这些建议,都是绝密的,也是十万火急的,请你自己写成紧急文书,称道是奉皇上紧急面谕,下盖你的印章,立即快马发出。到了永平,另换塘马,人不休息;到密云也是只换塘马,人不休息。到了北京,如在夜间,则连夜叫开城门,将这些十万火急上谕交到牛丞相手中,不许耽误。刘芳亮现在何处,我们不知道。给他的密封文书,可由牛丞相命兵政府衙门派塘马火速转交。军师,事不宜迟,你马上就亲自动笔,火速办吧。"

宋献策虽然是大顺朝的开国军师,在满朝文臣中仅低于牛金星一个肩膀,但是刘宗敏是钦命位居文武百官之首,而现在刘宗敏所考虑的事都很重要,看得较远,使他在心中佩服。所以宋献策遵照刘宗敏的吩咐,立即起身,坐到御帐一角的小桌旁边,一边研墨一边思考着刘宗敏的话,使他吃惊的是,他的心中已明白,刘宗敏预料的情况比他预料的还要可怕。刘宗敏担心明日上午如果战败,大军崩溃,满洲兵会一路追赶,夺占北京之后,还会穷追不止,直至进入山西。倘若如此,大顺朝欲固守关中就十分不易!

因为事先考虑到可能皇上会有极其重要的密谕不能交文臣经手起稿、缮写,以免泄露出去,所以宋献策在举行御前会议时准备了一件用牛皮制的护书,放在小桌上边。现在他将护书打开,取出军师府专用笺纸,按照刘宗敏的意思,很快地将三份"上谕"的草稿写出。这种"上谕",既不同于常见的皇帝诏书,也不同于官场中的八行书信,而是用质朴的大白话写的,类似近现代的所谓"白话文"。宋献策将拟好的三份"上谕"稿子双手捧呈李自成的面前,请求审阅。李自成的心情无比沉重,分别看了一遍,微微点头,推到刘宗敏的面前。刘宗敏看过后,也点点头,说道:

"好吧,赶快派专人马上发出,不要耽误!"

宋献策说:"是要马上发出,即速送到牛丞相手中。"

为着稿子要留作绝密档案,宋献策立刻回到御帐一角,重新在小桌旁边坐下,又从护书中取出正式军师府公文用笺,将三封"上谕"都加上开头的例行用语:

大顺朝随营军师府正军师宋为紧急传谕事,顷奉东征大军提营首总将军汝侯权将军刘面示奉皇上谕旨……

宋献策知道刘宗敏最讨厌这一句枯燥无味的例行用语,认为这一句是"六指抓痒——多一道子"的话,所以重新将稿子缮清以后,自己校读无误,便将三份"上谕"分别装入三个军师府的公文封筒,写好送交收文官员,再用火漆封好,立刻走出御帐,派人唤来值勤的负责紧急塘报的官员，吩咐他如何马上送出紧急文书，迟误将受到军法惩处。而最重要的吩咐是他想到如今民心不肯归附大顺，塘报官出发时必须带十名精锐骑兵，护送到京，以免路上出事。

宋献策在御帐外边为派遣塘报武官和挑选十名骑兵往北京飞送皇上密谕的事，大约花去了一顿饭的时候。等他回到皇上面前，看出来每个人的神色都很沉重。在刘宗敏吩咐他草拟紧急上谕时候，他心中很清楚，刘宗敏也同他一样将目前的局势看得十分不妙，已经看到了在北京同敌人决战已不可能，甚至担心敌人会追入山西。由于知道了这些，所以他认为可以马上将他的退兵方略提出。他的方略已经简单地向李过等人吐露一点，他们都暗中点头。只等刘宗敏和皇上同意，他就赶快安排好依计而行，纵然到明日满洲兵与关宁兵全部来犯，我军不能抵御，也不会全军覆没，更不会危及皇上，动摇国本。然而如今一看大家的神情，他的心中猛然一凉，不敢说出他的心里话了。

参加密商明日应战方略的，除李自成之外，有刘宗敏、宋献策、李过和谷英。谷英是权将军，上午没有参加石河西岸的战斗，而是率领一部分人马驻扎在石河西边的村庄中，随时准备冲出来投入战斗。另外一位是挂制将军衔的青年将领刘体纯，宋献策将要派他担任极其重要的新任务，所以特意要他参加密议。

开会之前，大家稍微休息一阵子。御帐周围戒备得特别森严，只有李双喜可以进入御帐，其他文武官员都不许走近警戒范围，不奉命更不许进入御帐。

刘宗敏和李过上午参加激烈战斗，十分疲累，坐在椅子上，头一歪便睡熟了。宋献策因为想着明日就有事关大顺朝生死存亡的大战，他身为开国军师，尽管十分疲劳，却是睡意全无，悄悄离开御帐，拄着手杖，一瘸一瘸地向岗头上走去。双喜赶快追上他，小声询问：

"军师，要不要我派几名亲兵跟随尊驾？"

宋献策摇摇头："你小心警卫御帐，听候皇上呼唤！"

李自成明白目前的处境十分不妙，大顺朝立脚未稳，孤军东征，胜败存亡决于明日一战，想到这里，心忧如焚。当李过已经睡熟，刘宗敏打着鼾声，宋献策显然怀着沉重的心事，不声不响地走出御帐以后，李自成更没有一点倦意。他心中明白，吴三桂的关宁兵和新到的满洲兵合起来超过大顺军的两倍，而且兵强马壮，给养充足，士气旺盛，又占地理优势。道理清清楚楚，明日大顺军决难取胜。他在心中自问："怎么办？怎么办？"又过片刻，不见军师回来，他的心中焦急，站起来向谷英看了一眼，谷英跟随他出了御帐。

双喜立刻来到近处，肃立恭候，不敢做声。另有二十几名扈驾亲兵围拢上来，相距几丈远躬身站住，不敢向前走近，也不敢直视皇上。李自成向各处一看，向双喜问道：

"军师在哪里？"

双喜回答："回父皇，军师不让亲兵跟着，一个人往岗头上去了。"

"你派人跟随没有？"

"他不要自己的亲兵跟随，也不要儿臣派人跟随，只嘱咐儿臣用心保护御帐，不可有一点松懈。他想仔细看一看整个战场的地理形势，想一想明日作战的事，马上即回。"

李自成怒斥："粗心！无知！万一有奸细混到石河西岸，岂不危险？你快去岗头上将军师接回，只说我在等候开御前会议！"

"儿臣遵旨！"双喜立刻带着几个亲兵向岗上奔去。

李自成向谷英小声问道："子杰，明日上午要进行决战，你看这一战如何破敌？"

谷英小声回答："宋军师足智多谋。听说皇上离京东征之前，军师曾经竭力谏阻。军师说过这样的话:皇上东去对皇上不利;三桂西来对三桂不利。军师如此苦谏,必有他的道理。目前局势险恶,陛下何不命军师在今日御前会议上畅所欲言,贡献良策?"

"你说的是,说的是。马上开御前会议,孤就要他献出妙计,以解今日之危。"

谷英说:"军师定有妙计。众将领私下常说宋军师胸藏三十六计,已经使用的不到一半。虽是笑话,但也可见宋军师的胸中智谋未尽其用。他苦苦谏阻陛下东征,也是他的智谋过人之处。马上开御前会议,请陛下命军师不必顾忌,直陈所见,献出妙计,趁东虏八旗人马尚未进入关门,我军应赶快采取趋吉避凶之策。"

李自成明白谷英不同意明日与敌人决战,有迅速退兵之意,心头增加沉重。他没有做声,同谷英走回御帐。

没过多久,宋献策从岗头上回来了,刘体纯也进来了。刘宗敏和李过都被叫醒,只用手掌在脸上干抹一把,重新坐定。御前亲兵又搬来两把旧椅子,李过是权将军,紧坐在刘宗敏的右边;谷英也是权将军,紧坐在宋献策的旁边。刘体纯是制将军,坐在李过刚才坐的椅子上,面对皇上。李自成虽然明白明天的决战凶多吉少,也知道谷英不主张进行决战,但是他仍然主张侥幸一试,等挫伤了满洲兵的锐气以后,再决定退兵之策。他向军师问道:

"献策,你刚才又到岗头上看了一阵,对明天如何布阵,可有新的想法?"

"陛下,依臣愚见,明天的决战,对我十分不利,能够避免这次决战最好。倘若不能避免决战,这北边二里以外的燕山山口,十分重要。就请陛下派一得力将领,率领两千将士,坚守山口,不许一骑进来,扰乱我军左翼战线和中军御营。"

"难道满洲兵会从一片石进来么?"

"皇上,目前满洲军威甚盛,我方不可不谨防事出意外。像唐通这样人,崇祯于国事危急之时,敕封他为定西伯,平台赐宴,命他死守居庸关。他竟然同监军太监杜勋出八达岭三十里向陛下迎降,可以说毫无心肝。他是洪承畴统率下援救锦州的八总兵之一,与吴三桂有袍泽之谊。如今清兵势强,洪承畴与吴三桂难免不招诱他降顺满洲。所以从一片石来的燕山南口必须派兵防守。不过因为道路崎岖,山势险峻,只需两千人防守就够了。"

李自成点头说:"这意见很好。我没有想到唐通不可靠,几乎误了大事!你还有别的好意见?"

宋献策为着大顺兴亡,已经想好了一个紧急建议,但不敢贸然说出,继续一面仔细思考,一面等待机会。刘宗敏忍不住问道:

"军师,红瓦店这地方是通向北京和天津的大道,也是通向永平的大道,明日必定是两军血战争夺之地。你看,我军应如何部署兵力?"

宋献策在心中暗想:"快到说出实话的时候了!"但是他仍然不动声色地回答说:

"红瓦店是东西交通要道。平时进关的人,从山海卫往西,红瓦店是必经之地。明日大战是两军决战,必以红瓦店为争夺中心。红瓦店的村南边即是丘陵地势的尽头处,尚有一箭之地是渤海海滩。在涨潮时候,或起东南风时,这一片海滩就看不见了。这一片海滩是包围红瓦店的必经之路。今日吴三桂也想派兵从海边包围红瓦店,只是他兵力太少,无力从海滩仰攻红瓦店,被我军居高临下,用轻火器与弓弩一阵射退。但明日作战情况,与今日大不相同,不易对付。"

刘宗敏问:"怎样不同?"

宋献策说:"今日上午之战,虽甚激烈,但非决定胜负之战。我大顺军与吴逆的关宁兵均未倾全力投入战场,只是互相摸摸底儿,为明日的大战做准备。多尔衮率领的满洲大军今日中午已经来到,必是今夜进关,明日与关宁兵合力对我。本来吴三桂凭恃关城,以逸待劳,抗拒我军,已经是我之劲敌,使我取胜不易;不料吴三桂勾引满洲兵来,二者合兵,人数倍于我军,且满洲兵系多尔衮亲自率领,锐气甚盛,给养充足,万万不可轻视。"

刘宗敏说:"好在石河西岸是丘陵地带,我军坚守石河西岸,进行一场血战,以红瓦店作敌人坟墓。军师,你看如何?"

宋献策仍然不急于说出实话,沉吟片刻,忽然向李自成问道:

"皇上你看如何?"

李自成说道:"红瓦店必有一场血战,可惜无城可守,石河岸不是御敌……"

宋献策说:"石河西岸虽然无险可守,但是凭我大顺军将士忠勇,也可以杀得敌人尸如山积,血流成河。臣所担心的是敌人从海上过来,在红瓦店的东边……"

众人不觉吃惊,注目军师。李自成首先问道:

"敌人怎么从海上来?"

宋献策说道:"过去数年,宁远之所以能够孤守关外,全赖明朝将饷银、粮食、各种军资,从海道充分供给。粮食与运来的各种军资均停泊在宁远城东数里外觉华岛的港湾中。今年二月间,吴三桂奉崇祯紧急密诏,命他放弃宁远,率将士与百姓星夜入关,驰援北京。吴三桂一路从陆路撤退,在觉华岛上的军粮、辎重,还有大批老弱妇女就是乘几十艘海船撤退入关。那时西北风顺,大小船只扬帆南下,走海路的反比走陆路的先到山海关外,停泊在姜女庙海边。后来因多尔衮率大军从翁后地方转道南下,直奔山海,吴三桂将所有船只移到老龙头长城的东边,即海神庙附近海湾。船上所剩粮食辎重,均已运进山海城中。那里水深浪平,最宜停泊。多尔衮颇会用兵,智虑过人,故有睿亲王之称。他的左右有范文程和洪承畴为之出谋划策,更使他如虎添翼。洪承畴在出关以前,驻军山海，他的总督行辕就设在老龙头寨中澄海楼上。臣猜想他必会向多尔衮建议，利用停泊在海神庙附近的船只，运载一两千精兵，绕过老龙头和澄海楼，明日在大战正酣时候，满洲兵只要有数百人从海上登岸，擂鼓呐喊，我在红瓦店纵然有两三万人马也会突然大乱，各自奔逃。何以如此？盖我军将士的军纪与士气远非昔日可比，所以臣不胜忧虑！"

李自成也认为局势险恶，但不能不故作镇静，对军师和刘宗敏说道：

"献策担心敌人会从海上绕过老龙头，从红瓦店海滩登陆，这事不可不防。捷轩可派遣一千精兵，携带火器、弓弩，埋伏在海边的芦苇和荒草之中，待敌兵离船登岸时，一声呐喊，火器与弓矢齐放，将敌击溃，岂不容易？何必发愁！"

宋献策明白临近他要说出实话的时候了，说实话可能蒙受皇上严责，不说实话大顺军可能有全军覆没之灾，皇上难保平安，应了"白虹贯日"的凶兆。他的心情十分紧张，露出来没有办法的苦笑。沉默片刻，然后回答：

"明日大战，主战场不在海边，而在石河滩与石河西岸。但臣身为军师，不能不计算到各个方面，故将敌兵会在红瓦店南边或西南边海滩登陆的事也估计进去。其实，臣何尝不想到在海边消灭敌兵不难，但臣更担心的是，这次作战与昔日作战不同。明日只要在红瓦店海边出现呐喊声和炮火声，我在红瓦店正面的大军即会惊慌崩溃。古人论作战之道，常说要制敌而不制于敌，今日形势恰好相反，竟处处受制于敌，穷于应付，未交手而败局已定。倘若明日我大军溃于石河西岸，献策虽身死沙场，不足报答皇上的知遇之恩。纵然不死于沙场，也无面目再作军师！"

大家听了宋献策这几句话，个个大惊失色。李自成虽然也知道处境不佳，但没有想到会有全军崩溃的结果。有一阵工夫，他沉默不语,心中后悔他东征时不听谏阻,同时,考虑着他的最后决策。李过对进北京后的许多事情,早有意见,而且对御驾东征的事也不同意,但是处在侄儿身份,凡事不敢多言。现在他不能不拿出主张,向军师问道:

"请皇上先回北京如何?"

宋献策心中一动,回答说:"补之将军高见,正合吾意,望皇上采纳,愈快愈好。"他转向皇上,又接着说:"其实,御驾速回北京,并非皇上逃避大战,而是回北京后即可下旨调兵遣将,在北京与敌决战,击溃敌军。北京城改建于永乐年间,城高池深,颇可坚守。除明朝中叶以前原有红毛国人制造的红衣大炮多尊,从天启到崇祯初年,徐光启等在天主教士的帮助下又新造了不少红衣大炮。皇上疾驰回京之日,大概刘芳亮驻守保定一带的精兵至少有一部分到了北京。皇上正可以凭借北京坚城,利用众多新旧红衣大炮,与敌兵决战,必胜无疑。皇上为一国之主,并非受命作战的将领,何必留在此地!"

李自成低头不语。他明白眼下局势十分不利,明天之战显然是凶多吉少。他也明白宋献策劝他赶快退回北京,确实出自忠心,情辞恳切,而且赶快退回北京,部署在北京城下与敌人决战,似乎也有道理。但是他同时想着,从此地到北京七百里,中间无一处险要可守,无一处属于大顺的屯兵坚城;一旦退兵,军心瓦解,强敌穷追,必将全军崩溃,不可收拾。至于宋献策建议他在北京城下与敌决战,他知道全是空话,用意是劝他速走。他明白明日大战的败局已定,所以军师今日才如此苦劝他速离此地,奔回北京。

李自成虽然神态镇静,低头沉思,但是在沉默中不觉心中发急,出了一身冷汗。

李过问道:"军师,你熟读兵法,足智多谋,处在今日,必有良策。几年来皇上待你不薄,可以说倚为心腹,言听计从。我看你分明是有话要说,可是又不敢说,究竟是什么重要计策?"

宋献策面露苦笑,仍在考虑。

李自成也催促道:"你如有好的计策,今日不说,更待何时!你我之间,有何话不可直言?"

宋献策被李自成的诚意感动,决定直言,只是决定不再说他看见"白虹贯日"的凶恶天象。在他最后犹豫时刻,偏偏谷英等得不耐,露出嘲笑神气,紧逼一步说道:

"军师!大家都说你胸中藏有三十六计,何不拿出你的最后一计?"

"平日我的胸中确实有三十六计,目前尚存一计,至关紧要,但不敢贸然说出。"

李自成心中十分明白,故作不懂,说道:"你只管说出不妨,是何妙计?"

因为局势紧急,大家纷纷催促宋献策说出妙计。宋献策又犹豫片刻,只好说道:

"古人常说,三十六计,走为上计。依献策愚见,应该在今夜一更以后,不到二更时候趁月亮从海面出来之前,我军分为三批,每批二万人马,神不知,鬼不觉,迅速撤退。虽然撤退要快,但随时要准备应付追兵,所以将六万人分作三批,以便在退兵中将领们能够掌握部队,轮番凭借有利地形,阻止追兵。这是我的退兵之计,请求采纳,万勿迟误,稍一迟误就失去退兵良机。"

御帐中鸦雀无声,等待着李自成对此计作出决断。

李自成平时很相信宋献策,听了他的"走为上计"的建议,而且必须快走,趁在月亮出来之前便走,心中大惊,一时茫然。惊骇中他在暗想:清兵尚未见到,便闻风仓皇逃跑,我大顺皇帝的威望从此一落千丈!况且,士气本来不高,今夜不战而逃,明日多尔衮与吴三桂合力猛追,沿路无险可守,无处可以阻止追兵,亦无援军来

救,难免不全军瓦解……他反复想了一阵,向刘宗敏问道:

"捷轩,军师建议我们今夜退兵,你有什么主张?"

刘宗敏颧骨隆起的两鬓上的肌肉微微跳动,下意识地将两只大手抱在桌上,将指关节捏得吧吧地响了两声,说道:

"我也明白,目前的局势十分不利,可是只有先打一仗,挫败敌人气焰,才能全师而退。我军士气不如往年,如不能够打个胜仗,前进不能,后退也难。像这次多尔衮率领满洲兵刚一来到,不经一仗,我大军闻风而逃,敌人一追,必然溃不成军,想要退守北京,凭北京城与敌决战,万万不能。况且我们大顺皇上是御驾亲征,不战而逃,岂不成了笑话?我刘宗敏也不愿留此辱名!献策,你说是么?"

宋献策正在暗想着"白虹贯日"的凶险天象,思考着如何确保皇上在今夜安全退走,所以他一直低着头,沉默着,没有回答刘宗敏的问话。

李自成对作战深有经验,虽然表面镇定,但明日是否同敌人进行决战,他此刻在心中盘算,也是举棋不定。他暂不催促宋献策拿定主意,先向李过和谷英问道:

"形势确实艰难,你们二位有何主张?"

李过已经考虑很久,胸有成竹,但是他是皇上的嫡亲侄儿,不便抢在外姓大将前先说出自己的主张,谦逊地向谷英说道:

"子杰叔,你上午站在阵后边高处观战,一定是旁观者清,请你先说出你的主张。"

谷英说道:"上午之战,虽然我军在两处战场都占了上风,杀败敌人,但是我也看见,吴三桂的关宁兵与内地明军不同,是我军劲敌,不可小看。何况大批满洲兵已经来到,今夜必定进关。倘若明日上午,吴三桂全部人马出战,加上新来的、锐气很盛的数万清兵,我军的处境确很危险。我刚听到军师说了一句:'三十六计,走为上计。'我也想,目前不如在大战之前,我军全师而退,保存元气,以利再战。自然,我军一退,军心先乱,敌人乘机猛追,可能会全军崩溃,所以目前我军,进不能,退也不易。虽说'走为上计',但是如何一个走法?此事重大,请军师与皇上决定。补之,你自己有何主张?"

李过说道:"我的根本主张是一个'走'字。我们此刻的御前会议,没有时间说空话,赶快围绕一个'走'字做文章。军师,你说对么?"

宋献策轻轻点头,但不做声。虽然他已经想好了两三个撤退之计,但是因害怕日后李自成追究责任,仍不急于拿出主张。他望着李过说:

"补之,我想先听一听你的高见。"

李过一向冷静沉着,但今天异于平日,情绪不免激动,先向刘宗敏望了一眼,又向他的叔父望了一眼,对谷英说道:

"自从崇祯十三年进入河南,年年打仗,从来没有像这次作战我心中无数。崇祯十五年朱仙镇之战,官军人数多于我军,有杨文岳、丁启睿两个总督,总兵官有几个,势力最强的总兵是左良玉。单只他自己就有十几万人。可是明军内部不和,各顾自己;左良玉骄傲跋扈。我军将经过朱仙镇的贾鲁河水源截断,官兵阵营自乱;经我一阵进攻,三股官军各自溃逃。那时百姓跟我们一心,事先我方军民在左军向西南逃跑的道路上挖掘一道上百里的长壕。像这样的事情,左良玉竟然丝毫不知。等左军十几万步骑兵被长壕挡住去路,我追军趁机一攻,明军纷纷落入壕中,几乎全军覆没。想一想,老百姓跟我们站在一起,仗我们想怎么打就怎么打,所以我们的心中有数。今日情况不同,老百姓不管贫富,逃得净光,只是来不及在井中下毒!午饭前德洁不顾自身利害,在皇上面前慷慨陈奏,说的尽是实话,我听了十分感动。"李过说到这里,心中有点气愤,向刘宗敏的铁青的脸孔上瞟了一眼,然后接着说:"皇上明白,钦命提营首总将军刘爷明白,我平日只管带好自家手下的一支人马,只管奉命打仗,凡是军国大事从不插言。可是事到如今,全军胜败,决于明日一战,我不能不将德洁没有说出来的话替他说出。当然,如今说,已经晚了!晚了!皇上,倘若我说出来不该说的话,请治我妄言之罪!……"

李自成从口气上听出来李过对刘宗敏很是不满,但是处此危急关头,他不愿阻止手握重兵的侄儿说话,点头说道:

"此刻是几位心腹大将的御前机密会议,一句话不许走漏。你说吧,不过主要是说你认为是否应该赶快撤退。提营首总将军跟军师也是急于想知道你对于迎战与撤退如何决定,有好主张你就说吧,说吧!"

刘宗敏也说道:"眼下吃紧的事情是迎战还是撤退,别的话不妨以后细谈。"

李过虽然平日少言寡语,但是他遇事自有主张,所以进入北京之后,他的手下将士不占住民宅,分驻在一些庙宇和公家房屋中,保持着较好的纪律,他自己不参与"拷掠追赃"的事。他的妻子黄氏多年随在起义军中,身体多病,不能生育。有一阵,从李自成和刘宗敏开始,纷纷搜选美女,接着是向将士分赏宫女。刘宗敏想到黄氏身体多病,不能生育,有心替李过挑选一位美女,差人向李过试探口气,被李过一口谢绝。趁此说话机会,他痛快说道:

"皇上是我的亲叔父,我追随皇上,出生入死,身经百战,为大顺开国创业,是我分内应做的事。纵然肝脑涂地,绝不后悔。但是,今日陷于进退两难之境,细想起来,感到痛心。自从崇祯十三年李公子来到叔父身边,就建议每到一地,设官理民,恢复农桑,先巩固宛、洛,占据中原,然后向四处发展。林泉确是难得的文武全才,极有眼光。他始终不主张早占北京,现在看来,他的意见是对的。"李过忍不住露出来愤慨情绪,接着说:"去年十二月,商议大军如何渡河,北伐幽燕,攻占北京。这当然是一件好事,最拥护皇上率大军北征幽燕的是牛丞相和近两三年来新归顺的一批明朝文臣。牛金星在新朝中已经笃定是开国宰相,官职称号是天佑阁大学士。那许多新降文臣,根本不想着自己在明朝有过功名,吃过俸禄,同崇祯有君臣之谊,没有一个人想到做明朝忠臣,他们所想的是明朝速亡,崇祯身殉社稷,他们好顺利地做新朝的'从龙之臣',得到高官厚禄。皇上,请恕臣直言!臣看得很清楚:倘若明日我军打了胜仗,凯旋回京,一切都会照样;倘若不能战胜敌人,损兵折将,仓皇退回北京,再从北京退走,那时就会看见树倒猢狲散,用绳子拴也拴不住!自三月十九日我大顺军进京以后,他们每日忙于演礼,忙于拜客,忙于纳妾,没有一个人进过一句有关整顿军纪、收揽民心的话,也没有一句有关如何治国平天下的忠言!"

李自成听着李过的句句话都是对他和刘宗敏说的,有些语言带刺儿,但是处在目前局面,他不但没有动怒,反而害怕刘宗敏同李过顶撞起来,不利于同心对敌。他露出一丝苦笑,轻轻点头,用平缓的口气说道:

"补之呀,你说的众多文臣的情况,孤何尝不知?自从破了襄阳,接着又破了钟祥,破了荆州,破了德安,单就湖广行省说,长江北边的土地都归了我们,随后改襄阳府为襄京,建立新顺朝廷。到了此时,气候已成,湖广各地的明朝文臣,有的是宦海失意,有的是见我新顺朝必得天下,纷纷投降。其中难免鱼龙混杂,说不上都是治国经邦之才,更说不上都是真心效顺。俗话说,老鸹野雀旺处飞,打天下的形势也是如此。去年十月,消灭了孙传庭,进入长安,局面更不同啦。不仅明朝的众多武将相继投降,文臣们更是一批一批地归顺,直到过平阳,破太原,一路胜利到北京。俗话说,运气来的时候,用门板挡也挡不住。大家都来捧场,热热闹闹,共建新朝,总是一件好事,这也是众人添柴火焰高的意思。我们既然顺应天心,建国大顺,就该有众多的文臣武将归顺。总不能在登极大典时冷冷清清,也不能在以后上朝时候,静鞭响后,鸿胪寺官员高声鸣赞,丹墀上的文臣武将稀稀拉拉,不成体统。所以进了北京以后,明朝的旧臣纷纷投降,这是大势所趋,不能怪牛金星,也不能怪孤用人太滥。补之,眼下不是细论朝政的时候,最要紧的是退兵还是决战,其他的事以后再说。在退兵与对敌决战的大事上,必须赶快决定,你有什么主张?"

李过说:"臣认为,满洲大军今夜必然进关,明日之战是决定生死存亡大战。是否进行决战,臣不敢妄作建议,请军师拿出主张。倘若认为不能取胜,走为上策,臣主张皇上先走,刘爷指挥全军分批稳步撤退,臣愿意担任断后,除非我手下兵将全部死光,决不许敌兵追犯御营!臣的话到此完了,是否迅速退兵,恳求皇上决断!"

李自成虽然知道明日的败局已定,也很害怕大军崩溃在撤退之时,一败不可收拾。他先看了看刘宗敏的神色,接着又看一看军师的神色,向他们说道:

"献策,你是开国军师;捷轩,你是北伐大军的提营首总,代孤指挥全军。到底如何决定,望你们从速拿定主张!"

刘宗敏已经想好了重要主张,但是他知道宋献策已经想好了全盘计划,向献策催促说:

"军师,你快说吧,我等着你一锤定音!"

李自成也望着宋献策:"好吧,军师快说!"

此时御帐中气氛紧张,六万大军的行动就要决定于宋献策的几句话了。大帐内所有的目光都集中在宋献策的脸上,鸦雀无声。

宋献策看见建议李自成今晚退回北京的时机已经成熟,再不建议就晚了。他轻轻干咳一声,清清喉咙,正要说话,忽见李双喜快步进帐,向皇上跪下说:

"启奏父皇……"

宋献策断定必有意外事故出现,将吐到口边的话咽了下去。

大家都将视线转向跪在地上的双喜。

李自成望着双喜:"有什么情况?快说!"

"启奏父皇,"双喜接着刚才的话头说,"有三个骑马的人从西罗城中出来,走下河滩,正在向这边走来。在后边骑白马的显然是一位军官,一前一后骑红马的都是随从。那走在前边的随从一边走一边挥着小的白旗。"

李自成向军师望了一眼,轻声问:"献策,你看,此是何意?"

宋献策对双喜说:"速去传令我军,不许放箭,不许打炮,只许那骑白马的军官来到石河西岸,让他坐下休息,不可对他无礼,别的事你不用多管,只不让他随便走动就行。"

双喜向皇上叩了个头,起身走出御帐。

李自成向军师问道:"你想,吴三桂差人来是为了何事?"

宋献策说:"如今多尔衮率满洲大军来到,吴三桂不但对战争有恃无恐,反而会气焰嚣张。他必是为救他父亲和全家性命,差人前来下书。至于书中如何措辞,一看便知。看了书子后将计就计,再作回复。"

宋献策随即起身,招呼刘体纯走出御帐,又将李双喜叫到面前。因为已经是初夏时候,天气晴暖,又无劲风,所以御帐的帘子敞开着。李自成和刘宗敏、李过、谷英都暂时停止讨论作战计划,等待着宋献策处理吴三桂差人来下书的突发事件。李自成是面南而坐,可以清楚地望到帐外。坐在旁边椅子上的刘宗敏、李过和谷英三人只须略微侧转脸孔,都可看见御帐前边的情况。

大家看见宋献策用右手拄着一根短粗的、下端带有铁箍的藤木手杖,左手抬起来比画着,对刘体纯和李双喜低声吩咐。虽然坐在御帐内的人们听不见他说的什么话,但可以看见刘体纯和李双喜立刻分头走开,不敢耽误。

宋献策回到帐中,在原处坐下,虽然情绪不免紧张,但装作若无其事的口气说道:

"吴三桂必是看见战局对我不利,差人前来下书。"

刘宗敏忙问:"难道这小子敢劝我们投降?!"

"那他不敢。据我猜想,他定是为着多尔衮尚未进关,凭着满洲兵的声势,狐假虎威,与我私下商议,交出他的父亲吴襄,释放他的母亲及一家三十余口,他在战场上让我半棋。"

李自成向军师问道:"这件事如何应付?"

刘宗敏立刻代军师回答:"不用回答,只将来的下书人斩了,将头颅交给他的随从带回,这就是给吴三桂的回答!"

宋献策笑着说:"我们先不谈此事,且看吴三桂的来书如何写法。"他又转望着李自成说道:"皇上,以臣愚见,还是等看了吴三桂的书子以后,再作定夺。我们可以因计就计,求其对我有利。"

这时候,大约五十名御营将士走来,刀剑出鞘,闪着银光,另有二十名将士拿着弓箭和轻火器,紧跟在后。这两队御营将士虽然人数不多,却队伍雄壮,步伐整齐,精神饱满,到了御帐前边,肃立守卫。原来那二十名弓箭手和火器手走在后边,此时队形忽变,他们一部分张弓搭箭,面向河滩上的小路,注目不发,火器兵也端起鸟铳,火绳已经点燃,正面对同一方向。李双喜匆匆将队伍检查一下,走进御帐,跪下说道:

"启奏父皇,儿臣遵照军师指示,调了一千名御营将士,从河岸起,沿着小路两旁,严密警卫,直达御帐周围,已经部署完毕。"

李自成知道吴三桂只差一个武官带领两个亲兵前来下书,两个亲兵不许走上石河西岸,只许那个军官上岸递交书信,军师吩咐如此部署警卫,无非是要使敌人看见我方的军容严整,士气高昂。

他挥手命双喜退出,随即向宋献策看了看,向刘宗敏问道:

"捷轩,看来你与军师的主张不同。军师偏重在'走为上计',你偏重在明天与敌人拼力一战,先挫伤敌人气焰,然后撤退。你可是这个意思?"

刘宗敏说:"不,皇上,我实际上与军师主张相同,既主张拼力一战,也主张'走为上计'。"

大家都觉诧异,一齐望着他:"啊?此话怎讲?"

刘宗敏正要将他的意见说清楚,刘体纯拿着吴三桂的书子进帐了。

刘体纯并没有将吴三桂的书子捧呈到李自成面前,而是躬身送到刘宗敏面前,说道:

"请刘爷亲启!"

刘宗敏感到奇怪,将书子接到手中一看,果然信封中间的一行字分明写道:"刘捷轩将军勋启"。刘宗敏暂不拆封,问道:

"是不是为救他父亲的事?"

刘体纯在自己的椅子上坐下回答:"我问过来人,不仅为着救他父亲吴襄的事,也要救他的母亲和在北京的全家性命。"

"吴三桂怎么知道我的字叫做捷轩?"

"吴三桂的细作在北京到处都是,刘爷的表字岂能不知?"

"既是为着救他的父母和住在北京的全家亲人,为什么他的书子不是呈交我们的皇上,写给我刘宗敏有啥用处?"

"不,刘爷,我问了下书的人,他是吴三桂的一个亲信。他说,谁都知道,你刘爷在我大顺朝位居文武百官之首,在我们皇上面前说话算数。给你写这封书信,等于写给我们皇上。还有,他已经受封为清朝的平西王,如给我们皇上写书子,如何称呼,很不好办。称陛下,他不甘心,多尔衮会治他死罪。称将军,他怕触怒我们皇上,他的父母和全家人必会死得更快,死得更惨。吴三桂很有心计,决不是一般武将可比。吴三桂写的这封书子不写给我们皇上,写给你刘爷,正是他的聪明过人之处。"

刘宗敏听刘体纯的解释很有道理,就将密封的大信封撕开,抽出里边的两张八行信笺,匆匆看完。尽管刘宗敏读书很少,但对吴三桂在书信中所写的主要意思还是一目了然。他对吴三桂在书信中的口气很不满意。但是他没有大骂,也没有说一句话,将他看过的书信放到李自成的面前。人们看见他左颊上的几根黑毛随着肌肉的痉挛而动了几下。

李自成看了吴的书信以后,脸色沉重,暂不做声,将书信递给军师。他在心中盘算,明日满洲兵参加大战,大顺军的处境确实不利,十之八九要吃败仗,所以吴三桂的来书虽是要求释放他的父亲到山海城中和保护他在北京的母亲与全家平安,但语气上好像他已经胜利在握,毫无乞怜之意。李自成看了书子后虽然心中不快,但是空有愤恨,却无可奈何。趁宋献策与李过等传阅和推敲敌人书信时候,他向刘体纯问道:

"德洁,满洲兵是否已经进入关门?"

刘体纯回答:"臣也问过前来下书的人,但此人遮遮掩掩,不肯吐出实话。据臣判断,已经有两万满洲兵来到山海,驻扎在欢喜岭一带休息,多尔衮的大营驻扎在威远堡中。满洲兵尚有数万在后,将于今明两日内陆续来到。"

"满洲兵尚未进关?"李自成蓦然问道。

"满洲兵日夜赶路,大概要在欢喜岭休息之后,今夜进关,明日参加大战。"

李自成向刘宗敏和李过等望了一眼,又转向军师问道:

"献策,对吴三桂的书子如何回答?"

宋献策说道:"依臣愚见,吴三桂虽然降了满洲,成了汉族败类,但回书中既不要以恶语相加,也不要绝了他搭救父母和一家人性命之心。至于如何措辞,待臣略作斟酌……"

李自成忽然说道:"孤有一个主意,说出来你们各位斟酌,马上决定。"

刘宗敏问:"皇上有何主意?"

"差一官员持一封简单回书,去山海城中与吴三桂当面商量。倘若吴三桂念大汉民族大义,拒绝满洲兵进入关门,我立即护送其父吴老将军今夜回山海城中,他在北京的母亲及全家大小不但一个不杀,还要受我大顺朝优礼相待,随后全部送来山海。崇祯的太子及永、定二王,也送到他那里,由他供养,使明朝各地臣民都知道他对故主崇祯的忠心。"

李过问道:"不怕他拥戴崇祯的太子,以恢复明朝为名,号召远近,与我为敌?"

李自成没有回答李过,向军师问道:"献策,他会要崇祯的太子么?"

宋献策回答说:"皇上此计,是从东周列国时候'二桃杀三士'故事中变化出来的,但可惜满洲大军已到,吴三桂必不敢留下崇祯太子。不过,可以试试。目前形势险恶。兵法云'制敌而不制于敌',我已无制敌之策,这一计不妨一试,不成功对我无损。俗话说,死马当做活马医。将此事写进刘爷给吴三桂的回书中?"

"写在回书中。只要吴三桂拒绝满洲兵今夜入关,我们立刻将他的父亲吴老将军与崇祯三个儿子护送到山海城中,并派去五千精兵协守关门,另外派两万精兵从别处出长城,袭击满洲兵的后路。我大顺朝论功行赏,我将立刻敕封吴平西为亲王,'世袭罔替'。这封回书不叫随营文臣动笔,以免走漏消息,还是由军师在御帐中立刻写成为好。宗敏,你的大顺朝提营首总将军印章可在身边?"

刘宗敏点头说:"带在腰间。"

"那好,那就省事了。献策,那边的小桌上有笔墨纸砚,也有现成的小椅子,你就写吧。啊,不。还要叫一位钦差大臣随同来的官员去山海城中,将这封书信面呈给吴三桂,劝说吴三桂拒满洲兵于关门之外。此人,此人……只有张若麒是吴三桂的故人,最为合适。军师,你看如何?"

宋献策问道:"这,这……给张若麒什么名义?"

李自成略一思索,说道:"大顺朝兵政府尚书衔实任东征御营总赞画。"

宋献策赶快离开御前,到御帐一角的小方桌边坐下,从一个木匣中取出素笺,开始磨墨。李自成命双喜立刻到张若麒的帐中,向张若麒如此如此传谕。双喜不敢迟误,立刻去了。

张若麒明白大决战就在明天上午,他是新降顺大顺朝的文臣,手中无兵,必死于乱军之中。正在发愁,看见李双喜来到军帐前边,他大出意外,从地上一跃而起,出帐相迎,赔笑躬身施礼,让李双喜进帐坐地。李双喜说:

"张大人,目前事情紧急,我是来传达上谕,说完就走,不进帐啦。"

"有何上谕?"张若麒惊问。

李双喜说:"吴三桂派人前来下书,这封重要书信是写给刘爷的,听说十分重要。此刻宋军师正在御帐中替刘爷写回书。皇上吩咐,请你辛苦一趟,随着吴三桂差来的下书人去山海城中一趟,将这封回书面交吴三桂。你去时可带一个贴身仆人,不用携带亲兵。你同仆人的马匹,立刻备好,说走就走。御营事忙,我告辞了。请张大人现在就到御营一趟,皇上和军师一定会有重要话当面吩咐。"李双喜拱拱手,转身走了。

张若麒心中狂喜,暗中说:"这是我的大幸!"但是这狂喜丝毫

没有流露出来,立刻吩咐他的贴身仆人赵忠将两匹马赶快备好等候。仆人问道:

"要到什么地方去?"

"此是机密,不许打听,也不许走漏风声!"

"换洗衣服都带上么?"

张若麒刚要点头表示同意,忽然又沉下脸来大声责备:"黄昏前就要赶回来向皇上复命,带什么换洗衣服!"

说这句话的时候他故意将声提高,使站立在附近的亲兵们都能听见。他又向仆人大声吩咐:

"赵忠,快去备马!"

他回到帐中,拿出所有银两,旋又全部放回,只取出二十两,带在身上,然后整一整衣帽,大步向御帐走去。他看见御帐附近,直到河边,布满精兵,不觉心中大惊,暗中说:明日这一带将血流成河!

当李双喜向张若麒传达李自成口谕时候,宋献策在小桌上将那封以刘宗敏的名义致吴三桂回信的稿子写成。这书信因不经御营中文臣之手,所以质朴无文,全是用所谓"大白话"写成,只是遵照流行格式,写到对方时"抬头",以示礼貌。但只有"单抬头",没有"双抬头",不失自家身份。稿子写好以后,他自己看了一遍,稍加修改,补了漏字,又用八行纸誊写一份,将底稿上端注了"绝密"二字,又写了"存档"二字。他将底稿叠好,放入怀中,然后站起来,将誊好两页的"八行"恭敬地呈送御览。李自成看过以后,推到宗敏面前。刘宗敏看过了以后,连连点头,从怀中将印章盒子取出,交给军师在小桌上加盖印章,笑着说道:

"这封书信写得好,全是老老实实的大白话,我这个打铁的一看就懂。前些日子,牛丞相命一个文臣替吴襄写一封家书劝儿子投降大顺,又经牛丞相亲自改了一遍,我就看不懂。叫书记官替我讲解,有些典故,我还是似懂非懂。我说,这书子显然不是吴襄写的。吴襄是武将,一个粗人,他给儿子写家书,怎么能像'孔夫子放屁,文气冲天'?不管那封书子写得如何文绉绉的,很像是孔夫子放屁,吴三桂这小子自有主张,不肯投降。据我想,不管这封书子送去之后,他吴三桂如何决定,我们要自己决定用兵大计,以我为主!"

李自成问:"如何以我为主?是明日拼力决战还是'走为上计'?"

刘宗敏正要说话,李双喜进来了。他恭敬地向李自成问道:"张若麒来了,叫他进来么?"

张若麒被双喜带进御帐。他跪了下去,向李自成叩了三个头,低着头恭候盼咐。李自成没有叫他平身,就命宋献策将写好的给吴三桂的回信递给他看。张若麒看完了信,抬起头说:

"陛下,军师替刘爷写的这封书信十分得体。臣为洪承畴监军时,不但与吴三桂多有来往,而且对吴的为人也略有所知。常听说,吴对父母颇为孝顺,在关外将领中素有孝子之称。所以他此时虽然降了满洲,却又要救他父母。我朝乘满洲兵尚未进关,派遣一重要使者进入山海城中,申之以民族大义,动之以父子亲情,或可使他暂时不令满虏大军进关。但如此大事,臣新近投降大顺,尚无纤功,人微言轻。现有最适当的人,堪胜此任,臣从旁相助可也。"

刘宗敏问:"谁最合适?"

张若麒吞吞吐吐说:"若麒不敢直言。"

李自成也忍不住问道:"快说,谁最合适?"

张若麒望着李自成大胆地说:"窃以为宋献策大人身为开国军师,名重海内,差他去最为合宜,臣可以随他同去,从旁协助。"

宋献策在心中骂道:"混蛋!你想赚老子的一条命献给满虏!"但是他没有来得及说话,忽见刘宗敏的脸色一变,向张若麒骂道:

"胡说八道！我们的军师怎么能离开皇上身边？何况吴三桂算什么东西,还用得着我们的宋军师去向他送信？"

张若麒赶快伏在地上,惊慌地说:"若麒失言,若麒失言！"

李自成不愿意耽误时间,向宋献策说:"军师,我记得你在替捷轩写的信上说今'委托东征御营总赞画张若麒面致手书,不尽之意,由张总赞画当面详陈',是不是这样写的？"

宋献策:"回陛下,是这样写的。"

李自成又说:"你在'东征御营总赞画'上边加上几个字:我朝新任兵政府尚书兼……"

张若麒赶快叩头,说道:"谢恩！"

李自成说:"你起来吧,火速随吴三桂差来的下书人到山海卫去！"

宋献策遵照李自成的吩咐,在书信中加进去"兵政府尚书"的虚衔。张若麒双手接过书信,恭敬地放在怀中。

李自成问道:"你看,吴三桂能不能听你劝说？"

张若麒回答:"此事臣只能尽力而为,不敢说必能成功。不管如何,臣必定很快回来。"

李自成点头说:"好,你去吧,速去速回！"

张若麒又向李自成叩了头,恭敬地退出御帐。

谷英向宋献策问道:"军师,你看他会回来么？"

宋献策说:"我看是肉包子打狗,有去无回。"

李自成说:"他非战将,也非谋臣,不回来也于我无损,我们还是讨论作战大计吧。捷轩,献策,孤听你们二人快说出你们的高见吧！"

刘宗敏没有马上回答,望一望宋献策和李过等人。大家都不敢说话。他知道宋献策心中最为清楚,问道:

"军师,你怎么不说话呢？"

宋献策说道："请大将军直率说出意见。目前时间紧迫，再不决定，就迟误了，请大将军快说吧。"

李自成知道刘宗敏一定有非常重要的话不肯直率说出，就忍不住催促道：

"目前是什么时候，还能够吞吞吐吐，有话不说？捷轩，你说出来，大家听听。"

刘宗敏说道："我没有多的意见，只有一个想法，请皇上赶快决定，不可犹豫。"

李自成说："你说，你说，你说出来，我再斟酌。"

刘宗敏说："请皇上今夜动身，速回北京。回到北京之后，一面准备在北京城外同敌人作战，一面火速召集各路人马前来北京。至于山海关这面，我同补之留下，明日与敌死战，使敌人不能追赶皇上。"

李自成一时无言，正低头沉思时，忽然唐通派人来到，禀报军情。李自成立刻命人带他进帐，亲自询问。来的使者是唐通身边的一个中军游击。据这位使者禀报，今日唐通派两千人马出一片石，恰恰遇到满洲兵向一片石攻来。双方发生血战，满洲人被杀退，可是唐通人马死伤也很重，如今正死守一片石关口，防备满洲兵第二次进攻。现在特派他来请求李自成派兵驰援。

李自成问道："满洲兵到底来了多少？"

使者回答说："小将只知道满洲兵实力甚强，来攻一片石的骑兵约有三千之众，尚有后续部队，不知多少，正在查探。"

李自成说："你立刻回去，要唐将军死守关口，不许满洲兵一人一骑进来。明日我即派大军驰援。"

使者退下以后，大家议论，都认为唐通的禀报恐有不实之处。不过宋献策说道：

"唐通的禀报，虽有不实之处，但是可以证明，东房人马已经来到无疑。这可是需要我们认真对付。"

李自成点点头,看见李过似有话说,就向他问道:"补之,你有何善策?"

李过说道:"刚才大将军建议皇上立刻动身,驰回北京,这建议很好,请皇上务必采纳,不可耽误。如今不走,到明日混战之时,想平安退走,恐怕就迟了。"

李自成仍不能决定,又问宋献策。宋献策尚未回答,忽然从北京有十万火急文书来到。李自成亲自拆开文书,看了牛金星的密奏,知道北京情况十分不稳,城中人心惶惶,谣言四起。有的说皇上在山海关已经打了败仗;有的说吴三桂的人已经潜入北京城中;有的说关宁兵的游骑出没在北京城外。现在北京正在将大炮运往城上,准备守城;城外的许多民宅要拆毁,等等。李自成更加焦虑,将牛金星的密奏交给大家传阅。刘宗敏和李过乘机又劝说他火速返京,不可耽误。李过又用眼色催促宋献策说话。

宋献策没有马上说话。他明白李自成今日所处地位大大不同于往日。在崇祯十六年以前,可以有利则打,无利则走,行动自由。今日不想打也得打,不打就走,有损皇上声威,所以处处受到牵制。但是他又想到,值此生死关头,他既为军师,不能不进忠言,劝皇上速走。所以迟疑片刻后,他抬起头说道:

"依臣看来,我军单单对付关宁兵,取胜也不容易。纵然一时取胜,也不能攻破山海城,徒然死伤将士,折损士气。何况明日将有满洲兵与关宁兵合力对我,我军更难应付。所以今日大家请皇上速速回京,确是上策。"

李自成问道:"难道就没有第二个办法?"

宋献策说:"臣今日下午看了阵上情况,返回帐中,沐手焚香,筮了一卦,不敢泄露……"

李自成说:"此刻是我们君臣之间机密会议,不妨说出。"

宋献策先说他筮了一卦,得的是"坎下坤上"。

说罢卦辞以后,宋献策接着说道:"目前我军悬军深入,既不能胜,不如退。但全师而退,为时已晚。平原旷野,大军一动,敌军铁骑追逐,我军无处立脚,容易溃不成军。目前之计,惟有请陛下率数千精骑,即刻动身,奔回北京,部署在北京城外决战。"说到这里,宋献策心中十分难过,因为他明白,所谓在北京城外决战,也是一个托辞,如今哪有力量同敌人决战呢?"我大军轮流与敌厮杀。如能取胜,也要于明日夜间速退。如不能取胜,混战一日,陛下已经退到滦河以西,敌人追赶也追赶不及了。臣临危直言,死罪死罪。"

李自成心情十分沉重,仍然不能决定。李过等人又催他速走。李自成忽然说道:

"我决不能走,原是我亲自决策率师东来,如今才遇强敌,不分胜负。我倘若在此时离开大军,单独回京,于情于理,都对不起数万将士。"

宋献策说:"可是我们原来没有估计到满洲兵来得这样快。"

李自成说:"正因为满洲兵突然来到,我更不能离开大军。明日临阵决战,有我在此,便能鼓舞士气,倘若我先走了,士气必会瓦解。"

李过说:"皇上只是秘密离开大军,将士们并不知道。"

李自成说:"不然。明日作战时候,将士们望不见我亲临战场,看不见我的黄盖,看不见我骑在乌龙驹上共进退,将士们必然明白我已经临危先走,士气岂有不瓦解之理?正因为满洲兵突然来到,我更应该留在此地,亲自鼓舞将士,打好这一仗,然后再决定如何退兵。倘若我自己不战而先走,造成大军瓦解,北京也万难立脚。北京不能立脚,中原各地必然纷纷叛乱,大局就不可收拾了。"

刘宗敏说:"皇上今日与往年情况不同,今日不管行不行登极大典,你都是皇上了,一身系天下安危。我们在此地与敌人死战,纵然战死沙场，不会败坏大局。只要有皇上在，还可以坚守北京。即使是不能坚守北京，还可以坚守山西、河南、关中，再图恢复。"

李自成说："我绝不一个人先走。我不能让你们在此地与敌苦战，而我单独退回北京。没有你们，也就没有我。没有你们和数万将士，北京也不会固守。我们十几年来同生死，共患难，今日我如何临到危急时候一个人先走？自古以来，开国君主有几个不是同将士一起从血战中建立江山？汉高祖是这样，汉光武是这样，唐太宗是这样，就是明朝的朱洪武，何尝不是这样？我绝不一个人先走，你们不必再说了。如今只有大家想办法，如何打好明日这一仗。虽然满洲兵已经来到，可是我料想前队只有数千人，大队人马还远远在后。打了明天这一仗，在满洲大军来到之前，我们再决定是否退回北京。"

宋献策等还想劝说，李自成又说道："我已经决定了，不必再言。各位速去部署明日作战之事，努力打好明日这一仗，不要为我一个人安危多想。"

众人见他神色严峻，不敢再说别话，怀着沉重的心情散去。

第十五章

　　虽然进了北京以后,大顺军有一部分士气低落,但是多数部队还很可用。经过上午一战,虽只略占上风,但此时此刻,纵然小胜也给大顺将士的军心士气起到了鼓舞作用。黄昏前大小将领们奉刘宗敏的紧急传谕,骑马来到御营所在的村庄。因为御帐前边的打麦场及附近地方都被马匹占满,所以将领们恭听皇帝训话的地方就只好移至小村庄背后的高岗南坡,也就是今天上午李自成同宋献策立马观战的地方。这个地方,由于是李自成在这次大战前召集全体大小将领恭听作战命令的地方,后世就传说为李自成的"点将台",流传至今。

　　李自成身材魁梧,神色威严,面南站立。他的背后站立着一群护卫他的心腹武将,最为重要的是负责御营警卫重任的、他的族侄李强,养子李双喜。肃立在李自成面前第一排的是几位地位较高的权将军,刘宗敏站中间;然后一排是制将军,约有十几个人;然后是众多的果毅将军和游击将军直到千总一级等等。宋献策不属于武将之列,便恭立在李自成的右边偏后。在刘宗敏的略含怒意的炯炯双眼的注视下,武官们的队列很快地站好了。由于一则大决战在明日就要发生,二则从渡黄河东征以来,这是皇上第一次向将领训话,三则刘宗敏的炯炯目光中含有震慑众人的威严,所以岗坡的武将队列静极了,连往常不可避免的刀剑碰击声也未发生。一只失群的孤雁从南飞来,飞得不高,一边飞一边发出嘹亮的叫声,快到了李自成和刘宗敏站立的地方,叫声突然停止了,静悄悄地飞过岗头。

在雁叫声停止后,刘宗敏用低声向众将发出命令:"向皇上行礼!"

因为不在室内,不在帐内,而是在野外,在战场,所以大家只是抱拳躬身,齐声说道:

"皇上万岁!"

刘宗敏接着说:"今日上午一战,我大顺军只用了很少兵力,吴三桂也没有倾巢来犯。这一战,我们占了上风,杀伤了不少敌兵。皇上一直立马岗头观战,十分满意。明日上午作战,是一次决定两军胜负的大战,我要代皇上统率全军,与全军将士们同心合力,杀败敌军。今夜满洲的鞑子兵大概有一部分从山海关进来,明日参加作战。我没有见过满洲兵,想来他们也是血肉之躯,人人都是一个鼻子两个眼睛,既不是三头六臂,也不是铜头铁额。我想,趁满洲兵的先头部队初来乍到,没有充分休息,我们先杀掉他们的锐气,也使吴三桂的关宁兵失去依靠。我大顺朝国家草创,立脚未稳,这一仗只能胜,不可败。明日打了一个大胜仗,我大顺朝就能够立定脚跟;倘若打了败仗,满洲人占了北京,我大顺朝就很难立足了。所以明日作战,只要鼓声不止,人人必须向前,奋力杀敌。满洲人也是血肉之躯,一个人只有一条命,我不怕死,你们也不要怕死。总之,只要我军的鼓声不止,前边纵然有刀山火海,将士们也得拼命向前。我已经禀明皇上,明日作战时候,凡是畏惧不前,制将军以下的将领,不管过去立过什么功,也不管追随皇上多久,立即在阵前斩首;制将军以上,凡是怯阵的,打过这一仗之后,也要按律治罪。至于我刘宗敏,只有两句话:只能做断头将军,不会做逃跑将军!"

刘宗敏的这一番讲话简单扼要,慷慨坚决,李自成和众将领都深为感动。在众将领的眼中,刘宗敏的性格豪爽,做事情说一不二,多年来深受大家尊敬,所以他的这些话特别能够使众将感奋。至于李自成,他对刘宗敏的秉性和忠心更为清楚,那两句"只能做断头将军,不会做逃跑将军"的话,他今天已经听到两次了。现在第二次听刘宗敏重复这两句话,他的心中又是一动,而且他的主意也随之拿定了。

刘宗敏大声请皇上向众将训话,然后退回几步,站在几位权将军的行列。李自成向众将望了一遍,然后说道:

"吴三桂已经投降了满洲,勾引东房头目名叫多尔衮的率领鞑子兵南犯,前队已经到了山海关外。估计今夜会进入关内,明日会与吴三桂合兵同我作战。据孤看来,明日上午必然是一场恶战。我大顺军几年来还没有遇到过这样的强敌。但鞑子兵来到的只是前队人马,大队人马还在路上。就明日这一仗说,鞑子兵同关宁兵合起来比我人少,我军必须一战挫败敌人锐气,也就是说,明日这一仗,只能打胜,不能打败。孤命令提营首总将军、汝侯刘宗敏代孤指挥明日大战。全体将领在鼓声中只许向前,勇猛杀敌,不许对敌畏怯,不许后退一步。倘有违犯军纪的,制将军以下立即斩首,制将军以上的随后议处,决不宽贷!孤的这几句话就是给汝侯刘宗敏的尚方宝剑。大家都听清了么?"

众将齐声回答:"听清了!"

李自成接着说:"至于孤本人……"

突然,从西罗城上开了一炮,声震大地,离石河西岸不远处落下。由于距李自成站立的岗坡不足一里,开花弹炸开之后,四散迸飞的碎铁片发出来尖锐的呼啸。过了片刻,西罗城又开一炮,但是这一炮是朝红瓦店方向隆隆飞去,没有听见碎铁片的尖锐呼啸。

又过了一阵,西罗城不再打炮,李自成接着说道:

"今日上午,孤与宋军师一直立马这岗头上观战。明日上午仍要像今日一样,同宋军师立马高岗,亲自压阵,不挫败敌人的锐气,孤绝不离开这座岗头。望大家努力杀敌,英勇向前,不辜负孤的厚望!"

刘宗敏重新面对众将,说道:"刚才紧急召集大家,有的刚吃过晚膳,有的没有。现在各自回营休息,准备明日大战。至于如何杀敌,自有主管的权将军、制将军分头下令。现在,各归本营!"

因为关于明日的大战还有一些具体问题需要商量,所以李自成同刘宗敏、宋献策、李过、谷英和刘体纯回归御帐,随即,简单的晚膳端上来了。

李自成在吃饭时候看见众位亲信将领和军师的神情都很沉重,心中十分清楚:第一,对明日的作战并不乐观;第二,刘宗敏和宋献策为他的安全起见,本来都希望他今晚月出之前,驰回燕京,而他却改变主意,决定留下,明日立马在岗头观战,违背了刘、宋二人的意见,也使李过等不能放心。他愈是清楚明日大战的不可乐观,愈要亲自观战,借以鼓舞军心。在沉默中用过晚膳以后,他用沉重的语气说道:

"捷轩和献策因为孤是一国之主,建议孤今日晚饭之后,月出之前,火速驰回燕京。补之和子杰虽然没有说话,但孤看也都有此意。孤起初也在犹豫,难作决定。后来孤反复斟酌,拿定了主意:今晚孤绝不离这里,明日仍然如今日一样立马高岗观战。⋯⋯"

刘宗敏大声说:"皇上,明日迎击东虏,绝不后退,这是将士们分内之事,不是皇上的事!"

宋献策赶快附和说:"是的,汝侯刘爷的意见很是,很是!⋯⋯"

李自成摆摆手,不让他们说下去,然后说道:"你们的用心,孤全明白,无非是为大顺国家着想,不愿孤留在战场。可是,你们的考虑并不周全。倘若孤今晚先走,必然要带走吴襄,带走崇祯的太子和永、定二王,还要带走随营文臣,所以没有一两千御营的精兵保护不行。俗话说,连蠓虫飞过都有影,何况像御营撤退这样的大事,能够瞒住何人?目前已经军心不稳,一旦御营丢下大军,仓皇撤退,岂不引起全军惊骇,军心大乱?再说,明日上午,大战开始的时候,我军将士望不见孤立马岗头,看不见孤的一柄黄伞,岂不军心动摇?一旦军心动摇,如何迎击强敌?所以,你们只是考虑孤一个人的安危,没有全面考虑,孤不同意!"

刘宗敏和宋献策感到李自成说的话也有道理,而且口气十分坚决,就不敢再说别的话了。但是宋献策因为曾看见了"天狼星犯紫微垣"的不吉之兆,又看见了"白虹贯日"的天象,他身为军师,不能不为大顺皇帝的安危担心。他低着头想了一阵,然后抬起头来说道:

"陛下从稳定军心与鼓舞士气方面着想,决定留在这里,这种大智大勇的英明决策,虽十个宋献策也不能有此见解。臣眼下只有一个建议,请皇上务必采纳。"

李自成问道:"你有什么建议?"

宋献策说:"从长安出发时,御营扈从官兵,定制是三千官兵,每人战马一匹,另有驮运东西的骡子若干头。陛下离开燕京东征,因为内阁与窦娘娘都在紫禁城中,所以留下一千人守卫紫禁城,扈从东征的是两千将士。因为跟随御营前来有一部分文臣,有崇祯的太子和二位皇子,即永王、定王,还有吴襄,还要携带御用辎重。平日两千御营官兵实在不够,明日大战,至少要增加二千御营官兵,以应非常之需。罗虎原有三千人马,驻在通州,训练有素,军纪严整。罗虎被刺以后,这一支精兵暂归权将军李过指挥。臣建议将罗虎的旧部三千将士改归御营,这样,扈驾的御营就有五千精锐官兵,遇有非常情况,御营可保安全。愚臣此一建议,敬恳皇上采纳。"

李过立刻表示赞成,刘宗敏也说很好。李自成问道:

"御营兵将众多,派谁统带?"

宋献策几乎是不假思索地回答说:"目前统带御营亲军的是果毅将军李强,他是皇上的族侄,对皇上忠贞不贰,武艺娴熟,是一位很好的将才。还有李双喜是皇上的养子,对皇上的忠贞不贰,武艺的娴熟,都不在李强之下。他近些年在皇上的督促之下,喜欢读书写字,可以说粗通文墨,在我们大顺小一辈将领中十分难得。"

谷英问道:"你的意见是命双喜统率御营?"

宋献策摇头,说道:"不。双喜在皇上身边,既有保驾之责,又要随时传达诏谕,引见臣属,事情够忙了,所以不能由他来统率御营。以我愚见,皇上……"

李自成点头微笑:"孤已经猜到了。你直说吧,不必耽误时间。"

宋献策转向大家说:"我看刘体纯最为合适!刘体纯不惟武艺娴熟,忠心耿耿,而且十分机警。明日两军决战,战场上变化迅速,眨眼间就要作出决断,刘体纯就有这样的长处!况且他在大顺武将中是制将军,本来就在李强之上,双喜是他的侄辈,更不用说了。刘爷,我推荐的这个人,你认为如何?"

刘宗敏愉快地大声说:"老宋,你不愧是好军师!皇上,军师的建议你同意么?"

李自成面露满意神情,向坐在方桌对面的制将军刘体纯说道:"你去传谕李强和双喜进帐。"

李强和双喜立刻进来,恭听上谕。他们平日对刘体纯都很敬佩,感情也极融洽,也明白明日的大战不容乐观,所以军师才建议将罗虎原先指挥的三千人马拨归御营,并且命刘体纯专门负责掌握御营的事。李自成下了上谕之后,宋献策立刻带刘体纯、李强和双喜离开御帐,带他们到自己的军帐中面授机宜,随后又把罗虎营的一群将领叫来,告诉他们三千人马已经拨归御营,从今晚起就要移营到御营驻地,一切听刘体纯的命令行事。

在李自成的御帐中,李自成同刘宗敏等几位权将军讨论了明日的作战方略,赶快散会,分头向下传达命令,为明日的决战进行准备。

从黄昏以后,大顺军方面,从御营到全军各营,都在紧张地为明日的决战准备。在山海城中和西罗城中,今天夜间也在紧张地进行准备。不管是满洲将士、关宁将士、大顺军将士,尽管有不同的想法,不同的精神状态,但是都认为明天要进行的不是一般的战争,而是关系重大的决战。

大决战一步一步地临近了!

现在月亮出来,通常在一更之后,将近二更时光。在月亮出来之前,多尔衮走出大帐,仰视天空,但见满天星斗,显然明日必将是好晴天,利于大军作战。自从几天前在翁后接到了吴三桂请兵的紧急书信,当即招降吴三桂,转道南下山海关以来,直到今天午后在威远堡的帐殿中接见了吴三桂及随同朝见的许多文武官员及山海城中士绅,又同吴三桂在帐殿外对天盟誓,决定在今夜他亲率满洲大军进关,明日与吴三桂的关宁兵合力作战,杀败"流贼",他的喜悦心情,不能用语言表达。所以仰看满天星斗,不觉在心中说道:

"明日好天气,准能旗开得胜,一战杀败流贼!"

多尔衮的性格是遇事考虑周密,轻易不说出口来。此刻乍然起了一阵东南风,使长城外的初夏夜晚略微有些寒意。这寒意使他不由地想起来年轻貌美的圣母皇太后在他率领大军从沈阳出发的两天以后,派人赶上,送给他一件貂皮坎肩,供他在征途上御寒之用。他此刻想起了这件事,想到她的情意,又想到明日的必胜无疑,不禁从心头到嘴角同时绽开了微笑。

准备今晚开进山海关,明日参加大战的有满洲的正白旗、镶白旗、正蓝旗,还有"三顺王"率领的汉军八旗。其余人马,包括满洲八旗中的另外几个旗和蒙古八旗,以及从锦州运来的红衣大炮,尚在途中,今夜和明天可以陆续赶到。多尔衮相信,仅凭随同他今日来到的满洲精兵,加上吴三桂率领投降的关宁兵,明日准定可以杀得李自成溃不成军。多尔衮是从二十岁左右起就参与大清国的国事活动,受太宗皇太极之命领兵打仗,所以他知道太祖努尔哈赤一代艰苦创业的种种往事,也清楚太宗一代种种军政方略及战争历史,所以他对今日能够不费一枪一刀而招降吴三桂,占领山海关,认为是太宗建立大清至今的空前胜利,也是他身任摄政王之后初建的不朽功业。想到这里,他无心观察夜景,立刻带着范文程和洪承畴走回帐殿。

他估计各旗将士已经用过晚餐,立刻传下谕旨,命将士们赶快休息,三更进关,在西罗城的树林中搭好军帐,继续休息。明日五更以前,所有进关将士,要将马匹喂饱,将士们也要吃饱,如何出战杀敌,临时另有指示。多尔衮说出了这样几句话:

"传谕各旗将领,我大清兵十几年来几次进入长城,深入冀南、山东,都如入无人之境。从前,我大清与明朝是两个敌国,所以我大清兵每次南下,攻破城寨,俘虏男女人口,抢掠耕牛财物,都是合法的。这次我兵进入关内,每到一地,都是我大清国土,人民是我大清人民,所以严禁骚扰百姓,不许动一草一木。各地大小官吏,凡愿意投降的,照旧任职;以后犯法,决不宽容。"

多尔衮又命人进关去向吴三桂传下谕旨:满洲大军将于今夜三更进关,大部分暂驻西罗城中,一部分驻扎西罗城外的小树林中。本摄政王定于四更时候率领随征文武官员与朝鲜世子及其左右官员进关。摄政王的帐殿设在西罗城中的高敞地方,早餐和进关时间,定在明晨寅时。他的谕旨,一方面立刻传达到各旗将领,一方面派官员叫开关门,传达给吴三桂知道。

为着明日黎明进关,上午要亲自指挥大战,多尔衮在仆人的服侍下早早地就寝了。

因为关于明日大战的一切准备就绪,对胜利充满信心,加上日日长途行军,十分疲倦,多尔衮很快就睡熟了。

但是,同是月明之夜,却有另外一种情况。

距多尔衮临时驻节的威远堡大约十多里外(因为要绕道山海关),在石河西岸的大顺军御营驻地,却是一个令人不安的紧张之夜。

晚膳以后,几位权将军一个个神情严肃,怀着不同的沉重心情,迅速地离开御帐,各自召集自己属下的重要将领,下达明日作战的重要决定。主要的几项决定是:第一,驻扎在石河西岸几里远的人马统统在晚饭后移驻西岸近处,不许迟误。第二,所有各营人马,明日四更造饭,五更一律人要吃饱,马要喂好,为战斗准备齐全。第三,明日作战胜败,对大顺关系重大,必须奋力死战,不许后退一步。制将军以下的将领中倘有畏怯动摇的,由跟随刘宗敏的执法队在阵前立即斩首;制将军以上将领,事后由皇上严加惩处,绝不姑息。第四,通往一片石的山口部署一千精兵,以防唐通勾引清兵从一片石间路进来;也在红瓦店的南边濒海地方部署一千精兵,弓弩火器齐全,以防清兵乘船从海神庙绕过潋海楼讲犯红瓦店的侧背。

刘体纯在这一晚比别的将领更为忙碌。他将新合并的五千御林军(多是骑兵)的将领们召集一起,作了训话,说明战争形势,鼓励大家明日奋力作战,挫败满洲兵的锐气,保护御营无事,皇上平安。据他估计,明日大顺军与清兵混战时候,吴三桂会亲自率一支关宁兵猛力扑向大顺军御营,不但想加害大顺皇上,还要夺走吴三

桂的老子吴襄,也夺走崇祯的太子和永、定二王。一位不到二十岁的、原是罗虎的爱将,激动地大声说:

"刘将爷,我们宁可全部战死,绝不让吴三桂这狗汉奸奔上河岸!请问将爷,你有什么御敌良策?"

这时,一轮明月开始从海面升起,继续冉冉上升。过了不久,从西罗城中惊起了一群宿鸟,乱纷纷飞往别处。又过片刻,从西罗城传出来战马嘶鸣。这一突然发生的情况,使刘体纯略感吃惊,他停止说话,遥望石河东岸,继续倾听。

再过片刻,从西罗城传过来一阵炮声,以后就炮声不断。每次炮声响时,都看见月色的阴影处红光一闪,然后才听见隆隆炮声向四面滚来。但这并不是远程火器,炮弹打不到石河西岸。

李过的军帐就设在离御帐不远处的石河西岸。这时由李过的老营中派出一股部队,大约一百多人,由一军官率领,向石河东岸方面跑去,侦察敌情,同时也差人来告诉刘体纯,西罗城中的情况很快就会探明,要刘体纯安心部署保护御营的军事。

刘体纯继续向手下的将领们说道:"满洲兵的先头部队已经进关,到了西罗城中。大部队和东房头目多尔衮随后进来。西罗城不断打炮,不是敌人现在要向我进攻。他们乱打炮,是为着不让我们注意西罗城中的鸟飞马嘶。我估计,满洲人马与多尔衮今夜进关,在西罗城安营扎寨,休息一夜,明日与吴三桂的关宁兵合兵对我作战。宋军师向皇上建议,将罗虎原来统带的三千精兵拨归御营,也是为着明日的大战。有几件事,我现在向各位将领说出,要你们立刻照办,然后休息,不可耽误!"

接着,刘体纯将新拨归御营的原来由罗虎率领的三千将士,连同原有的御营亲军,共有五千精锐骑兵,重新部署。据刘体纯与宋献策的估计,明日开战之初,多尔衮必然令吴三桂的关宁兵首先出战,一则要看一看吴三桂的关宁将士是不是实心降清;二则要关宁兵同李自成的人马先杀一阵,双方都有死伤,然后埋伏在小树林中的大清兵突然冲出,取得胜利。根据这样估计,刘体纯遵照军师的授意,对御营的五千人马做了两三种准备,最重要的一种准备是战事不利,保护御营迅速撤退,不仅要保护皇上平安,还要保护吴襄和崇祯的太子和永、定二王不被敌人夺走。

刘体纯从明日会遇到的最坏的情况考虑,对手下将领们作了部署,看着将领们走掉以后,他自己正要回帐中休息,军师陪侍皇上从御帐走出来了。日夜守护在御帐外边的李双喜赶快从一座小帐篷中出来,小心地跟在李自成的背后。

李自成的心中一直十分沉重,压着明日战事会不利的预感。晚膳以后,他同刘宗敏等几位心腹大将又谈了一阵,进一步商量好明日的作战方略。等几位大将走后,李自成因为预感到明日大战不利,心忧如焚,不能睡觉,留下宋献策继续密谈。宋献策几年来对李自成的许多重大失误看得清楚,他明白李自成虽然高过张献忠、罗汝才等许多同辈起义的领袖人物,但毕竟是一位草莽英雄,所以步步失误,倘若明日一战失败,前途不堪设想。但是他同李自成不是一般的朋友关系,而是君臣关系,所以他每次进谏,都只能适可而止。他既怕当面触怒皇上,又怕皇上记在心头,日后杀戮功臣时同他算账。所以他虽然想到明日大战失败,退出北京,处处瓦解,继续奔窜,将无立足之地,但当李自成向他询问退出北京后万满洲兵穷追不舍,有何妙策时,他只是回答说,以后是汉、满作战,对各地人民以民族大义相号召,看情况再作计较,更具体的意见他避而不谈。

看见皇上同军师从御帐出来,刘体纯赶快迎了上去,禀报说刚才西罗城中群鸟惊飞,战马嘶鸣,补之将军已经派人去西罗城外侦察去了。

李自成不动声色地说道:"我们在御帐中都听见了。今夜无事,大战是在明日。二虎,你赶快回你的帐中休息吧,准备明日与敌人决一死战,打下去满洲敌人的锐气。献策,我们赶快到岗头上看看!"

这时月亮已升得很高,还在继续上升。月光皎洁,如同白昼。李双喜马上召集了二十名护卫亲兵,几个人先跑上岗头,四面警戒,其余的跟随在皇上和军师的左右和背后,一个个眼观四面,耳听八方,不敢有半点疏忽。

李自成登上岗头,可以看见驻扎西边数里远的人马尚在向石河西岸移营,人马杂沓,灯火零乱。他对于这情况很不满意。从前打仗,说走就走,十分迅速。哪有像今天这样迟慢!然而如今军心不固,人怀怯战之心,他没有对移营将士说出一句责备的话,目光向山海关和西罗城的方向望去。

巍峨的山海关城楼连同末段长城,以及关里边的山海城(清代改为临榆县城),李自成在岗头上都不能看见,只看见无边的茫茫月色。倒是在西罗城中,常有灯笼晃动,也有几处烧水煮饭的火光出现在幽暗的林木中间。从西罗城中不时传来忿怒的马嘶。宋献策回头对站在身后不远的李双喜说:

"双喜,满洲的骑兵已经有一部分先头部队来到西罗城了。多尔衮与大队人马大概在三更以后进关。"

双喜感到奇怪,恭敬地小声问道:"军师,你如何听出来是满洲骑兵来到了西罗城中?"

宋献策神色略显沉重,解释说:"倘若都是吴三桂手下的关宁骑兵,两马相遇,可以发出高昂的欢快叫声,就是人们常说的萧萧长鸣。满洲的骑兵同吴三桂的骑兵到了一起,原不相识,气味不同,关宁骑兵中有的公马情性暴躁,为保护本队中的母马不被勾引,所以发出忿怒的叫声。我们听见的就是吴三桂的骑兵中一两匹公马的叫声。"

双喜听军师说得有趣,想笑一笑。但是看见军师表情严肃,毫无笑容,他也想到满洲兵开始进关,一场生死存亡的大战就在明天,他的心情也马上变得沉重了。

　　由于多年养成的职业习惯,宋献策上到岗头以后,先仰首向北极星方向的天空望了一眼,没看见异常天象。他在随驾东征的路上曾看见天狼星犯紫微垣,预示大顺皇帝所居住的北京城或长安城都将有受敌兵侵犯之祸。他没有对别人说出,但自己的心中很不愉快。天狼星犯紫微垣的不吉天象,同他今日午间所看见的白虹贯日天象,正相符合,不禁在心中叹道:几个月前,他同李岩认为国家根基未固,都不同意过早地北伐幽燕,几乎因此获罪,如今看来他同李岩的意见是对的,可惜他二人空有忠心,无力"回天"!

　　宋献策陪着皇上在岗头上又站了一阵,倾听从西罗城中传来的各种声音,遥看树林中的灯光与火光,判断敌人的活动情况。西罗城中和城边的树林中,因为今夜有重要而繁忙的军事活动,不断向石河滩中打炮,一则掩盖林中的马嘶人语,二则对摸到附近处侦探军情的大顺军士兵起震慑作用。那时,才进入十七世纪中叶,火炮的发展大体在一个低水平上,都是前膛装药,后膛火门点火,炮膛没有来复线,所以除威力强大的红衣大炮的射程能打到十里以外,一般的火器只能打到一里左右。今夜,西罗城中和城外树林所打的火炮都不能打到石河西岸,只是相当热闹罢了。

　　不知道李自成同宋献策在岗头上站立多久,只见月到中天,已经在三更时候了。如今是初夏季节,岗头上没有一点凉风,反而有些闷热。李自成忽然想到,大队满洲兵该到进关的时候了,多尔衮本人也该到进关的时候了。去年十二月底,在西安决定渡黄河东伐幽燕时候,他根本没有考虑过满洲人会乘机南犯,也没有把满洲人看得有多么重要,所以只以为攻破了北京,灭了明朝,举行了登极大典,天下就算定了,南方和全国,可以传檄而定,不须要再有大战。在北京住了一段时间,他才知道,天下大势,根本不是他所想象的那么简单,才知道满洲人在关外辽东地方建立了一个大清国,势力强盛,后来又知道如今的清朝的皇帝是一个小孩子,他的叔父多尔衮任摄政王,很有智谋,不可轻视。想着今夜多尔衮就要进入关内,明日将亲自指挥满汉大军对他作战。他本来就感到有点闷热,此刻不禁出了一身冷汗,而恰在此时,本来非常皎洁的月光也忽然暗了。

宋献策因地上月色忽暗,赶快仰视天空。他看见有一大片浮云正在向西飘去,遮住了月亮,而月亮带着风圈。他想起将近中午时候,当他看见"白虹贯日"的不吉天象之前,也有一阵日光昏暗,日头有一风圈,感到明日将有大风。现在看月有风圈,明日的大风定了。他不觉脱口而出:

"陛下,明日作战时会有一阵怪风,对我不利!"

李自成蓦然一惊,抬头望见月亮的风圈,问道:"为何对我不利?"

"明日敌人从东边向我进攻,一阵大风从东向西刮,所以对我不利。"

"你怎么知道明日的大风是从东向西刮?"

"如今已交初夏,东南季风流行,所以明日必是从东海上刮来的一阵狂风。另外,刚才遮住月亮的大片浮云向西飘去,也是明日要刮东风的先兆。"

"献策,依你看来,明日这一仗应该如何取胜?"

"臣不求明日取胜,只考虑明日在危急时陛下如何速回燕京,另作打算。"

说话之间,天上的一大片浮云已经过去,月晕消失,又是皓月疏星,清光如昼。李自成轻叹一声,说道:

"多尔衮此时大概要进山海关了,我们回帐中细谈吧。"

黎明时候，吴三桂将多尔衮迎进山海关。多尔衮在山海关城中没有停留，穿城而过，到了西罗城。如今西罗城成了一座坚固的兵营。吴三桂的关宁兵一部分驻在西罗城外，修筑了炮台、营垒，一部分驻在西罗城中。多尔衮带来的两千精锐骑兵也到了西罗城中。

在吴三桂的陪同下，多尔衮登上一个较高的地方，在雄伟的城楼中瞭望战场。吴三桂告诉他说，敌人昨日同关宁兵作战最激烈的地方是在红瓦店，其余几个地方也都有两军对阵。多尔衮知道豫王多铎、英王阿济格等人所率领的满蒙汉人马如今是在西罗城南北两边约一二里处的密林中埋伏，他心中感到胜利十分有把握，回头对身边的范文程说道：

"山海城虽然不大，可是我大清国从来不进攻山海城。有两次我大清兵进入山东一带，回头来都从山海关以西退出长城。为什么不进攻山海城呢？因为这城东的山海关确实易守难攻，从东边来攻是攻不开的；纵然从西边来攻，由于山海关左右都有长城，尽头处一直通到海边，所以也无法将城包围起来。我们不愿损伤多的将士，也就不愿在此拼命攻城。"

范文程说："如果从北京来进攻，想包围山海城也有一个办法，就是从天津派大军乘船渡海，从东面包围山海城。"

多尔衮笑了一笑："是的，可是流贼如何能养这么多船只来渡海呢？所以李自成孤军来这里作战，想破山海关，岂不是做梦？可见流贼毕竟是贼，毫无计虑。"

吴三桂笑笑说："正因为李自成等进入北京后并无远虑，只晓得在北京抢掠妇女财富，拷打官绅要钱，到万不得已时率人马来同关宁兵作战，打算用武力胁迫我投顺他，这一着棋已经是大大地失策了，何况摄政王爷率领我大清兵前来相救。他今天必然大败无疑！"

范文程说:"李自成确实手下无人。即令摄政王爷不来山海关,只用一部分人从古北口、青山口一带进入长城,截断燕京与山海关之间来往的路,李自成进不可能,退不可能,也必全军崩溃。"

多尔衮听了哈哈一笑:"流贼自陷绝境,今日一战成功,夺取燕京就不会再有大战了。吴三桂,你准备指挥作战去吧。"

吴三桂离开了多尔衮,率领亲兵亲将出了西罗城,前往石河东岸。

当多尔衮站在西罗城较高地方瞭望战场的时候,大顺军将士们已经饱餐完毕,开始以红瓦店为中心,在石河西岸布阵。李自成带着军师,先到红瓦店,同刘宗敏谈了一下。又将李过叫来,问他们决定如何布阵。

刘宗敏说:"夜间探马从海边回来,说仿佛看见有很多灯火从东向西,可能是吴三桂运送一部分人马从秦皇岛登陆,从南海西岸过来,所以我们要分出两三千骑兵,驻扎在靠近海边两三里的高处。倘若海边有事,立即进剿;倘若红瓦店一带吃紧,就驰援红瓦店。他们又说昨夜宁海城一带人喊马嘶,又添了不少人马。倘若吴三桂想从南边包抄我军,有这两三千骑兵,也够应付。"

李自成望望宋献策,说:"从此山到海边,到处部署兵力。兵分则力弱,这是兵家所忌,如何是好?"

宋献策说:"我也为此担心。但是看来胡人大队已经来到,不然宁海城那里不会整夜人喊马嘶。若是真的胡人大队来到,与关宁兵合力对我,敌众我寡,容易受敌包围,不如此布阵,怕也不行。"

李过小声说:"我担心唐通会投降敌人,所以不得不在二郎庙山脚下多部署了一千多步兵,以防唐通勾引敌兵从九门口过来。"

李自成心中暗想,如今情况不明,敌势甚强,尚未开战,已经受制于敌,差不多败局已定!但是势已至此,只有撑过今日,晚上退走。

他同宋献策回到老营,在离老营二里处的高岗上观望。看见关宁兵正从西罗城和宁海城向石河滩上前进,旌旗飘扬,部伍整齐。他想同宋献策谈一谈,但是看见宋献策也正在注目向敌人遥望,便不说话了。

这时多尔衮也在西罗城上观看大顺军的布阵。他觉得大顺军将人马从北山一直布到海边,兵力分散,更容易被他和吴三桂的人马从中间突破,逐个包围起来。他心中对于胜利更有把握了,特别是他分别埋伏在西罗城北边和南边的两万多精锐骑兵,李自成似乎丝毫也没有觉察。他相信按照他的指挥,就靠这两万多骑兵冲入敌阵,也可将敌人杀得一败涂地,说不定连李自成都很难逃脱。于是他下了西罗城,在一棵树下边将满蒙汉各带兵的王、公、贝勒、贝子、固山额真以及尚可喜、耿仲明等汉族降将,都召集到面前,对他们说:

"流贼李自成已经横行了很久,你们今日打仗不可轻敌。我看他的阵势,从北山到海边,兵力摆布太宽,首尾不能相顾。我军兵力不要分散。如此这般……"他用马鞭子指着,部署兵力:"关宁兵先出阵对敌,杀得敌人锐气挫败的时候,大清兵出动,必获大胜。你们用力破贼,大事就成功了,不要违背我的节制。"

他说完后,面前一片声地"喳!喳!"

太阳升高了,双方鼓声震地。但是天色昏黄,且有雾气。过了片刻,宋献策略微抬头,看见太阳越过山海城的西门城楼。太阳仍然不很明亮,下边有红色云朵,上边有光芒。他想起来书上的四句话:"日出光芒,进退则凶;敌意提防,主将折殒!"心中大惊,正想再次劝李自成脱离战场,但是双方战鼓敲得更凶,声震大地,厮杀开始了。

吴三桂的关宁兵比昨天增加了很多,作战十分凶猛。大顺军因为今日这一仗关系重大,又有圣驾督战,也都拼死向前,毫不气馁。战场以红瓦店为中心,互有进退。李自成得到禀报:刘宗敏腿部中箭,仍在马上指挥。李过驰救红瓦店,被一支骑兵截住。大顺军已有很多将领死伤。吴三桂的人马虽也死伤很重,但倚仗人马多,仍不后退。

李自成害怕刘宗敏有失,纵身上马,抽出花马剑,向背后吩咐:

"李强速赴老营,李双喜率领三千骑兵,随我冲阵!"

宋献策猛一跳,抓紧乌龙驹的辔头,说:"陛下不要去,请在此稍等片刻。"

李双喜已经上马,大声说:"请陛下在此稍候,由我同二虎去杀败敌人。"

李自成看一眼李双喜,点一下头。李双喜和刘体纯赶紧各率所部骑兵,大约三千左右,驰往红瓦店,冲入敌阵。敌人正在渐渐得手,忽然经此生力军猛冲猛杀,纷纷败阵。刘宗敏、李过指挥的大军,乘此机会与生力军汇在一起,呐喊着向敌人反攻,真正是以一当十,锐不可当!

刚把敌人赶过石河滩,忽然从海上刮起一阵狂风。这狂风起得那么猛,刮得那么凶,顿时天色昏暗,飞沙走石,日色无光,双方都不能够再进行作战,暂时收兵。鼓声也停止了,呐喊也停止了,马蹄声也停止了,只有狂风呼啸的声音。宋献策认为此风甚异,不可大意。他请李自成传令各营,严阵以待,小心风过后,敌人重来反扑。

过了大约一顿饭时候,大风渐小,慢慢停了。敌阵上大声鼓噪。宋献策听见他们除大喊"杀,杀"之外,还有许多人齐声呼叫:"哇!哇!"他知道这是满洲话的"杀",不觉心中大惊;但"哇"与"杀"二音相近,又疑惑自己听错了。

风完全停了,关宁兵和清兵三次鼓噪以后,同时出动。李自成看见新出现的骑兵旗帜、帽子颜色与关宁兵不同,心中大惊。正在继续观望,忽然有一骑兵从红瓦店飞奔而来,向他禀报:

"鞑子兵来了,大将军请皇上速避!"

宋献策也惊慌地说:"果然是鞑子兵,请圣驾速走!"

这时石河西岸,大顺军被分割成多处,到处都发生了混战,几处大顺军的营垒已被敌人冲破,但混战并没有停止,也没有一处溃退。李自成对一个亲将说:

"火速向大将军和李过将军传令,大军且战且退!"

亲将刚走,李自成一眼看见刘宗敏被敌人重重包围,而李过也在苦战,已经不能与刘宗敏会合一处,仍然挥剑狂砍,拼死向敌人反攻。

有人来报:李双喜杀了回来,说刘体纯身负重伤。又有人来报:几位将领阵亡,谷英负伤。宋献策劝李自成速走。李自成知道战局已经不好挽回,对双喜说:

"双喜,你率领两千骑兵,去救出首总刘爷。"

双喜说:"圣驾左右需要骑兵保护,儿臣只要一千骑兵就行。"

说罢,双喜率领一千骑兵飞奔而去。

宋献策催促李自成速走。

李自成又向战场望一望,策马而去。

此时敌人好像已经注意到小岗上的动静,派了两千名骑兵追来。宋献策对李强说:

"李将军,你保护圣驾,赶快退走。"

他又吩咐左右将领说:"你们带着太子、永定二王、吴襄等人,跟我退走,不要让他们落入敌手。"

刘宗敏第二次受了伤,不能骑马,躺在士兵们从农家找来的长桌上指挥突围。尽管他流了很多血,身体衰弱,但仍然十分沉着,而且英勇。两千骑兵摆成方阵,保护着他,一面苦战,一面退走。双喜破围而入,请刘宗敏速退永平。刘宗敏已抬不起身来,在长桌上问道:

"圣驾可平安么?"

双喜回答说:"圣驾平安,已经往永平去了。"

刘宗敏说:"好,好,那我就放心了。"他又向周围将领说:"赶快杀出去,保卫圣驾要紧!"

双喜带来的一千骑兵只剩下大约八百人。这是精锐的老营亲军,由他率领着在前开路,所向披靡。他们保护着刘宗敏脱离重围,且战且走,方阵始终不乱。敌人屡次冲击,破不了方阵,于是不再死追,转向别处杀去。

在混战中传达撤退的命令很不容易。分散在石河西岸的许多将领都不知道李自成有这道命令。大顺军军令素严,不奉令死不撤退。在众寡悬殊、败局已经定了的情况下,只见大顺军一团一团,一队一队,各自为战,拖住了大部分敌人,但是自己死伤很重。红瓦店附近二三里内,到处死尸纵横,血流成河。

在诸将中,李过平日军令特严,兵也最有训练,所以他周围同样死伤惨重,但是还保存下三四千骑兵,固守营垒,敌人攻他不动,几次呐喊着向他进攻,如同碰到一堵墙上。他拖住敌人大部分兵力,使他们不能全力进攻刘宗敏。后来看到刘宗敏突围走了,他才下令撤退。同时他明白撤退的命令达不到各处正在混战的部队,又下令鸣锣。

他刚刚开始撤退,双喜来了,大叫:"大哥速退!速往永平护驾!"

李过问:"双喜,圣驾走远了么?"

"大约有二十里路了。"

"好,赶快出水,赶往永平!"

李过在急忙中说出了"出水"二字,这是早已不用的黑话。双喜也不觉答了一句:

"快出水,到永平护驾要紧!"

他们合兵一处,杀出包围,打算与刘宗敏会合一处。但是已经看不见刘宗敏的去向。正走着,听见西北有一片杀声,正是刚才李自成立马观战的地方。双喜对李过说:

"大哥,你快走,我去将那支被敌人围困的人马救出来!"

他身边只剩下五六百骑兵了,而敌人有两千多人。但他一心要救出将士,没有一点畏惧,呐喊一声,冲入敌骑包围的核心,才看见是李强被围。李强身边只剩下几十名骑兵,仍在左冲右突,拼死厮杀。他已经负伤,血流满面,力气渐渐不支,看见双喜来到,大声说道:

"双喜,要拖住敌人,使他们不能够追赶圣驾!"

双喜说:"强哥,圣驾已经走远了,你赶快随我出水!"

正在这时,李强的背上又中了一刀,栽落马下。双喜率领着他的五百将士同敌人混战一阵,侥幸突围出来,人马死伤大半。走不多远,有一条深沟挡住去路。双喜回马再战,身边将士已剩下不到二十个骑兵。追他的是吴三桂的部队,已经知道他是李自成的养子李双喜,喊着要捉活的,像潮水般步步逼近。双喜已经箭无一支,剑锋也缺了,而且手臂中了一刀,流血不止。他望望身边将士,说道:

"我既不能再战,也不能给敌人捉去,你们赶快各自逃生吧!"

他又转向西方,说道:"父皇,儿今生不能再跟随父皇左右了。死后我的鬼魂仍将尽忠护驾!"随即挥剑自刎。

他的将士们眼看无路可去,纷纷自刎,从马上倒下。也有人拼死冲向敌人,乱砍一阵,被敌人乱刀杀死。关宁兵从来没有见过这样壮烈的情景,无不为之惊骇。

大顺军只有跟随刘宗敏、李过二人退出的部队在路上没有溃散,其余数万将士除在石河西岸的混战中死伤了大部分之外,小部分在退却中被消灭了。敌人对溃散的大顺军追杀了二十多里地,天近黄昏,才不再追赶。

一更以后,下弦月出来了,照着石河西岸的战场,照着大顺军溃逃的路……

李自成带着崇祯的三个儿子、吴襄、明朝宗室秦王、晋王和其他藩王,在仅剩下的二千五百侍卫亲军的保护下,急驰半日,午夜以后,到达永平城内。李过是在四月二十三日天明时候赶到的。刘宗敏因伤重被人抬着走,于二十三日中午才来到。溃散的骑兵也都陆续逃到永平,和李自成、李过、刘宗敏等的人马合起来,大约两万左右,十分混乱,疲惫。不少人身上带着伤。

李自成驻下以后,不顾疲惫万分,立即给牛金星送去密谕,命他火速准备守城作战,并准备他回京后即行登极大典。他又命李过整顿人马,收容溃散;让负伤的将士在永平敷药裹创;派五百骑兵护送刘宗敏和重要的带伤将领于当日黄昏动身,先回北京。

李自成在永平住了两天,等候张若麒的回信,却是杳无音信,只听说吴三桂和清兵已经离开山海关,追赶前来。于是他在二十四日五更动身,命李过率一万骑兵断后,离开永平往北京退去。走了三十里路,到了范家庄这个地方,风闻吴三桂的追兵已经相离不远。他暂时停下,命人将吴襄带到面前。吴襄也正要求见他,看见他赶快跪下说：

"请皇上放我去到我儿子营中,我要他不再追赶,要他投降陛下,脱离满洲人。"

李自成冷冷一笑,说:"事到如今,留下你也没有用了。现在要借你的头,使吴三桂知道他不忠不孝,连一条狗都不如！"

随即命人杀掉吴襄,将头挂在一根高杆上。有人问他:崇祯的三个儿子,还有几个藩王,如何处置？李自成望一望宋献策,显然想听听他的意见。宋献策说:

"马上敌兵就要追来,我们带着他们,未必能带到北京。落入敌人之手,对我们十分不利。"

他的意思是要杀掉这些人,但没有明说。李自成略一踌躇,说道:

"把明朝太子和永王等带来。"

随即太子和永、定二王被带到李自成面前。三个孩子猜想李自成必然要杀掉他们,都吓得面无人色。李自成对他们说:

"自古亡国太子和皇子,没有不遭杀害的。可是我不愿杀害你们。你们年幼无知,深居宫中,国家大事,全然无干。我现在虽然一时兵败,也决不杀害你们。现在每人给你们二十两银子。你们身边还有太监,各自逃生去吧！"

停一停,他又说:"你们要谨防被满洲人捉到。不管往什么地方逃都可以,只是要躲开满洲人。"

说了以后,他又吩咐身边一位将领:"明朝的几个藩王也每人给他们十两银子,叫他们随便逃往哪里,一个也不要杀害。"

说罢,他腾身上马,疾驰而去。